Estrelas do Norte

Obras da autora publicadas pela Editora Record

ABC do amor
Um amor desastroso
Arte & alma
As cartas que escrevemos
Um encontro com Holly
Eleanor & Grey
Landon & Shay (vol. 1)
Landon & Shay (vol. 2)
No ritmo do amor
Sr. Daniels
Vergonha

Série Elementos
O ar que ele respira
A chama dentro de nós
O silêncio das águas
A força que nos atrai

Série Bússola
Tempestades do Sul
Luzes do Leste
Ondas do Oeste
Estrelas do Norte

Com Kandi Steiner
Uma carta de amor escrita por mulheres sensíveis

BRITTAINY CHERRY

SÉRIE BÚSSOLA

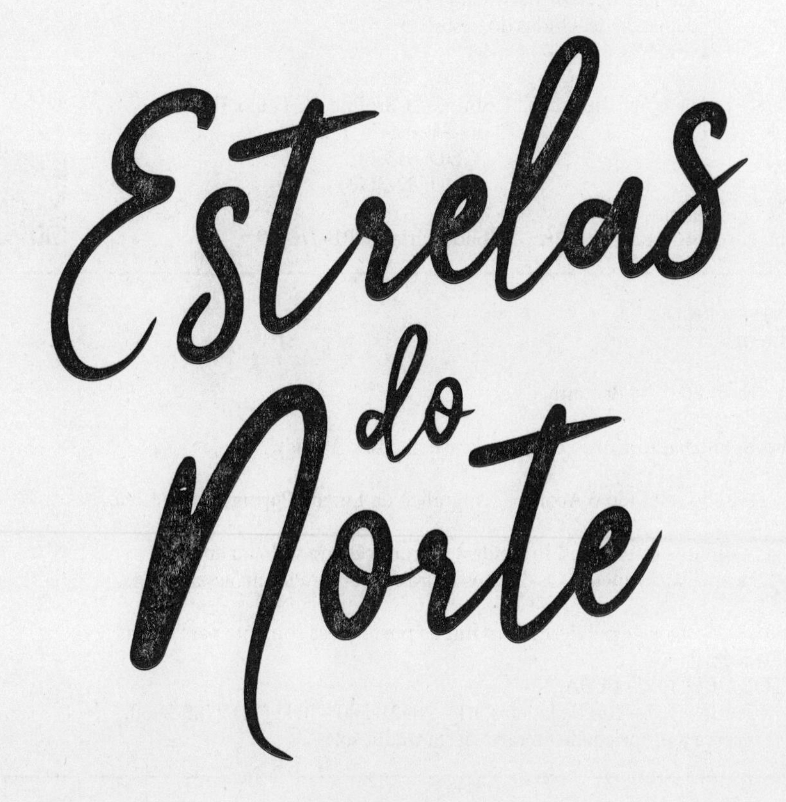

Tradução de
Carolina Simmer

3ª edição

EDITORA RECORD
RIO DE JANEIRO • SÃO PAULO
2024

CIP-BRASIL. CATALOGAÇÃO NA PUBLICAÇÃO
SINDICATO NACIONAL DOS EDITORES DE LIVROS, RJ

C449e Cherry, Brittainy
3ª ed. Estrelas do norte / Brittainy Cherry ; tradução Carolina Simmer. - 3. ed.
Rio de Janeiro : Record, 2024.
(Bússola ; 4)

Tradução de: Northern stars
Sequência de: Ondas do oeste
ISBN 978-65-5587-430-3

1. Ficção americana . I. Simmer, Carolina. II. Título. III. Série.

23-82056 CDD: 813
CDU: 82-3(73)

Meri Gleice Rodrigues de Souza - Bibliotecária - CRB-7/6439

Título em inglês:
Northern Stars

Publicado mediante acordo com Bookcase Literary Agency.

Texto revisado segundo o Acordo Ortográfico da Língua Portuguesa de 1990.

Impresso no Brasil

ISBN 978-65-5587-430-3

Seja um leitor preferencial Record.
Cadastre-se no site www.record.com.br e receba informações sobre nossos lançamentos e nossas promoções.

Atendimento e venda direta ao leitor:
sac@record.com.br

Para os meus avós,
minhas estrelas favoritas no céu.

Espero que se orgulhem de mim.

Para as segundas chances da vida:
Que nós tenhamos a coragem necessária para aproveitá-las.

Parte um

"Apegue-se à beleza da vida. Observe as estrelas e imagine-se correndo junto a elas."

— Marco Aurélio

1

Hailee

Oito anos

Era fácil detestar um garoto como Aiden.

— Você não pode fazer isso! — berrei para ele, com raiva de sua cara irritante.

Ele havia enfiado as mãos imundas no pote de cookies que eu tinha feito com a minha mãe para comermos mais tarde. Mamãe já tinha dado um cookie para cada um de nós antes de irmos brincar no quintal. Depois que voltamos, Aiden entrou de fininho na cozinha e subiu na bancada. Um desobediente!

— Se você parar de ser linguaruda, eu posso, sim, bochecha de esquilo! — rebateu ele.

Bufei, inflando as bochechas e sentindo o rosto corar, então olhei para ele e coloquei as mãos na cintura.

— Eu não tenho bochechas de esquilo!

— Então por que as suas bochechas são parecidas com as dos esquilos?!

— Pelo menos não tenho cara de bunda de gorila!

— Prefiro ter cara de bunda de gorila do que bochechas de esquilo.

— Eu te odeio, bunda de gorila!

— Tô nem aí, bochecha de esquilo! — berrou ele de volta.

Aiden Walters era uma pedra no meu sapato. Ele vivia se metendo em encrenca, e eu vivia tentando impedi-lo de fazer besteira. Boa parte do meu dia era dedicada a dizer não para ele, e boa parte do dia dele era dedicada a me ignorar.

Subi na bancada também e puxei o pote das mãos dele.

— Pelo menos a minha cabeça não é enorme que nem a sua! — falei, mostrando a língua.

Ele puxou o pote de volta e me deu um empurrãozinho.

— A sua cabeça é maior do que a minha!

— Não é, não!

— É, sim! Ela é imensa! É maior do que a cabeça de um elefante!

Agarrei o pote de novo e o puxei.

— Cala a boca, Aiden!

— Cala você, Hailee! — rebateu ele enquanto também puxava o pote.

Ficamos naquele cabo de guerra, berrando um com o outro, até que mamãe entrou na cozinha.

— O que está acontecendo aqui?! — gritou ela.

Aiden e eu tomamos um susto tão grande que soltamos o pote, que se espatifou no chão e se partiu em um zilhão de pedacinhos.

Nós dois ficamos imóveis.

E olhamos para minha mãe.

Depois para o pote quebrado.

Depois para minha mãe.

Depois para o pote quebrado.

— Foi ele!

— Foi ela!

Falamos juntos, apontando um para o outro. Os dois tentando se livrar da culpa pela bagunça. É claro que a culpa era de Aiden, mas ele era um mentiroso de carteirinha. Eu ficava surpresa pelo nariz dele não crescer de tanta mentira que contava.

— Eu juro, mamãe! Foi ele! Ele queria pegar mais cookies, e eu avisei que os cookies eram para mais tarde, só que ele continuou tentando pegar mais cookies, e, e...

— Ela disse que a minha cabeça é enorme, Penny, e que tenho cara de bunda de gorila — queixou-se Aiden, fazendo beicinho e deixando os olhos se encherem de lágrimas.

Meu Deus! Como ele é dramático!

— Ele me chamou de linguaruda e disse que eu tenho bochechas de esquilo! — rebati. — Eu não tenho bochechas de esquilo!

— Tem, sim! — zombou Aiden.

— Não tenho!

— Tem, sim!

— Não tenho, não tenho, não tenho!

— Tem, sim! Tem, sim! Tem, siiiiiiiim! — cantarolou ele.

Para um garoto que tinha a mesma idade que eu, ele se comportava feito um bebê.

Mamãe não pareceu impressionada com nossas justificativas nem com a briga. Ela franziu o cenho e passou as mãos pelo seu penteado afro puff, depois assentiu.

— Desçam já daí, os dois. Vocês sabem o que têm que fazer, né?

Aiden e eu gememos.

— Mas! — gritamos ao mesmo tempo.

Eu odiava quando falávamos ao mesmo tempo, porque a última coisa que eu queria era ser como ele. Eu odiava nossa sincronia. Isso me deixava muito irritada. Preferia quando minha reação era diferente da dele, porque ser diferente dele significava que eu não era uma cabeçuda com cara de bunda de gorila.

Mamãe esfregou a testa.

— Sem mas. Andem, desçam. Já para sala. É hora do abraçaço. — Ela acenou para nós dois.

Nós descemos da bancada e fomos relutantes até a sala.

Mamãe tinha assistido a um programa de televisão em que uma mulher contava sobre o abraçaço que obrigava os filhos a fazer. Sempre que as crianças brigavam, ela mandava os filhos se abraçarem e pedirem desculpas pelo que tinham feito de errado. Eles tinham de ficar agarrados até se desculparem, não importava o que acontecesse.

Eu preferia que mamãe não assistisse à televisão. Isso lhe dava ideias ruins.

O abraçaço era um saco, e eu sempre acabava recebendo esse castigo porque Aiden era um ridículo que me metia em encrencas. Na verdade, Aiden devia se abraçar. Eu não queria fazer aquilo. Eu não tinha tentado comer os cookies!

Mesmo assim, fomos obrigados a nos abraçar, e ficamos resmungando o tempo todo.

Quando a mãe de Aiden, Laurie, entrou na nossa casa e nos viu abraçados, sorriu.

— Brigaram outra vez? — perguntou Laurie.

— Pois é — respondeu minha mãe. — Esses dois parecem Tom e Jerry.

— Ninguém pediu desculpas ainda?

— Ninguém.

Laurie olhou para o relógio.

— Bom, anda logo com isso, Aiden. Senão você vai acabar perdendo sua aula de teatro.

— Mas, mãe! — choramingou Aiden.

— Sem mas. Anda logo — ordenou a mãe dele.

Eu gostava de Laurie, apesar de o filho dela ser um chatonildo. Ela sempre me dava balas quando eu ia à sua casa e vivia querendo saber sobre minhas aulas de confeitaria com minha mãe.

— Desculpa por implicar com você, Hailee — disse Aiden.

Ele não estava falando sério, mas se desculpou. E até parecia ser de coração, o que significava que aquelas aulas de teatro ridículas estavam dando resultado. Era por isso que ele quase tinha chorado por causa do pote! Deve ter aprendido aquele truque com algum professor idiota.

Mesmo assim, abri um sorrisinho por ele ter se desculpado primeiro. Então senti mamãe cutucar meu braço.

Resmunguei.

— Desculpa por implicar com você também, Aiden.

— Pronto. Doeu? — perguntou minha mãe.

— Doeu — respondemos ao mesmo tempo.

Sincronia. Eca.

Nós nos desvencilhamos do abraço e nos afastamos depressa. Aiden e Laurie foram para a aula de teatro ridícula dele, e mamãe e eu fizemos um brownie para mais tarde. Foi o melhor brownie que eu já tinha feito e, quando fui dormir, levei um pedaço escondido para o quarto.

Fui para a janela e olhei para o outro lado do quintal, onde vi Aiden sentado no quarto dele. Eu tinha o vizinho mais chato do mundo, e odiava olhar pela janela e ver a cara irritante dele.

— Ei, seu chato! — berrei.

Ele levantou o olhar e foi até a janela. Parecia emburrado.

— O que você quer, chatonilda?

— Nada que venha de você, chatão! — gritei de volta.

— Então por que você me chamou, hein?

— Porque eu queria dizer que você é um chato. E que eu fiz o melhor brownie do mundo hoje, e você não vai provar.

Levantei o brownie e o balancei no ar.

Ele semicerrou os olhos.

— Me dá isso!

— Não.

Ele pulou a janela, atravessou o quintal, subiu na minha janela e entrou no meu quarto. Sem perder tempo, arrancou o brownie da minha mão e voltou correndo para casa, onde o devorou num instante.

Mas o feitiço virou contra o feiticeiro, porque eu queria que ele provasse o brownie e me dissesse o que achou.

Ele olhou para mim.

— Você tem razão — disse ele com o rosto cheio de migalhas. — É mesmo o melhor brownie do mundo. E agora você não vai comer!

— Eu te odeio, Aiden Walters.

— Eu também te odeio, Hailee Jones.

Apaguei a luz e fui para a cama. Aiden não conseguia ver, mas eu estava sorrindo porque ele tinha gostado do meu brownie, e, apesar de eu não querer, me importava um pouco com a opinião dele.

O bunda de gorila tinha gostado do meu brownie.

Maneiro.

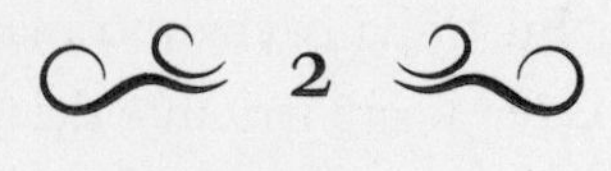

Aiden

DEZ ANOS

Eu não conseguia acreditar que Hailee também estava na turma da Sra. Elk. Como se já não bastasse precisar ver aquela chata sempre que eu olhava pela janela do quarto, eu teria de passar o ano inteiro na mesma sala que ela na escola. Seria uma overdose de Hailee. Ela foi da minha turma no ano passado também, e eu ficava o tempo todo fazendo caretas para ela, porque sabia que isso a irritava. Só que, agora, eu estava na terceira série e não queria mais ter que olhar para a cara dela. A ridícula da Hailee com suas bochechas de esquilo ridículas.

Quando chegou a hora do recreio, a turma inteira saiu da sala. No parquinho, havia um mapa gigante dos Estados Unidos, e Lars Thomas achou que seria legal brincar de um jogo que fazia com que precisávamos nos dividir em dois times. Cada participante receberia um número, então ele chamaria um número aleatório e um estado, e a pessoa escolhida precisaria correr até o estado antes de a outra equipe alcançá-lo.

Ele resolveu chamar o jogo de pega-estado. Era um nome idiota, na minha opinião, mas eu gostava de vencer competições.

Hailee ficou na equipe adversária. Ótimo. Eu não queria que ela ganhasse mesmo. Gostava de vê-la perder.

Eu era o número dois. Hailee era o cinco.

Todo mundo sabia que dois era melhor que cinco.

Lars gritou o meu número e o estado da Califórnia.

Moleza.

Fui correndo para a Califórnia e cheguei antes mesmo de Peter alcançar o Texas.

Voltei sorrindo para a fila. Olhei para Hailee com um ar orgulhoso, e ela revirou os olhos. Tinha ficado irritada com a minha vitória. Eu mal podia esperar para ficar feliz quando ela perdesse.

Lars pigarreou.

— Agora é a vez do número cinco!

Hailee semicerrou os olhos e se posicionou como se estivesse prestes a voar como um foguete para qualquer que fosse o estado que saísse da boca dele. Seu oponente no meu time era Kevin. Nossa, como eu queria que ele a massacrasse, para eu poder rir da cara dela para sempre.

Lars berrou:

— Mississippi!

Os dois saíram correndo, e, droga, Hailee chegou ao estado antes dele. No começo, ela ficou se achando, toda orgulhosa. Mas isso durou pouco.

— Ela roubou! Não tem como essa hipopótama gorda ter chegado na minha frente! Ela foi para o estado errado! — declarou Kevin ao empurrá-la com força, jogando-a no chão.

As mãos de Hailee se arrastaram pelo concreto, e ela se ralou feio.

Não sei o que a machucou mais — o empurrão de Kevin ou as palavras dele.

Seus olhos ficaram marejados, e eu tinha quase certeza de que ela estava prestes a chorar. Mas, antes que isso acontecesse, voei em cima de Kevin e o joguei no chão, acertando a cara daquele idiota com um soco. Fiquei bem encrencado por causa disso, e meus pais me disseram que bater nos outros era errado. Mas, se eles tivessem visto os olhos de Hailee, teriam feito a mesma coisa com aquele idiota.

À noite, olhei para o quarto de Hailee pela minha janela e joguei um sapato para chamar a atenção dela.

— Ei! Ei, chata! — berrei.

Ela foi até a janela e a abriu. Pulei a minha janela e fui até lá.

— O que você quer? — perguntou ela.

A pele ralada de suas mãos estava coberta por curativos. Não entendi por que, mas senti um aperto no peito ao ver aquilo. Se eu pudesse, pularia em cima de Kevin de novo por tê-la machucado. Eu não gostava de Hailee, mas ninguém podia machucá-la.

— Nada — murmurei, coçando a nuca.

— Então por que você jogou um sapato na minha janela?

— Não joguei.

Os olhos dela miraram a grama, onde meu sapato tinha caído.

Eu o chutei para trás de mim, como se isso adiantasse de alguma coisa. Bufei.

— Tá, eu só queria ver se você estava bem.

— Que diferença isso faz para você?

— *Nenhuma!* — rebati, ainda sentindo uma sensação estranha no peito.

Por que eu sentia tanta raiva? Hailee nem tinha feito seus comentários irritantes de sempre. Mesmo assim, eu estava zangado. Acho. Acho que eu estava zangado. Às vezes, assim como meu pai, eu não conseguia entender direito minhas emoções.

— Tudo bem — respondeu Hailee.

Ela não discutiu. Ela não me xingou. Apenas fez menção de fechar a janela, e, quando nos entreolhamos, ainda parecia triste. Exatamente como no parquinho. Isso me deixou com raiva. Ou triste. Ou triste e com raiva.

— Hailee, espera — falei, impedindo-a de fechar o vidro.

— O que foi? — perguntou ela, curta e grossa.

Eu a encarei, inexpressivo.

Eu não sabia o que dizer.

Eu não sabia como me sentir.

Eu só sabia que queria ficar ao lado dela naquela noite, mesmo sem entender por quê.

— Você está estranho — disse ela.

— Não estou.

— Está, sim.

— Não estou!

— Está, sim!

— Deixa pra lá. Mas você está bem? — perguntei, esfregando o pescoço. — Depois do que aconteceu?

Dava para ver em seus olhos que ela estava prestes a cair no choro de novo, e isso fez com que o aperto no meu peito ficasse mais forte ainda.

— Estou ótima.

— Ah... então tá. Bom... eu só queria saber.

— Tudo bem.

— Tudo bem.

— Boa noite.

— Boa noite — murmurei.

Eu me virei e comecei a andar em direção à minha janela.

— Ei, Aiden?

Olhei para trás e vi Hailee secando as lágrimas, e isso deixou meus olhos meio tristes também. Eu não sabia que era possível ficar triste só de ver a tristeza nos olhos de alguém.

— O que foi?

— Você acha que eu sou uma hipopótama gorda, que nem o Kevin falou?

Amanhã, na escola, eu ia arrancar os braços daquele imbecil. Com certeza.

— Não. O Kevin é um idiota que diz coisas idiotas porque ele é idiota. Você é legal, Hailee. Não é uma hipopótama gorda.

— Jura?

Concordei com a cabeça.

— Juro. — Eu mexi os pés pela grama, coloquei as mãos nos bolsos da calça jeans e dei de ombros. — Talvez algumas pessoas até achem que você é perfeita.

Ela balançou a cabeça.

— Ninguém acha isso.

— Alguém com certeza acha.

— Ah... tá bom.

— Tá bom.

— Tá bom.

— Hailee?

— O que foi?

— Para de chorar.

Ela balançou a cabeça.

— Agora não vou conseguir.

— Ah... tá bom.

— Tá bom.

— Tá bom. — Pigarreei. Eu não queria deixá-la ali chorando, sozinha, então suspirei e apontei para a grama. — Quer deitar no chão e contar as estrelas? Faço isso com a minha mãe de vez em quando.

Ela deu de ombros e concordou.

Nós nos deitamos um ao lado do outro na grama e passamos um tempo em silêncio. Então Hailee começou a contar.

— Uma... duas... três...

— Quatro, cinco, seis. — Apontei para o céu.

Chegamos a trinta e quatro, e Hailee se virou para mim. Seus olhos não pareciam tão tristes quanto antes, e isso fez com que eu me sentisse menos triste também.

— Você bateu no Kevin por minha causa — sussurrou ela.

— Bati.

— Você sabe o que isso significa, né? Significa que temos que ser amigos agora. — Ela voltou a encarar o céu e apontou para cima. — Trinta e cinco.

— Você já contou essa estrela.

— Não contei, não.

— Contou, sim.

— Não contei!

— Contou!

— Aiden!

— O quê?

— Nós somos amigos agora, então você precisa concordar comigo de vez em quando. Gostando ou não, é isso que os amigos fazem.

Resmunguei e revirei os olhos, então apontei para a mesma estrela que Hailee havia apontado.

— Trinta e cinco.

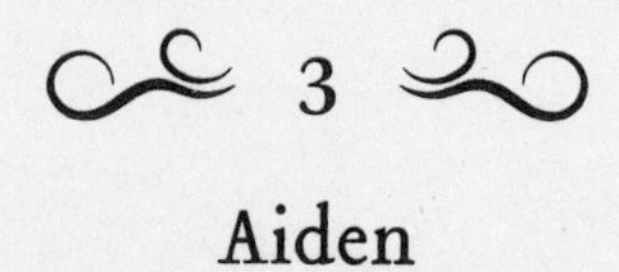

Aiden

DOZE ANOS

Eu era famoso.

Tipo, famoso *de verdade*.

Tudo bem, algumas pessoas achariam que eu estava exagerando, mas fazer o quê? Eu era exagerado. E famoso.

Cheguei a mencionar o quanto eu era famoso? Daqui a pouco, teria que andar com um guarda-costas por aí.

— Você assistiu ao comercial? — perguntei para Hailee no ponto de ônibus, antes da escola.

Recentemente, eu tinha conseguido meu primeiro papel como ator. Eu faria um taco ambulante em um comercial e estava convencido de que havia chegado ao auge da fama.

Hailee sorria de orelha a orelha, apertando as alças da mochila.

— Meus pais gravaram e assistiram várias vezes ontem à noite. Você está famoso.

Sorri e dei batidinhas nos dois afro puffs dela.

— Se você quiser, posso te dar um autógrafo mais tarde.

— Não precisa. Você teria que escrever seu próprio nome pra isso, e sei que escrever não é o seu forte. Nem ler. Na verdade, fiquei surpresa por você ter conseguido decorar o texto.

— Eu não tinha falas, então isso facilitou as coisas.

— Faz sentido.

Um fato sobre minha melhor amiga era que ela sempre implicava comigo. Aham, isso mesmo. A menina que eu detestava havia se tornado minha melhor amiga. Tínhamos passado os últimos dois anos contando estrelas no quintal entre nossas casas.

Porém, quando chegamos à escola, a coisa mudou de figura. Em vez de todo mundo achar que eu era um gênio da atuação, zombaram de mim, dizendo que eu parecia estar sarrando o ônibus do comercial quando fiz minha dancinha. E também que eu era o pior ator do mundo.

No recreio, acabei me escondendo na sala da limpeza, chorando rios de lágrimas de tanta vergonha. Não demorou muito para Hailee me encontrar. Mesmo quando eu não dizia para ela onde estava, Hailee sempre sabia. Imagino que esse era o papel dos melhores amigos — saber para onde você iria e ficar ao seu lado nos piores momentos.

Ela entrou na salinha e fechou a porta. Não falou nada por um tempo, apenas se sentou ao meu lado e me deixou chorar. Eu teria vergonha de chorar na frente da maioria das pessoas, mas, toda vez que eu fazia isso na presença de Hailee, ela não dizia nada. Além do mais, eu também já tinha testemunhado muitas de suas lágrimas.

Depois de um tempo, ela se virou para mim e colocou a mão no meu ombro.

— Sabe o que meu pai sempre fala sobre os críticos que reclamam dos doces da minha mãe?

— O quê? — murmurei, usando a manga da blusa para limpar meu nariz melequento.

— Eles que se fodam — declarou ela em um tom prático.

Arregalei os olhos.

— Você não pode dizer essa palavra.

— Eu não disse nada. Quem falou foi o meu pai — explicou ela, como se as palavras não tivessem saído de sua boca.

— Mas você também falou quando repetiu o que ele disse!

Ela deu de ombros, sem se abalar.

— Meu pai também diz que palavras são só palavras. É a maneira como você as usa que pode fazer com que elas sejam ofensivas ou não. Eu não falei de um jeito ofensivo. Falei para fazer você se sentir melhor.

— Ah — murmurei.

— E aí?

— E aí o quê?

— Funcionou?

— Funcionou o quê?

— Você está se sentindo melhor?

— Ah. — Balancei a cabeça. — Não.

Ela franziu a testa e coçou seus cachos penteados em dois afro puffs bem apertados. Às vezes, ela reclamava por não ter cabelo liso como as outras meninas da escola, mas o dela era o mais bonito de todos. Tudo nela meio que era mais bonito, desde o sorriso e o cabelo cacheado que tinha puxado da mãe, até o nariz redondo e as sardas iguais às de seu pai. Hailee tinha uma aparência fácil de admirar. Às vezes, eu a observava até nos momentos em que ela não percebia.

Ela suspirou quando falei que não estava me sentindo melhor.

— Bom, você quer saber o que a minha mãe costuma dizer?

— Ela manda alguém se foder?

Hailee reagiu com um sobressalto.

— Você não pode falar essa palavra!

— *Mas você acabou de falar...*

— Minha mãe diz que, no começo, as pessoas sempre vão rir da sua cara. Elas não entendem. Depois, quando você chegar lá, vão te perguntar como foi que conseguiu. O jeito é não ficar irritado com o fato de elas ainda não entenderem. O ritmo delas é mais devagar mesmo.

— E se elas não entenderem nunca?

— Que diferença faz? A gente não está nem aí para elas.

Justo.

Ficamos em silêncio por um tempo, então ela disse:

— Eu achei que você arrasou como taco.

Foi então que descobri que a opinião de Hailee sobre mim era a única que importava.

4

Hailee

Dezesseis anos

Eu sabia o que era amor por causa dos meus pais. Meu pai amava mamãe de todas as formas possíveis, e ela o amava com a mesma intensidade. Era um amor tranquilo e efusivo ao mesmo tempo. Um amor resistente e dócil. Um amor selvagem e estável. Cresci em um lar abençoado por uma história de amor incondicional. Com o passar dos anos, vi meus pais transformarem suas vidas, seus corpos e suas carreiras em milhões de maneiras diferentes, mas a admiração que sentiam um pelo outro era algo que nunca mudava.

Minha mãe poderia engordar vinte quilos, e meu pai continuaria babando por ela. Meu pai poderia ser demitido, e mamãe continuaria olhando para ele como se fosse o homem mais bem-sucedido do mundo. E, quando um deles tinha um sonho, o outro estava lá, torcendo e dando apoio. Os dois se incentivavam, mesmo quando isso significava passar por algumas decepções e apertos. Era uma história de amor recíproco — na qual ninguém se sentia desvalorizado.

Acho que foi através disso que entendi o que era amar alguém — observando meus pais.

Talvez fosse por isso que eu estava disposta a dar todo o meu apoio para Aiden nesse momento — mesmo que isso significasse decepções e apertos para mim.

— Los Angeles? Por quanto tempo? — perguntei, quando nós dois estávamos sentados na grama congelada com nossos moletons.

Ainda era setembro, mas o frio sempre dava um jeito de chegar ao Wisconsin. Estávamos naquela época estranha de transição entre as estações do Meio Oeste, quando você congelava pela manhã, derretia de calor ao meio-dia e, ao anoitecer, já estava morrendo de frio de novo. Aiden dizia que morávamos num pedacinho do inferno. Eu não tinha como discordar.

— Talvez seja só por uns meses, mas disseram que esse tempo pode ser estendido por mais um ano — respondeu ele.

Essas palavras partiram meu coração. Essa era a maior oportunidade da carreira de ator de Aiden até agora. Ele estrelaria uma série de televisão gravada em Burbank, na Califórnia.

Por mais de um ano.

Um ano?!

Sem querer ser dramática — mas já sendo, porque essa era eu —, um ano sem a companhia do meu melhor amigo parecia uma eternidade. Como eu conseguiria passar trezentos e sessenta e cinco dias sem ele no ponto de ônibus comigo? Sem ele sentado ao meu lado na grama? Sem ele me enchendo o saco?

Quem contaria estrelas comigo?

Dava vontade de chorar só de pensar nisso, mas eu não podia. Eu tinha de ficar animada por ele, e eu estava animada. Aiden havia conseguido a maior oportunidade do mundo. Ele já tinha participado da temporada anterior da série, mas não como um personagem fixo. Seria ótimo para a carreira dele. Ele tinha se esforçado muito e merecia aquela conquista.

Mesmo assim...

Eu ficaria com saudade.

Na vida, era normal ter muitos amigos e tudo mais, só que esse não era o meu caso. Eu não tinha muitos amigos. Eu tinha uma pessoa, que estava indo embora da nossa cidadezinha para se tornar um grande astro.

Eu sabia que esse dia ia chegar. Ele era talentoso demais, bom demais para não se tornar a estrela mais brilhante de Hollywood um dia, mas eu queria que Aiden pudesse estar em dois lugares ao mesmo tempo.

— Não gosto de ficar falando coisas legais para você, porque sei que isso só serve para inflar o seu ego — falei.

— Ah, é verdade, meu ego é imenso. E só fica cada vez maior.

— Eu sei. Seu ego é tão grande quanto a sua cabeça enorme. Mesmo assim, só dessa vez, vou falar um negócio legal, mas, se você algum dia jogar isso na minha cara, te dou um soco.

— Tudo bem.

Passei os dedos pelos trechos de grama congelada e dei de ombros.

— Estou orgulhosa. Você vai fazer coisas maravilhosas e ganhar um monte de fãs e tudo mais, mas quero que saiba que eu sempre serei sua fã número um.

Ele sorriu, semicerrando os olhos.

— A minha Hailee acabou de falar uma coisa fofinha?

A minha Hailee.

Por que isso fez meu coração palpitar?

Levantei um punho fechado e o balancei no ar.

— Olha que eu te dou um soco, Aiden.

Ele jogou as mãos para o alto, se rendendo.

— Justo.

Aiden era mais emotivo que eu. Acho que estar em contato com as próprias emoções ajudava na carreira dele. Comigo era um pouco diferente. Era um desafio me abrir e demonstrar vulnerabilidade. Nós éramos opostos em muitos sentidos. Eu era mais certinha, planejava tudo. Gráficos de pizza e estatísticas eram a minha linguagem do amor. Aiden já era mais relaxado, seguia o fluxo da vida em todos os aspectos. Isso me tirava do sério de vez em quando.

Não me leve a mal, eu também era capaz de seguir o fluxo, deixar a vida me levar. Contanto que soubesse para onde a vida estava me levando, a velocidade do fluxo, sua duração, seu nível de caos segundo cálculos matemáticos, os prós e contras. E, de qualquer maneira, por que raios as pessoas iriam querer seguir o fluxo, quando podíamos fazer planos e tomar providências para evitar todos os possíveis problemas?

Enfim. Eu era tranquila, calma, serena. Estava tudo sob controle.

— Sabe de uma coisa? — perguntou Aiden. — Acho que essa é a coisa mais legal que você já me falou. Isso quer dizer que você vai ficar com saudade.

Sim.

Vou.

Mais do que consigo explicar.

Fico com vontade de chorar só de pensar que você vai me abandonar.

Revirei os olhos.

— Saudade é uma palavra dramática e uma fraqueza humana que impede as pessoas de se concentrarem na própria vida.

Aiden sorriu.

— Também vou ficar com saudade, Hails.

— Quando você vai? — perguntei.

— Amanhã, na verdade.

Amanhã?

Tipo... o dia depois de hoje?

Tipo... daqui a menos de vinte e quatro horas?

Tipo... *Ah, não.* Meu coração. Parecia que ele estava sendo estraçalhado. Devagar no começo, depois com uma velocidade dolorosamente rápida.

Então essa era a sensação de ter o coração partido. Era impressionante como nosso coração podia se partir de um jeito tão silencioso na frente dos outros. Dava para entender por que algumas pessoas evitavam passar por isso e preferiam não se entregar ao amor de jeito nenhum. Mesmo sentado na minha frente, Aiden não fazia ideia de que cada parte de mim doía. Que cada parte de mim se afundava em tristeza. Eu não podia ficar sentada ali. Se ficasse, acabaria chorando. E, se eu chorasse, ele se sentiria mal. Eu não queria que ele se sentisse mal por algo maravilhoso estar acontecendo em sua vida. Mesmo assim, era como se o melhor dia da vida dele fosse o pior da minha, e eu não sabia como lidar com isso.

Emoções e tal. Eca.

Eu me levantei da grama, limpei minha bunda úmida com as mãos e segui na direção da minha janela.

— Espera, aonde é que você vai? A gente acabou de chegar.

— Preciso terminar meu dever de casa.

Ele arqueou uma das sobrancelhas.

— Mas... eu acabei de te contar que vou embora amanhã.

— É, eu escutei.

— Você não quer passar um tempo comigo? Antes da grande despedida amanhã de manhã?

Amanhã de manhã?

Eu não teria nem a tarde?

Lágrimas. Elas estavam desesperadas para cair.

— Não precisa, Aiden. Boa viagem. A gente se vê daqui a um ano.

— Hailee, espera...

Não esperei. Entrei no quarto, fechei a janela, puxei as cortinas e chorei. Aiden ficou batendo no vidro durante um tempo, me mandou várias mensagens, mas eu não respondi.

Aiden: Vou às sete da manhã. É melhor você aparecer pra se despedir, Hails. Até amanhã.

Quando a manhã chegou, eu ainda não estava pronta para vê-lo partir. Mamãe se sentou na beirada da minha cama, e meu pai se apoiou no batente da porta.

— Você devia se despedir, Hailee. Eles já estão indo — disse mamãe.

Meu pai concordou com a cabeça.

— Estão entrando no carro.

— Tudo bem — falei para eles, abraçando meu travesseiro. — A gente se encontra quando ele voltar.

— Hailee... — Mamãe suspirou. — Você vai se arrepender se não for dar um abraço no Aiden. Ele é seu melhor amigo.

Será que ela achava que eu não tinha pensado nisso? Eu sabia que um último abraço pareceria uma última despedida. Depois que Aiden começasse a fazer sucesso, e ele faria, novas oportunidades surgiriam, e ele teria muitos motivos para não voltar. Ele estava indo embora, me deixando apenas com o desejo e a esperança de conseguirmos terminar o último ano da escola juntos.

Desejos e esperanças não eram a minha praia — não se encaixavam nos meus gráficos de pizza.

Ouvi o motor do carro ligando na casa vizinha. Meu coração disparou no peito. Meu pai entrou no quarto e se sentou ao meu lado. Ele era um armário. Quem não o conhecia poderia achar que ele era o maior brutamontes do mundo, mas a verdade era que ele tinha um coração enorme. Era o homem mais gentil que eu já havia conhecido na vida. Desde seus olhos castanhos ao seu sorriso tranquilo, meu pai exalava bondade.

— Hailee... Imagina se eu precisasse viver viajando para Los Angeles ou pelo mundo para gravar filmes e nunca me despedisse da sua mãe? Você não acha que ela ficaria chateada?

— É claro que ficaria.

— E você não ficaria chateada se eu nunca me despedisse de você quando fosse viajar?

— Ficaria...

— Então por que você não quer se despedir do Aiden?

Abri a boca para falar, mas minha voz trêmula produziu apenas um sussurro.

— Estou com medo de ele nunca mais voltar.

— É compreensível. Ele é muito talentoso, então não vou dizer que isso não vai acontecer, mas, mesmo assim... ele é a sua pessoa. E você sempre cumprimenta e se despede da sua pessoa.

— Mesmo quando é difícil?

— Principalmente quando é difícil. — Meu pai se inclinou para a frente e deu um beijo na minha testa. — A gente consegue fazer coisas difíceis por amor, querida. É o amor que torna tudo um pouco mais leve.

Amor.

Era isso que existia entre mim e Aiden?

Amor?

Eu consigo fazer coisas difíceis.

Levantei da cama com o coração disparado e saí correndo do quarto. Quando atravessei a porta da frente e alcancei a grama, vi o carro de Aiden começar a descer a rua.

Não.

Senti o momento exato em que aconteceu — quando meu coração se despedaçou dentro do peito.

Saí correndo pelo meio da rua. Eu sacudia os braços feito uma louca, berrando o nome dele.

— Aiden! Aiden, espera! — gritei.

Meus pulmões estavam queimando, e meu corpo doía, porque eu jamais me descreveria como alguém que gostava de correr. Mas corri por ele. Corri o mais rápido que pude, balançando os braços, prestes a me desmanchar em lágrimas. No instante que vi o carro frear, parei e cambaleei para a frente, batendo na traseira.

Minha respiração estava ofegante, e meu coração martelava em minhas costelas quando a porta traseira do carro abriu. Parada ali, com um conjunto de moletom da Nike, senti o suor escorrendo pela minha testa.

Aiden saiu do carro. Assim que me viu, abriu um sorriso, colocou as mãos na cintura e, com uma expressão convencida, perguntou:

— Você acabou de correr pela rua atrás de mim?

Revirei os olhos, ainda ofegante, com os joelhos tremendo. Não era segredo para ninguém que meus joelhos não eram iguais aos da Megan Thee Stallion. Eles estavam no mesmo patamar dos de velhinhos de noventa e três anos no asilo.

Cruzei meus braços suados.

— Não exagera, Aiden.

Ele deu um passo na minha direção.

— Você veio me dizer que vai ficar com saudade?

— O quê? Não. Eu já disse, saudade é uma palavra dramática e uma fraqueza humana que...

— Que impede as pessoas de se concentrarem na própria vida. Sei, sei. Blá, blá, blá.

Aiden veio com tudo para cima de mim e me envolveu em seus braços. Ele sempre se sentia muito à vontade para demonstrar afeto. Já eu? Nem tanto.

— Aiden, para. Estou suada.

— Eu não ligo, Hails.

— Me solta.

— Só se você me abraçar também.

Suspirei.

— Tá bom, mas só porque quero que você me solte.

Eu o abracei, e suas mãos tocaram minhas costas de um jeito que me fez derreter. Não queria soltá-lo nunca mais.

— ETA — sussurrou ele ao meu ouvido.

Ele sabia que eu tinha dificuldade para expressar meus sentimentos, então ETA era o mais perto que chegávamos de dizer eu te amo.

Às vezes, eu achava que havia algo errado comigo. Meus pais eram tão abertos em relação aos sentimentos deles, e meu melhor amigo não era diferente. Só que, por algum motivo, eu não sabia lidar com as minhas emoções.

Mas eles nunca me pressionavam para que eu me expressasse. Apenas deixavam eu ser quem eu era, contornando minhas barreiras estranhas com ETAs da vida.

— ETA também — sussurrei, piscando para afastar as lágrimas.

Quando ele me soltou, senti falta de seu abraço.

Senti falta dele.

Como eu podia sentir falta de alguém que estava bem na minha frente? Esfreguei os cabelinhos na minha nuca.

— Aiden.

— O que foi?

— E se você nunca mais voltar? E se você se mudar para lá de vez? E se Hollywood tornar você uma pessoa ruim? — tagarelei, à beira das lágrimas.

A ficha caiu quando vi o carro dele cheio de malas, com o motor ainda ligado. Ele ficaria mesmo um ano fora — talvez mais. Eu estava perdendo a melhor parte de mim.

Aiden sorriu.

— Eu sabia que você ficaria com saudade.

— É sério, Aiden. — Mordi o lábio, tentando lutar contra as lágrimas. — E se você for embora e esquecer quem é de verdade?

— Se eu esquecer quem sou, basta voltar para você. Tenho certeza de que isso vai resolver o problema.

— Promete que você volta para mim?

— Prometo.

Eu me joguei nos braços dele e o envolvi em um último abraço. Ele pareceu um pouco surpreso por eu ter tomado a iniciativa, mas não se afastou. Aiden adorava contato físico. Isso era algo que o deixava feliz.

— Desculpa, Hailee, mas temos que ir agora, senão perderemos o voo — disse o pai dele, saindo do carro.

Aiden me deu um último abraço forte.

— Vamos fazer uma lista de tudo que queremos realizar no último ano da escola, Hailee. Vou te ligar para escrevermos juntos. Eu volto. Prometo.

— Não faça promessas que você não pode cumprir.

Ele segurou meus ombros.

— Eu prometo.

Aiden voltou para o carro. Fiquei parada no meio da rua, observando-o se afastar. Quando voltei para casa, meus pais estavam me esperando na varanda. Mamãe franziu a testa.

— Você precisa de um abraço, Hailee.

— Não. Odeio abraços.

— É, a gente sabe. Mas... — Meu pai esfregou o nariz com o dedão e assentiu com a cabeça. — Você quer um abraço?

As lágrimas começaram a escorrer pelas minhas bochechas, e concordei lentamente com a cabeça.

— Tá bom. Só um.

5

Aiden

DEZESSETE ANOS

HOJE

Samuel Walters tinha passado a vida inteira sonhando em ser ator, porém as coisas não aconteceram como o planejado.

Ele havia morado na Califórnia durante boa parte da juventude, numa tentativa de fazer seu nome na indústria cinematográfica. Junto com seu primo Jake, que gostava mais de ir para a farra do que correr atrás dos próprios sonhos, ele tinha sobrevivido a noites em sofás, à base de macarrão instantâneo. Jake era o tipo de cara que adorava se meter em encrenca. Mesmo assim, Samuel permanecera ao seu lado nos bons e nos maus momentos. Quando Jake fazia alguma burrada, Samuel resolvia tudo.

Depois de muito macarrão instantâneo, Samuel resolveu dar um tempo da vida na Califórnia e voltar para a cidadezinha de Leeks, no Wisconsin, para juntar dinheiro. O plano nunca havia sido abandonar seu sonho, mas Samuel acabou se apaixonando por uma moça chamada Laurie. Ela era uma mulher linda, inteligente e bondosa. Seu nome era sinônimo de lealdade e amor — duas coisas que ela fazia questão de priorizar no relacionamento deles. Porém, em outros momentos, também significava perda e solidão. Após sofrer um aborto espontâneo, Laurie precisava da presença de seu companheiro.

Em sua última viagem à Califórnia, Samuel havia descoberto que Jake teria um filho com uma mulher com quem só tinha passado uma noite. Quando a mãe da criança abrira mão do bebê logo depois de parir, Jake pediu a Samuel e Laurie que adotasse o garotinho, pois sabia que jamais conseguiria ser um bom pai.

Os únicos pais que conheci eram Samuel e Laurie Walters, e Jake era o primo irresponsável que vinha nos visitar de vez em quando. Quando cresci mais um pouco, meus pais me contaram sobre Jake e a adoção. Explicaram que todos nós éramos uma família, só que um pouquinho diferente das demais. O nome e a história da minha mãe biológica foram as únicas informações que ficaram de fora.

Eu me parecia com meu pai em tantos aspectos. Apesar de não termos o mesmo sangue, eu era filho dele.

Eu, Aiden Walters, sempre havia sonhado ser ator, e tudo tinha dado certo.

Desde pequeno, eu assistia aos filmes clássicos com meu pai. Aos cinco anos, já sabia declamar falas de *Casablanca*. Aos sete, tinha decorado *Aconteceu naquela noite*. Aos oito, quando falei para meu pai que eu queria ser ator, ele até chorou. Até hoje, não sei se foi de alegria ou de tristeza. Talvez um pouco das duas coisas. Ele sempre dizia que tivera de abrir mão de seu sonho para cuidar de mim, e, apesar de insistir que não se arrependia, dava para perceber que ele via seus desejos se tornando realidade conforme minha carreira decolava. Era por isso que estava sempre envolvido quando o assunto era meu trabalho. Ele queria se certificar de que tudo correria como sempre havia imaginado. Era por isso que ele tinha dificuldade de entender o que eu havia acabado de dizer.

Meu pai parecia estar sofrendo de insolação, apesar de o ar-condicionado da sala estar no máximo.

— Espera, espera, espera, calma Aí. Volta a fita. Você acabou de ganhar um Emmy, Aiden — disse meu pai, andando de um lado para o outro no apartamento alugado em Los Angeles. — Um Emmy! Estão chovendo ofertas de papéis novos. São muitas oportunidades para alavancar sua carreira. Como você chegou à conclusão de que agora é o melhor momento pra tirar uma folga? De jeito nenhum.

— Eu acho que é uma ótima ideia — disse minha mãe, depois de se sentar ao meu lado no sofá. — Ele está trabalhando feito um louco por quase uma década.

Meu pai resmungou.

— Mas ele acabou de estourar, Laurie. Existe uma diferença entre trabalhar feito um louco e ser bem-sucedido. O sucesso só veio agora. Essa é a hora de insistirmos até ele se estabelecer.

— Ou ele pode voltar para Leeks e terminar o último ano da escola com a melhor amiga. Tenho certeza de que isso é importante para ele. Não é, Aiden?

Meu pai dispensou a ideia com um aceno de mão.

— Ele pode terminar a escola em qualquer lugar. Estudar em casa funcionou muitíssimo bem nesse ano! Ele só tira dez.

— A questão não são as notas. É a experiência — argumentou minha mãe. Quando se tratava da minha vida profissional ou da minha saúde mental, minha mãe sempre priorizaria a última opção. — Não dá para voltar no tempo e reviver o último ano da escola, mas sempre vão surgir novos papéis em filmes.

— Posso voltar para fazer os testes quando precisar — insisti. — E, se aparecer um trabalho grande, o papel dos meus sonhos, eu vou aceitar, pai. É só que... — Minha voz ficou trêmula, porque vi a decepção nos olhos dele. Olhos que eu sonhava que fossem parecidos com os meus. — Eu, hum, eu...

Comecei a gaguejar, as palavras entalando na garganta. Passei as mãos pelo meu cabelo castanho bagunçado e me esforcei para não parecer um idiota que não sabia o que falar.

Eu tinha pavor de decepcionar meus pais. Comecei a suar enquanto tentava explicar meu ponto de vista para meu pai. Eu nem sabia por que estava tão nervoso. A questão era que ser um bom ator não necessariamente me fazia uma pessoa feliz. Eu me sentia mais triste do que era esperado de alguém tão bem-sucedido.

Às vezes, eu tinha pensamentos que nem deveriam passar pela minha cabeça. Na minha mente emotiva, eles faziam sentido. Mas e de um ponto de vista racional? A maioria das minhas preocupações era ridícula.

O que não as impedia de existir.

A coisa que eu mais fazia na vida era me preocupar, e a segunda coisa que eu mais fazia era esconder minhas preocupações. Durante boa parte do tempo, as pessoas ao meu lado nem desconfiavam de que eu estava no auge de um ataque de pânico.

Uma vez, durante uma entrevista, me perguntaram como eu conseguia ter uma conexão tão profunda e íntima com o personagem mentalmente instável que eu estava interpretando.

Fiquei com vontade de gritar a plenos pulmões que era fácil interpretar a mim mesmo.

Meu pai me encarava como se eu estivesse prestes a arrancar o coração dele do peito. Talvez eu estivesse mesmo.

Ao longo dos anos, eu tinha desenvolvido um medo irracional de que, se meus pais se decepcionassem comigo, deixariam de me amar. Era um pensamento insistente, sem sentido. Eu odiava quando ele vencia. Era como ser derrotado pelos seus piores temores, sendo forçado a me render. Racionalmente, eu sabia que meus pais jamais deixariam de me amar, ainda que se decepcionassem com minhas escolhas. Na verdade, minha mãe deixava claro que só me amaria mais.

— Ele quer aproveitar o fim da adolescência, Samuel — concluiu minha mãe. — Eu apoio essa ideia. Francamente, você também deveria. Ele tem se esforçado muito e tem o direito de opinar sobre o próprio futuro. Mesmo que você não concorde, o Aiden vai voltar pra Leeks para terminar a escola, e depois nós veremos quais serão os próximos passos.

Certo, talvez um dos meus pais tivesse percebido o pânico que tomava conta de mim.

Apenas duas pessoas na minha vida me entendiam de verdade. Por sorte, minha mãe era uma delas.

Minha mãe era a mulher mais linda do mundo. Uma mulher negra maravilhosa, com cachos castanho-avermelhados que batiam quase no quadril. Seu sorriso largo fazia com que todos sorrissem para ela também. Os sorrisos da minha mãe eram como um cobertor recém-saído da secadora — reconfortantes e quentinhos. Seus olhos castanhos eram carregados de sinceridade e amor. Quando ela ria muito, ficava com soluço. E, quando o filho se calava, ela falava por ele.

— O que ele quer fazer? — repetiu meu pai, furioso. — Ele tem todo o talento do mundo para ser uma grande estrela de Hollywood, e o caminho está escancarado agora. Você sabe quantas pessoas matariam por uma oportunidade dessas?

— Isso não significa que seja o certo para ele — argumentou minha mãe.

Ele me fitou com uma expressão séria, mas notei um lampejo de tristeza em seus olhos. Naquele momento, me dei conta de que eu não estava realizando o meu sonho — estava realizando o sonho do meu pai. Jake e ele passaram muito tempo na Califórnia, em busca do estrelato. Parte de mim sabia que ele havia deixado esse sonho de lado quando me adotou. Às vezes, eu me perguntava se ele sentia orgulho ou inveja de mim. Se era possível que os dois sentimentos caminhassem lado a lado, como se fossem amigos, mas amigos que brigavam o tempo todo e que poderiam viver melhor se cada um fosse para um lado.

Ele cruzou os braços.

— Você não quer ser ator? Depois desse tempo todo? Depois de todos os sacrifícios que fizemos?

E lá estava — o desejo imenso de me encolher em um canto e me afogar em uma poça de suor.

— Não faça seu filho se sentir culpado por isso — disse minha mãe.

Isso aí, fale mesmo, mãe! Pelo menos alguém ali tinha coragem de se impor.

— Não estou culpando ninguém. Estou perguntando. Aiden. — Ele chegou perto de mim. — Fala a verdade. Você quer ser ator?

O olhar dele me dizia que havia apenas uma resposta certa. Apenas uma resposta que afastaria a culpa e o pânico do meu peito. Apenas uma resposta que não faria com que eu fosse uma decepção para meu pai. Os sonhos eram dele, não meus.

— Aham. É claro.

Meu pai suspirou de alívio.

— Viu só? Ele quer.

Minha mãe se virou para mim, inclinando a cabeça enquanto me analisava, mas permaneceu em silêncio. Ela sabia que eu estava mentindo, mas não ousaria me questionar.

— Só quero aproveitar meu último ano na escola. Se aparecer alguma coisa, posso voltar para cá. Pai, vou conseguir dar conta de tudo, da minha carreira e dos estudos. Vai dar tudo certo.

Meu pai franziu o cenho e torceu o nariz, então finalmente cedeu.

— Se eu perceber que a escola está atrapalhando a sua carreira, vou te tirar de lá.

Era um comentário estranho vindo de um pai, mas eu não ia discutir.

— Combinado.

Assim que encerrei minha conversa com meus pais, fui para o quarto, me joguei na cama e peguei o celular para mandar uma mensagem.

Aiden: Adivinha?

Hailee: Você conheceu o Timothée Chalamet e deu meu número pra ele?

Aiden: Não.

Hailee: Ah. Então é bem provável que eu não me importe.

Já era de se esperar. Ignorei o comentário implicante.

Aiden: Vou voltar pra casa pra terminar a escola. Podemos continuar nossa lista de desejos do ensino médio.

No início do nosso primeiro ano, Hailee e eu tínhamos feito uma lista de coisas que queríamos fazer antes de nos formarmos. Infelizmente, acabamos riscando alguns itens, já que eu tinha passado um ano inteiro longe dela. Precisava correr atrás do tempo perdido. Quanto mais eu pensava em voltar para casa e ser um garoto mais ou menos normal com minha melhor amiga, mais empolgado ficava.

Hailee: É sério?

Aiden: Aham. Quando você menos esperar, já vou estar por aí, te enchendo o saco.

Os três pontinhos apareceram e desapareceram, depois apareceram de novo, desapareceram, indo e vindo várias vezes. O que significava que Hailee estava pensando demais no que dizer. Minha melhor amiga era mestre em digitar e apagar mensagens. Era bem provável que estivesse ponderando se deveria ser implicante ou fofa. Minha morde e assopra favorita.

Aiden: Nenhuma resposta? Não conseguiu pensar em um jeito de implicar comigo?

...

...

...

Hailee: Vem logo, seu chato.

Um pouquinho de implicância com um toque de doçura. Do jeito que eu mais gostava.

6

Hailee

Ele chega hoje! Ele chega hoje!

Hoje era o dia em que eu teria meu melhor amigo de volta. Já estava quase na hora de Aiden chegar, e eu estava empolgadíssima. Apesar de tentar manter a compostura.

Fiquei encarando o relógio do quarto como se a intensidade do meu olhar fosse capaz de acelerar o tempo. Infelizmente, não consegui despertar nenhum superpoder secreto dentro de mim, e o relógio continuou seu ritmo normal.

Mais quinze minutos.

Ele chegaria em quinze minutos.

Era estressante saber que ele tinha deixado para fazer tudo em cima da hora e só chegaria a Leeks na véspera das aulas começarem. Mas pelo menos estaria em casa dali a quinze — corrigindo — catorze minutos.

Eu tinha até pedido para ele me mandar a localização, para poder acompanhar seu trajeto do aeroporto até em casa.

Saí correndo do quarto quando o cronômetro apitou na cozinha. Eu estava assando cookies de chocolate com gotas de chocolate para ele. Também havia barrinhas de limão, uma dúzia de brownies e biscoitos de aveia na bancada. Preparei todos os doces favoritos de Aiden como um presente que dizia "bem-vindo, melhor amigo, mas, se você for embora de novo e ficar fora por tanto tempo assim, vai me pagar". Tirei a torta de maçã do forno e a coloquei na bancada também.

Será que eu tinha preparado coisas demais?

Sim.

Eu me importava com isso?

Nem um pouco.

Preparar doces me acalmava. Sempre que eu me sentia ansiosa ou empolgada demais, acabava indo para a cozinha preparar alguma coisa. Eu tinha puxado a minha mãe nesse sentido. Ela fazia os melhores doces da cidade, fossem para casamentos, batismos ou festas de aniversário de cachorros. Se houvesse um evento, mamãe era responsável pelos doces. Ela ia abrir a própria confeitaria com meu pai. Ele era o cérebro por trás da empreitada, e mamãe, a alma. Os dois se complementavam feito café com leite — a mistura perfeita entre doce e amargo.

Nós até já tínhamos encontrado um ponto para a loja na praça da cidade. Eu tinha certeza de que passaria muitas tardes por lá, ajudando minha família, mas essa história teria de ficar para outro dia.

Olhei para o relógio do micro-ondas enquanto tirava a luva de cozinha.

Doze minutos.

Eu estava pingando de suor.

Por que tanto nervosismo? Não fazia sentido ficar nervosa. Minhas axilas estavam encharcadas, o que deixou minha camiseta branca igualmente molhada. Corri para o quarto, arranquei a camiseta, entrei no banheiro, passei bastante desodorante e vesti outra camiseta, torcendo para não suar tanto desta vez. Dei uma olhada no espelho e vi todos os traços da minha mãe estampados no meu rosto, desde seus olhos castanhos arredondados até seu nariz de botão. Nossa pele era marrom-dourada, o que fazia mamãe sempre dizer que brilhávamos como deusas no sol. Já meu cabelo natural era um pouco diferente do dela. Os cachos da mamãe estavam sempre hidratados e bem-cuidados. Eles caíam em cascatas perfeitas até seus ombros, cheios de definição e saúde. Os meus viviam presos em um afro puff grande e seco, porque eu preferia passar os fins de semana maratonando filmes a ficar um dia inteiro na missão dos cuidados capilares.

Porém, naquele dia, eu tinha me dedicado um pouco ao meu cabelo e o prendera em dois afro puffs. Isso que era empolgação.

Ajeitei meu cabelo e dei de ombros. Estava bom o suficiente.

Deitei na cama e vi cada minuto se arrastar, segurando o celular perto do rosto, observando Aiden se aproximar cada vez mais. Quando o aplicativo mostrou que ele estava entrando na rua, dei um gritinho de alegria, pulei da cama e saí correndo em direção à porta, berrando "Ele chegou! Ele chegou!" para que a casa inteira — isto é, meus pais — soubesse.

Cheguei à varanda no mesmo instante que o pai de Aiden estacionava o carro na frente da garagem ao lado. Eu não era muito de correr, mas parecia que estava participando dos Jogos Olímpicos enquanto ia até o carro. Aiden abriu a porta com aquele seu sorriso bobo e enorme estampado no rosto. Mal consegui olhar para ele, pulei logo em seus braços, puxando-o para o melhor abraço do mundo.

Ele me abraçou também, então reparei que a sensação estava um pouco diferente. Minhas mãos desceram até seu peito.

O que era aquilo?

Era...? Ele...?

Isso é um tanquinho?!

Eu me afastei, completamente abismada ao analisar Aiden. Meu Aiden! Meu melhor amigo! Aquele corpo antes pálido agora estava bronzeado. Lentes de contato sobre os olhos azuis da cor do mar. Braços enormes, dignos de um super-herói da Marvel.

Ai. Meu. Deus. Do. Céu.

Não. Pode. Ser.

Ele ficou gostoso!

Dei um tapa no peito dele sentindo minha empolgação se transformar em uma fúria inexplicável.

— Que droga é essa? — bradei.

Não me leve a mal, eu sabia que ele estava malhando. Nós conversávamos por vídeo, e eu o via na televisão, mas encontrá-lo em carne e osso era outra coisa. Sentir Aiden em carne e osso era diferente. Ele tinha virado uma pessoa completamente diferente.

Ele riu.

Eu, não.

— Adorei te ver também, Hailee — disse ele. — É bom estar em casa.

A... a voz dele estava mais grave do que quando a ouvia ao telefone? Quem era aquele homem na minha frente? Onde estava o meu melhor amigo?

Trinquei os dentes e passei as mãos ao redor de seus bíceps imensos, grunhindo baixinho:

— *O que você fez?*

Passei o restante da noite irritada, dando um gelo nele.

Como ele teve coragem de fazer uma coisa dessas comigo?

Como ele tinha coragem de voltar para casa com *aquele* corpo?

— Você não está enganando ninguém com essa cara de paisagem — zombou Aiden quando chegou ao ponto de ônibus na manhã seguinte, para nosso primeiro dia de aula.

Nós não nos falávamos desde que ele havia me traído da pior forma possível.

Meu melhor amigo tinha ficado gostoso.

Tipo, gostoso *mesmo.*

Eu não sabia como aquilo havia acontecido, mas, de algum jeito, Aiden tinha deixado para trás o garoto rechonchudo que sempre fora e se transformado em um cara com corpo de super-herói. Ele estava tão bronzeado e musculoso que qualquer um acreditaria que seu último ano havia sido dedicado apenas a comer peito de frango e fazer levantamento de carros por diversão.

Aiden fora passar um ano na Califórnia para gravar um seriado, e agora tinha voltado todo musculoso e atraente, e isso era bem irritante. Claro que ele já tinha feito ótimos trabalhos antes de ter ficado esse tempo fora, mas sempre voltava com a aparência de sempre — meio bobo, com gordurinhas nos lugares certos. Nós dois éramos iguais nesse sentido — dois bobos, dois gordos. Era nossa marca registrada! O Bobo Gordo e a Boba Gorda.

Nós tínhamos um acordo, que ele quebrara ao resolver voltar de seu ano em Hollywood com aquela aparência. Era um acordo simples e implícito: permaneceríamos feios durante os anos de escola para termos companhia na nossa feiura. Então passaríamos por um *glow up* aos vinte anos. Aiden detestava o termo *glow up*, e era por isso que eu fazia questão de usá-lo o tempo todo, só para irritá-lo.

Em vez de sustentar nossa fase feia, Aiden tinha passado o ano se transformando em um filé de primeira, desses servidos em jantares de sábado em restaurantes chiques. Ficou surreal de lindo, exatamente como um astro de Hollywood.

Que babaca.

Tudo que eu tinha ganhado no último ano eram uns treze quilos e fobia social. Fazia alguns meses que eu ia à academia com meu pai para fazer musculação, mas não conseguia os mesmos resultados que o Hércules do meu lado. Malhar era algo que me ajudava mais a controlar a ansiedade do que a perder peso. Era minha válvula de escape quando eu me sentia solitária. Quando ficava com saudade do meu melhor amigo. E também era algo que fazia com que eu me sentisse poderosa, o que era um ponto positivo. Mas estava na cara que minha dieta e a de Aiden eram bem diferentes.

Aiden também estava mais alto do que quando o vi pela última vez. Eu sabia disso porque, no último abraço que demos antes de ele ir embora, cheguei a apoiar minha testa em sua bochecha. No abraço de agora, seu queixo havia pressionado o topo da minha cabeça.

Ou talvez ele apenas andasse mais empertigado, porque a confiança tinha esse efeito nas pessoas.

Seus olhos também estavam mais azuis? Nossa, como senti falta daqueles olhos azuis. Pelo menos eles não ganharam músculos.

Aiden arqueou uma sobrancelha.

— Vai continuar me dando gelo? — perguntou ele, batendo com o braço no meu.

Dei um passo para a direita e virei meu corpo para o outro lado. Fazia quase doze horas que ele tinha voltado, e eu não havia lhe dirigido uma palavra desde que vi que sua aparência tinha ido de Steve Rogers antes do experimento do governo para a porcaria do Capitão América!

Que cara de pau!

— Deixa disso, Jerry — insistiu ele, cutucando meu braço.

Eu me afastei até sair de seu alcance.

— Não me chama de Jerry. Só meu melhor amigo me chama de Jerry, e você não é mais meu melhor amigo.

Eu estava sendo infantil? Estava. Eu estava sendo dramática? Estava, sim.

— Para de drama — reclamou ele.

— Você me conhece há dezessete anos. Eu sempre faço drama. Quer dizer, sério, Tom, esse é nosso último ano. Você devia ter voltado gordo como sempre, porque, na sua ausência, eu arrumei mais onze quilos para carregar comigo. Não era para você voltar com esse corpo!

Mais treze quilos.

Não sei por que falei onze.

A subtração desses dois quilos fez com que eu me sentisse um pouco melhor. Mamãe dizia que os números na balança não definiam as pessoas, mas, caramba, havia dias em que eles pareciam ser a definição máxima da minha existência.

Aiden sorria de orelha a orelha, radiante de orgulho.

— Que sorrisinho é esse? — resmunguei.

— Nada, é só que... Você me chamou de Tom.

Ah, droga.

Bufei.

— Foi da boca pra fora.

— Nem vem com essa. Você falou sério, porque, apesar da minha carinha linda e do meu corpo sarado te irritarem, eu ainda sou o Tom do seu Jerry.

— Só estou dizendo que a gente tinha um acordo implícito de que você voltaria gordo e feio para o nosso último ano, e não foi isso que aconteceu.

— Lamento informar que você também fracassou nessas duas coisas.

Um sorriso escapou de mim, passando por cima da minha teimosia.

Que babaca fofo.

Eu não suportava aquele garoto de quem tinha sentido mais saudades do que poderia explicar no último ano, feito uma idiota. Quando éramos pequenos, nossas mães sempre nos chamavam de Tom e Jerry, porque vivíamos perseguindo um ao outro como no clássico desenho animado do gato e do rato. Crescemos grudados. Ele era meu Tom; eu era a Jerry dele. Nós tínhamos até colares com pingentes dos personagens. Ele me usava em seu pescoço, um ratinho. E eu o usava no meu, um gato ranzinza. Era brega? Sim. Era a nossa cara? Sem dúvida.

Ele tinha até ido receber o Emmy usando o colar. Esse detalhe me fizera sorrir.

— Bom, então tá. Se nós vamos começar nosso último ano nos odiando, pelo menos deixa eu dizer que senti falta da sua implicância — comentou Aiden.

Seu cabelo castanho-escuro estava penteado para trás, ondulado. Quando foi que ele tinha passado a usar gel no cabelo? E aquele cheiro doce, terroso, amadeirado? Vinha dele? O que os californianos tinham feito com meu melhor amigo? Eu odiava aquilo tudo porque... bem, eu meio que adorava aquilo tudo, e o fato de eu gostar das mudanças estava me deixando confusa. Meu coração martelava com vontade contra as minhas costelas, e eu não entendia por quê.

— Tanto faz. — Eu o fitei com um olhar sério e dei de ombros. — Também senti sua falta.

— Aperto de mão especial?

— Aiden, a gente está no último ano agora. Não podemos mais ficar fazendo nosso aperto de mão brega. — Ele começou a balançar os dedos para mim, e gemi. — É sério, Aiden. A gente inventou isso quando tinha nove anos. Já passamos dessa fase.

Ainda me ignorando, ele levantou uma das mãos, com a palma voltada para mim, e começou a cantarolar:

— Panqueca, panqueca, para o alto ela vai.

Sem hesitar, bati a mão na dele.

— Se lançada para cima, ela voa e não cai.

Ele bateu o dorso da mão contra a minha três vezes.

— Se largada, ela some, evapora.

Nós dois giramos uma vez, depois ficamos um de frente para o outro, batemos as mãos, emendando em uma ondinha esquisita com o corpo enquanto falávamos:

— Perdida no bueiro onde o palhaço assassino mora.

Uma vez, quando éramos pequenos, ele dormiu na minha casa no Halloween, e, na hora de nos deitarmos, fomos de fininho para a sala e assistimos ao filme *It: a coisa*. Desde então, ficamos obcecados por palhaços assustadores, filmes de terror e apertos de mão bregas.

O ônibus escolar amarelo-claro, que era surreal de barulhento, veio quicando na nossa direção. Por dentro, dei graças a Deus por aquele ser o último ano que eu teria de andar no expresso-banana para o inferno.

— Você não é um ator famoso agora? A gente não deveria estar indo para a escola numa Mercedes-Benz ou algo do tipo? — perguntei.

— Meus pais disseram a mesma coisa, mas eu queria ter a experiência completa da escola pela última vez. Pelas memórias, sabe?

— Você é muito esquisito.

— Diz a minha melhor amiga.

Justo.

Subi os degraus do ônibus da escola e me sentei ao lado da janela. Em questão de segundos, a ficha caiu: aquele ano seria estranho, porque os alunos no ônibus já estavam sussurrando sobre o deus grego que andava atrás de mim.

— Caramba, aquele é o Aiden?

— Não acredito! Ele está um gato!

— Será que está solteiro?

— Vi a série dele outro dia!

— Ele é famoso! Você assistiu à entrevista dele com o Jacob Elordi?

— Será que ele conhece a Zendaya?

— Ele vai mesmo sentar com a Hailee? Não é possível que eles ainda sejam amigos, né?

Ótimo. Que maravilha. Eu me orgulhava de ter passado despercebida pelos outros alunos nos últimos três anos da minha vida escolar. As pessoas me conheciam, mas eu não chamava atenção suficiente para que zombassem de mim, nem era legal a ponto de as pessoas fazerem questão de falar comigo. Eu não era nada popular e achava isso ótimo. Aiden, antes do *glow up* do Capitão América, também não era nada popular.

Mas agora? Agora todo mundo só falava de seus dois Bs — bunda e bíceps.

Aiden se sentou ao meu lado, parecendo totalmente alheio às fofocas sobre seu novo visual.

Ele procurou algo na mochila e pegou sua grade de horários enquanto o ônibus seguia para o próximo ponto.

— Deixa eu ver o seu — ordenou ele, me entregando seu papel. Mexi na minha mochila, peguei a minha grade e a entreguei para ele. — Eita, o maluco do Sr. Dom vai te dar aula de química avançada — observou Aiden. — Que pessoa inteligente.

— Diz o cara na aula de desenho avançado. — Aiden era capaz de fazer praticamente qualquer coisa, mas seu talento para desenhar quase se equiparava ao seu talento para atuar. Eu diria até que ele desenhava melhor do que atuava, e isso era um elogio e tanto. — E achei engraçado você se inscrever em atuação básica.

— Por quê?

Eu o encarei como se ele fosse louco.

— Tem um Emmy na cornija da lareira da sua mãe.

Juro que, às vezes, Aiden parecia não ter noção de que era Aiden Walters — a nova sensação de Hollywood.

— É só um troféu de metal. Um milhão de pessoas por aí atuam melhor do que eu, mas nunca vão ter as mesmas oportunidades que eu tive. Ganhar um Emmy não significa nada.

— Esse é o tipo de resposta que um vencedor do Emmy daria para não parecer arrogante.

Ele deu um sorrisinho.

— Funcionou?

— Quase.

— Então vou aprimorar meu discurso.

— Talvez a aula de atuação básica ajude — brinquei.

Aos dez anos, Aiden havia participado de um comercial veiculado no país inteiro. Aos catorze, já tinha estrelado três filmes; e, aos dezessete, havia participado de uma série de TV e ganhado um Emmy. O fato de Aiden ser o novo queridinho de Hollywood não era surpresa nenhuma. Depois de passar cinco minutos em sua companhia, todo mundo caía de amores por ele.

Dava para entender. Meu melhor amigo era como um filhotinho de cachorro — insuportável de tão adorável.

Aiden passou os olhos pelo papel, e o brilho em seu olhar desapareceu conforme ele continuava analisando minha grade curricular.

— Nós não temos uma aula juntos. Até o horário dos nossos intervalos é diferente! Você está no intervalo A, e eu, no B.

Dei de ombros.

— Não tem problema.

— Claro que tem. Como assim nós não vamos almoçar juntos?

— Hum, mas ano passado foi assim.

— Só porque tinha cinco bilhões de quilômetros separando a gente. Agora isso é inaceitável. É o nosso último ano. Preciso almoçar com você no nosso último ano.

— Não é nada de mais.

— Ah, mas é. O pessoal da secretaria vai se ver comigo. Escreve o que você está dizendo.

— Você quis dizer escreve o que *eu* estou dizendo?

— Foi o que eu falei. Escreve o que você está dizendo.

Balancei a cabeça.

— Não. A expressão não é essa.

— Tanto faz. O que você diz é o que eu digo; o que eu digo é o que você diz.

Revirei os olhos e apoiei o braço na janela.

— Você tem energia demais para quem acordou tão cedo.

— Se esse é o seu jeito de dizer que sentiu saudade de mim, eu também senti saudade de você.

Assim que entramos na masmorra do Satanás, todo mundo notou a presença de Aiden. Ele estava decidido a ter um último ano de escola normal antes de sua carreira bombar ainda mais, algo que certamente ia acontecer, mas era nítido que nada naquele último ano seria normal. Todo mundo o encarava.

Nós nos separamos assim que chegamos, mas os ecos das pessoas falando sobre sua transformação e seu sucesso em Hollywood eram ridículos. Poucos anos antes, as pessoas zombavam dele por dançar em um comercial vestido de taco... mas, agora que ele estampava capas de revistas e era amigo de atores da Marvel, todo mundo tinha virado fã de carteirinha? Bando de hipócritas. E, como Aiden era um fofo, aceitaria ser bajulado. Aquele garoto era maravilhoso demais para notar que alguém não estava sendo verdadeiro com ele. Ele era a personificação de um golden retriever. Leal até o último fio de cabelo a qualquer um que o fitasse com um sorriso. Se tivesse um rabo, ele acabaria caindo de tanto balançá-lo, todo animado.

Antes do fim do primeiro tempo, um nó se formou em minha garganta quando fui ao banheiro. As garotas populares estavam lá, dando risadinhas falando de Aiden, e detestei a possibilidade de elas tocarem suas garrinhas pintadas de esmalte nele.

As caixas de som guincharam quando o sinal soou, fazendo com que a gente se lembrasse do equipamento quebrado da escola. A voz do diretor Warren ecoou por cima do ruído do aparelho, passando as informações do dia e nos recepcionando para mais um ano de professores nos mandando sentar e calar a boca.

— Por fim, quero desejar um bom retorno ao primeiro ator de Leeks a ganhar um Emmy, Aiden Walters. Não deixem de assistir à série dele, *Esquecidos*, quando chegarem em casa. Sejam bem-vindos, pessoal. Um ótimo ano para todos!

Discursos no alto-falante da escola sobre o meu melhor amigo? A última coisa que nosso ano seria era normal.

7

Hailee

Eu odiava o intervalo. Se dependesse de mim, as aulas seguiriam sem nenhuma pausa e nós seríamos liberados da prisão uma hora mais cedo. Em vez disso, eu tinha de passar meu tempo em um refeitório cheio de gente conhecida, mas que eu não conhecia de verdade, cercada por pessoas que pareciam ter amigos com quem sentar, ao contrário de mim.

Desde que engordei, comer na frente dos outros era ainda mais desconfortável. Eu meio que me sentia na obrigação de comer coisas que não queria, só para evitar a possibilidade de alguém comentar sobre as minhas escolhas.

— A gente devia ter chegado mais cedo. Pelo visto, essa garota vai acabar com a comida toda — brincou alguém atrás de mim.

Não olhei para trás. Eu não sabia quem havia falado aquilo nem tinha certeza de que estavam falando de mim, mas sentia que estavam, sim. Só podiam estar falando de mim. Minhas coxas roçavam uma na outra quando eu andava. Um pneu de gordura se formava logo acima do cós da minha calça jeans sempre que eu me sentava, o que fazia pelo menos um dos meus braços automaticamente se apoiar na protuberância. Nem camisetas largas conseguiam esconder aquele volume.

Minhas mãos suavam ao redor da bandeja de plástico marrom feia, tremendo pela atenção indesejada.

— Cala a boca, Robby. Eu já disse que estou na TPM — respondeu uma menina.

Olhei para trás e vi que Hilary era o alvo da piada.

Caramba. Se ela, que era magra, ouvia piadinhas sobre a quantidade de comida que colocava no prato, então eu era um caso perdido. Eu teria de me esforçar muito para não chamar atenção.

Sente-se. Coma em silêncio. E não faça...

— Hailee Jones! — berrou alguém.

Meu coração foi parar na garganta.

Quando me virei, vi Aiden parado a alguns metros de distância, levantando um papel.

— Levei minha queixa para as autoridades e fui oficialmente transferido para o intervalo A. Vencemos! — berrou ele e, balançando o quadril de um lado para o outro, numa dancinha ridícula, o que fez com que eu me lembrasse de que, mesmo que Aiden fosse famosérrimo, ele ainda era o meu Aiden.

Meu Aiden espalhafatoso, com dois pés esquerdos.

Meu taco ambulante favorito.

Eu mal podia esperar para almoçar com ele por mais cento e oitenta dias.

— Não acredito que você deu um jeito de mudar seu horário inteiro só para a gente comer essa gororoba junto — brinquei quando Aiden veio até nossa mesa, depois de pegar a comida.

Eu me senti mais confortável no instante em que o vi. Aquilo era muito louco.

— Eu me recuso a passar o último ano de escola sem conversar com a minha melhor amiga durante o dia. Foi por sua causa que fiz questão de estar aqui no último ano. E, agora, também vamos estar juntos no último tempo, na sala de estudos.

Sorri.

— Não podemos conversar na sala de estudos.

— Até parece que a gente não consegue conversar sem usar palavras. Tipo agora. — Ele se empertigou e semicerrou os olhos para mim. — No que estou pensando?

— Em nada.

Ele jogou as mãos para cima.

— Viu, só?! Você me conhece.

Dei uma risada e balancei a cabeça. Quanto mais tempo passávamos juntos, mais relaxada eu ficava. Todo o nervosismo que sentia na ausência de Aiden havia evaporado e se transformado em alegria. Só ele era capaz de aliviar minhas preocupações.

— Vamos dar uma olhada na lista de desejos do ensino médio? Para ver o que falta? — perguntou ele, dando uma mordida no hambúrguer de frango.

Eu me remexi no banco e concordei com a cabeça.

— Tá.

Enfiei a mão dentro da mochila e peguei meu caderno. Abri na primeira página, onde estava a lista.

Lista suprema de desejos para o ensino médio de Tom & Jerry

Nós tínhamos listado todas as experiências que queríamos ter durante o ensino médio e já havíamos feito muito progresso.

- Passar pelo menos dois anos na lista de melhores alunos
- Participar de um show de talentos da escola e perder
- Usar fantasia em todos os dias da semana temática da escola, por mais brega que seja
- Arrumar um(a) namorado(a)
- Tirar um dia para matar aula à la *Curtindo a vida adoidado*
- Dar o primeiro beijo
- Se fantasiar no Halloween
- Ir à uma festa da galera
- Perder a virgindade
- Aiden apresentar o Timothée Chalamet para Hailee

O último item havia sido acrescentado recentemente, porém era válido.

Por enquanto, tínhamos conseguido cumprir o objetivo nerd de estar na lista dos melhores alunos pelos últimos três anos. No primeiro ano, quando ninguém sabia direito quem éramos, nos apresentamos no show de talentos e cantamos "Total Eclipse of the Heart", de Bonnie Tyler, e perdemos. Feito e feito. Nós tínhamos nos fantasiado durante a semana temática do colégio, mesmo no ano em que não estávamos juntos, e mostramos o que estávamos vestindo um para o outro por FaceTime. Feito, feito e feito.

Ele arqueou uma sobrancelha.

— Então nós dois ainda somos BVs?

— Você beijou a Samuela Lee na série.

— Aquilo foi atuação. Não conta.

— É claro que conta.

— Não, estou falando de um primeiro beijo de verdade. Do tipo que você lembra para sempre. Eu nem me lembro do beijo com a Samuela.

— Você pode assistir à série em qualquer plataforma de streaming, se quiser refrescar sua memória.

— Jerry — gemeu ele.

— Tom — rebati.

— Eu mudei meu horário todo para almoçarmos juntos. O mínimo que você pode fazer é concordar comigo.

Com um suspiro dramático, eu cedi.

— Tá bom. Nenhum de nós dois deu o primeiro beijo. Tenho certeza de que você não vai ter muita dificuldade em arrumar uma namorada este ano — resmunguei, notando que as meninas ficavam passando perto da nossa mesa e sussurrando sobre Aiden.

O fato de ele nem se dar conta da atenção que recebia não me causava surpresa. Até há pouco tempo, as garotas não costumavam dar muita bola para Aiden, então era bem provável que ele achasse que elas estavam falando de outra pessoa.

Meu melhor amigo fofo, ingênuo e idiota.

Não demoraria muito para que as garotas começassem a fazer fila para beijá-lo.

— Também precisamos escolher nossas fantasias de Halloween — falei. — Ano passado foi triste, porque a gente não pôde planejar nada junto. E como este é o nosso último ano, temos que fechar com chave de ouro. Pensei em uma dupla fodona, ou...

— E aí, Hailee? Não tinha visto você hoje ainda! — disse uma voz, interrompendo nossa conversa.

Levantei o olhar e vi Carlton se aproximando da nossa mesa, enquanto a felicidade no rosto de Aiden evaporava e se transformava em confusão.

Carlton usava seus óculos de armação grossa verde-limão, um macacão laranja da Adidas bem chamativo e um par de All Star vermelho. Ele também estava paramentado com uma corrente dourada. Parecia um rapper. Na falta de um termo melhor, eu diria que ele era esquisito. Não que ser esquisito fosse ruim. Eu também era esquisita, do meu jeito.

Ele era o cara excêntrico que fazia coisas extremamente constrangedoras na frente dos outros só para chamar atenção. Carlton tinha o desejo estranho de ser aceito pelos alunos populares, mas ele era tão fora da caixinha que essas pessoas só conseguiam rir da cara dele. Ninguém o respeitava. Ele usava roupas ridículas todos os dias e contava piadas horríveis, como se fosse um tiozão de sessenta anos. Todo mundo ria, mas Carlton nunca se dava conta de que estavam rindo dele, não com ele.

Surpreendentemente, no tempo que Aiden havia passado fora, eu me diverti com as piadas idiotas de Carlton. Se não fosse por ele e suas esquisitices, o ano anterior teria sido muito mais solitário. Diferente dos outros alunos, eu ria junto com Carlton, não dele.

Eu me empertiguei.

— Carlton. Oi. Achei que você estivesse no outro intervalo — falei, sentindo a tensão na mesa, ou talvez fosse apenas minha mente ansiosa.

Espere um pouco. Não. Aiden estava fuzilando Carlton com o olhar.

— Eu estava, mas mudei para poder almoçar com você. — Ele olhou para Aiden. — Mas parece que você já tem companhia.

— Ah, imagina. Tem espaço para todo mundo — falei, indicando o espaço à minha esquerda. — Né, Aiden?

Aiden não respondeu. Suas sobrancelhas estavam arqueadas numa expressão perplexa.

Por baixo da mesa, eu o chutei, e ele recuperou a compostura, pigarreando.

— Aham, claro. Pode sentar — murmurou ele, ainda meio atordoado.

Carlton nem notou o olhar confuso de Aiden. Ele se sentou e começou a tagarelar sobre tudo o que surgia em sua mente. Depois de muitos comentários aleatórios e desconexos, ele olhou para o caderno.

— O que é isso? — perguntou.

Aiden fechou nossa lista e a guardou na mochila.

— Nada.

— Nós estávamos tentando decidir nossas fantasias para o Halloween — falei para Carlton.

— Ah! Maneiro! A gente devia bolar uma fantasia em trio ou alguma coisa assim.

Aiden balançou a cabeça.

— Isso é coisa minha e da Hailee.

— Foi uma coisa minha e da Hailee no ano passado. Eu me fantasiei de Superman, e ela, de Mulher-Maravilha.

Aiden me encarou com um olhar chocado, depois se inclinou e sussurrou para mim:

— Você se fantasiou com ele no ano passado? Por que não me contou? Desde quando você e o Carlton são tão amiguinhos?

— Foi por acaso. A gente não planejou nada. E nós somos amiguinhos desde o ano passado, quando meu melhor amigo me largou aqui na cova dos leões — sussurrei em resposta. — Seja legal com ele.

— Seu desejo é uma ordem — concordou Aiden, ainda chocado, mas me obedecendo.

Antes que pudéssemos retomar a conversa, Cara, eleita a rainha do baile da escola por três anos consecutivos, veio saltitando até nossa mesa. Aiden era caidinho por ela havia sete anos. Ela deslizou pelo banco até se sentar ao lado dele e jogou o cabelo por cima dos ombros. Então pestanejou seus cílios enormes para meu melhor amigo.

— Oi, Aiden — cantarolou ela, como se aquela interação fosse a coisa mais normal do mundo.

Preciso deixar claro que eu, Cara e Aiden estudávamos juntos desde o jardim de infância, e Cara Simmons nunca havia feito questão de falar com a gente. Ela sempre se julgou superior demais para se rebaixar e falar com pessoas que não faziam parte de seu grupinho de amigos — pelo menos essa era a minha impressão.

Aiden deve ter sentido o mesmo estranhamento com a situação, porque suas sobrancelhas se arquearam, e sua voz permaneceu baixa.

— Hum... Oi? — disse ele em um tom questionador. — O que aconteceu?

— Nada. É só que é tão bom voltar para a escola, né? Falando em escola, nós sentimos sua falta no ano passado — comentou ela.

Espera. Nós?

Nós?!

Nós sentimos falta de quem?

Que nós é esse de que você está falando?!

Que cara de pau.

— Hum... É. Valeu? — respondeu ele, confuso.

Eu e Carlton congelamos, sem saber o que fazer. Será que Cara tinha notado a nossa presença? Eu duvidava muito. Nós não éramos lindos, populares nem ricos o suficiente para sermos vistos.

— De nada. — Cara sorriu, e suas covinhas se aprofundaram enquanto ela cruzava as pernas e se inclinava para mais perto de Aiden. — Então, vou dar uma festa no próximo fim de semana.

Aiden concordou com a cabeça.

— Legal.

— Você devia aparecer — sugeriu ela em um tom despreocupado.

— Quem, eu? — perguntou ele, apontando para si mesmo.

— É, seu bobo. É claro. — Ela afundou o dedo no peito dele, e a pele nem afundou. Isso que era dureza. Eu provavelmente fiquei tempo demais olhando para o peito dele, fascinada. — Me passa o seu celular — ordenou ela, esticando a mão para ele.

Ele não se mexeu, pois parecia chocado demais com os desdobramentos daquela conversa.

— Aiden. — Cara estalou os dedos. — Seu telefone.

Ele balançou a cabeça, voltando para a realidade, e pegou o celular. Com o aparelho em suas mãos de unhas pintadas, ela salvou o próprio número nos contatos dele, toda feliz.

Então devolveu o telefone a Aiden, se levantou da mesa e abriu seu sorriso perfeito de comercial de creme dental.

— Então tá! A gente se vê no sábado. Eu costumo pedir para todo mundo levar a própria bebida, mas não precisa se preocupar. Vou te colocar na ala VIP.

Ela piscou e foi embora, saltitando. Não, estou mentindo. Ela saltitou.

Nós três ficamos na mesa em silêncio.

Ficamos nos entreolhando até Carlton dizer:

— Então, o convite foi para todo mundo, ou...?

O convite não tinha sido para todo mundo. Carlton e eu não éramos famosos o suficiente.

Quando as aulas terminaram, encontrei Aiden cercado por pessoas na frente de seu armário. Ele sorria e falava sem parar, mas notei o tremor discreto de sua mão enquanto seu dedo mindinho batia contra a perna. Seu rabo de golden retriever invisível não balançava. Estava enfiado entre as pernas.

Entrei no modo guarda-costas. Disparei na direção dele, abrindo caminho pelo mar de gente. Segurei seu pulso com firmeza e o puxei até virarmos no corredor, levando-o para longe da multidão. Abri a sala da limpeza e o empurrei para dentro, fechando a porta. Puxei a cordinha da luz presa ao teto e iluminei o espaço.

— O que você está fazendo? — perguntou ele.

— Salvando você.

— O quê?

— Você está tendo um ataque de pânico.

Ele piscou algumas vezes, olhou para as mãos trêmulas e concordou com a cabeça.

— Ah.

Eu conhecia meu melhor amigo do avesso. Sabia identificar os pequenos sinais em sua linguagem corporal que mostravam que ele se sentia acuado. A maioria das pessoas não reparava nas mudanças discretas, mas eu era capaz de ler aquele garoto como se ele fosse um livro. Ele era meu romance favorito, que eu leria várias vezes, sempre que pudesse.

— Você não deve nada àquelas pessoas, Aiden.

— Elas só estavam sendo legais.

— Não passam de um bando de aproveitadores tentando tirar vantagem de você. Para de falar. Isso não ajuda. Só respira.

Ele abaixou a cabeça e eu segurei sua mão trêmula para acalmá-lo. Ficamos ali por dez minutos, sem falar nada. Às vezes, palavras não resolviam nada. Às vezes, bastava deixar o tempo passar.

— Nós vamos perder o ônibus — falou ele.

— Tudo bem. Podemos voltar andando. Olha para mim.

Seus olhos azuis se ergueram, parecendo menos atormentados. Ele estava se recuperando, depois de passar o dia inteiro sendo intensamente bombardeado pelas pessoas.

— Você está bem — falei para ele.

— Estou bem. — Ele pigarreou e esfregou a lateral do rosto com uma das mãos. — Posso levar você para casa agora?

Concordei com a cabeça.

Ele abriu a porta para mim e me seguiu assim que saí da sala.

— Sei que você é bonzinho demais para mandar as pessoas te deixarem em paz, então preciso que me dê permissão para socar a fuça de qualquer um que ultrapasse os seus limites — falei.

— Acho que ninguém vai precisar levar um soco na fuça.

Franzi a testa e dei um tapinha nas costas dele.

— Eu sei. É por isso que você é bonzinho demais.

— Você ficou mesmo amiga do Carlton? — perguntou ele do nada.

Levantei uma sobrancelha.

— Aham. Ele é legal.

— É? Ou você só estava se sentindo sozinha no ano passado?

— O que você quer dizer com isso?

Aiden deu de ombros.

— Não vou com a cara dele. A mania que ele tem de ficar puxando o saco dos outros me incomoda. Sabia que, depois do intervalo, ele veio atrás de mim e falou que me pagaria se eu desse um jeito de levá-lo na festa da Cara? É esquisito.

— Ele é excêntrico.

— Excêntrico e desesperado são duas coisas diferentes. E ele está a fim de você.

— O quê? — Eu ri. — Não está, não.

— Está, sim.

— Como você sabe?

— Porque além de tentar me pagar por um convite para a festa, ele não parava de falar que estava a fim de você.

Era quase incrível o fato de que a possibilidade de ficar com Carlton não despertava nenhum sentimento em mim, mas, por outro lado, quando o braço de Aiden esbarrava no meu... Eu sentia um frio na barriga na hora, que se espalhava pelo meu corpo inteiro.

Balancei a cabeça.

— Ninguém é a fim de mim.

— O quê? Por que você acha isso?

— Porque eu sou eu.

— É exatamente por isso que o Carlton gosta de você. Porque você é você.

Dei de ombros.

— Ele não faz o meu tipo.

— Ah, é? E qual é o seu tipo?

Você.

E você.

Aí, talvez, aos domingos, você também.

Eita.

De onde tinham vindo esses pensamentos?

As palmas das minhas mãos ficaram mais suadas, e eu fechei as mãos em punho ao dizer:

— Já falei. O Timothée Chalamet.

Ele abriu um sorrisinho que tocou o fundo do meu coração.

— Só ele? Não tem mais ninguém?

— Não.

Tentei acelerar o passo e me esforcei para reprimir aqueles sentimentos. Eu não podia olhar nos olhos dele, porque Aiden me conhecia tão bem quanto eu o conhecia. Ele não podia descobrir aquela novidade sobre as sensações esquisitas que sua presença despertava em mim.

Além do mais, seja lá o que eu estivesse sentindo por Aiden era temporário. Teria de ser. Afinal de contas, ele era meu melhor amigo, e eu jamais colocaria isso em risco ao, ah, sei lá... me apaixonar por ele.

Mesmo assim, fiquei pensando um pouco naquilo. Bom, confesso, pensei muito. Pensei em como seria me apaixonar por um cara como Aiden. Mas eram pensamentos sem sentido. Eu já tinha lido romances demais para saber como essas coisas funcionavam.

Garotos como Aiden ficavam com garotas como Cara. Nunca com garotas como eu. Meu destino era ser a melhor amiga coadjuvante, enquanto Cara conquistava o mocinho da história.

Aiden acelerou o passo para me acompanhar.

— Então, sobre a festa...

8

Aiden

— Não existe a menor possibilidade de eu ir a essa festa — disse Hailee enquanto íamos andando para casa.

Para mim, aquele primeiro dia havia sido bem bizarro. A quantidade de pessoas que me pediram para tirar fotos com elas — inclusive professores — era surreal. Meu maxilar doía de tanto que sorri. E era ainda mais estranho pensar que esses pedidos vinham do mesmo pessoal que havia zombado das minhas primeiras experiências como ator, quando eu tinha interpretado um taco ambulante.

Eu me lembrava perfeitamente de me esconder na sala da limpeza e de me acabar de tanto chorar por causa do bullying que sofria. Hailee havia me encontrado e acabou matando o restante das aulas para me fazer companhia. Ela só me deixou sozinho para buscar comida na hora do intervalo. E, ao fim do dia, ela já estava me fazendo rir outra vez, porque Hailee conseguia melhorar até um dia de merda.

Agora, a mesma galera que havia feito bullying comigo me pedia autógrafos. A vida era esquisita. As pessoas eram mais esquisitas ainda.

A única coisa consistente? Hailee Jones me salvando da multidão e se escondendo comigo para me lembrar de respirar.

Agarrei as alças da mochila.

— O quê? Por que não? Está na lista.

— Achei que esse seria um dos itens que a gente não conseguiria cumprir.

— Mas nós vamos cumprir! A gente foi convidado.

— *A gente?!* — rebateu ela. — Aquele convite com certeza foi só para você.

Parei, peguei meu celular e comecei a digitar.

— O que você está fazendo? — perguntou Hailee.

Meu telefone apitou, e sorri ao lhe mostrar a tela.

Aiden: Posso levar uma amiga pra festa?

Cara: Claro! Leva quem você quiser.

Hailee revirou os olhos. Ela era mestre na arte de revirar os olhos. Um talento inigualável.

— Ela não sabe que a amiga sou eu. Não é como se eu tivesse sido convidada.

— É claro que ela sabe que é você. — Apoiei o braço nos ombros de Hailee e a puxei para um abraço. — Você é a única amiga que eu tenho.

Estar de volta à minha cidade natal estava sendo melhor do que eu esperava. Pela primeira vez em muito tempo, eu me sentia bem. Olhando de fora, eu parecia ter tudo quando se tratava da minha carreira como ator. Mas, por dentro, eu me sentia vazio. Voltar para casa era a primeira coisa que me fazia sentir que, de alguma forma, tudo ficaria bem.

Alguns segredos me atormentavam desde que cheguei a Leeks, segredos que eu queria revelar o mais rápido possível, apesar de não saber como. Dois segredos que certamente virariam minha vida de cabeça para baixo.

O primeiro: eu não queria mais ser ator. Passei um ano inteiro fora e não esperava que fosse sentir tanta saudade de casa. Tudo bem que eu já havia passado alguns meses fora, filmando uma coisinha ou outra por aí, mas ficar tanto tempo longe tinha sido mais difícil do que eu havia imaginado. Eu sentia falta da minha vida de antes. Eu sentia falta da minha família e de Hailee.

E isso me levava ao segredo número dois: Eu. Sentia. Falta. De. Hailee.

Ao longo da nossa amizade, ondas de sentimentos inexplicáveis me atingiam sempre que estávamos juntos. Havia momentos em que ela me abraçava, e eu não queria soltá-la. Às vezes, ela ria, e eu sonhava com o som de sua risada. Em certas ocasiões, quando ela fazia as coisas mais bobas do mundo, eu a encarava e só pensava em cobrir seu rosto com mil beijos. Sempre achei que esses sentimentos eram passageiros. Eles surgiam de repente, mas desapareciam quando eu lembrava que ficar a fim da minha melhor amiga poderia significar o fim da nossa amizade.

Então fiquei um ano na Califórnia. Era quase como se eu tivesse entendido de verdade o quanto Hailee era especial para mim assim que me vi obrigado a ficar longe dela. Em Los Angeles, eu vivia cercado por pessoas, mas as *minhas* pessoas não estavam comigo. A minha pessoa.

Eu estava decidido a contar para Hailee o que realmente sentia por ela para poder ter o melhor último ano do colégio ao lado dela. Mas ainda me faltava coragem. O que significava que eu só tinha um segredo em que poderia me concentrar no momento — minha aversão cada vez maior pelo trabalho como ator.

Meus pais haviam investido muito tempo e dinheiro em minha carreira. Quando eu era pequeno e comentei que tinha vontade de ser ator, eles me deram todo apoio do mundo. Meu pai fazia de tudo para que eu pudesse me entregar por completo aos trabalhos, e era isso que eu fazia, mas, agora, não sentia mais aquela mesma paixão. Estar em Hollywood às vezes era cansativo. Eu sentia como se estivesse perdendo parte das minhas raízes, e, apesar de ainda não saber o que queria fazer, estava claro que continuar seguindo aquele caminho não era para mim.

Seria difícil ter essa conversa com meus pais, mas cheguei à conclusão de que o jantar daquela noite seria um bom momento para jogar a bomba. Queria abrir logo o jogo.

Quando entrei na sala de jantar, meu pai já estava de pé, servindo comida nos pratos. Ele olhou para mim e levantou uma sobrancelha.

— Você vive grudado nesse telefone ultimamente. Nada de celular na mesa de jantar, a menos que seja trabalho.

Meu pai e suas regras para as refeições.

Minha mãe entrou na sala e me deu um beijo na testa.

— Oi, querido.

Começamos a comer, e era ótimo e estranho me deliciar com um jantar preparado pela minha mãe. Ela era uma chef fantástica, uma das melhores do Meio Oeste, talvez até do mundo. O restaurante dela em Chicago era um sucesso. Era por isso que ela não conseguia passar tanto tempo em Los Angeles comigo quanto meu pai. Então eu me sentia paparicado quando voltava para casa e para a comida dela.

Meu agente dizia que eu devia evitar certos alimentos para manter a forma, mas seria impossível dispensar a comida da minha mãe. Minha única certeza era que poder comer algo que não fosse só arroz e frango era uma dádiva. Antes, eu não me preocupava com meu peso. Só que, no ano passado, quando precisei ficar musculoso para um papel, parecia que eu não conseguia pensar em outra coisa. Mas esse era um assunto que eu não discutia com ninguém, porque seria ridículo ficar reclamando sobre ter um tanquinho e ganhar dinheiro para atuar em filmes e séries. *Que vida difícil, Aiden.*

Portanto, eu guardava meus problemas para mim.

Também odiava que uma das primeiras coisas que eu tinha feito ao chegar em casa fora me pesar. Depois, na manhã seguinte, eu me pesei de novo. Era como se o número na balança e a imagem no espelho fossem as coisas mais importantes da minha vida.

Antes de sair de Leeks, eu nem tinha balança. Agora, eu conseguia olhar para o meu prato e adivinhar quantos macronutrientes havia nele. Outro motivo para eu querer sair dessa indústria: ela provocava uma avalanche de inseguranças em mim.

— Como foi o primeiro dia? — perguntou minha mãe, me tirando daqueles pensamentos.

— Bom. Consegui trocar o horário do meu intervalo para almoçar com a Hailee. Os professores também foram legais.

— As pessoas ficaram felizes em te ver? — perguntou ela.

— Até demais. É estranho ver que todo mundo me dá atenção agora. Recebi convites para festas de gente que nunca falou comigo antes.

— Você devia ignorar esse povo. É fácil ser popular quando as pessoas acham que você é bem-sucedido. É bom tomar cuidado com essa gente e ficar esperto — alertou meu pai.

— Sim, só é esquisito.

Meu pai baixou o garfo e entrelaçou as mãos.

— Vamos combinar uma coisa sobre a escola, Aiden. Sei que fui contra a sua volta, porque é difícil para uma pessoa pública ter uma adolescência normal. E, como você mesmo disse, as pessoas já estão te tratando de um jeito diferente. Então vamos colocar os pingos nos is. Você assiste às aulas, faz suas lições, tira notas boas e volta para casa. Entendido?

Concordei com a cabeça.

— Sim, senhor.

— E se divirta — disse minha mãe, se inclinando para apertar meu braço. — Você também pode se divertir. É o seu último ano!

Meu pai resmungou alguma coisa, mas não discordou de minha mãe. Ela parecia ser a única pessoa no mundo que jamais era alvo da língua afiada dele.

— Na verdade, eu queria conversar com vocês sobre uma coisa — comecei.

Minhas mãos suavam, meu nervosismo estava nas alturas, mas seria melhor falar logo de uma vez. Só algumas palavrinhas: não quero mais ser ator. Fácil. Simples.

— Um segundo, Aiden. Você não tem outra coisa para dizer para ele, Sam? — perguntou minha mãe. — Aquilo que me falou mais cedo?

Meu pai balançou a cabeça.

— Podemos deixar para outra hora.

— Samuel — disse minha mãe, séria. — Agora é o momento perfeito.

Ele soltou um suspiro pesado e se empertigou na cadeira enquanto me encarava. Suas sobrancelhas estavam franzidas. Senti um aperto no peito ao ver meu pai me fitar, sério. Era o mesmo olhar que eu sempre via quando o decepcionava. Quando ele abriu a boca, disse algo que quase me fez cair para trás.

— Estou orgulhoso de você. Do trabalho que você fez no último ano e do que vem conquistando na indústria do entretenimento. Eu vejo o seu esforço, e ele não passa despercebido. Você também mudou a minha vida quando me deu a chance de ser seu empresário. Não pude realizar o meu sonho de ser ator porque sua mãe e eu te acolhemos, mas te ver brilhar é tudo para mim. É como se meus sonhos estivessem se tornando realidade. Você é motivo de felicidade e orgulho.

Fiquei paralisado, completamente chocado com aquelas palavras.

— Hum... o quê?

— Eu disse que estou orgulhoso de você.

— É, eu ouvi... É só que... — Cocei a nuca. — Hum... Obrigado.

Ah, mas que droga.

Ele assentiu.

— Mas não dê bobeira. Cuidado com as tentações. Milhões de pessoas matariam para ter o seu sucesso, e a tendência é que você cresça cada vez mais, Aiden. Mantenha o foco nos seus objetivos. Você vai conseguir.

Ele mudou de assunto, mas seu discurso continuou em minha cabeça muito depois do fim do jantar. Meu pai, com toda sua frieza, uma pessoa que mais parecia um robô sem emoções, havia dito que sentia orgulho de mim.

Estou orgulhoso de você.

Por dezessete anos, o que eu mais queria ouvir daquele homem eram essas palavras. Que ele tinha orgulho de mim. Que acreditava em mim. Que todos os meus esforços estavam sendo recompensados. Naquela noite, ele havia realizado meu desejo, e me dei conta de que eu teria de continuar seguindo aquela carreira para que meu pai continuasse tendo orgulho de mim. A última coisa que eu queria era ser ator, mas a primeira coisa que eu queria era ser motivo de orgulho para o meu pai.

~~~

O som de batidas na janela do meu quarto era algo do qual eu sentia muita falta. Fui até lá e encontrei Hailee de braços cruzados, decidida. Abri a janela, e ela torceu o nariz.

— Tá bom — disse ela.

— Tá bom o quê?

— Tá bom, eu topo ir àquela festa idiota com as pessoas idiotas.

Sorri, passando as pernas por cima do peitoril da janela e me sentando.

— O que fez você mudar de ideia?

— Bom, a gente ainda não fez tudo o que está na lista, e sabe-se lá se você vai precisar voltar pra Los Angeles antes do ano acabar. Acho melhor ticar logo os itens mais fáceis.

— Não vou discutir com você, porque sei que isso vai te fazer mudar de ideia.

— Vai mesmo. — Ela se sentou na outra ponta do peitoril da minha janela. Sua perna roçou na minha, e fiquei rezando para que ela não saísse dali.

Hailee pigarreou.

— Mas..

— É claro que tem um mas.

— Não me provoca, Tom.

— Desembucha, Jerry. Quais são as suas condições?

— Não quero ficar até o final da festa, mas também não quero chegar cedo. Preciso que você chegue antes de mim, veja como estão as coisas, me mande notícias e, quando eu aparecer, me encontre lá fora para entrarmos juntos.

— Tudo bem.

— Tem mais.

Suspirei.

— É claro que tem. Continua.

— Você vai levar o Carlton.

— De jeito nenhum.
~~~

Ela fez uma careta.

— Ah, Aiden. É uma ótima oportunidade para vocês se conhecerem.

— Eu não quero conhecer aquele garoto.

— É, eu sei, mas... — Ela respirou fundo e soltou o ar aos poucos. — Isso é importante para ele. Ele me implorou para ir.

Inclinei a cabeça, horrorizado.

— Você é amiga dele de verdade, né?

Ela riu e deu de ombros.

— Sou. É complicado. Quando você foi embora no ano passado, fiquei sozinha. Ninguém falava comigo, e o Carlton estava lá quando eu precisei de... uma pessoa. Além disso, essa festa é meio que um sonho dele. Ele sempre quis ser convidado. Acho que, se ele chegar com você, vai ganhar uns créditos com o pessoal popular.

— Créditos com o pessoal popular? Por que você acha que eu tenho crédito com o pessoal popular?

Hailee colocou as mãos nos meus ombros.

— Ai, melhor amigo, você é tão doce, ingênuo e burro. Acho fofo você não ter noção de que automaticamente se tornou a pessoa mais descolada da escola. Você tem crédito para dar e vender.

— Isso não significa nada. Aquela gente não me conhece de verdade.

— Não. — Ela concordou com a cabeça. — Mas eu conheço. E sei que você vai fazer isso por mim, porque eu sou a sua pessoa, e melhores amigos concordam em fazer coisas chatas para deixar o outro feliz.

Semicerrei os olhos.

— Você está mesmo fazendo chantagem emocional comigo por ser minha melhor amiga?

— Estou fazendo chantagem emocional com você por ser sua melhor amiga.

— Nossa. — Bufei. — Que sacanagem.

Ela sorriu.

Droga.

Aquele sorriso me convenceria a fazer qualquer coisa.

— Tá bom — resmunguei. — Mas você está me devendo.

— Tá, tá. Pode ser.

Ela passou as pernas pelo peitoril para voltar para a própria janela, e meus olhos acompanharam cada centímetro de seu traseiro. Será que a bunda dela sempre foi assim tão redonda? Sempre foi tão empinada? Será que suas coxas fartas sempre pareceram tão irresistíveis? Quando ela havia se tornado tão... perfeita?

— Que tipo de roupa as pessoas usam nessas festas? — perguntou ela, olhando para trás e quase me pegando no flagra. — Preciso usar um vestido? Odeio vestido.

Eu ri.

— Coloca o que você quiser, Jerry.

— Essa resposta não foi nada útil.

— Não sou uma pessoa útil.

— Dá para ver.

Ela continuou andando e entrou no quarto dela pela janela ao mesmo tempo que eu entrava no meu quarto. Ela sorriu para mim e disse:

— Bem-vindo de volta, feioso.

Arqueei uma sobrancelha.

— Feioso?

— Como todo mundo anda puxando o seu saco, acho que preciso te ajudar a manter a humildade e os pés no chão.

Eu ri.

— Valeu, linda — falei, sabendo que ela se sentia extremamente desconfortável ao receber elogios.

— Cala a boca, Aiden — disse ela, batendo a janela.

Eu também tinha sentido falta disso.

De janelas batendo e daquela marra característica de Hailee.

9

Aiden

Nem nos meus sonhos mais loucos eu imaginaria ir a uma festa junto com Carlton. Por outro lado, eu jamais imaginaria que Hailee faria amizade com alguém como ele. Era a dupla mais esquisita de todas as duplas que já existiram. Quem mandou deixá-la sozinha por um ano? Minha melhor amiga havia oficialmente enlouquecido.

— Você pode me fazer um favorzão? — perguntei a Carlton quando estávamos na varanda da casa de Cara.

— Pode falar, meu chapa. — Ele pegou um pacote de balas de menta e jogou um punhado dentro da boca.

— Quando a gente entrar, segue o seu rumo e vai se divertir.

Ele abriu um sorriso de orelha a orelha.

— Pode deixar, cara — disse ele, cuspindo uma das muitas balas no meu rosto. Ele esticou uma das mãos e a esfregou na minha cara. — Foi mal.

Hailee estava me devendo mais do que imaginava.

Eu nunca tinha chegado tão irritado a uma festa. Na verdade, aquela não era minha primeira festa. Eu havia ido a alguns eventos em Los Angeles, mas aquela era a primeira festa da galera da escola a qual eu ia. Seria divertido ver o quanto Hailee ia detestar aquilo tudo. Com certeza, essa seria a parte mais legal da noite.

Quando entramos na casa, a festa já estava rolando. Carlton irrompeu na sala com os braços abertos.

— A festa chegou, galera! — berrou ele.

Ele foi para a esquerda, eu fui para a direita, e fiquei torcendo para não nos esbarrarmos mais.

Passei os primeiros trinta a quarenta e cinco minutos da festa tirando fotos com pessoas e gravando vídeos dando oi para os parentes aleatórios delas. Como era bom ser meio famoso. A segunda hora foi dedicada a conversas sobre a vida de ator e as celebridades que eu tinha conhecido. Recusei umas cinquenta bebidas. A última coisa de que eu precisava era que alguém postasse uma foto minha bebendo. Meu pai sempre me lembrava de prestar atenção a tudo que acontecia ao meu redor, já que eu era uma figura pública. Não seria bom para minha imagem se me pegassem bebendo enquanto eu ainda era menor de idade.

Apesar de eu conhecer todo mundo na festa, percebi que estava interpretando um papel. Ninguém ali podia saber quem eu era de verdade, porque, quanto mais pessoas se aproximassem, maior a possibilidade de alguém se aproveitar da situação ou usar informações contra mim. Outra tática ensinada pelo meu querido pai. Eu só podia ser eu mesmo com a minha família e com Hailee — que era basicamente parte da família.

Eu estava sentado na mesa de centro da sala, contando que todo mundo em Los Angeles era simpático e maravilhoso — uma mentira, mas eu não tinha a menor intenção de soltar para meus colegas de escola quem eram meus inimigos em Hollywood —, quando Cara abriu caminho pela multidão que me cercava.

— Parem de ficar lambendo o saco do Aiden, agora é a minha vez — disse ela, piscando para mim.

Eita.

Isso que era ser direta.

Cara estava deslumbrante. Isso não me surpreendia. Ela era bonita desde o ensino fundamental. Havia sido a primeiríssima garota de quem eu tinha gostado. Tinha uma confiança que víamos em poucos e parecia conseguir tudo o que queria. Seu maior problema? Ela não era Hailee.

Cara esticou uma das mãos para mim e inclinou a cabeça.

— Quer conhecer a casa? — perguntou ela.

— Bom, quero. Tudo bem.

O tour nos levou para seu quarto, e ela trancou a porta. A música do andar de baixo continuava altíssima, então Cara pegou uma garrafa que estava atrás da cama. Ela tomou um gole da bebida e a ofereceu para mim.

Balancei a cabeça.

— Não, valeu.

Ela arqueou uma sobrancelha.

— Deixa de ser fresco, Aiden. Eu sei que você vivia na farra em Hollywood.

Longe disso. Eu trabalhava, tinha um professor que me dava aulas particulares e depois trabalhava um pouco mais. A última coisa que meu pai ia me deixar fazer seria ir para as festas de Hollywood — a menos que fosse para fazer networking. Eu só ia a festas para fazer negócio. Além disso, eu tinha recebido uma oportunidade única. Não estragaria tudo enchendo a cara e tomando decisões equivocadas.

E, infelizmente, isso tornava minha situação atual bem menos interessante do que eu havia imaginado. O Aiden de cinco anos atrás ficaria louco com a ideia de estar no quarto de Cara com a porta trancada. O Aiden de hoje? Eu estava à beira de um ataque de pânico, pensando no que poderia acontecer se meu pai descobrisse onde eu estava. Poderia parecer algo escandaloso, e tabloides adoravam escândalos. Eu queria ser capaz de desligar a vozinha de censura do meu pai da minha cabeça, mas era como se ele fosse o grilo falante no meu ombro, me lembrando de não tomar decisões equivocadas.

Sem contar que ele estava orgulhoso de mim. Droga de orgulho.

— Talvez fosse melhor a gente voltar lá para baixo — sugeri, tentando levantar da cama, onde ela havia me feito sentar.

Ela se aproximou de mim, cambaleando ligeiramente antes de se sentar. No meu colo. *Caramba*.

— Ou podemos ficar um tempo sozinhos.

Dava para perceber que ela havia bebido bastante.

— Não acho que isso seja uma boa ideia.

— Por quê? Você está comendo aquela tal de Hannah?

— Hannah?

— É. A garota que vive grudada em você feito uma maníaca.

— Você está falando da Hailee?

— É, pode ser. — Ela pegou a garrafa e tomou outro gole. — Vocês estão trepando?

— O quê? Não. Não estamos. Ela é minha melhor amiga.

Eu pensava na possibilidade de transar com Hailee? Claro. Sim. Frequentemente. Duas vezes por dia. Talvez três nos fins de semana. Que seja.

Cara torceu o nariz.

— Mas por quê?

— Por que a minha melhor amiga é a minha melhor amiga?

— É. Tipo, não me leva a mal, mas você é gostoso e famoso, e ela é... uma zé-ninguém.

Em um piscar de olhos, qualquer atração que eu poderia sentir por Cara evaporou. Eu a tirei do meu colo e me levantei.

— Vou descer — declarei, ríspido, ao mesmo tempo que o celular dela apitava.

Ela esticou a mão e o pegou, ignorando o que eu tinha acabado de falar.

— Ai, nossa, você viu o maluco do Carlton? — perguntou Cara. — Ele está lá embaixo, falando da Hannah.

— Quem é Hannah?

— A sua Hannah.

— Hailee.

— Que seja.

Eu me aproximei e peguei o celular das mãos dela. No vídeo, um Carlton bêbado estava em cima de uma mesa, cambaleando de um lado para o outro, segurando uma garrafa de bebida.

— Nada disso. Você acha que eu quero pegar a Hailee Jones?! — bradou ele. — Deus me livre. Você já olhou para ela? Parece que a menina está grávida de gêmeos — continuou ele com a fala arrastada, zombando do peso de Hailee. — Para falar a verdade, eu só andava com ela porque fiquei com pena da gordinha. Ela não tem amigos, sabe?!

Ele continuou falando sem parar, porque as pessoas riam, alimentando seu vício por atenção.

Senti meu sangue ferver.

Queria matar aquele babaca.

Peguei o celular no bolso para mandar uma mensagem para Hailee, mas parecia que ela já tinha visto o vídeo.

Hailee: Não vou mais.
Hailee: Que humilhação.

Merda.

— Onde é que você vai? — perguntou Cara.

— Ver como a Hailee está.

— Quem se importa com ela? Além do mais, foi engraçado. Você pode rir um pouco. Ela não está nem no mesmo nível que a gente.

No mesmo nível que a gente? Como se Cara e eu fôssemos iguais sob qualquer aspecto. Isso só me deixou ainda mais irritado.

— Nós dois não estamos no mesmo nível — murmurei, indo para a porta.

Cara se enfiou na minha frente, bloqueando minha saída.

— Juro por Deus, Aiden, se você sair daqui para ir atrás daquela idiota em vez de ter a melhor noite da sua vida comigo, morreu para mim. Entendeu? Se você for embora, acabou tudo. Você vai morrer para mim. MORRER!

Engoli em seco, ajeitei a postura, arqueei uma sobrancelha e olhei bem no fundo dos olhos dela.

— Descanse em paz.

Ela reagiu com um sobressalto, chocada.

— Você vai se arrepender, Aiden Walters. Pode acreditar. Vou fazer você se arrepender.

Eu a afastei da minha frente e saí da festa. Conforme corria de volta para casa, o nervosismo tomava conta de mim. Assim que cheguei à porta dos Jones, toquei a campainha várias vezes seguidas.

— Ela está bem? — perguntei, assim que os pais de Hailee abriram a porta, minha voz falhando.

Eles me encararam, e o sofrimento em seus olhos fez com que eu sentisse um forte aperto no peito. Merda. Que espécie de babaca magoaria uma pessoa tão doce quanto Hailee? Ela era a personificação da bondade. Naquele momento, eu queria ir atrás de todo mundo que havia postado, repostado e zombado da minha melhor amiga. Queria destroçar cada um deles e fazê-los se sentirem como o lixo que eram.

— Agora, não — disse Penny, e seus olhos se encheram de lágrimas.

Não me surpreendia ver que os sentimentos de Penny estavam à flor da pele, o coração dela batia pela filha. Quando Hailee sofria, Penny sofria em dobro. Quem é mãe entende. Elas sentem a tristeza dos filhos como se fosse delas.

— Posso falar com ela? — perguntei.

— Você sabia? — questionou Karl. Suas sobrancelhas estavam franzidas, e sua expressão era séria. Ao contrário de Penny, ele não estava triste. Não, ele estava furioso. — Você sabia que iam zombar dela?

— Não. É claro que não.

— Foi você quem deu a ideia de irem àquela festa. Eu juro, Aiden, se você sabia...

— Karl — interrompeu-o Penny, segurando a manga da camisa do marido. Ela olhou para mim e franziu a testa, vendo nos meus olhos a tristeza que Karl não conseguia enxergar, preocupado demais com o sofrimento da filha. — Ele não sabia.

— Como você sabe? — perguntou ele.

Eu respeitava Karl mais do que meu próprio pai. Quando se tratava de uma figura paterna gentil e calma, porém rígida e firme, Karl desempenhava o papel com maestria. Meu pai não saberia ser gentil e calmo nem se sua vida dependesse disso. Eu admirava muito Karl nesse sentido — ele era um pai bastante equilibrado. Mas, naquele momento, se ele não saísse da minha frente e me deixasse falar com sua filha, eu o empurraria para longe e passaria correndo sem nem me importar em jogá-lo no chão.

— Porque é o Aiden. Ele é a pessoa dela — disse Penny, saindo da frente da porta. Ela apontou com a cabeça na direção do quarto de Hailee e abriu um sorriso triste. — Conversa com a nossa filha, tá, Aiden?

— Sim, senhora — murmurei, assentindo com a cabeça.

Karl lançou outro olhar severo para mim, mas ficou quieto. Ele deu um passo para o lado, e isso foi a permissão que eu precisava.

Levei a mão à maçaneta da porta do quarto de Hailee e a girei com o coração se contorcendo no peito. Quando abri a porta, a encontrei de costas para mim, sentada de pernas cruzadas, com um vestido florido e olhando pela janela do quarto.

— Jerry — chamei, fechando a porta.

Ela permaneceu imóvel. Eu não sabia exatamente como agir. Seu cabelo não estava preso em um afro puff, e sim solto, modelado em cachos perfeitos. Mesmo com ela de costas, eu sabia que estava linda.

Ela não falou nada.

Eu me remexi.

— Posso sentar aí?

Esperei alguns segundos e, como não recebi nenhuma resposta, franzi a testa. Eu me agachei, desamarrei os tênis, os tirei, fui até ela e me sentei ao seu lado de pernas cruzadas. Porque, quando você é o melhor amigo de alguém, não precisa de convite para oferecer seu apoio. Você apenas se faz presente e não vai embora.

A maquiagem dela estava toda borrada, o trajeto das lágrimas marcado após elas saírem de seus olhos. Mesmo assim, minha amiga estava bonita. Eu já tinha visto Hailee em alguns de seus piores momentos. Quando teve intoxicação alimentar depois que comemos no nosso restaurante chinês favorito alguns anos antes, ela ficou parecendo um zumbi. Não conseguia fazer nada que não fosse ir ao banheiro, onde vomitava até a alma.

Eu segurava seu cabelo enquanto Hailee vomitava, e depois ela ia se arrastando de volta para a cama, enquanto eu permanecia ao seu lado, falando um monte de besteira só para não deixá-la sozinha.

A babaquice de Carlton não superava aquela intoxicação alimentar, mas eu sabia que era algo que fazia o estômago de Hailee se revirar do mesmo jeito. O meu estômago também estava embrulhado para caralho, então eu só podia imaginar como estaria o dela.

Fiquei encarando a janela com ela, fitando o grande carvalho lá fora. Permanecemos assim por alguns minutos, em silêncio, imóveis. Eu só sabia que ela estava viva porque seus olhos piscavam de vez em quando.

— Eu coloquei um vestido — disse ela por fim.

— Eu sei.

— Odeio vestido.

— Eu sei.

— E fiz meu cabelo.

— Eu sei.

— Odeio fazer o cabelo.

— Eu sei.

Ela se virou para mim com os olhos vermelhos, e, puta merda, se um coração era capaz de se partir de uma hora para outra, o meu ficou em pedacinhos naquele momento.

— Achei que ele fosse meu amigo — sussurrou ela.

Suspirei.

— Eu sei.

Dei um tapinha no meu ombro esquerdo, e ela apoiou a cabeça em mim. Encostei minha cabeça na dela, e voltamos a olhar pela janela. A maquiagem sujou minha camiseta, mas eu não me importava nem um pouco com isso. Se ela quisesse usar minha roupa como pano de chão, eu deixaria.

— Vou matar ele — falei.

Eu só conseguia pensar nisso desde que vi o vídeo de Carlton agindo como um merda. Quando eu o encontrasse, acabaria com ele.

— Não, só... deixa pra lá. — Ela suspirou e levantou a cabeça do meu ombro. — Você não tem que voltar para a festa? A princesa Cara deve estar tendo um treco por você ter ido embora.

— Estou pouco me lixando para o que ela pensa.

— Fala sério. Você passou anos ligando para o que ela pensa. Além do mais, ir a uma festa está na nossa lista. Pelo menos um de nós pode riscar esse item.

— Eu não vou sair daqui, Hailee.

Ela olhou para mim e franziu a testa.

— Mas acho que preciso que você saia, porque estou com vontade de chorar.

— E é por isso que preciso ficar aqui.

— Você não precisa me ver chorar, Aiden.

— Por que não? Já te vi chorar um milhão de vezes. Você chora o tempo todo. Lembra quando assistimos a *Bambi* pela primeira vez? Foi um chororô danado.

— Hoje é diferente. Nunca chorei assim antes.

— Assim como?

Com os lábios trêmulos, olhando para as próprias mãos entrelaçadas, ela começou a tremer de leve ao falar com hesitação.

— Parece que todo mundo ri da minha aparência. Por causa do meu peso. E eu só achei... Achei que nós fôssemos amigos, e não sei por que ele diria aquelas coisas só porque alguém fez piada com a nossa amizade, e... e... e... — Ela levou as mãos ao rosto e começou a chorar muito. Eu não tinha dúvidas de que ia matar aquele escroto de merda. — Por favor, Aiden... Por favor, vai embora. Quero ficar sozinha agora.

— É sério? — perguntei.

Ela concordou com a cabeça.

— É.

Suspirei e me levantei da cama, mas, antes de me virar em direção à porta, a puxei por trás para um abraço.

— Eu sei que você está triste, Hailee, e sei que ficou magoada, mas, mesmo que queira ficar sozinha agora, você não está sozinha. Estou aqui do lado, tá? E posso voltar para cá se você precisar.

Saí do quarto e fechei a porta. Mas eu não ia voltar para casa antes de cumprir uma missão. Então fui para a sala. Os pais de Hailee estavam sentados no sofá, conversando sobre o que tinha acontecido com a filha.

— Penny e Karl? — Os dois me encararam com expressões preocupadas, e abri um sorriso triste. — Será que vocês podem me ajudar com uma coisa?

10

Hailee

— Pai, o que houve? — perguntei, confusa ao ver meu pai aparecer na porta do meu quarto de smoking, todo elegante.

— Sou seu chofer por esta noite, senhorita — respondeu ele, me oferecendo o braço.

— Meu chofer? — Eu ri, apesar de não estar no clima para dar risadas. Mas eu já tinha chorado tanto que parecia impossível ainda restar lágrimas dentro de mim. Depois de tirar toda a maquiagem, eu tinha colocado meu moletom largo e estava pronta para maratonar *Diários de um vampiro* e tomar um pote inteiro de Ben & Jerry's, como uma boa garota na fossa. Olhei para meu pai com uma das sobrancelhas arqueadas. — Você está descalço. Como vai dirigir descalço?

Ele fingiu que tirou um quepe da cabeça e sorriu.

— Nós não precisamos de carro para chegar ao nosso destino. Agora, venha. Seu acompanhante está esperando.

Fiquei curiosa demais para qualquer outra pergunta, então entrelacei meu braço ao do meu pai. Ele me guiou pela casa e fiquei ainda mais intrigada quando vi mamãe parada ao lado da porta da frente com um sorriso bobo.

— Você está linda, Hailee — disse mamãe, tirando fotos de mim.

Olhei para meu moletom cinza e arqueei uma das sobrancelhas.

— Estou?

Meu pai me deu um beijo na testa.

— Está. Você fica linda de qualquer jeito.

Mas o que está acontecendo?

Meu pai olhou para seu relógio de pulso imaginário e estalou os dedos.

— Sem querer interromper vocês, mas temos que ir, pessoal. Nosso cronograma está apertado, então anda, Hailee. Vamos.

— Vamos aonde? — insisti, mas os dois me ignoraram.

— Tenha uma ótima noite, querida — cantarolou minha mãe, então se despediu de nós com um beijo na bochecha de cada um.

Meu pai me guiou para o ar frio da noite, mas não fomos muito longe. Paramos na casa de Aiden, logo ao lado, onde meu pai me levou para o quintal dos fundos. No instante que passamos pelo portão, arfei ao olhar ao redor.

Luzes brancas decoravam o ambiente, instaladas em árvores e arbustos, iluminando o espaço de um jeito único. À esquerda, havia uma mesa dobrável com duas cadeiras. Nela, estavam uma tigela imensa com espaguete e almôndegas, um prato de pão de alho e uma salada.

À direita, havia outra mesa dobrável com um aparelho de som, que tocava Taylor Swift. Aiden detestava Taylor, mas sabia que eu era Swiftie de carteirinha, então o fato de ele ter escolhido ouvir as músicas dela fazia uma enorme diferença para mim. Ao lado da mesa, havia caixas de papelão abertas no chão, com as palavras "pista de dança" escritas nelas.

Surpreendentemente, os caquinhos do meu coração ainda conseguiram bater quando Aiden saiu da casa, sorrindo para mim.

— Oi, Tom — sussurrei.

— Oi, Jerry.

— O que está acontecendo? — perguntei, sentindo um frio na barriga. Desde quando isso acontecia? Desde quando meu melhor amigo me fazia sentir frio na barriga?

— Vamos riscar um dos itens da nossa lista hoje. Vamos a uma festinha juntos. Bom, à nossa versão de uma festinha da galera. Só que no quintal. — Ele pegou minha mão e me puxou para a mesa na qual estava a comida. — Primeiro, o jantar, e é melhor comermos logo. Senão vai esfriar. Minha mãe trouxe tudo tem uma hora, e, por mais que tenha ficado no forno para continuar quente, não está do jeito que deveria. Escolhi seus pratos favoritos, espaguete e pão de alho. Aqui.

Ele puxou uma cadeira para mim, e minhas bochechas doíam de tanto que eu sorria com o gesto atencioso do meu melhor amigo.

Eu me sentei, e ele me empurrou delicadamente para perto da mesa. Depois seguiu até sua cadeira e se acomodou.

Havia refrigerante nos copos de plástico vermelhos. Olhei ao redor, sem conseguir parar de sorrir. A emoção é uma coisa engraçada. Há algumas poucas horas, eu estava no fundo do poço, e, agora, Aiden me fazia sorrir. Isso era o que eu mais gostava no fato de ter melhores amigos: eles conseguiam fazer os dias sombrios brilharem com vislumbres de luz.

— Acho que a galera não janta nesse tipo de festa — comentei.

— É porque elas não são descoladas como a gente.

— Você não precisava ter feito isso tudo.

— Precisava, sim.

— Você devia estar na festa, com a garota dos seus sonhos.

— Pois é — concordou ele. — É por isso que estou aqui.

Ai, meu coração. Ele tropeçou, perdeu o compasso e deu uma cambalhota no meu peito.

Olhei para minhas mãos e tentei me recompor, mas Aiden não deixou.

— Não pensa demais, Hailee. Só come seus pratos favoritos e aproveita a noite — incentivou ele.

— Na verdade, cortei os carboidratos da minha dieta.

Os olhos de Aiden se arregalaram.

— Mentira. Por quê?

Nunca na vida eu tinha ficado sem graça ao falar sobre qualquer assunto com Aiden. Caramba, quando fiquei menstruada pela primeira vez, ele foi a primeira pessoa para quem contei e, em vez de ficar com nojo, ele foi à farmácia comprar absorventes para mim. Eles eram do tamanho de Marte? Eram. O que quero dizer é que poucas coisas o abalavam.

Só que contar a ele sobre eu ter ganhado peso e sobre meus problemas alimentares parecia mais humilhante do que qualquer coisa. Ele havia se tornado um deus grego, e, enquanto isso, eu seguia na direção oposta, independentemente de quanto tempo mamãe e eu passássemos na academia.

Era horrível admitir que a primeira coisa que passou pela minha cabeça quando vi o vídeo de Carlton e de todas aquelas pessoas rindo do meu corpo era que eu precisava fazer dieta. E não o fato de que eles não passavam de um bando de babacas ridículos. A única coisa que pensei foi que eu precisava entrar numa dieta porque algo em mim era feio e me tornava um alvo fácil para as provocações dos outros.

Balancei a cabeça.

— Só não gosto mais.

Ele franziu a testa, olhando para o prato cheio de carboidratos.

— Posso pedir outra coisa...

Enfiei um pedaço de pão de alho na boca e forcei uma risada no instante que percebi que ele parecia triste.

— Estou brincando. Passa o macarrão.

Suas mãos voaram para o peito.

— Ah, graças a Deus. — Ele apontou o dedo para mim. — Você quase me convenceu, não vou mentir.

— Você me conhece, sou muito piadista.

Quando alguém me daria um Emmy?

— Aham, tá bom. Cala a boca e come antes que esfrie.

E foi exatamente isso que eu fiz. Comemos tudo, e era ótimo me sentir confortável me empanturrando na frente do garoto que sempre esteve ao meu lado. Eu não me sentia à vontade para fazer a mesma coisa perto de Carlton. Uma vez, no ano passado, ele havia comentado que eu estava comendo pão demais no almoço, e aquilo tinha ficado na minha cabeça. Cheguei a ficar com vergonha de mim mesma, e, desde então, vigiava a quantidade de carboidratos que ingeria.

Durante o jantar, eu não conseguia parar de rir das piadas idiotas de Aiden. Toda garota merecia um melhor amigo como ele. O mundo seria bem melhor se toda menina tivesse alguém como ele.

Depois de comermos, Aiden trouxe lenços umedecidos para limparmos as mãos. Então foi até o aparelho de som e colocou outra música.

— Tudo bem, chegou a hora da primeira dança. Senhoras e senhores, venham remexer o esqueleto ao som da música da Disney favorita de Hailee enquanto ela abre a pista de dança. — Aiden esticou a mão para mim. — Você me concede essa dança?

Segurei sua mão, e ele sorriu ao nos guiar para a pista.

Foi então que o tema de *A bela e a fera* começou a tocar, a minha predileta do meu filme da Disney favorito.

Dei um sorrisinho.

— Duvido que a galera faça isso nas festinhas, Aiden.

— Fala sério. Era exatamente isso que estava acontecendo quando saí de lá hoje.

Abri um sorriso triste para ele.

— Obrigada.

— Disponha.

Abaixei a cabeça.

— Ainda estou triste — confessei. Do nada, eu me lembrava de Carlton, então uma vergonha intensa me dominava. Mas então eu pensava em Aiden, e as coisas ficavam um pouquinho melhores. — Mas também estou feliz. Não sei como consigo me sentir feliz e triste ao mesmo tempo.

— Faz sentido. Você nunca foi simples, Hailee Jones.

Sorri.

— É verdade.

— Você está linda, Hails.

Senti minhas bochechas esquentarem. Eu estava convencida de que mais homens como Aiden precisavam existir. Homens que diziam que mulheres eram lindas em todas as suas formas.

Eu me inclinei e apoiei a cabeça no ombro de Aiden enquanto nos embalávamos de um lado para o outro ao som da minha música favorita.

— Obrigada por existir.

Depois de nos acabarmos de dançar e beber refrigerante demais nos copos de plástico, nos deitamos na grama e ficamos observando as estrelas salpicadas no céu. Aiden continuou fazendo piadas bregas, e eu continuei rindo. Falamos sobre tudo, e a conversa sempre fluía fácil. Depois de um tempo, ficamos quietos, e até nosso silêncio era fácil. Ficamos ouvindo música, e, quando dei por mim, estava dormindo ao lado de Aiden.

— Cinderela — sussurrou uma voz, me despertando enquanto eu era erguida no ar.

— O que foi? — resmunguei, esfregando os olhos ao ver meu pai me carregando nos braços.

— O relógio bateu meia-noite. Hora de ir para a cama — disse ele.

Eu bocejei e passei os braços ao redor de seu pescoço. Não importava o meu tamanho, não importava minha idade, eu sempre seria a menininha do papai.

Ele foi até Aiden, que continuava dormindo, e o cutucou de leve com o pé.

— Ei, príncipe encantado, hora de dormir — chamou meu pai, sua voz bem mais séria do que quando me acordou.

Aiden bocejou e se espreguiçou enquanto esfregava os olhos.

— Tá bom, Karl. — Ele se levantou e nos fitou com seu sorriso bobo, bêbado de sono. — Melhor. Festa. De. Todas.

Seria impossível discordar.

— Boa noite, Tom — falei, bocejando, então apoiei a cabeça no ombro do meu pai.

Aiden passou os dedos pelo cabelo bagunçado e esfregou a nuca.

— Boa noite, Jerry.

Meu pai insistiu em me levar no colo até a cama. Ele não me botou no chão nem quando insisti que já estava velha demais para isso. Quando chegamos ao quarto, ele me deitou na cama e sorriu ao beijar minha testa.

— Sinto muito pelo que aconteceu mais cedo, Cinderela — disse ele. — Às vezes, as pessoas são idiotas e fazem escolhas idiotas, mas isso não tem nada a ver com você. As palavras delas não te definem. Só você pode fazer isso. Entendido?

— Entendido.

— E o comportamento delas não está ligado ao seu valor, certo? Elas não têm o direito de dizer que você não é boa o suficiente. Quem define isso é você. Entendido?

— Entendido.

— E você é a mulher mais linda, inteligente e poderosa do mundo. Entendido?

Sorri.

— Entendido.

Ele me deu um beijo na testa.

— Dorme um pouco. Vou preparar waffles para você e para sua mãe amanhã de manhã. Te amo pra sempre.

— Te amo por mais tempo ainda — respondi, repetindo algo que dizíamos desde que eu me entendia por gente.

Naquela noite, ao cair no sono, fui incapaz de controlar meus sonhos, mas não fiquei irritada quando eles se voltaram para Aiden. Sonhar com ele sempre parecia fácil.

11

Aiden

Na segunda-feira depois da festa, dava para ver que Hailee estava nervosa ao ir para a escola. Nós nos sentamos no ônibus, e notei que ela estava esquisita.

— Você está bem? — perguntei.

Ela assentiu.

— Estou.

— Mentirosa.

— Pois é.

Apertei o joelho dela.

— Mas você vai ficar bem.

— Promete?

— Prometo.

— Será que ele está se sentindo culpado? — perguntou ela, quando o ônibus parou em frente à escola, se referindo a Carlton.

O pouco respeito que eu tinha por aquele babaca havia evaporado completamente depois do que ele fez no sábado. A verdade era que eu sempre soube que Hailee era boa demais para ele. Nada em Carlton me dava a impressão de que ele poderia ser "bom o suficiente". Nem mesmo para uma amizade.

— Se ele estiver se sentindo culpado, é babaca demais para admitir isso. Se não estiver, ele é mais escroto do que eu imaginava.

— Aposto que ele não se sente culpado. Agora, os alunos populares estão falando com ele porque acharam aquilo engraçado.

— Ele é apenas a novidade da semana. Daqui a pouco largam ele com a mesma rapidez que o aceitaram.

— Espero que a queda seja dolorida — resmungou ela, cheia de desdém.

Seu cabelo estava preso em um afro puff grande naquela manhã, e ela usava um suéter largo com calça legging e tênis.

— Se você quiser, posso dar um jeito de ele sentir dor — sugeri, em tom de brincadeira, mas falando sério.

O que eu mais queria era dar um murro na cara de Carlton e fazer com que ele sentisse pelo menos um pouquinho do sofrimento que havia causado a Hailee. Eu sabia que ela estava mais magoada do que deixava transparecer. Hailee sempre fazia isso — guardava suas tristezas mais profundas para si.

— Não, Aiden — disse ela, séria, me encarando. Ela me lançou um olhar firme, autoritário, e apontou o dedo para mim. — Você não vai fazer isso.

— Era brincadeira. — Eu ri, ajeitando minha mochila no ombro.

— Não era, não.

Não. Não era.

— Ele passou o dia inteiro olhando para você — grunhi, ao perceber que Carlton, mais uma vez, estava espiando Hailee de longe.

Ele não tinha colhões para vir pedir desculpas, e eu até o vi tentando fazer graça do assunto com uns babacas do time de futebol americano que riram da situação. Carlton parecia mais empolgado em receber atenção de pessoas que estavam pouco se lixando para ele do que a atenção da garota que poderia ter sido a grande amiga que ele teria na vida.

Fiquei me perguntando quantos idiotas jogavam fora algo legal para serem vistos como maneiros.

Foi um choque quando Carlton se aproximou de mim e de Hailee quando estávamos parados em frente ao armário dela depois do último tempo. Mas ele não parecia tão cheio de si como antes, quando estava conversando com os jogadores de futebol americano e com as líderes de torcida. Tinha voltado a se comportar como antes, como o aspirante a garoto popular de sempre.

— Oi, Hailee. Se-será que a gente pode conversar? — perguntou ele, coçando a nuca com a ponta dos dedos.

Eu não sabia dizer por que aquilo me irritou tanto, mas irritou. Tudo naquele cara me irritava, mas não cabia a mim mandá-lo ir à merda. Isso estava nas mãos de Hailee.

Por favor, mande ele ir à merda.

Ela alternou o peso entre os pés, tirou alguns livros do armário, depois fechou a porta. Apertando os livros contra o peito, ela os abraçou com força, se empertigou ao meu lado e por fim balançou a cabeça.

— Não.

Uma palavra. Uma única palavra da minha melhor amiga. Eu nunca me senti tão orgulhoso.

Essa é a minha garota.

Carlton franziu a testa, parecendo surpreso.

— Por quê? Tipo, a gente devia conversar. Afinal de contas, você é minha amiga.

Hailee bufou.

— Não sou mais sua amiga, seu babaca. Não tenho nada para falar com você, então me deixa em paz.

Ele esticou o braço para segurá-la, e ela se retraiu, o que fez com que eu me enfiasse no meio dos dois no mesmo instante.

— Vai embora, Carlton. Ela disse que não quer falar com você, então que tal respeitar a vontade dela? — grunhi, sentindo meu sangue ferver.

— Não se mete, Aiden — revidou Carlton, crescendo para cima de mim. Bom, crescendo tanto quanto seu corpo de um metro e setenta permitia. — Você vive dando pitaco nos assuntos da Hailee de toda forma. Que tal ir cuidar da sua vida?

Nos assuntos da Hailee?

Que tipo de pessoa fala assim?

Dei um passo na direção dele, porque estava começando a ficar irritado. Hailee colocou a mão na minha frente para me impedir, porque Hailee Jones não precisava que ninguém a defendesse. Ela era capaz de resolver qualquer assunto sozinha. Eu só estava ali para dar uma força, porque era um melhor amigo superprotetor e queria dar um soco na cara de Carlton.

— A gente não tem nada para conversar, Carlton. Você mostrou quem é de verdade, e seria burrice da minha parte cair no seu papinho de novo.

— O que aconteceu no fim de semana não mostra quem eu sou de verdade — insistiu ele, me fazendo revirar os olhos ainda mais. — E, agora, tem gente olhando para mim como se eu fosse um babaca que te magoou.

— Você devia ter pensado nisso antes de ter me chamado de um monte de coisas — disse Hailee, decidida. — E agora me dá licença porque não tenho mais nada para falar com você.

Ela passou direto por ele, e eu o encarei com um sorrisinho cínico, porque aquele cara tinha mais era que se foder. Hailee o deixou com o rabo entre as pernas, como o covarde que ele sempre foi.

Quando começamos a nos afastar, ouvi algumas pessoas do grupinho popular, incluindo Cara, falando com Carlton.

— Você vai deixar mesmo uma idiota como a Hailee Jones te humilhar assim? Nossa, não sabia que você era tão banana — zombaram.

As pessoas continuaram botando pilha, rindo da cara dele, fazendo piadas dizendo que ele tinha sido escorraçado por uma garota. Dava para sentir a tensão aumentando quando olhei para trás e vi Carlton parecendo cada vez mais agitado e nervoso com aqueles comentários maldosos.

— Fala a verdade para ela, Carlton! Ou vai deixar ela te fazer de otário? — provocou Brad Gates.

E nada como colocar pressão em uma pessoa fraca para fazê-la perder o controle.

Carlton pigarreou, se empertigou e berrou:

— Dane-se, Hailee, eu não tenho culpa se não quis te comer depois que você virou uma baleia no ano passado.

Meu queixo quase bateu no chão.

Hailee parou, e vi seu rosto ficar pálido. Todas as inseguranças que viviam dentro dela transbordaram pelos seus olhos. A dor causada pelas palavras de Carlton era profunda e, no momento que ela se virou para encará-lo, vi um lampejo de culpa surgir no rosto dele antes que todo mundo ao seu redor caísse na gargalhada.

— Isso aí! Mostra para a balofa quem é que manda — disse alguém.

Carlton piscou, soltou uma risada presunçosa e deu de ombros.

— Tipo, não daria nem para achar onde meter no meio de tanta banha. A culpa é minha por não querer transar com alguém com coxas que parecem dois presuntos? Sinceramente...

Ele não conseguiu terminar a frase. Fui correndo em sua direção e o derrubei no chão em questão de segundos. Comecei a socar seu rosto conforme uma multidão se formava ao nosso redor. Carlton conseguiu acertar meu olho esquerdo, mas não lhe dei outra oportunidade de me bater. As juntas dos meus dedos doíam por esmurrar seu rosto, sua barriga, sua alma, mas não parei. Porque as palavras dele tinham magoado Hailee. Se ela estava sentindo uma dor emocional, ele teria de sentir uma dor física. Era olho por olho, dente por dente.

Carlton não sabia onde estava se metendo quando decidira zombar da garota legal que me considerava seu melhor amigo.

Qualquer pessoa que tentasse apagar a luz de Hailee teria de lidar com sua escuridão, e eu era o filho da puta que estaria esperando nas sombras, vestido de preto da cabeça aos pés.

— Parem, parem! — berrou uma voz autoritária.

Não fiquei surpreso quando dois professores me puxaram e me afastaram de Carlton, que estava encolhido feito um babaca.

— Sr. Walters, Sr. Holmes! Na diretoria, agora! — berrou o Sr. Jacobson, me segurando pela gola da camiseta enquanto o Sr. Thompson levantava Carlton do chão.

Meus olhos encontraram o olhar apavorado de Hailee enquanto o Sr. Jacobson me arrastava para ser sentenciado, passando na frente dela.

— Você está bem? — articulei com a boca, sem falar.

Seus olhos brilhavam de emoção, e ela concordou de leve com a cabeça.

— Você está bem? — articulou ela também para mim.

Abri um sorrisinho para ela, que desapareceu no instante em que a perdi de vista.

Eu só conseguia ouvir a voz do meu pai em minha cabeça, e ela dizia que eu era idiota para caralho.

— Você é idiota pra caralho — resmungou meu pai. Estávamos sentados na sala com minha mãe.

Bom, minha mãe e eu estávamos sentados. Meu pai estava de pé, de braços cruzados.

— Sam, olha o tom — disse minha mãe, interrompendo-o.

Pelo menos um deles estava do meu lado.

— Dane-se o meu tom. O seu filho esmurrou o rosto de um garoto e foi suspenso pelo restante da semana. A sorte foi que eu consegui convencer o diretor a não expulsar o nosso filho. Quem você pensa que é, hein? Atacando alguém desse jeito? Acha que é durão? Acha que é o maioral da escola só porque tem músculos?

Fiquei sentado, os ombros curvados para a frente e os dedos entrelaçados. Não falei nada, porque sabia que tudo que eu dissesse seria encarado como uma desculpa, e meu pai não gostava de desculpas. Ele acreditava no padrão Walters. Nós não fazíamos escândalo em público. Não perdíamos o controle. Nós não armávamos barraco.

Nós andávamos na linha. Nós lutávamos pelo que era importante. Nós obedecíamos a lei e nunca desrespeitávamos autoridades — meus professores e a administração da escola eram as autoridades, nesse caso. Caso contrário, os tabloides descobririam, e Deus me livre se isso acontecesse.

— Ah, o gato comeu a sua língua? — bradou ele, vindo na minha direção. — Levanta do sofá.

— Samuel...

— Laurie, se você não está vendo como ele está sendo desrespeitoso comigo agora, não está prestando atenção. — Ele voltou a focar em mim. — Levanta.

Levantei, me sentindo intimidado por ele. Eu era pelo menos dez centímetros mais alto que meu pai, e, mesmo assim, sempre que ele estava por perto, era como se eu tivesse um metro a menos de altura.

— Levanta a cabeça — ordenou ele.

Obedeci.

— Agora, olha nos meus olhos.

Obedeci.

— Não quero ouvir nem um pio, porque sei que tudo que sair da sua boca será um monte de desculpas. Agora você só vai escutar. Está me entendendo?

— Sim, senhor.

— Você nunca mais vai se comportar assim. Está me entendendo?

Engoli em seco.

— Sim, senhor.

— Você é uma figura pública, Aiden. Se a imprensa descobre o que aconteceu, sua carreira vai para o ralo. Você não enxerga isso? Não dá para você se comportar como um garoto comum, porque você não é um garoto comum. Você é mais do que isso. Está me entendendo?

— Sim, senhor.

— Você quase jogou todo o meu esforço no lixo — disse ele.

— *Seu* esforço? — questionou minha mãe em um tom sarcástico.

Meu pai resmungou.

— Nosso esforço. Você me entendeu. — Ele pigarreou. — E você vai se desculpar com o garoto. Vou te levar até a casa dele para ter certeza de que você vai fazer isso.

— O quê?! Mas nem fodendo...

— Olha a boca! — bradou ele.

Vai tomar no cu, respondi em silêncio.

Naquele momento, desejei gostar do meu pai. Eu o amava, sim, mas queria gostar dele.

Aos seus olhos, eu era seu maior fracasso, e não havia nada que ele detestasse mais do que a ideia de fracasso.

Ele continuou falando dos castigos que eu teria pela frente e depois saiu, me deixando sozinho com minha mãe. O clima sempre ficava mais leve quando meu pai não estava por perto.

— Ele é um escroto — murmurei.

Minha mãe se aproximou de mim e segurou minhas bochechas. Ela me fitou com um sorriso triste e tocou meu olho com cuidado. Meu corpo enrijeceu com a dor.

— Precisamos colocar um gelo aqui.

— Estou bem — bufei.

Havia tanta raiva acumulada dentro de mim que parecia que eu estava prestes a explodir.

— O seu pai te ama — alegou ela, se levantando para pegar o gelo na cozinha. Quando voltou, o trazia enrolado em um pano. Ela se sentou e o pressionou em meu rosto. — Ele só não é muito bom em demonstrar esse tipo de amor.

— Do jeito que ele fala, até parece que eu queria brigar.

— Você queria? — questionou ela.

— Não. É claro que não.

Ela arqueou uma sobrancelha.

— Você queria?

Suspirei.

— Ele chamou ela de um monte de coisas.

— Ela quem?

— A Hailee.

O rosto da minha mãe se suavizou quando ela tirou o pano com o gelo do meu olho por um instante.

— O que ele disse? — Ela ficou horrorizada quando contei e balançou a cabeça. — Que coisa horrível. E que coincidência. Tinha um cara que costumava se meter em brigas pra me defender também.

— Meu pai?

Ela concordou com a cabeça.

— Mais de uma vez. Antigamente, o lema dele era bater primeiro, falar depois.

Resmunguei.

Hipócrita.

Minha mãe sorriu.

— Ele também estava errado. Ninguém devia usar violência para defender a mulher que ama.

— É — concordei.

Só que aquela parecia a solução mais fácil naquele momento.

Mais tarde, depois do jantar, a campainha tocou. Meu pai abriu a porta e deu de cara com Hailee do outro lado.

— Samuel, oi. — A voz de Hailee soava doce, como sempre. — Eu quis dar um pulo aqui para explicar que o que aconteceu hoje não foi culpa do Aiden. Na verdade, ele estava me defendendo de um idiota na escola.

— Olha, Hailee, eu sei que você sempre vai tentar limpar a barra do Aiden, mas...

— O garoto estava me chamando de gorda e feia, além de ter apertado meu braço com força, Samuel. Ele me humilhou na frente da escola inteira. Sei que violência nunca é a solução, e sei que o Aiden errou, mas ele fez isso por mim. No fim das contas, tenho certeza de que você ensinou o seu filho a lutar pelas coisas em que ele acredita, pelo que é certo, e foi isso que o Aiden fez hoje. Ele me defendeu quando ninguém mais faria isso. Espero que você entenda.

Hailee fitou o corredor que levava ao meu quarto e nós nos entreolhamos por um segundo, até que ela abriu um sorrisinho. Quando um sorria, o outro sorria também. Era uma das coisas que fazíamos juntos.

— Obrigado pela informação, Hailee. Vou levar isso em conta — falou meu pai.

Revirei os olhos.

— Vou levar isso em conta — zombei, baixinho.

Hailee continuou sorrindo.

— De nada. Também fiz meus cookies especiais com gotas de chocolate para você. Os seus favoritos, aqueles que faço todo Natal.

Meu pai resmungou alguma coisa e cruzou os braços.

— Com pedações de chocolate?

— Pedações enormes.

Ele aceitou a sacola de Hailee e agradeceu por ela ter vindo esclarecer os acontecimentos do dia. Antes de ir embora, ela olhou para mim mais uma vez. Quando eu sorri, ela sorriu também.

— Boa noite, Hailee — disse meu pai em um tom sério, mas eu sabia que seu coração de pedra havia amolecido um pouco.

Se havia alguém com talento para amolecer meu pai durão, era Hailee.

Assim que ele fechou a porta, voltei correndo para o quarto e me sentei à escrivaninha, para dar a impressão de que estava fazendo o dever de casa. Demorou apenas alguns minutos para que ele surgisse em minha porta segurando o pote com os cookies de Hailee.

Ele franziu o cenho e manteve o olhar sério. Seus ombros estavam mais relaxados do que quando havia me dado bronca, e ele parecia um pouco mais calmo — o que não queria dizer muita coisa. A versão calma do meu pai parecia a versão extremamente estressada de outras pessoas.

Ele assentiu com a cabeça.

— Você continua de castigo. Está me entendendo? Nada de televisão, celular nem internet.

— Sim, senhor.

— Mas acho que podemos esquecer o pedido de desculpas desta vez. Foque nos estudos. Você precisa tirar notas boas. Afinal de contas, queremos que a sua imagem permaneça intacta por conta da sua carreira.

E era assim, pessoal, que meu pai pedia desculpas.

— Sim, senhor.

— E não vá arrumar problemas para a Hailee, ouviu?

— Sim, senhor.

— E continue protegendo ela.

— Sim, senhor.

— Mas sem bater nos outros.

— Sim, senhor.

Ele remexeu o nariz e olhou para minha janela.

— E nada de pular essa janela.

O pior castigo do mundo. Agora eu estava proibido de abrir minha janela para ir até a casa de Hailee, e vice-versa. Não podia nem abrir a janela para falar com ela, a pior punição de todas.

Ele pigarreou.

— Nossas escolhas na vida têm consequências. Pensa nisso na próxima vez em que resolver usar as mãos em vez do cérebro.

Ele se virou para sair do quarto.

Eu reuni coragem e o chamei.

— Posso comer um cookie? — perguntei, sabendo muito bem que Hailee fazia doces como ninguém.

Ele me deu uma resposta seca e monossilábica ao sair do meu quarto.

— Não.

Na semana seguinte, no ponto de ônibus, encontrei Hailee segurando a mochila. Quase não tínhamos nos falado nos últimos dias, porque eu estava de castigo.

— Ainda falta muito para o castigo acabar? — perguntou ela.

— Cinco dias. Pelo menos não preciso pedir desculpas para o Carlton, graças aos seus cookies. Falando em cookies...

Ela sorriu, enfiou a mão dentro da mochila e tirou um pote de lá.

— Imaginei que seu pai não fosse dividir com você, então fiz outra fornada.

— Essa é a minha garota.

Nós nos sentamos no ônibus.

— Ei, Aiden? Obrigada de novo por me defender — disse Hailee, apoiando a cabeça na janela meio coberta de gelo.

— Não dá para acreditar que ele se achou no direito de falar aquele monte de bosta só porque você não quis dar outra chance para ele.

— Encontrei uma expressão para isso na internet. Se chama S.P.P.

— S.P.P.?

— Síndrome do pau pequeno.

Soltei uma risadinha.

— Faz sentido.

— Isso quer dizer que, quando você me defendeu, provou que tem S.P.G. — Olhei para ela e vi que suas bochechas estavam coradas de vergonha. — Vou deixar você adivinhar o que isso significa.

12
Hailee

Depois de Carlton ter sido apresentado aos punhos de Aiden, ele parou de me encher o saco. E, com o passar das semanas, os populares foram se cansando dele e Carlton foi reduzido à sua posição de antes.

Só que agora eu tinha um novo problema — estar a fim do meu melhor amigo.

Depois da festa que ele tinha organizado para mim e dos socos que dera para defender a minha honra, eu não conseguia tirá-lo da cabeça. Até sentar ao lado dele no ônibus da escola, enquanto ele desenhava e tagarelava sobre uma infinidade de coisas, era demais para mim. Eu me sentia desconfortavelmente suada sempre que ele me encarava e fixava seus olhos azuis nos meus.

Será que os olhos dele sempre tinham sido tão azuis? Será que ele já fazia eu me sentir assim antes?

Nas semanas seguintes, comemoramos nossos aniversários de dezoito anos juntos. Enquanto eu soprava as velas no meu bolo, desejei que meus sentimentos por Aiden desaparecessem. Quando Aiden soprou as velas dele, desejei a mesma coisa.

Não adiantou.

Meus sentimentos por ele só aumentavam.

Será que o frio na minha barriga passaria com o tempo?

É claro que passaria. Aquilo era só uma paixonite boba, passageira. Nada mais, nada menos. Eu estava bem. Eu estava ótima.

~

Não, não, não, não, não.

Meu coração começou a perder o compasso quando Aiden chegou ao ponto de ônibus. Minhas batidas seguiam um ritmo cada vez mais esquisito sempre que ele aparecia.

Que cheiro era aquele?

Vinha de Aiden? Por que ele estava com aquele cheiro? Ele sempre tinha sido tão cheiroso assim? Era como se ele tivesse tomado um banho do perfume mais delicioso do universo, e isso estava me deixando louca. Era um aroma absurdamente gostoso, como um bolinho de frutas cítricas assado em uma tarde chuvosa de domingo. Eu queria mergulhar naquele cheiro. Ah, sim, eu queria nadar em uma piscina com o aroma dele, ensopar meus travesseiros com ele, para dormir e sonhar inalando-o nas minhas fronhas.

Espera, não.

Haja naturalmente, Hailee. Para de esquisitice.

— O que você acha? — perguntou Aiden quando me sentei ao seu lado no ônibus.

— Ahn?

Ele semicerrou os olhos.

— Do papel que me ofereceram. Você acha que eu devia fazer o teste?

Espera. Você estava falando esse tempo todo? Eu estava ocupada demais olhando para os seus lábios. Eles sempre foram tão carnudos e hidratados? Você usa manteiga de cacau? Eles sempre tiveram esse tom rosado?

— Hailee?! — chamou ele, estalando os dedos na frente da minha cara.

Resmunguei e balancei a cabeça, desviando o olhar da sua boca.

— O quê?!

— Cara. Você não dormiu direito ontem à noite? Quanto mau humor.

— Não estou mal-humorada — rebati, parecendo extremamente mal-humorada. Pelo menos ele achou que era mau humor em vez da realidade: eu estava caidinha por Aiden. Por sorte, ele só via desinteresse. Pigarreei. — Claro, faz — respondi sobre o teste.

— Sério?

— É, por que não?

Confissão: eu não fazia a menor ideia sobre o que ele tinha me perguntado, porque havia passado os últimos quinze minutos obcecada com a sua boca e o seu cheiro. Cheiro e boca. *Ai, caramba! Você está encarando a boca dele de novo, Hailee. Para com isso!*

Passei a fitar os olhos dele, o que não me ajudou.

Meu coração começou a bater erraticamente no peito no instante em que nos entreolhamos. Quando os olhos dele tinham ficado assim? Eles sempre tinham sido tão azuis? Eu queria nadar naquelas íris, mergulhar em seus pensamentos, e...

Mas que droga, Hailee. Chega disso.

Aiden abriu um sorriso bobo, e eu adorei. Droga, eu queria mergulhar naquele sorriso também.

— Tipo, eles querem que eu interprete um gorila por boa parte do filme. Talvez não seja o caminho que eu queira seguir na minha carreira. O roteiro não é muito bom.

— Então não faz — rebati rápido.

Eu não queria soar ríspida, mas estava com os nervos à flor da pele.

Aiden não pareceu ter estranhado minha esquisitice. Ele concordou com a cabeça.

— Quer que eu compre um sorvete pra você depois da escola?

— Ahn?

Ele semicerrou os olhos e olhou ao redor antes de se inclinar na minha direção.

— Sabe, pra sua situação. — Ele apontou com a cabeça para o meu colo.

— Hein? Que situação?

— Você sabe. A situação que acontece uma vez por mês. Sua amiga mensal. Você sempre fica mais irritada do que o normal nessa época, e sei que gosta de sorvete, então...

— Nossa, Aiden, eu não estou menstruada — sussurrei em um tom brigão, batendo em seu braço.

Ele esfregou o braço de brincadeira, como se estivesse dolorido, e, caramba, como eu queria esfregar seu braço musculoso também.

— Foi mal, foi mal. Eu só queria ter certeza de que você está bem.

— Não faz isso.

— O quê?

Ser tão atencioso. Sua atenção também era atraente.

— Nada. Esquece. Estou bem.

— Tem certeza?

— Tenho. Só dormi mal ontem à noite.

— Saquei.

Ele bateu com o braço no meu, e aqueles olhos azulíssimos olharam no fundo dos meus. Havia um toque de desejo no seu olhar também? Será que ele olhava nos meus olhos e queria nadar neles? Ou aquela paixonite era só uma coisa minha?

Aiden voltou a desenhar, e eu passei a me distrair com minhas mãos suadas, deixando marcas de suor na calça moletom cinza ao secá-las. Marcas de suor que, agora, depois de passar dezessete anos convivendo com Aiden, me deixavam com vergonha. Será que ele achava que eu suava demais? Será que ele me achava pouco feminina? Não restava dúvida de que aquela era uma paixonite só da minha parte. Eu já tinha visto ele apaixonado por algumas meninas, e eu não fazia o tipo dele. Eu era o oposto de todas as garotas que ele já havia desejado.

Assisti às minhas primeiras aulas do dia e tentei focar nos estudos, mas, por algum motivo, meus pensamentos sempre voltavam para Aiden. O fato de todas as garotas na escola estarem a fim do meu melhor amigo não ajudava. Que clichê. Nossa. Eu também era um clichê ambulante, porque acabei me deixando levar pela paixonite. Passei a rabiscar meu caderno, escrevendo o nome dele e o riscando, tentando tirá-lo da minha cabeça. Eu dizia a mim mesma que não estava pensando nele tanto assim. Que eu pensava nele tanto quanto em qualquer outra pessoa.

Enquanto eu seguia para o refeitório, me agarrei às alças da mochila. Passei pelos outros alunos, reparando neles. Tanto quanto eu reparava e pensava em Aiden, juro. Aiden não recebia nenhum tipo de tratamento especial dentro da minha caixola. Não. Eu tinha apenas pensamentos normais, rotineiros, sobre meu melhor amigo.

Lá estava Erika Wells. Ela cheirava a shampoo de morango sempre que passava por mim. E Tommy Henry tinha cheiro de cigarros e spray de cabelo. Kelsey Smith exalava o aroma de decisões ruins e rosas. E...

Balas de limão.

Aiden tinha o cheiro maravilhoso, sensacional, de balas de limão.

— Que cheiro é esse em você?! — perguntei em um tom raivoso quando Aiden colocou sua bandeja na mesa para almoçar comigo.

Ele não pareceu se abalar com a minha agressividade. Apenas sorriu, e, nossa, o sorriso dele sempre tinha sido assim? Ele sempre mordia de leve o lábio inferior antes de falar?

— Uma marca me mandou a coleção de perfumes deles de graça. — Ele esticou os braços para mim. — Esse se chama Bliss. Gostou?

Eu quero me afogar em você, Aiden Walters.

Dei um tapa no braço dele para afastá-lo, por mais que quisesse passar o restante do dia esfregando o nariz em seu pulso, inalando o cheiro de bala de limão.

Dei de ombros e pigarreei.

— É gostoso.

Que nem você.

Você é gostoso, Aiden.

Tão, tão inacreditavelmente gostoso.

Ele deu uma fungada demorada no pulso e concordou com a cabeça.

— Eu gosto.

— Também gosto de você — respondi.

— O quê?

— O quê? — repeti. Balancei a cabeça. — Quer dizer, também gosto. Do cheiro. Eu estava falando do perfume.

Ele semicerrou os olhos.

— Tem certeza de que você não quer tomar um sorvete depois da escola?

Resmunguei e fiz uma careta, mas eu não queria que ele achasse que havia outro motivo por trás do meu comportamento esquisito além da minha possível menstruação.

— Um sorvete cairia bem.

13

Aiden

Ora, mas quem diria.

Hailee estava a fim de mim.

Ao contrário de mim e do meu talento para atuação, minha melhor amiga era péssima em esconder seus sentimentos. Todas as emoções de Hailee Jones ficavam estampadas na cara dela, como se estivessem costuradas em sua pele. Essa era uma das características que eu mais gostava nela — o fato de ser muito fácil interpretá-la. Às vezes, eu me perguntava se todo mundo conseguia entendê-la com a mesma facilidade, ou se eu apenas tinha me tornado especialista em todos os sinaizinhos que surgiam em seu rosto.

Aquela era a melhor novidade de todas. Fazia um tempo que eu guardava segredo sobre estar a fim da minha melhor amiga, então descobrir que ela também estava a fim de mim era a realização de um sonho. Agora seria mais fácil tocar no assunto, porque sabia que meus sentimentos eram correspondidos.

Eu mal podia esperar pelo dia de amanhã para contar a ela exatamente o que eu sentia.

14

Hailee

Na manhã seguinte, fiquei no ponto esperando o ônibus. Aiden veio saltitando, cheio de empolgação e energia.

— Que animação é essa? — perguntei, esfregando meus olhos sonolentos.

— Animação nunca é demais — respondeu ele, abrindo um largo sorriso. — Você está linda hoje.

— O quê? — perguntei.

Eu estava tendo uma alucinação? Será que eu tinha desmaiado em algum momento e entrado em um coma profundo? As pessoas sonham quando estão em coma?

— Eu disse que você está linda, Hailee.

— Ah. — Fiz uma careta e semicerrei os olhos. — Por que você está me falando isso?

— Porque é verdade.

— Ah. — O rosto dele estampava um sorriso bobo. Arqueei uma sobrancelha. — O que foi?

— Andei pensando.

— Isso faz mal para o seu cérebro.

— É... Foram horas difíceis, não vou mentir. Será que pensar demais dá dor de cabeça?

— Acho que só no seu caso.

Ele sorriu. Nossa, eu amava aquele sorriso mais do que tudo.

— No que você está pensando? — perguntei, tentando manter o ritmo da conversa para dissipar o frio que sentia na barriga.

— Em matar aula hoje.

Eu ri.

— Aham, sei.

— Com você — acrescentou ele.

Eu o encarei, confusa. Por um segundo, achei que tivesse imaginado a ternura em seus olhos, a seriedade com que ele me encarou, a sinceridade em suas palavras. Mas, quando percebi, pela expressão dele, que tudo aquilo era real, engoli em seco, me dando conta de que o frio na barriga só aumentava.

— Você quer matar aula hoje? — repeti a declaração dele.

— Quero.

— Comigo?

— Aham.

Semicerrei os olhos.

— Você assassinou alguém ou coisa parecida? Está precisando de um álibi?

Ele riu.

— Não. Só quero sair com você.

— Não vejo motivo para... — Calma. Espere aí. Ele disse sair comigo? Tipo, um encontro amoroso? Sair comigo de verdade? Comigo? Euzinha? — O que foi que você disse?

— Quero sair com você.

Pisquei tantas vezes que fiquei surpresa por meus cílios não terem caído.

— Tipo sair como amigos?

— É, pode ser. Ou... Mais do que amigos?

Ai, nossa, eu estava mesmo em coma profundo.

— Mas sair comigo não significa que você gosta de mim mais do que apenas como amiga?

— Pois é.

Por que ele estava agindo com tanta calma, tranquilidade e autocontrole? Como os olhos dele não estavam esbugalhados como os meus diante daquela revelação? Há quanto tempo ele estava escondendo aqueles sentimentos?

— Por que você ia querer sair comigo?! — bradei.

Bufei de irritação. Eu nem entendia por que tinha falado em um tom tão agressivo. Era como se meu emocional tivesse perdido o controle. Eu estava surtando da pior maneira possível bem na frente de Aiden. Minha mente, meu corpo, meu espírito, minha alma — todas as coisas que me faziam ser quem eu era estavam entrando em colapso. Cada centímetro do meu corpo suava. Será que minha língua estava suando?

Não, Hailee, é saliva. Sua idiota.

— Porque sim. — Ele deu de ombros. — É em você que eu penso quando não estou pensando em nada. E é em você que eu penso quando estou pensando demais. Você meio que vive nos meus pensamentos quando eles estão calmos e também quando estão agitados. Tipo, algumas pessoas têm pensamentos, e eu tenho a Hailee. É por isso que quero sair com você.

— Hoje é primeiro de abril? — perguntei.

— Não, hoje não é primeiro de abril.

— Ah.

— Pois é, ah.

— Tom — arfei.

— O que foi, Jerry?

Eu não sabia o que dizer nem o que fazer. Estava paralisada. Ele estava dizendo as coisas que eu mais queria ouvir, mas, por algum motivo, aquilo me assustava.

— Hailee. — Ele olhou para a rua de novo. — Eu quero muito passar o dia com você, ir ao cinema e depois comer alguma coisa. Quero riscar da lista o item matar aula à la *Curtindo a vida adoidado* com você. Quero olhar para você. Quero ter um encontro de verdade com você. Mas, para eu conseguir fazer isso tudo, precisamos ir agora.

— Agora?

Ele olhou para a rua e depois voltou a me encarar. Então segurou minhas mãos e se aproximou. Nós estávamos de mãos dadas, e de um jeito que significava algo mais. Ou éramos apenas dois amigos de mãos dadas? Quem saberia diferenciar uma coisa da outra agora? Eu, euzinha, Hailee Jones, não sabia.

— Agora — repetiu ele.

Dei a única resposta em que consegui pensar.

— Tá bom.

Com essa confirmação, Aiden me puxou para o quintal da casa dele, onde ficamos escondidos até o ônibus chegar e ir embora sem nós. Os pais dele já tinham saído de casa. Seu pai ficaria em Chicago até o fim do dia, fazendo networking com pessoas que trabalhavam com Aiden.

Aiden pegou as chaves do carro que ficava na garagem para uma emergência, abriu a porta para mim, e lá fomos nós, assistir a um filme às oito da manhã.

— Quando chegarmos lá, você pode pedir o que quiser. É por minha conta — disse Aiden.

— Eu posso pagar pelas coisas que eu for consumir.

— Mas aí seria um encontro entre amigos. Este é um encontro de verdade, lembra?

— A gente não está na década de 1920. Uma mulher pode pagar pelas coisas num encontro.

— Você quer pagar pelas coisas no seu encontro?

— Claro que não. Que pergunta é essa? Eu sou antiquada com certas coisas, Aiden.

Ele riu.

— Você é a pessoa mais contraditória que já conheci na vida.

— Você já sabia disso e, mesmo assim, cismou que queria sair comigo. Quem é contraditório?

— Justo. — Eu me acomodei no carro, me recostando no banco, e Aiden perguntou: — Quer dividir um cachorro-quente e um saco de pipoca comigo?

— Não estou com tanta fome assim.

— Mentira. Dá para ouvir seu estômago roncando. Não vai me dizer que você não gosta mais de cachorro-quente e pipoca. Acho que meu coração não vai aguentar esse baque.

Eu ri.

— Eu gosto de cachorro-quente e pipoca, mas você sabe do que salsichas são feitas, né?

— Eu como o hambúrguer de frango da escola, então posso te garantir que não estou preocupado com o conteúdo das salsichas.

Olhei para ele e dei de cara com aquele sorriso bobo que eu adorava.

— Vou dividir o cachorro-quente e a pipoca com você. — Quando chegamos ao cinema, percebi que estava faltando um detalhe importante. — Que filme vamos ver?

— Sei lá. O que estiver passando às oito da manhã.

— Pode escolher — falei, deixando Aiden me arrastar para o cinema. — Ah, aliás, tomei uma decisão nos últimos trinta segundos.

— Qual?

— Quero comer um cachorro-quente sozinha. Nada de dividir.

~

O filme foi longo e chato, sem contar que Aiden e eu éramos os únicos na sala. Por algum motivo, isso tornou tudo ainda mais divertido. Conversamos durante o filme inteiro e rimos o tempo todo. Eu não sabia quando tinha acontecido, quando eu tinha ficado tão à vontade perto dele, conversando, dando outras respostas além de "aham", mas fiquei contente com a mudança. Eu me lembraria daquela saída com Aiden para sempre. Eu não sabia que meu coração era capaz de sentir aquelas coisas. Eu não sabia que era possível alcançar um novo nível de felicidade.

Aiden não terminou o cachorro-quente, mas não me lançou um olhar crítico quando comi o que tinha sobrado. Ele não me julgou nem fez comentários sobre o fato de eu estar enchendo a boca de pipoca. Ele apenas me fitava com aqueles olhos azuis que só exibiam bondade. Ao encarar aqueles olhos, me senti totalmente livre para ser eu mesma.

Ele me passava segurança. Foi naquela manhã que descobri que uma pessoa poderia ser um porto seguro.

Assistimos a outros dois filmes depois do primeiro. O último foi o pior.

— Que filme horroroso — comentei, saindo do cinema no meio de uma crise de riso.

— Foi ruim mesmo — concordou Aiden, jogando o saco de pipoca no lixo. — Mas, por algum motivo, nunca me diverti tanto no cinema.

— Nem eu. Agora entendo por que as pessoas matam aula — comentei, rodopiando. — Eu me sinto livre. Você também? — Peguei as mãos dele e comecei a roda. — Livre!

Nós giramos cada vez mais rápido, rindo feito crianças no jardim de infância durante o recreio, até eu dar um passo em falso. Aiden rapidamente me segurou e me ajudou a recuperar o equilíbrio. Então me puxou para perto e me abraçou. Paramos de girar e firmamos os pés no chão, mas eu ainda sentia que estávamos rodando, rodando. As pupilas dele estavam dilatadas ao me encarar. Observei seu olhar sair dos meus olhos e ir para a minha boca. Vi seus lábios se abrindo, então ele sussurrou:

— Livre.

Suas mãos deslizaram em direção à minha lombar, e cheguei um pouco mais perto dele. Minhas mãos pousaram sobre seu peito, e eu ergui o olhar para Aiden mais uma vez.

— Livre — sussurrei em resposta.

Será que estávamos pensando na mesma coisa?

Será que ele estava pensando em me beijar do mesmo jeito que eu pensava em beijá-lo?

Será que seu coração também estava batendo para a frente, depois para trás, depois para os lados, desgovernado?

Será que seus pensamentos ainda estavam a mil por hora?

Será que seus lábios eram macios?

Será que ele sabia que eu queria que fosse com ele meu primeiro beijo?

Será que seu coração queria conhecer o meu do mesmo jeito que o meu coração queria conhecer o dele?

— Hails — suspirou ele em um tom ofegante.

Nossos rostos estavam tão próximos que a palavra aqueceu minha pele.

— Sim — suspirei de volta, encarando seus lábios. Seus lábios grossos e carnudos.

— Estou pensando em fazer uma coisa agora.

Seus dedos massagearam a minha lombar com delicadeza, lançando uma onda de nervosismo entre as minhas coxas.

— É?

— É. — Ele mordeu lentamente o lábio inferior. — Você está pensando na mesma coisa?

Concordei com a cabeça.

— Estou.

— Está?

Eu ri, mas agora era de nervoso. O frio na barriga só aumentava, eu estava uma pilha de nervos, com a ansiedade a mil. Para completar, ele cheirava a bala de limão, meu novo cheiro favorito.

— Estou.

Ele levou uma das mãos à minha boca e acariciou de leve meu lábio inferior com o dedão.

— Hailee, eu...

— Você é o Aiden Walters?! — exclamou alguém, me fazendo pular uns dois metros para longe de Aiden.

Nosso momento íntimo foi interrompido por três garotas, gritando feito loucas por causa de Aiden.

— É ele! Nossa! Você é muito gato — arquejou uma delas, aos pulos.

A ruiva disse que ele era a pessoa mais talentosa do mundo. Em seguida, todas imploraram por fotos. O corpo inteiro de Aiden assumiu uma postura diferente, e ele ligou o botão do charme. Imediatamente entrou no modo ator e foi simpático com as meninas, tirando as fotos e distribuindo os autógrafos pelos quais elas tanto imploravam.

Vocês não deviam estar na escola?

Espere, eu também devia. Bom, de qualquer forma, elas tinham acabado de estragar o que poderia ter sido o melhor momento da minha vida.

— Desculpa, meninas, eu queria poder conversar mais, só que preciso ir para uma reunião — disse Aiden, se aproximando de mim.

As garotas olharam para mim, e a ruiva disparou:

— Essa é a sua namorada?

— Claro que não — respondeu a outra.

Como assim "claro que não"?

A forma como ela me olhou — de cima a baixo, com um ar de nojo — deixou bem claro o que seu comentário significava. Na mesma hora, me arrependi de ter comido a pipoca e os cachorros-quentes.

Porém, a reação de Aiden foi o oposto da minha. Ele não ficou com vergonha; ficou com raiva.

— O que você quis dizer com isso? — questionou imediatamente. Sua simpatia desaparecendo conforme ele bufava pelas narinas.

— Eu não queria ofender. — A garota riu. — Ela só não parece fazer o seu tipo.

— O meu tipo? — bradou ele.

Pelo tom de Aiden, parecia que ele estava prestes a perder a razão com aquelas meninas. Antes que isso acontecesse, segurei seu ombro para acalmá-lo.

— Vamos embora — sussurrei.

— Que escrotas — resmungou ele.

— São mesmo — concordei. — Vamos embora.

Ele me obedeceu quando o puxei para longe. Quando chegamos ao carro, Aiden ainda estava espumando de raiva, mas abriu a porta para mim. Mesmo irritado, ele continuava me tratando com gentileza.

Ele se sentou no banco do motorista e fechou sua porta. Suas mãos apertavam o volante, e ele fechou os olhos, respirando fundo algumas vezes para acalmar a raiva.

Fiquei em silêncio por um instante.

— Aiden, está tudo bem. Eu...

Ele levantou o dedo para que eu parasse de falar, então voltou a apertar o volante.

Quando se sentiu pronto, ele se virou para mim, e seus olhos carregavam tantas emoções e tanta sinceridade que senti os meus se encherem de lágrimas.

— Tudo em você me deixa maravilhado, Hailee. Do seu rosto à sua cintura, do seu quadril às suas coxas, você é impressionante. Eu quero cada centímetro de você. Mas não é só o seu corpo, apesar de, puta merda, o seu corpo — gemeu ele em um tom brincalhão, mordendo o punho fechado e me fazendo rir. Então ele ficou mais sério ao continuar: — Seu corpo, sua mente, sua alma, eu quero tudo. Você é a pessoa mais bonita que eu já conheci, Hailee Jones, e estou apaixonado por você. Você é a pessoa mais legal, mais engraçada e mais carinhosa que esse mundo já viu, e estou apaixonado por você. Você tem os olhos castanhos mais lindos e mais hipnotizantes, e estou apaixonado por você. Você é dona do sorriso com o qual eu sonho todas as noites, e estou apaixonado por você. Você é gentil e forte, e estou apaixonado por você. E sempre que alguém te desrespeita, eu fico furioso, porque você é a pessoa mais incrível que já conheci, e estou apaixonado por você.

Lágrimas escorriam pelas bochechas dele, talvez por raiva das garotas ou pelo amor que ele sentia por mim. Talvez fosse uma mistura das duas coisas. Aiden não chorava com frequência, nem com facilidade, então saber que ele se sentia seguro o suficiente comigo para me mostrar esse seu lado me deixava muito feliz.

Sequei suas lágrimas e me inclinei na direção dele, apoiando minha testa na sua.

— Você é meu melhor amigo, Aiden. — Minha boca estava a milímetros de distância da sua. Meu coração batia cada vez mais rápido, martelando em minhas costelas. Eu me inclinei para a frente, roçando a boca na dele. — E estou apaixonada por você.

15

Aiden

Quando eu e Hailee voltamos para casa, vimos que uma agradável surpresa nos esperava. Nossos pais estavam sentados em suas respectivas varandas, com expressões irritadas estampadas em seus rostos.

— Ih. Será que fomos descobertos? — perguntou Hailee.

Parei o carro.

— Meu pai está bufando pelo nariz, então tudo indica que sim.

Hailee inclinou a cabeça na minha direção com um sorriso largo no rosto.

— Vamos ficar de castigo pra sempre.

— Aham.

— Valeu a pena?

Apoiei a cabeça no encosto do banco e sorri.

— Valeu.

Apertei a mão dela antes de sairmos do carro para encarar o que vinha pela frente. Seguimos em direções diferentes, e, apesar de saber que os pais de Hailee seriam severos com ela, eu tinha certeza de que o meu pai ganharia o prêmio no quesito raiva.

Eu já sentia o pânico tomar conta de mim enquanto ia até eles.

— Oi, mãe. Oi, pai.

— Não me venha com "oi, pai". Por que você não foi à escola hoje?

— Eu... hum... bom... — gaguejei, me sentindo um idiota, porque era sempre difícil encontrar as palavras certas quando meu pai me confrontava. — Nós... hum...

— Desembucha — ordenou ele.

— Acho melhor a gente entrar — disse minha mãe, vindo até mim. Ela olhou para a rua, na direção dos vizinhos fofoqueiros, então levou a mão ao ombro do meu pai. — Lá dentro, Sam.

Ele resmungou, e nós três entramos em casa.

Esfreguei a nuca.

— Como foi que vocês descobriram?

Ele tirou o celular do bolso e nos mostrou um vídeo.

— Sabia que, quando o seu filho é famoso, as pessoas fazem vídeos dele e postam nas redes sociais? Além disso, olha só que coisa... Quando um aluno não aparece na aula, a escola liga para avisar aos pais — bradou meu pai, as veias saltando em seu pescoço.

Ele estava no auge da sua irritação, o que me deixava cada vez mais desconfortável. Eu não devia ter ido ao cinema. Apesar de aquele ter sido o melhor dia da minha vida. Apesar de eu ter me sentido livre pela primeira vez em muito tempo. Apesar de eu estar apaixonado por Hailee Jones, e ela também estar apaixonada por mim.

Puta merda, ela também estava apaixonada por mim.

Mesmo assim, eu não devia ter feito aquilo, porque o decepcionei.

— E tem mais: aquele teste que você devia ter filmado e enviado ontem à noite. O que aconteceu? — perguntou ele.

Ah, droga. Eu tinha esquecido disso. Cocei a cabeça e murmurei um pedido de desculpas. Senti o suor se acumulando em minha testa. Abri a boca para falar, mas não saiu nenhum som. Eu me sentia paralisado em um mar de ansiedade, sem saber o que fazer nem o que dizer.

Minha mãe percebeu que eu estava em pânico e tocou meu braço com delicadeza.

— Vai para o seu quarto. Seu pai e eu vamos conversar. Saiba que você vai ficar de castigo. Depois falamos com você.

— Você está sendo mole demais com ele — alertou meu pai.

Minha mãe o fitou com um olhar severo.

— E você está sendo cruel demais. — Ela se virou para mim. — Para o quarto. Agora.

Eu obedeci. Fui para o banheiro e soltei um suspiro pesado, sentindo o ataque de pânico escapar do meu peito.

— Estou bem, estou bem, estou bem — repeti para mim mesmo enquanto meu coração batia tão forte que parecia querer sair do meu corpo. — Estou bem, estou bem, estou bem — falei outra vez, tentando acalmar meus pensamentos.

Meu pai tinha olhado para mim como se me odiasse. Ele me encarou como se eu fosse a maior decepção da sua vida.

Como eu pude me esquecer de mandar o teste? Como vacilei tanto? Ele ia ficar com raiva de mim por causa disso. Eu me esforçava ao máximo para corresponder às expectativas dele. Eu me esforçava ao máximo para não o decepcionar. Mas hoje... Eu precisava daquilo. Precisava sentir que poderia ser eu mesmo por um breve momento, e não quem meu pai queria que eu fosse — ele.

Joguei água no rosto, estava com vontade de vomitar. Eu odiava sentir aquele tremor se espalhando pelo meu corpo enquanto o pânico tomava conta de mim. Odiava sentir que tudo em mim estava prestes a desmoronar. Odiava saber que minha mãe entendia quando eu chegava ao meu limite e me acolhia, mas meu pai não percebia minha dor. Ele não conseguia me enxergar.

Ele não consegue me enxergar.

Ele só via aquilo que desejava ver, e, toda vez que eu não agia como o filho perfeito, a decepção dele me fazia querer sumir. Desaparecer.

~

— Qual é o veredito? — perguntei à minha mãe, quando ela bateu à porta e entrou no quarto.

Eu estava sentado na cama, esperando para ouvir a sentença do dia. Meu pai e ela tinham passado os últimos quarenta e cinco minutos falando sobre mim, e eu havia aumentado o volume da música que estava ouvindo para abafar o som.

— Três semanas de castigo. A menos que você tenha um teste e precise viajar. Fora isso, é da escola direto para casa.

— Justo.

Ela se aproximou da minha cama e se sentou ao meu lado.

— Você não é de mentir e matar aula desse jeito.

— É, eu sei.

— O que está acontecendo?

— Isso estava na minha lista de coisas para fazer com a Hailee.

Minha mãe abriu um sorrisinho.

— Tom e Jerry sendo Tom e Jerry, né?

Torci o nariz.

— Contei para ela que gosto dela hoje — comentei.

Os olhos da minha mãe se arregalaram, apesar de ela não parecer muito surpresa.

— E ela...?

— Também gosta de mim.

Ela sorriu.

— Ainda bem que vocês finalmente entenderam isso.

— Espera, você sabia?

— Eu sou sua mãe, Aiden. — Ela me deu um beijo na testa. — Eu sei de tudo.

— Meu pai não vai me perdoar por isso, né?

— Seu pai vai superar. Ele só está emburrado agora. Mas não é isso que me preocupa. Estou preocupada com você, Aiden. Você se esforça tanto para deixar seu pai feliz, mas não sei se isso te faz feliz também.

— Eu estou bem — menti.

— Aiden Scott Walters. Tenta de novo.

— Eu precisava de uma folga. Tenho me sentido um pouco pressionado, e achei que seria uma boa ideia me desligar por algumas horinhas com a garota que eu gosto. Foi uma burrice, mas...

— Pelo visto, foi divertido.

Concordei com a cabeça.

Ela se inclinou para perto de mim e sorriu.

— Que bom. Você merece mais momentos como esse.

— Você não está chateada comigo que nem o meu pai?

— Na verdade, estou chateada comigo mesma por não ter te dado a abertura que você precisava para me contar esse tipo de coisa. Estou chateada com o seu pai por ser tão rigoroso com você. Nós vamos melhorar, Aiden. A sua saúde mental é importante, e eu entendo isso. Não quero que você se isole e ache que não pode conversar comigo. Tá bom?

— Tá bom.

— Da próxima vez que você precisar dar uma respirada, me conta. Posso te dar um vale folga.

— Meu pai não vai gostar disso.

— Ainda bem que ele não é o único que manda nesta casa. — Ela semicerrou os olhos. — Ele te afeta mais do que eu imaginava. Sinto muito, A. Vou conversar com ele. Mas saiba que conversar com a gente sobre os seus sentimentos pode ajudar a evitar esse tipo de situação. Ser sincero é sempre a melhor opção, mesmo quando é difícil, tá?

— Tá.

Antes de sair, ela me deu um beijo na testa.

— Eu te amo, eu te amo, eu te amo, eu te amo.

Ela falou "eu te amo" mais algumas vezes porque sabia que eu precisava ouvir aquilo. Eu respondi com quatro "eu te amo" também, porque ela merecia ouvir cada um deles.

Fechei a porta do quarto e fui até a janela. Pulei para o quintal, fui até a janela de Hailee e bati duas vezes no vidro. Ela se aproximou e sorriu. Então se sentou no peitoril.

— Você também está de castigo? — perguntou ela.

— Por três semanas. E você?

— Quatro! — exclamou ela. — Até o feriado de Ação de Graças.

— Nossos pais são exagerados. Parece que a gente matou aula e foi de carro para outra cidade sem falar nada para eles — brinquei, me sentando ao seu lado. Ela não riu da minha piada idiota, então bati com o braço no dela. — Você está bem?

— Estou apaixonada por você — disse ela, parecendo quase chateada com isso.

— Pois é. Achei que a gente já tivesse chegado a essa conclusão.

Ela se virou para me encarar melhor e suspirou.

— Não, Aiden. Eu quis dizer que te amo muito, e agora você está dizendo que me ama também, e isso é assustador.

— Como assim assustador? Achei que fosse bom duas pessoas se amarem.

— Para a maioria das pessoas, sim, mas você é meu melhor amigo.

— O que torna tudo ainda melhor.

— Ou pior. A gente devia montar um gráfico com os prós e os contras de um namoro.

— Nós não vamos fazer gráfico nenhum.

— E se não der certo?

— Aí voltamos a ser amigos.

— E se a gente terminar de um jeito ruim?

Eu ri.

— Por que já estamos falando de término quando a gente ainda nem chegou na parte do namoro?

— Porque precisamos pensar nessas coisas.

— Ou podemos só deixar rolar.

Segurei a mão dela e a puxei para a grama, onde nos sentamos.

— Por que você não está remoendo essas coisas também? Por que não está assustado?

— Porque sei que fomos feitos um para o outro. Porque sei que a gente acabaria no mesmo lugar. Porque você é você, e eu sou eu, e nós sempre fizemos sentido juntos. Porque sei que as coisas só podem melhorar. Se eu sou capaz de te amar tanto assim como minha amiga, imagina quanto amor vou sentir quando eu for todo seu. E prometo que não vou...

— Não vai o quê?

— Partir o seu coração.

— Prometo que também não vou partir o seu — jurou ela.

Eu sorri.

— Eu sei, Jerry.

— E como é que a gente se acostuma com isso de ser amado? — perguntou ela.

— Sei lá. Achei que você soubesse.

Ela sorriu e segurou minhas mãos. Ficamos sentados entre nossas casas, com as estrelas brilhando no céu. Meu coração batia acelerado no peito enquanto eu olhava para nossas mãos entrelaçadas.

— Isso é bom? — perguntei com um sussurro.

— Isso é bom — respondeu ela.

Levei as mãos dela até minha boca e beijei suas palmas.

— Isso é bom?

— Isso é bom — concordou ela.

Mordi meu lábio inferior e cheguei mais perto. Rocei minha boca na dela.

— Isso é bom? — perguntei.

— Isso é bom. — Fiz menção de puxá-la para o meu colo, mas ela hesitou. — Espera, não. Sou pesada demais — disse ela.

Então vi a rapidez com que suas inseguranças surgiam em seu olhar.

Eu a ignorei e a puxei para o meu colo mesmo assim. Ela colocou os braços em volta do meu pescoço, mas não apoiou o peso em mim.

— Hailee?

— O quê.

— Senta.

— Mas...

— Sem mas.

Levei minhas mãos ao quadril dela e a puxei um pouco para baixo. A timidez dela ficou aparente em suas bochechas, mas ela acabou cedendo e relaxou o corpo. Era como se a peça perdida do meu quebra-cabeça favorito finalmente se encaixasse no lugar certo.

Encostei a testa na dela e abracei sua cintura.

— Isso é tudo meu? — perguntei baixinho enquanto nossas bocas se encostavam.

Ela concordou com a cabeça.

— É tudo seu.

Eu a beijei bem devagar, e a sensação se espalhou por cada centímetro do meu corpo. Os olhos dela começaram a ficar marejados conforme cruzávamos a fronteira para um novo território. Os limites invisíveis entre amizade e namoro começaram a se misturar. Nós não precisávamos trocar uma coisa pela outra. Poderíamos criar nossa própria história, na qual nos amaríamos nesse novo relacionamento tanto quanto nos amávamos como amigos. Talvez fosse por isso que daria certo. Talvez o melhor amor fosse aquele construído sobre uma forte amizade.

Um beijo selou o acordo.

Ela era minha, eu era dela, e foi tão bom que precisei beijá-la de novo.

- Dar o primeiro beijo
- Arrumar um(a) namorado(a)

Foi ótimo poder riscar esses dois itens da lista. Eu também não conseguia imaginar uma pessoa melhor com quem compartilhar esses itens.

Ela apoiou a cabeça no meu ombro.

— Acho que vou gostar disso.

— Do quê?

— De ser amada por você.

16

Aiden

Na manhã seguinte ao meu primeiro beijo com Hailee, nos encontramos no ponto de ônibus, como de costume.

— Oi — falei.

— Oi — respondeu ela.

Havia uma tensão em seu olhar, e dava para ver que ela estava um pouco nervosa.

— Aperto de mão? — sugeri, torcendo para que isso a ajudasse a ficar mais relaxada, porque nós continuávamos sendo nós.

Ela esticou a mão, com a palma virada para mim, e começou a cantarolar:

— Panqueca, panqueca, para o alto ela vai.

Sem hesitar, comecei a bater a mão na dela.

— Se lançada para cima, ela voa e não cai.

Ela bateu o dorso da mão contra a minha três vezes.

— Se largada, ela some, evapora.

Nós dois giramos uma vez, depois ficamos um de frente para o outro, batemos as mãos e fizemos uma ondinha esquisita com o corpo enquanto dizíamos:

— Perdida no bueiro onde o palhaço assassino mora.

Hailee riu e eu peguei sua mão.

Ela hesitou.

— Espera.

— O que foi?

— Você vai segurar a minha mão? Na frente das pessoas? Tipo, na escola? — perguntou ela, tímida.

Sorri. Minha melhor amiga estava nervosa. Não, espere, correção: minha namorada estava nervosa. Espere, não. Ainda não era isso. Hailee era minha melhor namorada. Sim, ela era isso agora — minha melhor namorada. O cargo mais importante na minha vida.

— Faz dezessete anos que espero para segurar a sua mão — falei, sendo bem prático. — Então, sim, vou segurar a sua mão na frente do mundo inteiro, se você deixar.

— Ah. — Ela resmungou alguma coisa, torcendo o nariz como costumava fazer quando pensava demais antes de tomar uma decisão. Então pegou minha mão, suas bochechas de esquilo perfeitas se curvando para cima e corando, e em seguida disse: — Então tá.

Então tá.

Era isso que ela dizia quando desistia de analisar demais as coisas. Quando sua mente brilhante não conseguia encontrar uma forma de as coisas darem errado. Sempre que eu recebia um "então tá" de Hailee, me sentia vitorioso.

Eu sabia que era esquisito, mas adorava quando as bochechas dela se levantavam com um sorriso.

Ela tinha três sardas na bochecha direita, e sete na esquerda, e sempre que Hailee sorria, eu dava um jeito de contá-las. Eu queria beijar suas bochechas todos os dias.

Mas, por enquanto, estava satisfeito em apenas segurar sua mão.

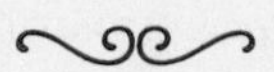

Havia tantas coisas boas acontecendo que não me surpreendi quando Jake entrou em contato.

Jake era uma das maiores decepções da minha vida. Sabe aquelas pessoas que parecem raios de sol em dias nublados? Jake era o completo oposto disso. Ele chegava nos dias de sol e, de algum jeito, fazia o céu escurecer.

Sempre que tudo parecia estar dando certo na minha vida, meu pai biológico aparecia para abalar as estruturas. Fiquei um pouco surpreso ao receber uma mensagem dele perguntando se podíamos nos encontrar, porque fazia quase um ano que não nos víamos. A última vez havia sido no feriado de Ação de Graças, quando ele ficou bêbado e começou a falar que ia parar de beber. Ele prometeu que me levaria ao shopping no dia seguinte. Eu passei horas esperando na varanda, à toa.

Jake era especialista nisso — em fazer promessas e não as cumprir. Eu tinha perdido a conta de quantos bolos havia levado dele na infância, esperando na varanda para passarmos um tempo juntos. Ele raramente aparecia, e, quando dava as caras, estava bêbado demais para dirigir.

Jake gostava de esportes. Quando eu era criança, ele me contava tudo sobre seus times favoritos, que acabaram se tornando os meus favoritos também, pois queria que tivéssemos algo em comum. Nas festas de fim de ano, eu comprava camisas dos times que ele gostava para nós dois. Ele dizia que me levaria a jogos em Chicago, e eu colocava a minha camisa e ficava sentado na varanda, esperando. E esperando. E esperando.

Com o passar dos anos, passei a esperá-lo por menos tempo, mas ainda esperava, como naquela tarde. Ele tinha ligado e me convidado para assistir a um filme, e falei para mim mesmo que seria melhor ignorá-lo. Infelizmente, meu coração mole resolveu lhe dar outra chance.

Meu pai sempre me incentivava a tentar de novo com Jake. Afinal, os dois eram primos. Meu pai dizia que família estava acima de qualquer coisa. Minha mãe dizia que família só era importante se fosse legal com você. Dava para perceber que meus pais tinham opiniões diferentes sobre o papel de Jake em minha vida.

Eu estava sentado na varanda esperando e fiquei um pouco surpreso quando vi Jake chegar de carro. Ele não apenas tinha vindo, como dirigia um carro legal. Normalmente, ele pegaria emprestado algum carro do meu pai.

— Olha só, é o meu filho favorito — disse Jake, vindo na minha direção.

Eu não gostava quando ele me chamava de filho. Era um lembrete de que nós teríamos uma conexão para sempre.

Ele abriu os braços, todo animado, e, apesar de eu me esforçar muito para não me empolgar ao ver aquele homem, minha criança interior dava cambalhotas. Parte de mim ainda desejava que um dia nos aproximássemos. Quando ele aparecia, eu me sentia desejado. Quando ele desaparecia, eu me sentia rejeitado. A balança do desejado e rejeitado com Jake sempre pendia para o lado negativo.

— Oi, Jake — falei, puxando-o para um abraço.

— Puta merda, cara. Quando foi que você se transformou no Incrível Hulk? — Ele deu um soquinho no meu bíceps. — Preciso que você seja meu personal na academia.

— A gente pode fazer isso — respondi de imediato.

Na mesma hora, minha mente começou a fantasiar sobre ir à academia com ele.

Maldita esperança. Ela continuava lá.

— É, cara. Você está bonitão. — Ele bateu nos meus braços. — Vamos sair para almoçar?

— Achei que você quisesse assistir àquele filme novo.

— Pois é. Minha agenda está um pouco mais cheia do que imaginei. Tenho uma entrevista de emprego à tarde.

— Ah, tudo bem. É, vamos comer. Eu não sabia que você tinha comprado um carro novo.

Jake se aproximou do carro e colocou as mãos no capô.

— É. Seu coroa me adiantou a entrada. Vou pagar tudo de volta quando conseguir o emprego.

— O que foi que o meu marido fez? — perguntou minha mãe, vindo até a varanda para participar da conversa com Jake.

Ela cruzou os braços, exibindo sua expressão de "eu estou irritada".

— Merda, eu não devia ter falado isso. Oi, Laurie. Você está linda, como sempre.

— Aham — resmungou minha mãe. — Aonde você vai levar o meu filho?

— Que tal umas asinhas de frango? — perguntou Jake, estalando os dedos para mim. — Você ainda gosta das asinhas com molho barbecue do West's?

Eu não ia ao West's desde que tinha uns doze anos, quando Jake e eu saímos sozinhos pela última vez.

— É, adoro ir lá — concordei.

— Já trago ele de volta, Laurie — prometeu Jake.

— Eu sei que vai — respondeu ela, enquanto vinha até mim. Ela me puxou para um abraço apertado. — Me liga se precisar de mim.

— Não vou precisar de nada. Já voltamos. Te amo, mãe.

— Também te amo. Divirtam-se e tomem cuidado.

Ela me deu um beijo na bochecha, então saí com Jake.

No carro, Jake se distraía com absolutamente tudo. Ele estava com um cigarro pendurado na boca, segurava o volante com uma mão, e a outra mexia no rádio.

— Quer um cigarro? — ofereceu ele.

— Eu não fumo.

— É, verdade. Esperto. Só estava testando você. Essa merda faz mal. Apenas diga não. — Ele riu. — Então, quais são as novidades? Se eu soubesse que você estava em casa, teria vindo antes. — Aquilo não era verdade, mas tudo bem. Ele era o tipo de pessoa que mentia tanto que chegava a acreditar nas próprias mentiras. — Li umas coisas na internet sobre você estar namorando. É verdade?

— É, estou com a Hailee.

— Porra. É mesmo? Como vocês se conheceram?

Eu o encarei, inexpressivo.

— É a Hailee. Minha melhor amiga, Hailee. Você encontra com ela na maioria das festas de fim de ano, e...

O celular dele começou a tocar, e ele olhou para a tela enquanto estacionava perto da lanchonete.

— Ah, merda — murmurou ao mesmo tempo que levantava o dedo para que eu fizesse silêncio.

Ele saltou do carro e atendeu na mesma hora.

Quando desci do carro e parei na calçada, percebi que ele estava sussurrando. Depois que desligou, seu humor parecia ter mudado um pouco, mas ele abriu um sorrisinho para mim e abriu a porta da lanchonete.

— Pronto, amigão?

— Aham, claro.

Estar com Jake era como estar com um desconhecido. Eu não sabia por que uma parte de mim ansiava por se aproximar dele de alguma forma. Eu tinha pais maravilhosos. Não havia motivos para eu sequer pensar em Jake, muito menos na minha mãe biológica. Eu nem sabia o nome dela, mas isso não a impedia de surgir em meus pensamentos de vez em quando. Eu também odiava isso. Era como se eu estivesse traindo minha mãe de algum jeito esquisito.

Nós nos sentamos para comer nossas asinhas de frango e conversamos por um tempo, mas o celular de Jake tocava sem parar. Ele resmungou alguma coisa depois que leu uma mensagem e voltou a se recostar no banco.

— Escuta, tenho que ir trabalhar. Vou precisar vazar mais cedo. Tipo, agora.

— Achei que a entrevista fosse hoje. Não sabia que já tinha conseguido o emprego.

— Ah, pois é. Quer dizer, já está praticamente certo. O emprego é meu. Só preciso resolver aquela palhaçada toda de documentação, sabe? Eles querem que eu chegue mais cedo. — Ele esfregou o nariz com o dedão e se inclinou para a frente. — Escuta, filho, fico meio envergonhado de pedir, mas as coisas andam meio apertadas. Eu queria saber se você pode me emprestar uma grana por um tempinho. Só até eu me ajeitar. Minha situação está melhorando. Sei que está. Sabe, eu me consultei com uma vidente na semana passada, e ela falou que as coisas iam começar devagar, e aí, do nada, bum! Vai ser vitória atrás de vitória. Só que, enquanto isso, se você puder me ajudar, vai ser uma mão na roda.

Sabe aquela esperança que ainda existia em mim? Começou a morrer.

— Eu, hum... não estou com dinheiro aqui.

— Tudo bem. Tem um caixa eletrônico bem ali. Você pode sacar agora.

Ele apontou para trás e abriu um sorriso parecido com o meu. Eu odiava isso. Odiava que nossos sorrisos fossem parecidos. Mas, ao contrário do meu, o dele parecia oportunista. Eu não acreditava que tinha considerado a possibilidade de Jake ter mudado. Era vergonhoso eu ter pensado que desta vez seria diferente só porque ele tinha aparecido. No fim das contas, ele só tinha dado as caras porque queria algo de mim.

Passei a mão pelo cabelo.

— De quanto você precisa?

— Sei lá. Mas, se tratando de um garoto vencedor do Emmy que nem você, será que não consegue descolar uns oitocentos dólares, talvez mil, para o seu coroa?

Ele não se deu conta de que aquilo partia meu coração, mas isso já era de se esperar. Ele não sabia nada sobre mim, então como poderia perceber meu sofrimento?

Eu me levantei e fui até o caixa eletrônico pegar o dinheiro. No instante em que lhe entreguei as notas, ele pegou uma de vinte e a colocou em cima da mesa.

— Chama alguém pra vir te buscar, tá? O almoço fica por minha conta — disse ele.

Eu não sabia se ele estava sendo irônico ou não. Então ele pegou suas coisas e foi embora, me largando ali.

Fiquei lá por mais uma hora, com muita vergonha de pedir aos meus pais que fossem me buscar tão rápido. Depois desse tempo, liguei para minha mãe. Ela chegou em menos de dez minutos.

Entrei no carro e não falei nada. Mas não precisei abrir a boca, porque minha mãe me conhecia bem demais.

— Ei, olha para mim — insistiu ela, cutucando meu braço.

— Tá tudo bem — falei, olhando pela janela.

— Aiden, olha para mim agora — ordenou ela.

Suspirei e me virei em sua direção. Seu olhar encontrou o meu. Eu queria ter os olhos dela. Mas acho que isso seria pedir muito.

Ela levou as mãos às minhas bochechas e segurou meu rosto como se eu ainda fosse aquele garotinho na varanda, esperando Jake aparecer e me amar.

— Você é fantástico, Aiden Scott Walters. Você é uma pessoa maravilhosa, dono de um coração extraordinário. Você é gentil, bondoso e verdadeiro. Não deixe que as merdas dos outros roubem a sua felicidade. Ela é sua. Você é dono dela. Ninguém mais tem direito a isso. Está me entendendo?

— Sim, senhora.

Ela deu um tapinha no meu rosto e se inclinou para me beijar.

— Então vamos para casa.

Naquela noite, meus pais tiveram uma briga feia a respeito de Jake. Fiquei escutando do meu quarto. Minha mãe era a pessoa mais calma do mundo. Ela nunca levantava a voz nem falava palavrão a menos que alguém pisasse no seu calo. Eu era seu maior calo e, naquela tarde, tinham pisado em mim.

— E você não achou que seria de bom-tom me contar que nós demos um carro para o Jake, Samuel? Que porra é essa? — bradou minha mãe.

Quando minha mãe falava palavrão, era porque estava irritada.

— Foi um empréstimo. Ele disse que vai me pagar — argumentou meu pai.

— É, ele falou a mesma coisa da última vez, pouco antes de bater com o carro.

— Ele melhorou.

— Ah, é? E por que ele largou nosso filho numa lanchonete e foi embora? Porque ele parou de fazer merda? Não quero mais aquele homem nas nossas vidas. Ele não presta e já deixou isso bem claro um milhão de vezes.

— O que você quer que eu faça, hein? Quer que eu corte relações com meu primo?

— Quero! Você não deve nada a ele. Você não é babá do seu primo.

— Ele merece ter contato com o Aiden.

— Não merece, não. Ele não merece uma gota do amor do nosso filho, principalmente porque tira proveito disso. É um absurdo você pensar assim.

Eu já estava cansado de ouvir os dois brigando. Senti o pânico voltar ao coçar as palmas das mãos. Fui até a janela e saí. Já estávamos quase em dezembro, e o clima deixava isso claro. O vento frio soprou em meu rosto, e calafrios subiram pelos meus antebraços.

Bati à janela de Hailee, e ela atendeu com um sorriso estampado no rosto. Quando olhou nos meus olhos, o sorriso sumiu. Quando ela abriu a janela, ouviu meus pais brigando, mas não falou nada. Apenas deu um passo para o lado e me deixou entrar no quarto.

Eu me deitei na cama, ela apagou as luzes e se deitou ao meu lado.

— Quer conversar?

— Não.

— Tem certeza? Você pode me contar o que for.

Fiz uma careta.

— Não sou bom em falar de coisas complicadas. Eu me enrolo todo tentando dizer as palavras em voz alta.

— Ah, tudo bem. Bom, como eu posso te ajudar hoje?

— Só fica comigo. Isso já é suficiente.

Ela se aconchegou em mim e acabou caindo no sono em meus braços.

Ah.

Aí está.

A forma como Hailee Jones me amava... Era isso.
Era exatamente assim que eu queria ser amado.
Eu não precisava de nada dela. Eu só precisava... dela.

17

Hailee

Assim que engatamos nosso romance, Aiden teve de passar duas semanas em Los Angeles por causa do trabalho. Eu detestei ter de ficar longe dele, mas segui com a minha vida e contei os dias até sua volta. Ele estava ocupado durante a viagem, mas não havia uma noite em que não me ligasse. Toda manhã, antes da aula, ele me mandava uma mensagem me desejando um ótimo dia. Quando comentei sobre a diferença de duas horas de fuso, ele confessou que colocava um alarme para me dar bom-dia e depois voltava a dormir.

Aiden Walters, senhoras e senhores. O garoto que elevava tudo a outro patamar.

No intervalo, eu me sentava sozinha à minha mesa. Carlton viu que eu andava almoçando sozinha, mas não ousou se aproximar de mim. Ele sabia que não tínhamos mais nada a dizer um para o outro. Além disso, os queridinhos da escola já o haviam descartado, cansados de rir da cara dele. Mas isso não significava que tinham cansado de zombar de mim.

— Oi, Hailee, tudo bem? — perguntou Cara, se sentando no banco em frente ao meu.

Ela estava acompanhada de duas amigas, que se sentaram uma à sua esquerda e a outra à sua direita. As três estavam sorridentes, o que me deixou com a pulga atrás da orelha. Aqueles sorrisos não pareciam uma abordagem simpática. Entrei em estado de alerta.

— Oi? — falei em um tom questionador.

Cara sorriu e se inclinou na minha direção. Ela pegou minhas mãos.

— Acho tão legal você e o Aiden terem oficializado o namoro. Tipo, quem não adora uma história de amor entre amigos que se apaixonam, né?

Continuei quieta.

Cara e as amigas haviam passado as últimas semanas zombando do meu peso. Mas eu não tinha comentado nada com Aiden, porque, conhecendo-o como eu o conhecia, sabia que ficaria revoltado.

— Acho que você é muito corajosa por namorar com ele — comentou a amiga de Cara, Elizabeth.

— Muito, muito corajosa — repetiu Natalie. — Tipo, bem corajosa — entoou ela.

Corajosa?

Por que eu precisaria ser corajosa para namorar com Aiden?

Eu sabia que devia ficar quieta, mas mordi a isca.

— Como assim?

Cara continuou sorrindo.

— A matéria saiu hoje de manhã. Você precisa ler o que estão falando de você na internet.

Meu coração acelerou, e senti calafrios percorrerem a minha espinha.

— O que estão falando?

Cara arquejou baixinho, mas eu tinha certeza de que ela não estava surpresa.

— Você não viu? Aqui, vou te mostrar.

Ela pegou o celular e deu alguns toques na tela antes de mostrá-la para mim. Havia uma matéria no site de um tabloide famoso cujo título era "Tudo que sabemos sobre a namorada plus size de Aiden Walters".

Logo abaixo da manchete, havia uma foto de Aiden de mãos dadas comigo, seguida por outras ainda piores de mim, tiradas dentro da escola e de ângulos péssimos. Em uma delas, eu estava curvada sobre a carteira, inclinada, tentando pegar um caderno no chão. Em outra, eu pegava comida na fila da cantina.

As pessoas estavam tirando fotos de mim na escola.

As pessoas estavam tirando fotos de mim na escola e as enviando para os paparazzi.

As pessoas estavam tirando fotos de mim na escola, as entregando para os paparazzi e rindo da minha cara.

— Eu mesma fiz o favor de contribuir com algumas fotos para a matéria. Você é uma pessoa melhor do que eu, de verdade — disse Cara, pegando a colher na minha bandeja. — Porque, se eu fosse você, em vez de usar essa colher para colocar comida na minha boca... — Ela apontou o cabo para si mesma e abriu bem a boca. — Eu a usaria para botá-la para fora. Mas é isso, não sou tão corajosa quanto você, Hailee.

Meus olhos se encheram de lágrimas, mas eu não queria deixá-las cair na frente dela e das amigas.

Eu me levantei, peguei minha mochila e saí do refeitório correndo.

— Galera! Rápido! Alguém filma a hipopótama faminta correndo — berrou Cara enquanto eu saía de lá.

Todo mundo estava rindo de mim. Não só a escola toda, mas a internet também. Fiquei sentada na sala da limpeza, no escuro, com o celular iluminando meu rosto. Li todas as matérias sobre mim, todos os comentários, todas as postagens mais curtidas.

O Aiden curte negras? Nem fodendo.

Se ela dedicasse tanto tempo ao cabelo quanto dedica a comer, seria bonitinha.

Não é possível que essa coisa seja namorada do Aiden Walters.

Meu Deus, que castigo é esse...

Como foi que ela conseguiu ficar com o cara mais gostoso do mundo e eu continuo solteira? Está na cara que a aparência não faz diferença.

Alguém come tudo que passa pela frente.

Falta só mais um hambúrguer para um ataque cardíaco.

Muuuuuu!

Isso só pode ser uma montagem.

Meu celular começou a tocar, e o nome de Aiden apareceu na tela. Lágrimas pingaram no aparelho, e minhas mãos não paravam de tremer. Senti o estômago embrulhar quando recusei a ligação. Ele continuou ligando sem parar, mas rejeitei todas as chamadas.

Aiden: Atende, Hails.

Aiden: Por favor. Atende o telefone. Eu vi as matérias. Não passa de um monte de merda.

Aiden: Você é perfeita. Esse povo não passa de um bando de idiotas, que criticam qualquer coisa só por prazer.

Aiden: Por favor, atende. Hails. Por favor.

Aiden: Vou pegar o primeiro voo de volta pra casa. Estou voltando.

Quando voltei para casa, dei de cara com meus pais conversando com Laurie na sala. Assim que me viram, entendi que eles também tinham lido as matérias na internet.

Meu pai se levantou com um pulo.

— Cinderela — começou ele.

Balancei a cabeça.

— Estou bem. Vou estudar.

— Minha filhinha — começou mamãe, mas não deixei ninguém dizer mais nada.

Fui correndo para o quarto e tranquei a porta. Eu me joguei na cama e chorei com a cara enfiada nos travesseiros. Cada centímetro do meu corpo doía. Minha cabeça latejava de tanto chorar.

— Cinderela, sabemos que você precisa ficar sozinha agora para processar o que aconteceu, mas prometo que, depois disso, vou arrombar essa porta e te dar um abraço — disse meu pai do corredor.

E ele estava falando sério.

Abri a porta e fui jantar com eles. A preocupação deles era palpável enquanto mamãe fazia meu prato. Por que ela estava colocando tanta comida para mim? Eu não precisava daquilo tudo. Eu não devia comer tanto. Mantive as mãos no colo enquanto encarava a montanha de comida que mamãe me servia, as palavras de pessoas desconhecidas pelo mundo ecoavam em meus ouvidos.

Balofa.

Nojenta.

Ele está traindo ela.

Viram o tamanho das coxas dela?

A conversa durante o jantar foi tranquila, e falei que estava bem. Era isso que eles precisavam ouvir. Senão ficariam preocupados e se sentiriam mal. Eu não queria que eles se sentissem mal. Eles não tinham culpa pelo meu corpo ser daquele jeito.

Depois do jantar, fui para o banheiro do meu quarto e me encarei no espelho. Tirei a blusa e a calça de moletom. Fiquei parada na frente do espelho de calcinha e sutiã, deixando as lágrimas escorrerem pelas minhas bochechas. Minhas mãos percorriam meu corpo, passando pela minha pele, agarrando as gordurinhas. Eu as belisquei, as apertei, as odiei. Eu as odiava. Eu as odiava.

Eu.

Eu me odiava.

Balofa.

Nojenta.

Ele está traindo ela.

Viram o tamanho das coxas dela?

Peguei a balança que estava embaixo da pia e tirei o pó dela. Subi. Cento e onze quilos. Eu tinha cento e quatro quando as aulas começaram, pouco tempo atrás. Como aquilo tinha acontecido?

Balofa.

Nojenta.

Ele está traindo ela.

Viram o tamanho das coxas dela?

Vomitei.

Abracei a privada enquanto botava tudo para fora, tudo que havia dentro de mim. Vomitei até não sobrar mais nada. Até meus olhos lacrimejarem. Até ficar tonta.

Então me levantei, escovei os dentes, bochechei enxaguante bucal e sequei as lágrimas dos meus olhos. Cuspi o enxaguante.

Subi de novo na balança.

Cento e dez quilos.

Menos um quilo?

Como era possível?

Vesti meu pijama e me deitei na cama. Aiden não parava de mandar mensagens. Ele já tinha comprado uma passagem e estava a caminho do aeroporto. Mandava notícias sobre quando chegaria em casa toda hora. Eram duas da manhã quando ouvi uma batida à janela. Fui abri-la e encontrei meu melhor amigo, minha pessoa, parado ali, do lado de fora, com o olhar mais sofrido que eu já tinha visto na vida.

Acendi a luz e abri a janela. A brisa fria roçou meu rosto.

— Oi. — Ele sorriu, mas senti sua tristeza.

— Oi — respondi.

— Posso...? — Ele apontou para o quarto.

Dei um passo para o lado.

— Pode.

Assim que Aiden entrou no meu quarto, parou do meu lado e me abraçou. Tentei me desvencilhar, desconfortável só de pensar que ele sentiria meus pneus pelo pijama. Era besteira minha, porque ele já tinha me abraçado milhares de vezes antes, mas, agora, minha mente era assolada pelos pensamentos de outras pessoas, pensamentos que não pertenciam a mim.

Sempre achei que eu era suficiente. O restante do mundo estava tentando me convencer do contrário. Eu odiava o fato de eles estarem vencendo. Eu odiava estar levando em consideração as opiniões dos outros em vez das minhas.

— Desculpa — começou ele.

— A culpa não é sua.

— É, sim. É por minha causa que você está passando por essa situação, e eu odeio isso. — Ele tirou o casaco, depois os sapatos. Então, arregaçou as mangas. — Essas pessoas são idiotas. Gente que fica se achando só porque está atrás de uma tela, uns babacas que escrevem merda porque querem ganhar curtidas de outros infelizes.

— É, mas... — Minha voz soou trêmula.

— Eu sei. De qualquer forma, machuca.

Concordei com a cabeça.

— Machuca mesmo.

— Eles te deixaram insegura.

— Sim.

Não era segredo que eu era gorda. Eu vivia no meu corpo todo santo dia. Em todas as situações, eu enxergava detalhes que pessoas magras provavelmente nem percebiam. Quando íamos a restaurantes, eu reparava nas cadeiras. Ficava me perguntando se caberia nelas ou se passaria um vexame se alguma quebrasse por causa do meu peso. Por esse mesmo motivo, eu evitava cadeiras de plástico em festas. Eu odiava aviões, porque às vezes precisava pedir um extensor de cinto de segurança. Eu pensava demais sobre o que os desconhecidos que teriam de sentar ao meu lado pensariam de mim. Eu ia fazer compras no shopping e os maiores tamanhos eram pequenos demais para mim. Eu chorava em provadores. Eu chorava com o rosto enfiado em meus travesseiros quando a maioria das minhas opções de roupa parecia ter vindo do armário da minha avó.

Mas também era naquele corpo que eu dançava. Eu o movia e o fazia desabrochar. Nos meus melhores dias, eu sabia que podia contar com meu corpo. Nos piores, ele carregava minha tristeza. Eu o conhecia. Sabia quais eram seus pontos fortes e fracos. Sabia como ele se encolhia e como se alongava. Aquele não era um relacionamento novo — entre mim e meu corpo. Nós tínhamos nossos altos e baixos, mas a questão era justamente essa — nossa relação era só nossa.

Agora parecia que o restante do mundo tinha uma opinião sobre minha aparência sem saber a história por trás de cada centímetro e de cada quilo. Isso gerava uma nova insegurança. Meu corpo e minha mente ainda não tinham tido tempo de processar aquela situação toda.

A sociedade me fazia duvidar de mim mesma de um jeito que eu jamais havia feito. Claro, eu tinha dias ruins com meu corpo, mas também tinha dias ótimos. E, mesmo assim, o mundo me julgava por causa de algumas fotos. As pessoas não me conheciam, mas fingiam conhecer meu corpo.

Balofa.

Nojenta.

Ele está traindo ela.

Viram o tamanho das coxas dela?

Era o mundo que criava aquelas novas inseguranças dentro de mim, e eu odiava ver que elas silenciavam minha voz interior. Enquanto as vozes dos outros se tornavam cada vez mais altas, a minha ia se calando.

Aiden fez uma careta.

— Tudo bem. Me conta quais são.

— Quais são o quê?

— Quais são as suas inseguranças.

— Hein?

— As suas inseguranças, quais são?

Cobri minha barriga com os braços. *Aqui está uma.* Li na internet uma mulher falando que eu devia ter vergonha da minha pança.

— Não vou te contar isso.

Ele se aproximou, fazendo meu coração acelerar. Ele colocou a mão na minha perna, fazendo com que uma onda de calor percorresse todo o meu corpo. Ele também não quebrou o contato visual enquanto falava comigo.

— Quero que me fale sobre cada insegurança que essas pessoas criaram em você, para eu poder te dizer por que elas estão erradas.

— Aiden, não vou...

Ele segurou minhas mãos. Seu calor me acalmou.

— Me conta uma insegurança, e começamos por ela — pediu ele. Minha boca se abriu, mas ele roubou meu fôlego. Minhas coxas começaram a formigar com o menor dos seus toques. — Agora, Hails. Me conta agora.

Tentei protestar, mas, antes que conseguisse fazer isso, ele se inclinou para a frente, roçou sua boca na minha e deu uma mordidinha no meu lábio inferior.

— Você confia em mim? — perguntou ele.

Frio na barriga.

— Confio.

— Tudo bem. Então tira a roupa.

O jeito como ele me pediu aquilo... a forma como seus olhos azuis olhavam dentro da minha alma... Era impossível não fazer o que ele estava pedindo.

— Podemos apagar a luz? — perguntei.

— De jeito nenhum. Nós vamos acabar com todas as suas inseguranças com a luz acesa. Então — ele gesticulou na minha direção —, tira a roupa.

Sentindo o nervosismo embrulhar meu estômago, tirei o pijama. Fiquei parada na frente de Aiden, expondo não apenas meu corpo, mas também minha alma, de certa forma. Estar na frente dele daquele jeito me fez morrer de vergonha. Até eu encontrar seu olhar. Que só exibia admiração.

Como ele conseguia fazer aquilo?

Como ele era capaz de olhar para mim e fazer com que eu quisesse me amar um pouquinho mais? Como um único olhar de Aiden conseguia silenciar um milhão de comentários de desconhecidos?

E estou apaixonada por você...

— Por onde eu começo? — perguntei.

— Por onde você quiser. Estou aqui para te escutar.

— Minhas bochechas. Disseram que elas são gordas.

Ele segurou minhas mãos, me puxou para perto, então acariciou minha bochecha com o dorso da mão.

— Eu adoro as suas bochechas cheinhas e o fato de você ter três sardas na esquerda e sete na direita. Adoro o fato de elas subirem quando você sorri e que a da esquerda tem uma covinha que aparece um tiquinho quando você ri.

Ele as beijou, três vezes no lado esquerdo para cada sarda, e sete vezes no direito.

Seus beijos eram como um bálsamo calmante para minha alma.

— O que mais? — perguntou ele.

Fechei os olhos, sentindo os tremores aumentarem. Não por medo, mas pela sensação estranha de consolo que ele me oferecia.

— Meus braços — falei. — Disseram que são feios e gordos, e que só servem para eu me empanturrar.

Ele levou as mãos aos meus braços e começou a massageá-los com os dedos, então envolveu minha lombar, me puxando para um abraço. Eu retribuí o abraço em um gesto espontâneo, e ele suspirou de alívio antes de sussurrar ao meu ouvido:

— A coisa que eu mais gosto no mundo é quando esses braços estão ao redor de mim. Eles fazem com que eu me sinta seguro.

Então ele fez questão de beijar cada centímetro dos meus braços.

O frio na barriga se intensificava a cada toque.

Esfreguei as mãos na barriga.

— Falaram sobre o tamanho da minha barriga. E das minhas coxas. E que meu rosto é redondo.

Ele se ajoelhou diante de mim, como se me venerasse. E foi exatamente isso que fez. Ele venerou cada centímetro do meu corpo, acariciando-o, me dizendo por que amava minha barriga, por que desejava minhas coxas, por que sonhava com meu rosto sempre que se sentia sozinho, como meu corpo era um templo e disse que rezaria nesse templo por toda a sua vida, se pudesse.

Quando terminamos de falar sobre todas as minhas inseguranças, ele me deitou na cama. Meu coração batia disparado enquanto nos beijávamos longa e intensamente. Os tabloides, os desconhecidos, o pessoal da escola — tudo começou a desaparecer da minha mente. Naquele momento, éramos só nós dois. Naquele momento, tudo que eu queria, tudo que eu sempre quis, era que Aiden ficasse comigo.

Enquanto nos beijávamos, tirei sua camisa. Sua calça se foi logo depois. Seu corpo pressionava o meu, então ele parou, focando seus olhos azuis nos meus castanhos.

— Me diz o que você está sentindo.

— Medo — confessei.

— É. — Ele concordou com a cabeça. — Eu também. A gente não precisa fazer isso, Hails. Nós podemos esperar e fazer outras coisas, ou podemos ir dormir, e eu fico aqui abraçado com você.

Balancei a cabeça.

— Não. Eu só... Só vamos sentir esse medo juntos, tá? Vamos ficar com medo e nervosos juntos.

— Tá bom. Tem certeza? — perguntou ele contra os meus lábios, se referindo ao que estava por vir.

Concordei com a cabeça e o apertei.

— Tenho.

Quando ele recebeu permissão, me perdi em seu abraço. Foi a primeira vez de nós dois. Toda vez que ele me tocava, eu me conectava à sua alma. Todas as emoções pulsavam em mim enquanto eu fazia amor com meu melhor amigo pela primeira vez.

Medo.

Excitação.

Dor.

Euforia.

Felicidade.

Tanta felicidade.

Eu chorei, porque aquilo parecia certo. Ele me causava uma sensação tão boa. Ele... era meu.

Fizemos amor depois que ele acalmou todas as minhas inseguranças e silenciou as opiniões alheias por um tempo. Como poderia ser diferente? Ele era meu porto seguro em um mundo extremamente difícil.

Naquela noite, eu dei tudo de mim a ele, e ele me deu ainda mais.

18
Aiden

Perder a virgindade.

Aquilo tinha sido bom... muito, muito bom. Mesmo assim, por mais que estivesse tudo bem entre mim e Hailee, eu estava preocupado com ela.

Desde todos aqueles comentários foram publicados, algumas semanas atrás, ela dizia que estava ótima, mas eu não sei se acreditava muito nisso. Eu me sentia superprotetor quando se tratava de Hailee. Aquilo era surreal. Sempre que eu precisava viajar a trabalho, ficava com a sensação de que ela virava um alvo fácil para os babacas da escola. Mas ela não parecia se incomodar.

A cada dia que passava, estávamos mais apaixonados um pelo outro.

Nós tínhamos uma rotina juntos. Como estava treinando para manter a forma para um papel, eu ia à academia todas as manhãs, e Hailee passou a me acompanhar. Ela ficava um espetáculo malhando, e, durante boa parte do tempo, eu não conseguia terminar a minha série porque acabava me distraindo com ela.

No geral, nosso namoro fluía com facilidade. O único drama parecia vir de fora, de gente que não tinha nada a ver com a nossa vida. Mas o bullying com Hailee não parava. Ela dizia que não se incomodava, mas eu sabia que era mentira.

Passei a prestar mais atenção nela e em todos os seus movimentos. Todos os dias, no intervalo, ela fazia algum comentário bobo sobre contar calorias ou sobre a quantidade absurda de carboidratos que alguma comida tinha. Quando o sinal tocava, eu a acompanhava até sua próxima aula, mas notava que, quando eu dava as costas, ela ia ao banheiro em vez de entrar na sala.

Na academia, ela se esforçava tanto que eu ficava preocupado.

— Temos que ir para a escola — falei para ela certa manhã.

Nós dois estávamos pingando de suor, e eu me sentia morto de cansaço. Hailee tinha se dedicado dez vezes mais do que eu naquele dia.

— Vamos só dar uma corridinha na esteira antes de ir.

Eu ri e balancei a cabeça.

— Depois de um dia de perna? De jeito nenhum.

— Anda, deixa de ser mole. Dez minutos no máximo — chamou ela, já ao lado da esteira.

Semicerrei os olhos.

— Hailee, vamos embora.

Ela subiu na esteira e me dispensou com um aceno de mão.

— Tudo bem. Pode ir. Encontro você no caminho. Vou...

Ela fez uma pausa e agarrou o apoio da esteira. Depois, baixou a cabeça e respirou fundo algumas vezes.

Corri até ela.

— Você vai acabar desmaiando. Comeu alguma coisa hoje de manhã?

— Aham, comi. Me entupi de comida. Só estou me sentindo um pouco fraca.

Subi na esteira, me posicionando na frente dela, e segurei suas mãos.

— Hora de sentar um pouco.

— Mas a corrida...

— Hailee. Senta.

Ela se sentou na esteira. Peguei sua garrafa de água e lhe entreguei.

— Você tem malhado bastante ultimamente. Tem certeza de que está comendo o suficiente?

— Aham, estou bem. Só estou cansada.

Eu queria acreditar nela, mas era difícil. Como ator, parte do meu trabalho era estudar personagens. Compreender como eles se portavam, como interagiam, como existiam e como viviam.

Havia algo de errado com Hailee, e isso me deixava apavorado, porque, depois de juntar todas as peças, eu sabia exatamente o que precisava fazer. Todo ano, nossas famílias comemoravam o feriado de Ação de Graças e o Natal juntas. Nós nos alternávamos entre as casas. Minha família cuidava da refeição principal, e os Jones eram responsáveis pela sobremesa e pelas bebidas.

No feriado de Ação de Graças, não tirei os olhos de Hailee. Ela não comeu muito. Na verdade, tinha se tornado uma especialista em brincar com a comida no prato. Ela também não queria usar o banheiro da casa dos meus pais. Ia ao banheiro do seu quarto, depois voltava. Aquilo era suspeito para caralho, e acontecia sempre que comíamos qualquer coisa ao longo do dia. Então, depois do jantar, resolvi ir atrás dela.

Entrei de fininho pela janela do quarto dela, sem que Hailee soubesse, e fiquei escutando do lado de fora do banheiro. Senti um aperto no peito quando a ouvi vomitar. Ela lavou as mãos e, quando saiu do banheiro secando a boca, tomou um susto quando deu de cara comigo.

— Aiden, o que você está fazendo?

— O que você está fazendo?

Ela levantou a sobrancelha.

— Eu vim ao banheiro?

— Hailee.

— O quê? — Ela deu uma risada nervosa. — Você está esquisito.

— Eu ouvi.

— Ouviu o quê?

— Você no banheiro.

Ela passou por mim e balançou a cabeça.

— Você está esquisito demais. Vamos voltar para a casa dos seus pais e...

— Você está forçando vômito? — perguntei, direto.

— Como é?

— Você está...

— Eu te ouvi da primeira vez, Aiden! — rebateu ela, ríspida. Ríspida. Hailee nunca era ríspida comigo. Ela ficava irritada de vez em quando, mas nunca gritava. — Escuta, não vou ficar aqui ouvindo você me dar um sermão. Tá? Eu estou bem.

— Hails...

— Não — rebateu ela, levantando a mão para me interromper. Seus olhos ficaram marejados. — Você não tem o direito de fazer isso. Não começa a olhar para mim como se tivesse algo errado comigo.

— Não estou fazendo isso.

— Está, sim. Dá para ver na sua cara. Mas você não entende. Já perdi sete quilos, Aiden. Estou perdendo peso. E vai ficar tudo bem, as pessoas vão parar de falar de mim na internet, e você não vai ter vergonha de ser visto comigo. Eu estava comendo demais mesmo. Isso está funcionando para mim. Eu sei que está. E não tem problema nenhum, vou parar quando chegar ao meu peso ideal. Está tudo bem. É só por um tempo.

Parecia que ela havia enfiado a mão dentro do meu peito e arrancado meu coração. Dava para sentir o pânico e o medo em suas palavras, e eu sabia que a culpa era minha. Eu sabia que, se não fosse por mim e pela minha carreira idiota, Hailee jamais teria duvidado de si mesma como duvidava agora.

— A gente pode procurar ajuda para você, Hails. Para fazer isso de um jeito saudável, mas assim não dá. Seus pais podem...

— Você não pode contar para ninguém. Juro por Deus, Aiden, se você contar, nunca mais vou falar com você. Está tudo sob controle.

Semicerrei os olhos, confuso.

— Não está. Se estivesse, você não faria uma coisa dessas. Não posso esconder isso deles. Não se está te fazendo mal.

— Não está! Isso está me ajudando. Você não entende? Estou mais feliz agora — disse ela, e as lágrimas começaram a escorrer por suas bochechas. — Estou emagrecendo.

— Essa porra não faz diferença, Hailee. Você já era perfeita antes. O seu peso não te define.

— Explica isso para a internet então! — gritou ela, as lágrimas escorrendo cada vez mais rápido.

Antes que eu pudesse responder, ouvi a porta da frente da casa dela abrindo e nossos pais entrando.

— Hora da sobremesa! — gritou meu pai. — Karl, estou contando com aquela dose de uísque para acompanhar o doce.

— Pode deixar — respondeu Karl.

Hailee rapidamente secou as lágrimas e pigarreou. Ela me encarou e agarrou meu braço.

— Promete que você não vai falar nada para ninguém? Promete não como meu namorado, mas como meu melhor amigo.

— Só se você prometer que vai parar.

— Prometo.

Seu lábio inferior se contraiu.

Ela estava mentindo.

Eu odiava o fato de Hailee achar que precisava mentir para mim. Eu odiava vê-la sofrendo. Eu odiava que ela estivesse lidando com demônios que eu tinha ajudado a colocar na sua cabeça. Eu também odiava ser a pessoa que precisaria partir seu coração ao contar para seus pais.

— Desculpa, Hailee — murmurei e saí do quarto.

— Não, não! — gritou ela, correndo atrás de mim.

Disparei para a cozinha, onde Karl e Penny preparavam a sobremesa, e os chamei.

— Karl, Penny, vocês precisam saber de uma coisa.

— É mentira dele! — gaguejou Hailee ao entrar no cômodo. — É mentira!

— Calma, calma, calma, o que houve? — perguntou Karl.

— Aiden, não faz isso — implorou Hailee.

Eu não queria magoá-la. Não queria que ela ficasse brava comigo. Mas, acima de tudo, não queria perdê-la. E, ao fazer aquilo, eu corria o risco de perder minha melhor amiga. Minha pessoa. Minha Jerry.

Eu me virei para os pais dela e disse:

— A Hailee está vomitando depois que come.

— Aiden — implorou ela, mas continuei.

— Já faz um tempo que percebi que havia alguma coisa errada e comecei a prestar atenção, mas só tive certeza hoje. Bom, peguei ela no flagra. E achei que vocês deviam saber o que está acontecendo.

Os olhos de Penny foram imediatamente para a filha.

— É verdade, Hailee?

— Eu, é, eu... eu... eu... está tudo bem — gaguejou ela enquanto lágrimas escorriam de seus olhos. Ela deu de ombros. — Estou bem. Estou bem.

Os pais dela correram em sua direção e a abraçaram quando Hailee começou a desmoronar.

Meus pais vieram até mim e disseram que seria melhor irmos para casa, para dar aos Jones um tempo com a filha.

Depois de tudo, sentado no meu quarto, eu me sentia enjoado. Minha mãe veio falar comigo após um tempo e se sentou ao meu lado.

— Você foi muito corajoso por ter feito aquilo pela Hailee hoje. Contar para os pais dela foi a coisa certa.

— Então por que me sinto péssimo?

— Porque, às vezes, a coisa certa também é a mais difícil. — Ela beijou minha testa. — A Hailee vai ficar bem, e vocês dois vão se acertar. Só dá um tempo para as coisas se acalmarem.

— Ela vai me odiar.

— Não. Ela vai ficar chateada, só que isso já é de se esperar. Mas tenho certeza absoluta de que ela nunca vai te odiar.

— Por quê?

— Porque você é você, Aiden. Porque você é você.

Depois do feriado de Ação de Graças, Hailee me mandou uma mensagem dizendo que estava com raiva de mim, mas que ainda me amava.

Eu tinha quase certeza de que ela havia feito uma lista dos prós e dos contras de nunca mais falar comigo, então encarei isso como uma vitória. Eu conseguia suportar a revolta dela. Mas não seria capaz de viver sem o seu amor.

Hailee não voltou para a escola depois do feriado, faltou alguns dias enquanto seus pais tentavam ajudá-la.

Todos os dias na escola, Cara me olhava de nariz em pé quando passava por mim. Como se estivesse orgulhosa do que tinha feito. Só porque eu não quis nada com ela. Só porque eu tinha escolhido Hailee e não ela e seu egoísmo. Só porque eu tinha dito não.

Imagine ser uma pessoa tão amargurada e triste a ponto de precisar acabar com a vida de alguém. Eu não conseguia entender por que a sociedade se importava tanto com a aparência dos outros, com o fato de alguém ser magro ou gordo, alto ou baixo, mas era assim que as coisas funcionavam. Era como se as pessoas diminuíssem os outros numa tentativa de se sentirem melhor a respeito de suas vidas tristes e patéticas. Porque, se os outros se sentissem inferiores, então a vidinha triste delas pareceria mais satisfatória. A verdade era o completo oposto, e precisei reunir todas as minhas forças para não xingar Cara por suas artimanhas, porque sabia que isso só pioraria a situação de Hailee. Além do mais, minha mãe dizia que eu nunca devia brigar de verdade com mulheres. Apesar de odiar Cara, eu não a desrespeitaria. Minha mãe havia me ensinado a não desrespeitar mulheres. Mas e quando um cara tinha a audácia de dizer algo maldoso sobre Hailee?

Bom, nesse caso, ninguém me segurava.

— Outra briga? — perguntou meu pai quando entrei na sala de casa depois da escola.

Um babaca tinha resolvido falar que Hailee ficaria gata se tivesse um distúrbio alimentar, então eu dei um murro na cara dele. Achei que era o mínimo que ele merecia. Minha mão ainda estava vermelha.

Minha mãe se sentou no sofá, parecendo bastante decepcionada. Isso me deixou com a consciência pesada, mas eu não conseguia me sentir culpado pelo meu comportamento.

— Você sabia que, desta vez, as pessoas filmaram a briga? E que o vídeo se espalhou pelas redes sociais? — perguntou meu pai.

Dava para ver a raiva crescendo no olhar dele. Eu me virei para o relógio na parede. Hailee ainda estava na terapia, então não devia saber da briga. Comecei a bolar formas de esconder a notícia dela.

Os pais dela tinham apagado todas as redes sociais de seu celular para protegê-la dos comentários negativos, então essa era uma preocupação a menos. Ela não precisava saber que eu estava defendendo sua honra. Isso a deixaria furiosa.

— Aiden, você está me escutando? — bradou meu pai. — Ou perdeu completamente a cabeça?

— Eu escutei. Mas ele chamou a Hailee de...

— Hailee — disse ele. — Agora é Hailee isso, Hailee aquilo. Você já percebeu que está obcecado por ela? Eu entendo que ela esteja passando por um momento difícil, mas essa briga não é sua.

Arqueei a sobrancelha.

— A briga é minha, pai. Se alguém machucar a Hailee, vai ter que se ver comigo.

— Que coisa ridícula.

— Então você deixaria alguém falar da mamãe daquele jeito? — rebati.

Ele franziu o cenho e cruzou os braços.

— Como é que é?

— Estou perguntando se você deixaria as pessoas falarem da mamãe daquele jeito. Porque ela me contou que você vivia se metendo em brigas para defender a honra dela.

— Ela te contou isso? — Meu pai olhou para minha mãe. — Você contou isso para ele?

— É a verdade. — Minha mãe deu de ombros. — E você ainda não respondeu à pergunta.

Ela parecia estranhamente calma, até entediada com a conversa. Meu pai e ela andavam brigando cada vez mais nos últimos tempos. Às vezes, eu ficava surpreso ao vê-los no mesmo cômodo, levando em consideração o quanto discutiam.

— Eu não respondi porque é uma pergunta idiota. Você é minha esposa. A Hailee é namorada dele há quanto tempo? Desde ontem.

— Ela é minha melhor amiga há dezessete anos. Não é desde ontem.

— Desde quando você começou a me responder, hein? E desde quando não me conta sobre as propostas de filmes que recebe?

Fiquei imóvel.

Meu pai arqueou a sobrancelha.

— Pois é. Eu sei. — Ele apontou para mim. — Ele conseguiu o papel principal naquele filme grande do Spielberg. Entraram em contato com ele antes do feriado. Só fiquei sabendo da notícia pelo agente dele hoje.

Os olhos de minha mãe se arregalaram.

— Você conseguiu o papel?

— Eu ia recusar — expliquei.

— De jeito nenhum. Já comprei as passagens para irmos às reuniões em Los Angeles.

As palmas das minhas mãos ficaram suadas conforme minha ansiedade ia aumentando.

— Eu não vou. A Hailee precisa de mim agora.

— Meu filho... — começou minha mãe, mas balancei a cabeça.

Eu me levantei.

— Vocês podem fazer o que quiserem. Tranquem a minha janela. Me deixem de castigo. Digam que sou um merda, mas não vou aceitar o papel. Não me importo com isso. Não me importo com bosta nenhuma daquilo. Não vou sair de perto dela.

Não existia a menor chance de eu entrar em um avião quando Hailee mais precisava de mim.

19

Hailee

Fazia alguns dias que eu não ia à escola, já que meus pais tinham me colocado na terapia para aprender a lidar com meus pensamentos negativos. Fiquei um pouco surpresa quando Samuel apareceu na minha casa para falar comigo.

Samuel sorriu para mim.

— Oi, Hailee. Seus pais estão por aí?

— Eles foram dar uma olhada numa loja que estão pensando em alugar para a confeitaria. Posso avisar que você passou aqui...

— Não. Na verdade, será que posso conversar com você por um minutinho? — perguntou ele.

— Claro que pode. Entra.

Samuel entrou e fechou a porta. Ele abriu um sorriso, mas parecia frio. Mais frio do que ele costumava ser. Normalmente, ele me tratava com certa gentileza e um ar protetor.

Com os braços cruzados, ele pigarreou e me fitou de cima.

— Como você está, querida?

Dei de ombros.

— Bem. Desculpa pelo Dia de Ação de Graças. Foi meio intenso.

— Não tem problema. Só espero que você esteja melhorando. — Ele remexeu o nariz e alternou o peso entre os pés. — Estamos rezando por você.

Rezas eram esquisitas. Eu me perguntava se elas eram mesmo respondidas ou se o céu estava lotado de pedidos ignorados, pairando pela atmosfera.

— Aconteceu alguma coisa? — perguntei.

Senti meu estômago embrulhar, e eu odiava não entender por quê.

— Hum... Aconteceu. Podemos sentar?

Concordei com a cabeça e o guiei até a sala. Sentamos um de frente para o outro, e ele continuou parecendo tenso, o que fazia eu me sentir pior.

— Então, sei que você e o Aiden estão passando por uma fase difícil — declarou ele.

— Ah. É. Foi mais uma questão de eu ter que lidar com meus problemas do que com ele. Para falar a verdade, se tivesse sido o contrário, eu teria feito a mesma coisa. Pensei em conversar com ele hoje à noite, e...

Samuel levantou a mão e interrompeu minhas palavras.

— Você é uma boa menina, Hailee. Nós já nos conhecemos há muito tempo e não tenho dúvidas sobre o seu caráter.

Engoli em seco.

— O que aconteceu?

Samuel franziu a testa.

Meu coração se estilhaçou.

Ele entrelaçou as mãos.

— Ele tem um futuro brilhante pela frente. Seus sonhos finalmente estão se realizando. E para ele alcançar esse futuro de verdade, precisa abrir mão do passado. Ele não pode ficar com um pé em Leeks e outro na Califórnia. Vocês precisam terminar.

— O quê? Não. Nós vamos dar um jeito. Podemos...

— Ele se meteu em outra briga, Hailee.

— O quê?

— Na escola. Ele ouviu as pessoas falando de você, se meteu em uma briga e a história foi parar na imprensa. Não é só a cidade toda que está falando disso, agora a indústria está questionando se ele é mesmo capaz de construir uma carreira sólida ou se é só um garoto que deu sorte. — Samuel tirou os óculos e apertou a ponte do nariz. — O meu filho é muitas coisas, mas nada aconteceu por sorte. Ele trabalha muito, e não vou deixar que o mundo diga que o sucesso dele é puro acaso.

Por que Aiden não tinha me contado sobre a briga? Por que nem tinha mencionado o fato? Uma briga por minha causa? Por que ele esconderia isso de mim?

Minha voz falhou quando respondi:

— Eu posso falar alguma coisa. Posso dar uma declaração defendendo ele e contando para todo mundo que...

— Não. — Ele balançou a cabeça. — Sem querer ofender, Hailee, mas isso só pioraria a situação. Qualquer envolvimento, até mesmo uma amizade, vai prejudicar o meu filho.

Até uma amizade?

O quê?

— Samuel, o que você está pedindo...?

— Você é a kryptonita dele, Hailee. O Aiden faria qualquer coisa por você, até se destruir. Você é uma ótima menina. Sabe o quanto gostamos de você e da sua família, mas... isso não é saudável. Para nenhum de vocês dois. Esse nível de codependência é tóxico.

Meus olhos começaram a se encher de lágrimas, porque entendi exatamente o que ele queria que eu fizesse.

Ele queria que eu abrisse mão de Aiden. Não só como meu namorado, mas também como minha pessoa. Como meu melhor amigo. Meu Tom. Ele queria que eu abrisse mão da minha outra metade.

— Você precisa entender, Hailee, não é fácil para mim pedir uma coisa dessas. Você sempre foi um raio de sol na vida da minha família, e eu não desejaria nem ao meu pior inimigo o que você está sofrendo com o bullying e com os tabloides, mas o Aiden é meu filho. Então você precisa entender por que estou pedindo isso. Você precisa entender que não pode mais fazer parte da vida dele. Não se o amar. Se você o ama de verdade, como eu sei que ama, vai se afastar dele.

Aquilo era verdade?

Eu era o mal na vida de Aiden do qual ele precisava ser protegido?

Lágrimas escorriam pelas minhas bochechas, e cada respiração me fazia engasgar. Meu corpo começou a tremer enquanto eu balançava a cabeça.

— Ele é meu melhor amigo — murmurei uma vez atrás da outra. — Ele é meu melhor amigo, Samuel. Ele é meu melhor amigo.

Ele é a minha pessoa.

Ele é a minha única pessoa.

Sem ele, eu não tinha ninguém.

Sem ele, só haveria dias sombrios, sem um brilho de luz no céu.

Os olhos de Samuel estavam marejados, como se ele também estivesse prestes a desmoronar. Eu nunca tinha visto o pai de Aiden à beira de lágrimas. Esse fato, por si só, partiu ainda mais os pedacinhos do meu coração.

Ele fungou e pigarreou.

— Hailee, você precisa entender. Ele vai perder tudo por sua causa. Os sonhos dele irão por água abaixo se vocês continuarem juntos. Os seus problemas são um fardo muito grande para ele carregar. Você não pode exigir isso dele.

Meu coração estava apertado.

Minha mente estava atordoada e confusa.

E o pior de tudo? Eu sabia que Samuel tinha razão. Meu relacionamento com Aiden não traria nada de bom para nós. As pessoas sempre teriam algo a dizer sobre mim, o que, por sua vez, faria Aiden se sentir na obrigação de me proteger. A última coisa que eu queria era que a carreira de ator dele acabasse porque ele estava disposto a cuidar de mim.

— Acho melhor você ir embora.

— Claro. Tudo bem. Só pense em tudo o que eu disse. Nós precisamos viajar no fim da semana por conta de uma oportunidade de trabalho incrível. Ele já se recusou a ir porque quer garantir que você esteja bem. Tenho certeza de que o Aiden vai aparecer aqui hoje. Se você puder me fazer o favor de acabar com qualquer esperança que ele tenha de manter esse lance entre vocês, será ótimo.

Esse lance.

Como se nosso amor não passasse de um casinho.

Samuel se virou e foi embora. Ele foi embora como se não tivesse acabado de quebrar meu coração já partido em um milhão de pedacinhos.

Como eu faria aquilo?

Como eu terminaria com a única pessoa de quem eu nunca quis abrir mão?

~

Quando Aiden bateu à janela, eu já tinha pensado em vários desdobramentos para nossa conversa. Analisei os danos emocionais que poderiam ser causados e todos os argumentos que ele usaria para me convencer a continuarmos juntos. Calculei as possibilidades boas e ruins, os resultados promissores e os horríveis. Cogitei a hipótese de ele achar que era uma piada. A possibilidade de ele desmoronar. Também considerei a possibilidade de ele não se importar.

Mesmo assim, eu não estava pronta. Eu jamais estaria pronta para partir o coração de Aiden.

Ele entrou no meu quarto e me deu um abraço apertadíssimo no instante que me viu. Deixei que me envolvesse por mais tempo que o normal. Eu não sabia quando seria a próxima vez que estaria nos braços dele.

— Você está bem? — sussurrou ele ao meu ouvido.

— Você não me contou que conseguiu o papel principal num filme do Spielberg. Por que não falou nada?

Ele semicerrou os olhos.

— Como você sabe disso?

— O seu pai passou aqui e me falou. Ele me deu flores.

E um coração partido, mas isso não importava.

— Ah, é. Me ofereceram o papel, mas não aceitei por causa de um conflito na minha agenda.

— Que conflito?

Ele olhou para mim com os olhos semicerrados, como se eu fosse louca.

— Não posso deixar você sozinha num momento tão difícil. Preciso ficar aqui para te dar apoio.

E lá estava. A verdade que tanto preocupava o pai dele. Aiden estava recusando oportunidades incríveis para cuidar de mim.

— Você não pode fazer isso, Aiden. Não pode recusar o papel. Você precisa aceitar fazer esse filme.

— Mas...

— Eu vou ficar bem.

— Eu sei que vai, mas quero estar aqui do seu lado enquanto isso.

Eu queria chorar, mas não podia. Eu não podia deixá-lo ver o quanto aquela situação estava destruindo cada pedacinho de mim.

— Aiden, desculpa. Acho que não consigo mais.

— Não consegue o quê?

— Fazer isso. — Gesticulei para nós dois. — Nós. Não consigo agora. Não dá para você abrir mão de oportunidades por minha causa. Eu nunca me sentiria bem com isso.

— Tá, tudo bem. Então a gente namora à distância por um tempo. Vai dar trabalho, mas vamos nos dedicar, e você sempre vai ser minha prioridade, não importa o que acontecer.

Eu amo você, pensei.

Preciso de você, pensei.

— Não quero namorar a distância. A gente já riscou praticamente todos os itens da nossa lista. Fizemos tudo que queríamos no nosso último ano, então você pode voltar para sua vida real agora.

— Para minha vida real? — Ele me encarou com os olhos semicerrados. — Que história é essa? O que está acontecendo com você? No que você está pensando de verdade?

— Estou pensando em tudo que acabei de falar.

— Não está, não. Você não é assim.

— Sou, sim.

— Não é, não. Quem te fez pensar desse jeito? — Senti um aperto no peito quando ele perguntou isso. — Você ainda está chateada comigo por eu ter contado para os seus pais?

— Não. Não estou nem um pouco chateada com isso. Eu estava, mas entendi os seus motivos. Eu faria a mesma coisa, se estivesse no seu lugar.

— Então o que aconteceu? Quem colocou essas coisas na sua cabeça, Hails?

Abri a boca, mas as palavras não saíam. Como eu poderia contar aquilo para ele? Como diria que a pessoa que havia me feito pensar daquele jeito, que sussurrara em meu ouvido, tinha sido o pai dele? Eu não podia fazer isso. Não podia falar a verdade. Apesar de querer. Eu queria dizer que o amava, que meus medos, apesar de justificados, não eram mesmo meus.

— Aiden, ninguém colocou nada na minha cabeça — menti.

Ele piscou, e seus olhos se encheram de lágrimas. Ele segurou minhas mãos, e eu preferia que não tivesse feito isso, porque, sempre que ele me tocava, eu sentia que estava no caminho certo para meu final feliz. Mas eu não podia ter meu final feliz. Eu não podia ficar com ele.

Puxei minhas mãos, e o gesto o magoou.

— É melhor a gente terminar, Aiden. Desculpa. Nós dois estamos lidando com um monte de coisas agora. Não posso continuar com você enquanto não resolver meus problemas, e você precisa se dedicar à sua vida e à sua carreira.

— Fala sério, Hailee! Quero que a minha carreira se foda! — berrou ele.

Eu sabia que ele ia reagir assim. Que iria da tristeza para confusão, e depois para raiva. Eu sabia que Aiden passaria por várias fases. Eu tinha me preparado para isso. Ainda assim, era nítido que cada sentimento era causado pelo mesmo motivo: um coração partido.

Eu estava partindo o coração dele.

O coração do qual eu havia prometido que cuidaria para o resto da minha vida.

— Você não pode fazer isso agora. Não pode me afastar logo agora que acabamos de descobrir algo novo. Você prometeu que, se a gente se arriscasse, se a gente resolvesse virar um "nós", não fugiria quando as coisas ficassem difíceis. Prometeu que não faria isso, por mais que nossas vidas mudassem. Prometeu que continuaríamos sendo nós mesmos. Prometeu que não partiria meu coração. Você prometeu! — berrou ele.

Sua voz falhou enquanto ele falava comigo. Eu sentia sua dor em cada palavra que escapava de sua boca.

— Aiden, sei que prometemos tudo isso, mas a situação é diferente agora. Quer dizer, olha para mim. Olha para tudo que tive que suportar nas últimas semanas, nos últimos meses. Minha vida está um caos, e me recuso a deixar que ela interrompa a sua. Você vai mudar o mundo. Vai fazer filmes que tenham propósito e que transmitam compaixão, e vou continuar sendo sua maior fã. Mas não posso... Quer dizer, não posso...

— Me amar. — Ele soltou o ar com força e jogou os ombros para trás conforme a raiva dissipava e a ficha caía. Uma nova tristeza dominou o ambiente. Era um tipo de tristeza que eu nunca tinha sentido antes. Aquela que fazia seu sangue gelar, seu corpo todo tremer. — Você não pode me amar.

Eu não sabia o que dizer, porque aquelas palavras eram mentira. Havia poucas coisas que eu sabia fazer na vida. Eu sabia como passar horas lendo livros. Eu sabia como fazer doces. E eu sabia como amar Aiden Walters. Amar Aiden era tão fácil quanto respirar. O amor que eu sentia por ele era uma das poucas constantes na minha vida.

— Ainda vamos ser melhores amigos? — Queria ter dito em tom de afirmação, mas, quando a frase saiu da minha boca, ficou parecendo uma pergunta.

Era como se eu duvidasse que aquilo fosse possível. Eu duvidava de tudo ultimamente. Duvidava da minha própria mente, dos meus pensamentos e dos meus sentimentos, porque meu mundo tinha virado de cabeça para baixo tão rápido que era difícil acompanhar o que estava acontecendo.

— Não. Você não tem o direito de fazer isso. Você não pode achar que vai continuar sendo minha melhor amiga depois de partir meu coração. Ou você me ama ou desiste de mim. Esse meio-termo de merda não vai dar certo, Hailee. Se você não quiser ficar comigo, também não vai ser minha amiga. Então fala. Fala que não somos mais melhores amigos, fala que não estamos mais juntos, para minha cabeça dura conseguir entender isso e eu seguir em frente.

Nossos mundos que antes eram um só começavam a se separar. Estávamos seguindo rumos diferentes, e havia chegado a hora de eu romper nossa ligação. De acabar com a conexão. Ele precisava entrar no avião sem nenhuma esperança de reatarmos. Ele precisava acreditar que havíamos chegado ao fim para ser capaz de começar sua vida de verdade.

— Caralho, Hailee, fala logo! — gritou ele, me fazendo pular de susto. — E pare de ser covarde. Se você quer partir meu coração, então faz isso olhando nos meus olhos. Não faz as coisas pela metade. Se é isso que você quer, se é isso que você quer de verdade, então diz com todas as letras, porra!

Eu me esforcei para afastar o nervosismo e me empertiguei. Joguei os ombros para trás e falei as palavras que partiriam o coração dele. Que partiriam o meu ainda mais. Contei a maior mentira da minha vida enquanto olhava no fundo dos olhos dele.

— Eu não quero mais ser sua melhor amiga, Aiden.

O choque nos olhos dele diante da firmeza das minhas palavras acabou comigo. Vi seu sofrimento, mas era minha alma que doía. Esse era o nível da conexão que tínhamos, da conexão que sempre tivemos. Quando eu ficava triste, ele sentia. Quando ele desabava, eu caía junto.

Ele abriu a boca, mas fez uma pausa. Então passou as mãos ao redor de seu colar de Jerry e o arrancou. Ele o atirou no chão e me encarou. Pela primeira vez em todo o tempo que nos conhecíamos, seus olhos azuis pareciam vazios. Como se todas as emoções associadas a mim tivessem desaparecido de uma hora para outra. Seus olhos azul-claros eram frios quando ele abriu a boca e disse:

— Vai se foder, Hailee Jones. Nunca mais quero olhar na sua cara.

20
Aiden

Entrei na porcaria do avião.

— Você está bem? — perguntou minha mãe, sentada ao meu lado.

Agarrei o apoio de braço, enquanto batia o pé no chão sem parar. Eu não queria conversar com ela. Eu não queria conversar com ninguém. Eu só conseguia sentir.

Eu sentia tanto que achava que meu coração ia explodir no peito e se partir em um milhão de pedacinhos. Eu sentia raiva. Eu sentia tristeza. Eu sentia solidão. Eu me sentia traído. Então eu a sentia.

Eu não sabia como, mas ainda sentia Hailee dentro do meu peito.

Eu não queria sentir isso. Eu não queria senti-la, porque ela não tinha o direito de continuar na minha cabeça, nos meus pensamentos, na porra do meu coração dilacerado.

Eu tinha ficado do lado dela! Eu tinha ficado do lado dela durante todos os momentos ruins, e, na primeira oportunidade que Hailee teve de me descartar, fez isso em um piscar de olhos. Depois de insistir que nossa amizade não acabaria se começássemos a namorar, ela fez aquilo.

— Estou bem — murmurei, enfiando uma das mãos na mochila embaixo do banco da frente para pegar meu roteiro.

Eu ia me jogar no trabalho. Ia mergulhar em cada personagem que aparecesse, porque, se me concentrasse nos personagens, teria menos tempo para pensar na minha vida, nos meus sentimentos. Eu não queria sentir mais nada, então fiz a única coisa que poderia fazer — me afastei dessa parte de mim.

Tranquei minhas emoções e joguei a chave fora.

Eu passaria o restante da vida me dedicando aos personagens dos filmes que ia fazer, para não ter de encarar o vazio que Hailee havia deixado em meu peito. Seria mais fácil assim. Seria mais fácil me tornar outra pessoa em vez de ser o garoto de coração partido de Leeks, no Wisconsin, que teve a coragem de se apaixonar pela melhor amiga.

Eu estava sentado no quarto da nossa casa alugada na Califórnia, no auge de um ataque de pânico. Meu corpo estava encharcado de suor, e meu coração parecia ter sido jogado em um triturador de papel. O quarto estava um breu, e o único barulho vinha do ventilador girando no teto. Fiquei enjoado ao pensar nas últimas palavras que tinha dito para Hailee.

Nunca mais quero olhar na sua cara.

Por que eu falei aquilo? Eu não queria ter falado aquilo. Eu estava irritado. Estava magoado. Estava confuso e surpreso, mas não queria falar aquilo. É claro que não. Ela era a minha pessoa. Eu precisava dela. Meu coração doía sem ela.

Peguei o celular e mandei uma mensagem para ela, sem conseguir acalmar minha respiração ofegante.

Aiden: Falei da boca pra fora, Jerry. Desculpa. Eu te amo.

Aiden: Está tarde, então sei que você está dormindo, mas me liga de manhã, por favor.

Aiden: Eu não devia ter entrado no avião. Porra, Hails, desculpa.

Aiden: Mesmo se continuarmos sendo só amigos, tudo bem. Eu aceito.

Aiden: Só preciso de você na minha vida, tá?

Aiden: Preciso de você.

Aiden: Me liga quando acordar.

Aiden: Eu te amo, Hailee. Eu te amo.

Ela não me respondeu na manhã seguinte. Nem na próxima.

Ela não me respondeu por semanas, até o dia em que finalmente disse alguma coisa.

Hailee: Desculpa, Aiden. Nossas vidas estão seguindo rumos diferentes. Talvez a gente possa manter uma amizade, mas acho melhor não nos falarmos por um tempo.

E, com isso, o sol da minha vida desapareceu e tudo virou escuridão.

Parte dois

"Amar é breve, esquecer é demorado."

— Pablo Neruda

21

Aiden

Cinco anos depois

Eu estava convencido de que solidão era o motor do meu coração. Ele se alimentava da escuridão do meu isolamento.

As pessoas ao meu redor nem deviam notar a reclusão que meu espírito exalava. Elas nunca chegavam perto o suficiente para enxergar quem eu realmente era. Conheciam apenas o personagem que eu representava. Para elas, eu era Aiden Walters, o queridinho de Hollywood. O cara simpático e descontraído que adorava uma multidão. Só que meu verdadeiro eu era o completo oposto disso.

Eu era Aiden Walters, o garoto solitário. O garoto que tinha aprendido bem demais a disfarçar seus ataques de pânico em tapetes vermelhos. O garoto que se tornava um camaleão de acordo com as pessoas com quem interagia. Todo mundo gostava de mim porque eu sempre ouvia o que tinham a dizer sem compartilhar minhas opiniões e pensamentos. Eu ria quando os outros riam. Eu fazia caretas quando os outros faziam. Era incrível quanta gente só queria ser ouvida sem receber nenhuma opinião em troca.

As pessoas gostavam de mim porque não me conheciam. Se me conhecessem, provavelmente ficariam decepcionadas com o tamanho da tristeza que assolava minha alma. Por outro lado, que direito eu tinha de me sentir triste? Eu tinha fama, dinheiro e sucesso. Como eu ousava questionar minha saúde mental tendo uma vida tão privilegiada? Pelo menos era assim que meu pai fazia eu me sentir.

"*Você está vivendo o sonho de qualquer um. Você está vivendo o meu sonho. Seja grato por isso*", dizia ele.

No fim das contas, viver os sonhos de todo mundo não tornava os seus realidade. Apenas transformava você em um coadjuvante sem importância na vida dos outros.

Minha mente girava enquanto meu estômago roncava alto.

Eu tinha conquistado algo que muita gente desejava ter.

Eu estava sentado na primeira fileira na cerimônia do Oscar.

Hora da empolgação.

O clima no teatro estava abafado. E o ar cheirava a perfumes caros e egos exacerbados. Uma grande parte de mim sentia que aquele não era o meu lugar. Não me leve a mal, eu me sentia lisonjeado por ter sido convidado. Diziam que era uma honra ser indicado e blá blá blá.

Isso resumia exatamente meu sentimento — blá blá blá.

Cada centímetro do meu corpo pingava de suor.

Meu estômago roncava tanto que parecia o motor de um carro velho tentando dar partida.

A pessoa sentada à minha esquerda olhou para mim com uma sobrancelha arqueada ao ouvir os roncos.

— Está fermentando — murmurei, batendo na barriga.

Assim que dei um tapinha nela, arrotei sem querer.

Pelo amor de...

Meu corpo parecia estar entrando em curto-circuito conforme meu antigo pânico voltava à tona.

Nervosismo.

Você precisa controlar seu nervosismo, Aiden.

Meus pais ficaram chateados por eu não ter convidado nenhum deles para a cerimônia. A verdade era que meu pai tinha ficado chateado. Minha mãe tinha ficado preocupada. Ela sabia que eu costumava dizer que, se algum dia fosse indicado ao Oscar, levaria Hailee comigo, porque minha mãe havia me acompanhado ao Emmy.

Hailee.

Merda. Esse nervosismo do caralho.

Abri um sorriso imenso e me concentrei no palco à minha frente. Rob Gregory apresentava o prêmio. Ele parecia infinitamente mais calmo do que eu, mas, por outro lado, havia mais de sessenta anos que Rob participava desses eventos. Ele era um dos melhores atores da indústria. Fazia parte da realeza de Hollywood, por assim dizer. O cara tinha oitenta e tantos anos, mas a carinha parecia de sessenta. A genética dele era ótima. Ou o personal trainer e o cirurgião plástico eram muito talentosos.

Meu estômago roncou de novo.

Rob apertou o envelope em sua mão e disse:

— E o Oscar de melhor ator vai para...

Bla blá blá...

Aiden Walters.

Espere, o quê?

A multidão explodiu em aplausos ensurdecedores.

Aiden Walters.

Sou eu.

Eu consegui.

Aos vinte e dois anos, ganhei meu primeiro Oscar.

Eu ia vomitar.

Não, calma. Eu ia subir no palco. Correção, eu estava subindo no palco. De alguma maneira, meus pés conseguiram dar um passo e depois outro, mesmo que meu cérebro estivesse atordoado e confuso com tudo o que estava acontecendo. Eu me sentia meio tonto enquanto me aproximava de Rob Gregory. Então Rob Gregory me abraçou, me deu parabéns e me entregou o Oscar. O meu Oscar.

Puta merda, eu ganhei um Oscar.

Rob se afastou, me deixando diante do microfone, encarando dezenas de pessoas, entre elas ídolos e colegas de trabalho. Centenas de milhares de pessoas assistiam ao momento mais importante da minha vida. Havia chegado a hora de falar, mas, naquele instante, minha língua pareceu dar um nó.

A barriga fermentando e a língua enrolada.

Pigarreei.

— Por essa, eu não esperava. Para começar, obrigado à Academia pelo maior presente de todos. Não acredito que isso esteja acontecendo comigo. Sou muito grato a todos os outros atores nesta categoria. Esses homens estão entre os mais talentosos da indústria, e quero pedir desculpas a todos vocês por eu ter sido escolhido. Dá para perceber que alguém aí não sabe reconhecer o que é talento — brinquei, arrancando algumas risadas da plateia. Comecei agradecendo às pessoas que eram mais importantes para mim. — Ao meu pai, que me incentivou a ser ator e me disse que um dia eu estaria exatamente aqui. Obrigado por acreditar que este momento chegaria quando eu não conseguia enxergá-lo. À minha mãe querida, a mulher que me criou, a primeira mulher que amei, a mulher que me ensinou tudo sobre a vida e a beleza de viver cada momento... Obrigado, mãe, por ser meu braço direito. Meu pai é sortudo pra cacete por ter você. — Fiz uma pausa. — Eu posso dizer cacete no Oscar ou vai ter o bipe?

Mais risadas. Enquanto eu seguia com meu discurso, o nome de uma mulher surgiu em minha cabeça.

Hailee.

Agradece a Hailee.

Que sacanagem ela aparecer nos meus pensamentos justo naquele momento. Quando eu era pequeno, costumava treinar meu discurso do Oscar segurando a escova de cabelo da minha mãe. Eu tinha ensaiado inúmeras vezes na frente da minha melhor amiga; correção, ex-melhor amiga. Hailee Jones sempre faria parte da minha vida. Ela havia sido minha primeira amiga e meu primeiro amor. E também minha primeira decepção.

Na época em que ensaiava o discurso, eu sempre agradecia a ela. Se alguém me dissesse que seu nome não seria citado muitos anos depois, eu não acreditaria. Na minha cabeça, sempre tive certeza de que ela faria parte da minha vida. Pensava que Hailee seria a mulher que estaria sentada ao meu lado na plateia, olhando para mim com aquele sorriso enorme. Os olhos castanho-escuros brilhando, toda orgulhosa.

Eu me esforcei para afastar o nervosismo e encarei a plateia. Agradeci ao elenco, à equipe, aos diretores e tudo mais.

Depois de ganhar um Oscar, o mundo entrava no automático. As pessoas me levaram para tirar fotos e mais fotos. Depois, fui direto para as coletivas de imprensa. Então vieram as festas. O evento da Vanity Fair. A socialização. Os sorrisos falsos e verdadeiros, dependendo da pessoa com quem eu conversava. Acabei interagindo com todo mundo que aparecia na minha frente. Meu assistente se manteve por perto todo momento, me lembrando de quem era cada pessoa, para eu não parecer esquecido.

No fim, entrei em um carro, e me levaram para casa.

Meu mundo caótico ficou silencioso.

Eu me servi de uma bebida e fiquei sozinho com meus pensamentos.

Ganhar um Oscar devia ser importante. Devia ter algum significado. Porém, depois da vitória, eu me sentia vazio e solitário.

Eu me sentei no chão da sala cada vez mais escura com uma garrafa de uísque na mão esquerda. Diante de mim, na mesa de centro, estava aquela porcaria de estátua. Meus pais tinham ligado várias vezes. Eu tinha conversado com eles, é claro. Mas o restante das pessoas? Meu agente, meu assessor? Colegas de profissão e pessoas do ramo?

Não atendi.

Não queria falar com ninguém.

Não queria ver ninguém.

Bom, o nome de uma pessoa surgiu em minha mente.

O fato de ela continuar surgindo nos meus pensamentos quando deveria permanecer no passado, depois de ter terminado tudo comigo tantos anos antes, era uma coisa que me deixava muito irritado. Mas era sempre a mesma coisa quando Aiden e uísque se misturavam — memórias enterradas começavam a vir à tona. As palavras que ela dizia quando éramos mais novos tomaram conta de mim enquanto eu encarava o prêmio.

— *Quando você ganhar o Oscar, eu acho bom eu estar lá com você ou ser a primeira pessoa para quem você vai ligar ou mandar uma mensagem* — dizia ela. — *Pelo menos depois dos seus pais.*

— *É claro que vai ser você. Pra quem mais eu mandaria mensagem?*

— *Promete?*

— *Prometo.*

Peguei o celular e verifiquei meus contatos. Lá estava ela. Seu nome no meu telefone? Era uma mensagem bem clara: **NÃO MANDE MENSAGEM NEM LIGUE QUANDO VOCÊ ESTIVER BÊBADO, AIDEN.**

Era um nome comprido, mas válido.

Abri nossas mensagens de cinco anos atrás. A última ainda fazia com que eu sentisse um aperto no peito. Isso me irritava. Eu odiava saber que, mesmo depois de tanto tempo, aquela mulher ainda conseguia me causar mágoa. Provavelmente era isso que acontecia quando sua melhor amiga terminava uma amizade de dezessete anos por mensagem.

Hailee: Desculpa, Aiden. Nossas vidas estão seguindo rumos diferentes. Talvez a gente possa manter uma amizade, mas acho melhor não nos falarmos por um tempo.

Já fazia um tempo.

Cinco anos, oito semanas e mais alguns dias.

Não que eu estivesse contando.

Na época, eu tinha tentado entrar em contato, mas ela havia me ignorado. Mais de uma década de amizade e um breve namoro foram por água abaixo sem qualquer motivo além de ela achar que nossas vidas estavam seguindo rumos diferentes. Que monte de merda.

Comecei a digitar uma nova mensagem, apesar de o nome dela no telefone me dizer que não fizesse isso.

Aiden: Ganhei um Oscar. Eu tinha prometido que você seria a primeira pessoa com quem eu falaria depois dos meus pais. Então aqui está.

Eu a bloqueei antes que ela tivesse tempo de responder.

Então a desbloqueei para ver se ela havia respondido.

Depois a bloqueei de novo, porque foda-se ela.

Então a desbloqueei, *porque foda-se ela.*

Voltei para meu uísque e minha fossa. Era estranho pensar que eu podia ser o centro das atenções de Hollywood, cercado por pessoas na maioria dos dias, e mesmo assim ainda me sentir tão assustadoramente sozinho.

Passei os meses seguintes com aquela mesma sensação esquisita de solidão. Eu me mantinha ocupado, porque essa era a melhor forma de tirá-la da minha cabeça, mas, quando voltava para minha casa silenciosa, aqueles pensamentos dominavam minha mente.

Então, mais uísque, mais silêncio, mais pensamentos.

Eu sentia que estava enlouquecendo. Foi então que minha mãe ligou e falou que havia assistido a uma entrevista que eu dera na semana anterior. Ela disse que tinha visto a tristeza nos meus olhos.

— Estou bem — menti.

— Não está — argumentou ela. — Você vai fazer o Superman, Aiden, e essa é uma conquista e tanto, mas mesmo assim... você está triste.

— Mais ninguém acha que eu pareço triste.

— A sua mãe não é ninguém. Escuta, vem passar um tempo em casa. Tira uma folga. Não vale a pena conquistar o mundo e acabar se perdendo, então, por favor... vem para casa.

Passei um tempo insistindo que estava tudo bem até perceber que ela tinha razão. Eu não sabia mais quem eu era. Eu me sentia tão distante de mim mesmo que não me reconhecia mais quando me olhava no espelho. Eu não tinha nem um vislumbre da pessoa que costumava ser.

Então fiz as malas e voltei para o Wisconsin.

22

Hailee

Seis meses atrás, Aiden me mandou uma mensagem.

Ele havia ganhado um Oscar.

Minha mão começou a tremer quando vi a mensagem dele no meu celular.

É claro que eu sabia que ele tinha ganhado o Oscar. O mundo todo só falava de Aiden depois de sua consagração épica. Enquanto assistia a tudo acontecer pela minha televisão, eu explodia de empolgação por dentro. Mas, ao mesmo tempo, sentia um aperto no peito, porque sabia que ele estava tendo um leve ataque de pânico durante o discurso no palco. Com o passar dos anos, ele foi aprendendo a disfarçar melhor. Mas eu assistia a todos os seus vídeos na internet, e ainda conseguia identificar uma crise. Ninguém sabia ler aquele homem como eu — mesmo de longe.

Meu pobre Aiden...

Ele não é seu, Hailee. Não é seu.

Mesmo assim... Eu sentia falta dele.

Achava que sentiria menos saudade depois de um tempo, mas não foi o que aconteceu. Ela só se tornara mais silenciosa.

Fazia mais de cinco anos que não nos falávamos, mas eu ainda o amava. Era um amor silencioso, que me acompanhava como um sussurro. Às vezes, eu me perguntava se ele era capaz de sentir meu amor quando o vento roçava sua pele. Em meus pensamentos, eu sempre desejava o melhor para ele. Houve um tempo em que nós conseguíamos ler a mente um do outro com facilidade. Esse era nosso nível de proximidade.

Agora, ele não passava de memórias que surgiam em minha mente de vez em quando. Como eu continuava morando na cidadezinha onde crescemos, não havia um dia em que não pensasse em Aiden. Cada rachadura em cada calçada guardava uma lembrança que compartilhamos. Eu tinha quase certeza de que ele permaneceria em meus pensamentos por toda a minha vida.

Mas ver que ele havia me mandado uma mensagem?

Aquilo havia causado uma onda de emoções com a qual eu não sabia lidar.

Nos últimos meses, li a mensagem dezenas de vezes. Devo ter debatido o assunto com minha terapeuta até demais. Eu quase conseguia ouvir a voz dele, seus conflitos e os tons contidos naquelas frases. Dava para ver que ele tinha bebido. É claro que ele tinha bebido. Duvido muito que teria mandado a mensagem se estivesse sóbrio.

Ainda bem que eu não tinha bebido também. Caso contrário, poderia ter respondido, mas sabia que não tinha esse direito. Apesar de querer fazer isso. Apesar de meu coração ainda ansiar pelo dele depois de todo aquele tempo. Apesar de o meu maior desejo ser poder dar um abraço nele depois da maior conquista de sua carreira.

No entanto, o mundo em que eu vivia agora não era o mesmo que eu habitava quando Aiden fazia parte da minha vida. Havia muito tempo que a versão da Hailee que ele conhecia tinha desaparecido. Eu havia mudado, e, com certeza, ele também. Eu não poderia fazer parte de suas conquistas, porque, anos antes, eu tinha escolhido ser o motivo de seu sofrimento.

Então me mantive em silêncio e não respondi. Fiquei me perguntando como devia ser a vida dele agora, sempre cercado de gente. Seu mundo parecia tão mágico, tão colorido, enquanto o meu era tão comumente... comum.

Não me leve a mal, minha vida não era ruim. Eu gostava do mundo que havia criado para mim.

Eu tinha passado a vida inteira na mesma cidadezinha interiorana, com as mesmas pessoas interioranas, falando sobre os mesmos assuntos interioranos, todo santo dia. Com o passar dos anos, boa parte do meu tempo era dedicada a ler meus romances sozinha no meu canto, ou aos meus pais, ou ao meu trabalho no Hotel Starlight, ou à minha amiga Kate. Essa era minha rotina.

Na primavera passada, eu havia me formado em psicologia na faculdade, e agora estava me inscrevendo em programas de mestrado sobre psicologia e desenvolvimento infantil. Eu não tinha sido aceita nas tentativas anteriores, mas, como mamãe sempre dizia, "continue tentando até você conseguir o resultado que deseja". Então, eu seguia correndo atrás dos meus objetivos. De certa forma, não ter sido aceita era uma motivação. Desistir de mim não era uma alternativa. Se fossem necessários vinte anos para que eu conseguisse concluir o mestrado, e depois o doutorado, tudo bem. Eu me tornaria uma das melhores profissionais em terapia infantil do país.

Meu objetivo era muito bem-definido. Até lá, eu trabalharia sem parar para juntar dinheiro e conseguir pagar os cursos.

No geral, a vida era boa, porque eu tinha me esforçado para que ela fosse assim.

— Não vai me dizer que você já está indo embora. Eu acabei de chegar — disse Kate, ajeitando seu crachá.

Ela era uma das camareiras do Hotel Starlight, o lugar onde eu trabalhava, e era a salvação da minha vida. Eu não tinha muitos amigos na cidade, então dava para contá-los nos dedos de uma mão — só precisava de quatro dedos, para ser sincera, e Kate fazia parte desse grupo. Ela era uma mulher asiática linda, que se mudara para a cidade há alguns anos. Ficamos amigas quando começamos a trabalhar juntas. Nós éramos o oposto uma da outra — o que significava que éramos a dupla perfeita. Ela me ajudou a socializar mais, pois eu costumava ficar entocada lendo. E eu a ensinei a gostar de romances históricos e a aproveitar uma boa leitura nas noites de sexta-feira. Nós duas saíamos ganhando naquela amizade.

— Você devia passar a chegar mais cedo — brinquei. — Vou ajudar minha mãe na confeitaria por algumas horas, depois quero preencher mais algumas inscrições para o mestrado e ler um pouco.

— Já vi que você vai passar a noite toda lendo e terminar o livro antes de mim, né?

— Você me pegou.

Kate e eu tínhamos começado nosso próprio clube do livro de romances, e ela vivia reclamando que eu terminava os livros em um dia, enquanto ela demorava uma semana. Eu era incapaz de dormir sem saber se uma história terminava com um final feliz. Spoiler: sempre terminava.

Ela bufou uma nuvem de ar quente.

— Quando é que você dorme?

Olhei para meu smartwatch e o mostrei para ela.

— Pelo visto, meu sono profundo acontece entre as duas e as seis da manhã.

— E sem olheiras. Eu te odeio.

— Sabe como é, a genética ajuda. Além do mais, tem a rotina de skin care de quinze passos que faço todo dia de manhã e à noite.

Kate revirou os olhos e fez um aceno com a mão.

— Isso dá muito trabalho. Para mim, basta um Dove, uma toalha, uma oração para Jesus, e pronto. — Ela enfiou a mão no bolso, pegou uma bala, abriu a embalagem e jogou o doce dentro da boca. — Me liga amanhã. Podemos ir juntas ao festival.

Torci o nariz.

— Não vou ao festival. E acho que estou na escala de amanhã.

— Ah, para com isso. Não é todo dia que um ator vencedor do Oscar resolve visitar a cidade natal. Só se fala na volta do Aiden Walters.

— Nem me fala — murmurei, prendendo meus cachos atrás das orelhas. — Já marquei uma sessão com a minha terapeuta só para falar sobre isso. Minha ansiedade está a mil.

— Ou é o frio na barriga por reencontrar seu namorado da escola? — Kate abriu um sorriso bobo para mim. — E se existir uma chance de vocês reatarem? Imagina só. Namorados de escola que passaram anos separados são obrigados a se reencontrar depois de crescerem e percebem que nasceram um para o outro.

Semicerrei os olhos e apontei o dedo para ela, falando sério.

— Eu não vou voltar com o meu ex só para você poder conhecer o Bradley Cooper.

— Mas é o Bradley Cooper! — exclamou Kate, colocando as mãos no peito como se vivesse sonhando com a possibilidade de Bradley se apaixonar perdidamente por ela.

Na verdade, era bem provável que Kate fantasiasse bastante com isso.

— Boa noite, Kate.

Eu ri, me afastando de minha amiga, que gritou em um tom dramático:

— Também aceito o Sebastian Stan ou o Manny Jacinto! Não sou exigente!

— Eu disse boa-noite!

— O Sinqua Walls! Ah, meu Deus do céu, como eu queria beijar o Sinqua!

~

Alguns anos antes, meus pais inauguraram a confeitaria dos sonhos deles na cidade. A Confeitaria da Hailee. Se eu tinha alguma dúvida de que era mimada, ter uma confeitaria batizada em minha homenagem era prova suficiente de que eu era muito amada. Eles até transformaram o segundo andar em um apartamento para que eu morasse ali durante a faculdade. Os dois queriam que eu focasse nos estudos e economizasse o dinheiro do meu trabalho no Hotel Starlight em vez de me preocupar em pagar aluguel. Seria impossível explicar como eu era grata aos meus pais.

Além do mais, morar em cima de uma confeitaria não era a pior coisa do mundo. O cheiro era sempre divino. Após anos de muito trabalho e dedicação, os dois realizaram seu sonho. A confeitaria foi um sucesso instantâneo na cidade. Mamãe tivera até de contratar mais funcionários. Como o grande festival aconteceria no dia seguinte, eu tinha me oferecido para ajudar com os preparativos na véspera. Eu sabia que mamãe devia estar cheia de coisas para fazer, e ela não gostava de ver seus funcionários trabalhando depois do expediente.

Entrar na Confeitaria da Hailee dava a sensação de entrar na fábrica do Willy Wonka. Você era envolvido pelos aromas açucarados metros antes de chegar nela. A loja grande e espaçosa ficava às margens do lago Michigan.

Por algum motivo, entrar lá e sentir o cheiro dos doces assando era bem reconfortante. Era um sinal de perseverança. Meus pais esperaram anos até encontrar o lugar perfeito, e finalmente haviam conseguido.

— Estou sentindo cheiro de pão de abóbora? — perguntei, andando pela loja e entrando na cozinha, que parecia uma zona de guerra culinária.

Havia farinha e panelas por todos os cantos. As bancadas tinham sido transformadas em uma área de decoração, com glacê, bicos de confeitar e montanhas de biscoitos.

Senti o aroma no ar.

— E barrinhas de limão! — exclamei, radiante, indo na direção da minha sobremesa favorita. Quando me estiquei para pegar uma, mamãe deu um tapinha na minha mão.

— Não se atreva, Hailee Rose. Esses são para o festival.

Fiz beicinho e me sentei no banco diante da bancada.

— Você não fez uma fornada extra de barrinhas de limão?

Ela me encarou com os olhos semicerrados, tirou as luvas e foi até a despensa. Voltou com uma bandeja cheia de barrinhas e a colocou na minha frente.

— Se você ainda não jantou, come só uma. Para não perder o apetite.

Sorri de orelha a orelha e esfreguei as mãos.

— Esse é o jantar.

— Hailee, não inventa de se encher de açúcar e não jantar de verdade. Falando nisso... é melhor você ir comer. Não precisava vir me ajudar. Está tudo sob controle.

Olhei para o caos ao redor e sorri.

— Você sabe que tudo isso precisa ficar pronto até amanhã, né?

Ela colocou as mãos na cintura e suspirou, então secou a testa com o dorso da mão.

— Estou um pouco sobrecarregada. Sabe como é, seu pai estava ajudando, mas ele é uma negação na cozinha. Já queimou duas fornadas de cookies. Despachei ele para o escritório, para adiantar a parte administrativa.

— Bom, então deixa eu te ajudar.

Os olhos castanho-escuros de mamãe se encheram de alívio, e seus ombros relaxaram.

— Está bem. Você cuida dos biscoitos então. Precisamos decorar os que têm formato de Oscar, escrever citações em três dúzias e depois colar os adesivos comestíveis com o rosto do Aiden em outras três dúzias. — Ela fez uma pausa e torceu o nariz. — Você se incomoda de fazer isso, querida?

— Como assim?

— Você sabe... de passar as próximas horas colando o rosto do Aiden em biscoitos.

Sorri e enfiei uma barrinha de limão na boca.

— O que eu não faço pelo sucesso da nossa confeitaria? — brinquei, tentando não pensar que teria de encarar os olhos azuis comestíveis do meu primeiro e único amor.

Aquilo seria desconfortável? Seria.

Aquilo seria *muito* desconfortável? Seria.

Eu era capaz de fazer qualquer coisa pelos meus pais? Sem dúvida alguma. Até mesmo colar fotos comestíveis de Aiden nos renomados biscoitos de mamãe.

— Não tem problema, mãe. Faz anos que eu namorei o Aiden. Ele seguiu em frente. Eu segui em frente. Isso é coisa do passado.

A não ser pela mensagem aleatória de alguns meses atrás, só que ela não precisava saber disso.

Ela veio até mim, se agachou um pouco e olhou no fundo dos meus olhos, procurando pelas verdades que eu poderia estar escondendo dela. A detetive Penny Jones estava encarregada do caso, buscando por resquícios de algo que provasse que meu coração continuava partido por causa de um relacionamento que havia acabado há muitos anos. Então ela sorriu, me deu um beijo na testa e me agradeceu por ser a melhor filha do mundo.

Estiquei a mão para pegar outra barrinha de limão, e ela me deu outro tapinha de brincadeira.

— Chega de doces antes do jantar. Vou pedir comida chinesa. Avisa ao seu pai que já vamos comer.

Ela saiu da cozinha para fazer o pedido, e eu enfiei outra barrinha de limão na boca. Então fui para o escritório nos fundos da loja, onde meu pai parecia morar ultimamente.

— Ô de casa. Oi, pai.

Ele levantou os olhos de sua papelada e abriu um largo sorriso.

— Ora, se não é a minha filha favorita.

— A única.

— Tenho certeza de que, se eu tivesse outros filhos, eles não chegariam aos seus pés.

Eu ri ao me aproximar dele e lhe dar um beijo na careca.

— Mamãe pediu para avisar que vai pedir comida chinesa.

— Boa ideia. — Ele se recostou na cadeira e analisou meu rosto. Agora o detetive Karl Jones estava encarregado do caso, à procura de quaisquer emoções que eu pudesse estar escondendo. — Como você está, minha filha?

— Bem. Pretendo me inscrever em mais alguns programas de mestrado amanhã, mas vou dar uma mãozinha à mamãe na cozinha agora.

— Você sabe muito bem do que estou falando.

Eu suspirei e encostei na mesa, cruzando os braços.

— Estou bem, papai.

— Se você não estiver, não tem problema. Você não precisa estar bem o tempo todo, mas precisa ser sincera. Todo sentimento é válido, especialmente quando se trata do Aiden.

Eu sentia um frio na barriga só de ouvir o nome dele. Não dava para mentir na cara dura para o meu pai, então me afastei da mesa.

— Vou lá ajudar a mamãe, e venho te chamar quando a comida chegar.

Ele sorriu.

— Que bom que você não mentiu para mim. Te amo para sempre.

— Te amo por mais tempo ainda — falei, lhe dando outro beijo na testa.

Depois de jantarmos juntos, mamãe e eu começamos a decorar os biscoitos.

Fiquei um pouco surpresa por ela ter engolido meu discurso sobre Aiden e eu sermos coisa do passado e eu não me importar com a chegada dele a Leeks. A verdade era que eu estava com os nervos à flor da pele. Não conseguia parar de pensar no que poderia acontecer caso nos encontrássemos. Na última semana, eu tinha ensaiado conversas na minha cabeça, fingindo que falava com Aiden pela primeira vez em anos.

— *E aí, cara? Beleza? Quer fazer aquele aperto de mão esquisito que a gente vivia fazendo?*

— *Oi, Aiden. Como vai a vida?*

— *Nossa, mas que gato. Entendeu? Gato? Você era o meu Tom. Eu era a sua Jerry. Miau!*

Dava para perceber que eu estava perdida.

Meu estômago vivia embrulhado, e aquela sensação só piorou quando comecei a grudar o rosto de Aiden nos biscoitos. Um rosto que eu tinha amado tanto. Que ainda amava, para ser sincera. Aiden Walters era o tipo de homem que uma mulher jamais conseguiria esquecer. Meu maior medo em reencontrá-lo era que aquele velho desejo voltasse na mesma hora e que eu não conseguisse me segurar e acabasse me jogando em seus braços.

Isso era motivo suficiente para que eu ficasse o mais longe possível dele.

Eu não fazia a menor ideia de como evitaria Aiden amanhã, mas sabia que precisava me esforçar. Do jeito que meu coração e minha mente estavam confusos, era óbvio que o resultado de qualquer interação entre nós seria incerto.

Tudo bem que eu tinha conseguido fingir para os meus pais que estava indiferente ante a possibilidade de reencontrar Aiden. Mas não sabia se conseguiria fingir toda aquela indiferença se ele estivesse bem na minha frente. Naquela noite, me senti vitoriosa por ter conseguido convencer meus pais de que estava tudo bem.

E o Oscar de melhor atriz por fingir ter esquecido o ex com maturidade e bom senso vai para Hailee Rose Jones.

Melhor atriz do mundo.

23

Hailee

— Ele chegou! Ele chegou! — exclamavam as pessoas pelo Hotel Starlight na manhã seguinte, enquanto eu organizava as estantes na sala.

Essas palavras bastaram para fazer meu coração acelerar.

Todos ao meu redor interromperam suas conversas e saíram correndo do prédio. Eu sabia exatamente aonde estavam indo — em direção à torre do relógio, para ver o orgulho de Leeks, Wisconsin. O assunto do momento. A celebridade ganhadora do Oscar, que havia nascido e crescido na nossa cidade. O grande e incomparável Aiden Scott Walters. O queridinho do país — ou melhor, do mundo.

Eu não conseguia acreditar que aquele dia finalmente tinha chegado.

Fazia três semanas que o retorno de Aiden era o principal assunto da nossa cidadezinha, desde que Laurie espalhara a novidade aos quatro ventos. Fazia cinco anos que Aiden havia ido embora, e muita coisa mudara em sua vida depois disso. Ele tinha estrelado uma série dramática vencedora do Emmy. No ano passado, protagonizou três filmes que foram sucesso de bilheteria, além de ter ganhado seu primeiro Oscar seis meses atrás.

Era difícil acreditar que houve uma época em que ele era o meu Aiden. Meu melhor amigo, minha outra metade. Minha pessoa. Agora, não passávamos de desconhecidos. As pessoas não costumavam falar que as coisas mudavam quando amigos viravam namorados, e depois desconhecidos. Era uma tristeza mais profunda do que a de um término normal, e a ferida nunca se fechava de verdade.

Em uma época da minha vida, eu acreditava que Aiden sempre estaria ao meu lado, e que eu sempre estaria ao lado dele. Eu era a pessoa que mais lhe apoiava, e a recíproca era verdadeira. E foi por isso que terminar tudo com ele e partir seu coração também partiu o meu.

— Hailee! Hailee!

Eu me virei com uma coletânea dos sonetos de Shakespeare na mão e encontrei Henry parado atrás de mim. Ele tremia de empolgação, me encarando por trás de seus óculos redondos de armação grossa. Seu cabelo louro despenteado caía sobre a testa, e ele passou uma das mãos pelos fios, deixando-os ainda mais bagunçados.

— O que foi? — perguntei.

— Você já ficou sabendo? O Aiden Walters chegou! — exclamou ele, como se tivesse vindo me contar que o Papai Noel existia de verdade e tinha resolvido dar as caras alguns meses mais cedo.

Achei graça de sua animação.

— Acho que todo mundo já está sabendo.

— Ele está lá na praça, perto da torre do relógio. Dizem que está dando autógrafos!

— É mesmo?

— É!

Henry ficou parado ali, piscando. Pisquei de volta, inexpressiva. Eu fiz o que pude para reprimir minhas emoções naquela manhã, torcendo para nada despertar meus sentimentos ao longo do dia. Pelo visto, Henry estava sentindo o suficiente por nós dois. Ele sorria de orelha a orelha, como se fosse manhã de Natal, e, só de ver sua felicidade, meu dia já melhorava. Henry era um fofo. Um adolescente meio nerd de dezesseis anos que tinha começado a trabalhar no hotel alguns meses atrás. Ele sofria muito bullying por causa de sua personalidade, o que me deixava furiosa. Muitas pessoas não o entendiam, mas eu me identificava com a situação.

Henry suportava muita coisa, mas ainda conseguia encontrar motivos suficientes para sorrir todos os dias. Eu torcia para que o mundo não roubasse isso dele — sua alegria. No geral, Henry era um bom garoto. Ele trabalhava bastante, nunca reclamava como os outros funcionários e agia como um cavalheiro sempre que nossos caminhos se cruzavam.

— Pode ir, Henry — falei, dispensando-o com um gesto. — Vai conhecer o queridinho do país. Tira o dia de folga.

— Ah, não, não posso tirar o dia todo. Preciso do dinheiro. Quero comprar aquele jogo novo de realidade virtual daqui a algumas semanas! Só preciso de uns quinze minutos, e aí eu volto.

— Posso cobrir seu turno para você receber pelo dia. Além do mais, o grande festival pela volta do Aiden é hoje à noite. Você devia ir se divertir com seus amigos.

— E você também vai?

Dei uma risadinha.

— Não posso. Vou estar ocupada.

— Droga. Eu ia ganhar um bichinho de pelúcia num dos brinquedos para você — brincou ele. — Bom, se não tiver mesmo nenhum problema de você me cobrir... — disse ele, já se afastando e tirando o crachá. — Valeu, Hailee! Posso tirar uma foto para você, se quiser! A gente se fala mais tarde! E talvez a gente se esbarre no festival, se você conseguir ir! Disseram que vai ter fogos de artifício!

Ele saiu saltitando de empolgação enquanto eu permanecia na solidão do hotel, agora completamente silencioso.

Parte de mim também queria ir correndo para a rua. Eu queria ver Aiden — abraçá-lo, apertá-lo, dizer que nunca parei de pensar nele —, mas não podia fazer isso. Eu não faria isso. Estava decidida a ficar fora do caminho dele pela próxima semana. Quanto menos nós interagíssemos, melhor.

Voltei a organizar a estante e fiquei naquela tarefa por um tempo, olhando pela janela de vez em quando, na direção da torre do relógio. Havia uma multidão na rua, e meu coração disparou quando meus olhos encontraram Aiden no meio de todas aquelas pessoas.

Aquele homem.

Meu coração.

Como ele ainda controlava meu coração depois de tanto tempo?

Pelo visto, meu coração ainda permanecia conectado ao homem que estava a apenas alguns metros de distância do lugar onde eu trabalhava. Fiquei me perguntando se algum dia o sentimento desapareceria por completo. Será se, depois que amamos uma pessoa, resquícios desse amor permanecem para sempre dentro de nós? Talvez eu continuasse eternamente presa à essência dele de alguma forma. As batidas aceleradas do meu coração provaram isso no instante que o vi pegar sua mala e vir na direção do hotel.

Espere aí.

Por que ele estava vindo para o hotel?

O quê?

Não.

— Você só pode estar de sacanagem comigo — bufei, atordoada por ele estar vindo na minha direção com uma legião de fãs e moradores locais em sua cola. — É melhor você não entrar aqui, Aiden Walters, ou não respondo por mim... — resmunguei para mim mesma, levando as mãos à cabeça, em um estado de puro choque.

Ele não me obedeceu e entrou no hotel. Meu chefe, o Sr. Lee, estava na recepção, e seus olhos brilharam de alegria assim que viram Aiden.

— Ora, ora... se não é o astro de Leeks! — exclamou o Sr. Lee, pulando da cadeira. Ele foi correndo cumprimentar Aiden e o puxou para um abraço apertado. — Bem-vindo de volta. Bem-vindo à sua casa que não é a sua casa!

O Sr. Lee sabia que Aiden ficaria hospedado no hotel?

O pior defeito do Sr. Lee, por mais que ele e sua careca fossem maravilhosos, era a capacidade que ele tinha de se esquecer de me contar coisas muito importantes. Como o fato de que meu ex se hospedaria no hotel em que eu passava a maior parte do meu tempo. Por que ele ficaria aqui? Por que não ficaria com os pais?

Aiden pareceu um pouco surpreso com o abraço caloroso do Sr. Lee, mas o retribuiu. Não era segredo que o Sr. Lee dava os melhores abraços de Leeks. Eu sabia que não conhecia muita coisa no mundo além de nossa cidadezinha, mas tinha certeza de que o abraço dele era um dos melhores do planeta.

— Que bom te ver, Sr. Lee. Há quanto tempo — disse Aiden.

Sua voz era grave, forte e muito gentil. Isso não havia mudado tanto. O que mudara era o fato de que ele agora tinha um corpo escultural. Aiden sempre foi um cara bonito. Seu sorriso era daqueles capazes de deixar qualquer um de queixo caído.

— Fiquei surpreso quando soube que você queria ficar no hotel, e não com os seus pais — comentou o Sr. Lee.

O senhor não foi o único.

Tudo bem. Eu conseguiria evitar Aiden por um fim de semana.

Aiden sorriu, e meu coração quase saiu pela boca.

— Pois é. Tenho alguns compromissos de trabalho e umas ligações de negócios que preciso resolver nos próximos meses. Achei melhor ter o meu próprio espaço.

Meses?

Calma, ele disse meses?!

Meu coração estava disparado. Meu estômago estava embrulhado. Seria hora daquela brincadeira divertida de "são gases ou é só ansiedade"?

Talvez fossem as duas coisas.

O Sr. Lee assentiu, compreensivo.

— Faz sentido. Temos espaço suficiente para você aqui. — Ele colocou as mãos na cintura e olhou ao redor. — Deixa eu chamar alguém para te ajudar com a mala.

Eu, não!

Eu me escondi atrás do sofá da recepção antes que os olhos do Sr. Lee me encontrassem. Respirei fundo algumas vezes, tapando a boca com uma das mãos para abafar meu pânico. Fiquei me perguntando se eles conseguiam ouvir meus batimentos cardíacos descompassados. Meu coração martelava em minhas costelas, como se tentasse fugir para

Nárnia. Para um lugar bem, bem longe dali, onde Aiden não o encontraria. Onde havia um armário com uma passagem secreta quando você mais precisava dele?

— Não se preocupa, Sr. Walters, eu ajudo com as malas — ofereceu Henry, provavelmente tropeçando nos próprios pés enquanto corria de volta para o hotel. — Meu nome é Henry J. Peterson. Faço tudo aqui no Hotel Starlight. Se o senhor precisar de qualquer coisa, é só me chamar. Se quiser, posso até passar o número do meu celular. Pode me ligar a qualquer hora, Sr. Walters. De verdade. Estou à sua disposição.

— Fale menos e trabalhe mais — disse o Sr. Lee para Henry, acenando para ele ir embora. — Leve o Sr. Walters para o quarto trinta e quatro. É o melhor da casa, Aiden.

Uma onda de náusea tomou conta de mim quando me dei conta de que passaria os próximos meses trabalhando para meu ex-namorado famoso. Ou pior ainda, para meu ex-melhor amigo.

Socorro.

— Nossa, muito obrigado — disse Aiden para Henry.

Ele parecia bastante agradecido pela ajuda, e eu sabia que estava falando sério. Aiden era uma das pessoas mais humildes do mundo. Quando os tabloides diziam que ele era um cara legal, eu sabia que era verdade, e não apenas uma imagem que Aiden queria transmitir. Gratidão poderia ter sido seu sobrenome.

Henry arrastou a mala de Aiden até a escada da recepção, então prendi a respiração de novo enquanto os dois subiam, batendo papo. Inflei minhas bochechas como se elas estivessem cheias de nozes armazenadas para a longa hibernação de inverno. Soltei um suspiro de alívio quando ouvi Aiden agradecer a Henry antes de fechar a porta de seu quarto.

— O que você está fazendo?

Dei um pulo e me virei, então dei de cara com o Sr. Lee me olhando atrás do sofá. Levantei e alisei minha roupa.

— Tirando pó.

— Tirando pó... do carpete?

— É.

— Com o seu corpo?

— Aham.

Ele semicerrou os olhos, como se tentasse entender o que se passava em minha cabeça. *Boa sorte, Sr. Lee. Nem eu entendo direito.*

Ele alternou o peso entre os pés, se inclinando para o lado esquerdo, e cruzou os braços.

— Você está bem, Hailee?

Abri um sorriso falso.

— Estou ótima.

— Que bom. Preciso que você dê um gás nesses próximos meses, com o Aiden hospedado aqui.

— Próximos meses? — questionei, tentando não parecer fofoqueira. — Eu não sabia que ele ia ficar hospedado aqui.

— Pois é, né? Eu fiz a reserva dele no sistema com um nome falso. É o tipo de coisa que atores de Hollywood fazem, sabe? — Ele piscou para mim como se tivesse me passado a perna. — Nunca achei que eu faria algo assim. Bem legal, né?

— Aham, muito maneiro — murmurei, fingindo que meu pânico não aumentava a cada segundo. — Mas não tem como ele passar meses aqui, né? Ele é um ator requisitado. Deve ter que voltar para a Califórnia em algum momento.

— Que diferença faz? Enquanto ele estiver aqui, vai ser ótimo para a gente. — Ele olhou para a janela da frente do hotel, onde uma multidão se instalara por causa da chegada de Aiden. — Vamos ter que tomar cuidado com a segurança dele, com todos esses fãs por perto. Você tem noção de como os negócios podem melhorar com isso? Depois de hospedarmos um ator vencedor do Oscar?

— Ah, só sei que isso vai me causar um ataque cardíaco — murmurei.

— O que foi?

— Nada, Sr. Lee. Não vou deixar que nada dê errado durante a estadia do Sr. Walters.

Ele sorriu, satisfeito.

— Ótimo. Vou deixar você voltar ao trabalho. — Ele olhou para mim por cima do ombro e semicerrou os olhos. — Aliás, só para você ficar sabendo, nós temos aspiradores. Não precisa tirar o pó do carpete com o seu corpo.

— Certo. Aspiradores. Que engraçado eu não ter pensado nisso.

— Você é uma garota inteligente que teve um lapso. Acontece com todo mundo.

Ele saiu e me deixou sozinha com a tempestade silenciosa que se formava dentro da minha cabeça. Aiden Walters passaria os próximos meses no Hotel Starlight.

Como eu fugiria dele se estava encarregada de garantir que sua estadia fosse o mais confortável possível?

24
Aiden

Bancar o cara sociável lá fora tinha sugado completamente minhas energias. No instante que entrei no quarto do hotel, me joguei na cama. Fiquei surpreso ao descobrir que o colchão era um dos mais confortáveis em que eu havia deitado. E olha que eu já tinha dormido em muitas camas. Principalmente durante a última turnê mundial para divulgar meu filme para a imprensa.

Esfreguei o rosto e suspirei. Voltar para casa era estranho. Fazia cinco anos que eu não colocava os pés em minha cidade natal. Algumas pessoas diriam que eu fazia questão de não vir. No caso, "algumas pessoas" significava minha mãe, mas nós sempre nos víamos. Eu passava praticamente todos os dias com meu pai, já que ele era meu empresário. Minha mãe não ficava com a gente em Los Angeles, porque tinha de cuidar do restaurante em Chicago. Ainda assim, ela sempre ia nos visitar.

Parte de mim nunca mais voltaria para Leeks. Eu me senti um completo babaca ao chegar à cidade, vendo o estardalhaço que as pessoas estavam fazendo por minha causa. Meu rosto estava estampado nas vitrines de todas as lojas, e o centro da cidade havia sido decorado em homenagem a mim. As ruas estavam fechadas para um festival enorme que aconteceria naquela noite, para me dar as boas-vindas pelos próximos meses.

Meu pai detestava que eu não estivesse hospedado em casa, mas a ideia de voltar para a cidade e dormir no meu quarto de infância era um pesadelo. Principalmente se Hailee estivesse na casa ao lado.

Hailee.

Ela surgia nos meus pensamentos com frequência agora que eu estava ali. Era impossível andar pelas ruas sem que uma coleção de memórias invadisse meu cérebro.

Uma batida à porta me distraiu dos meus pensamentos, e fiquei agradecido pela interrupção. Quando abri a porta, me deparei com Henry parado no corredor, segurando uma cesta imensa de boas-vindas. Ele remexeu o nariz e inclinou a cabeça ligeiramente para trás, para tentar manter no lugar os óculos que deslizavam.

— Oi, Sr. Walters. Desculpa incomodar. Vim trazer uma cesta de boas-vindas para o senhor. Li na internet que o senhor é alérgico a castanhas, igual a mim, então verifiquei todos os ingredientes de cada produto duas vezes. Se o senhor quiser mais alguma coisa, seja lá o que for, posso comprar no mercado. A qualquer hora, senhor. Quer dizer, minhas férias da escola estão acabando, então vou passar a trabalhar mais no horário da noite, mas posso matar aula se o senhor precisar.

Aceitei a cesta.

— Não precisa matar aula. Mas valeu, Henry. Eu agradeço.

Coloquei a cesta numa mesa próxima e peguei a carteira para lhe dar uma gorjeta.

— Ah, não, Sr. Walters. Está tudo bem, sério. Eu só queria entregar isso para o senhor. Não precisa me pagar nada. De verdade, estar na sua presença já é um privilégio. Não sei se o senhor sabe, mas — ele empurrou os óculos para o topo do nariz — sou seu maior fã. Assisti a todos os seus filmes e a todas as suas entrevistas. Acho que ninguém seria capaz de interpretar o Superman melhor do que o senhor, e sei que a próxima trilogia vai ser ótima. As pessoas falam um monte de bobagens na internet, mas não deixa isso te abalar. Sei que o senhor vai arrasar no papel. Esses críticos da internet não passam de babacas invejosos.

Eu gostava daquele garoto.

Ele tinha um bom coração.

— Valeu pelo lembrete, Henry. — Entreguei duas notas de vinte dólares para ele. — E pode me chamar de Aiden. Vou passar um bom tempo aqui, então podemos muito bem usar nossos primeiros nomes.

Henry arregalou os olhos como se eu tivesse acabado de pedir sua mão em casamento. Ele assentiu com a cabeça na mesma hora.

— É claro, Sr. Wal... hum... Aiden. Obrigado. E tem duas pessoas lá embaixo querendo te ver. O Sr. Lee deixou bem claro que ninguém deveria incomodar você, mas...

— Acho que vale abrir uma exceção para os seus pais — disse uma voz familiar, subindo a escada do saguão.

Abri um sorriso enorme quando vi minha mãe se aproximando, com meu pai logo atrás. Henry pediu licença e foi embora enquanto eu cumprimentava os dois.

Estiquei os braços para receber um abraço da minha mãe, e ela bateu no meu ombro com a bolsa.

— Aiden, você não tem vergonha de deixar que eu descobrisse o dia que você ia chegar pelas fofoqueiras da cidade? Por que não passou lá em casa antes de sair desfilando pelo centro? Meu Deus, você abraçou gente que nunca viu na vida antes de falar com a sua própria mãe.

Eu a puxei para o abraço que ela se recusava a me dar e a apertei. Beijei o topo de sua cabeça enquanto seu corpo pequeno se aconchegava em meus braços.

— Desculpa, mãe. Eu queria vir direto para o hotel, mas acabaram me reconhecendo.

Minha mãe retribuiu o abraço, depois se afastou e deu uns tapinhas brincalhões em minha bochecha.

— É claro que te reconheceram. Você é o Superman! — Os olhos dela se encheram de lágrimas. — Você é o Superman, Aiden! — exclamou ela.

Eu não via minha mãe pessoalmente desde que a notícia de que eu seria o próximo a interpretar um dos personagens fictícios mais amados do mundo foi divulgada.

— Não chora, mãe.

— Não estou chorando — disse ela enquanto secava as lágrimas que escapavam dos seus olhos.

— Falar para sua mãe não chorar é a mesma coisa que mandar a água não ser molhada — disse meu pai, interrompendo nosso abraço para me dar um também. Ele se afastou de mim e assentiu com a cabeça, sorrindo. — Superman.

— A ficha ainda não caiu. Não consigo acreditar.

Ele segurou meus ombros e me apertou. Aquele pequeno gesto queria dizer muita coisa. Aquele era seu jeito de mostrar que estava orgulhoso de mim. Então, antes que deixasse a emoção falar mais alto, como minha mãe, ele se afastou.

— Bem que eu queria que a gente tivesse conversado sobre essa pausa que você e a sua mãe tramaram pelas minhas costas — disse ele. — Estou tendo muito trabalho nos bastidores para fazer tudo dar certo.

— E está dando certo — rebateu minha mãe, rápido. — As gravações do filme só começam no ano que vem. Ele merece uma folga.

— Não é bem assim que as coisas funcionam, amor — argumentou meu pai.

— Bom, não me importo. Meu filho precisava descansar, então ele vai descansar.

Eu sorri. Minha mãe sempre me defendia com unhas e dentes.

— Pensei em ir jantar na casa de vocês antes do festival hoje à noite — comentei, tentando mudar de assunto.

Minha mãe colocou o cabelo atrás das orelhas.

— É claro que você pensou. Já sei até qual vai ser o cardápio. Mas, por enquanto, vamos almoçar na lanchonete. Reservei a mesa do canto para nós.

Eu ri.

— Desde quando a lanchonete aceita reservas?

— Desde que o meu filho virou o Superman. Agora, se arruma e encontra a gente lá embaixo.

Ela se virou para descer a escada e voltar para o saguão, mas meu pai continuou no quarto, olhando ao redor. Suas sobrancelhas estavam franzidas, e ele cruzou os braços sobre o peito largo.

— Tem certeza de que não quer ficar com a gente? Temos espaço suficiente.

— Não precisa.

— Já ouvi falar que este hotel é meio frio.

— Tudo bem. Tenho cobertores.

— Claro, claro. Faz sentido.

Ele esfregou o nariz com o dedão. Algo o incomodava.

— O que foi?

— Nada. Entendo que você queira descansar, Aiden, mas... Só não deixa de dar valor a tudo o que você tem. Muitas pessoas não conseguem conquistar metade do sucesso que você tem. Se eu fosse você, agarraria todas as oportunidades que aparecessem na sua frente. Caso você mude de ideia sobre essas férias, posso dar um jeito de você voltar à ativa num piscar de olhos. Você tem algo com que milhões de pessoas sonham, Aiden.

Ele sempre me lembrava disso — de como eu era sortudo. De certa forma, eu vivia o sonho dele, então me sentia na obrigação de dar o meu melhor, apesar de não amar minha carreira tanto quanto deveria.

— Esse é o meu discurso de "com grandes poderes vêm grandes responsabilidades"? — brinquei, cutucando meu pai com o braço.

— Você é o Superman, não o Homem-Aranha, o que é meio decepcionante. Sempre gostei mais da Marvel. — Ele riu, me dando um empurrão de brincadeira. — Fiquei surpreso por você ter escolhido ficar justo neste hotel — comentou ele, mudando de assunto.

— Por que a surpresa? É o único hotel da cidade.

— É, mas achei que, quando a sua mãe te contasse... — Ele semicerrou os olhos e resmungou. — A sua mãe não te contou, né?

— Me contou o quê?

— Sobre a Hailee?

Meu corpo inteiro enrijeceu no segundo em que o nome dela saiu da boca do meu pai. Uma onda de ansiedade me atingiu enquanto eu engolia os sentimentos que tentavam ressurgir diante de um único nome. Shakespeare dissera: "Que há num simples nome?" Bom, muito trauma e sofrimento, Sr. Shakespeare. Era isso que havia num simples nome. Principalmente quando o nome pertencia à mulher que tinha roubado meu coração e o partido em pedacinhos.

— O que tem ela? — perguntei na mesma hora.

Meu pai resmungou e balançou a cabeça.

— Eu sabia que não devia ter deixado essa tarefa para a sua mãe. Ela nunca se lembra de nada se não anotar em um Post-it.

— O que tem ela? — repeti, tentando fingir que minha mente não estava entrando em parafuso pela simples menção do nome de Hailee.

— Ela trabalha aqui.

— No hotel? Desde quando?

— Há alguns anos. Ela começou a trabalhar meio expediente na época da escola e virou gerente neste verão, depois que o gerente anterior pediu demissão. Ela basicamente administra tudo agora que o Sr. Lee está mais velho.

Merda.

A última pessoa que eu queria encontrar era a mulher que tinha partido meu coração sem nem pensar duas vezes. Ela estava morta para mim. E eu não precisava que ela ressuscitasse. Se eu nunca mais ouvisse o nome dela na vida, seria ótimo. Tudo bem que eu mandei uma mensagem para ela quando estava bêbado alguns meses atrás, mas, fora isso, eu nunca pensava nela.

As mentiras que contamos para nós mesmos todos os dias.

— Você ficou incomodado — comentou meu pai.

— Não — falei entre os dentes.

Como minha mãe podia ter se esquecido de me contar uma coisa dessas? Esse é o tipo de coisa que você não esquece. Ela era capaz de falar em detalhes sobre a importância de produtos orgânicos, descrever minuciosamente a cirurgia de quadril pela qual o cachorro adotado pela nossa cidadezinha, Skipp, havia passado, mas, de alguma maneira, tinha se esquecido de me contar a maior bomba de todas: que eu estava hospedado no hotel que Hailee administrava.

Na verdade, eu duvidava muito que ela tivesse esquecido. Se havia uma coisa que eu sabia sobre a minha mãe era que ela amava o amor. Aposto que ela acha que, se Hailee e eu nos reencontrarmos, vamos retomar nosso antigo romance.

Nem ferrando. Hailee Jones e eu jamais ficaríamos juntos. Ela havia acabado com essa possibilidade ao estraçalhar minha alma.

— Meninos, vocês precisam provar esta água saborizada do hotel! O Sr. Lee colocou romãs! — gritou minha mãe, interrompendo nossa conversa sobre Hailee.

Nós descemos para o saguão, fomos almoçar e conversamos sobre vários assuntos, menos sobre Hailee. Mas estar de volta à cidade e descobrir que ela trabalhava no hotel estava me deixando maluco. Essa informação havia desencadeado uma avalanche de vínculos que costumávamos ter. Tudo ao redor me lembrava de Hailee. Ela estava entranhada em cada detalhe da cidadezinha onde eu havia crescido. Desde a loja de doces na esquina da rua Riley, onde entramos escondidos no primeiro ano do ensino médio, até a Sorveteria do Cole, onde ela só comia a ponta das suas casquinhas.

Cada centímetro de Leeks me lembrava de Hailee.

Agora, ela estava de volta à minha cabeça.

25

Hailee

— Eu disse que não ia ao festival, Kate.

Fazia algumas horas que eu tinha saído do trabalho e vindo para casa com a intenção de ler meu livro novo, mas Kate estava decidida a não me deixar sozinha hoje.

— Você disse que ia trabalhar — respondeu ela, se aboletando no sofá. — Mas acabei de falar com o Sr. Lee, e ele me contou que você ganhou uma folga hoje por causa do festival, assim como todos os funcionários, e que ele ia cuidar da recepção.

Eu gemi.

— O Sr. Lee fala demais.

Ela se esticou e fechou meu livro.

— Levanta a bunda daí. Nós vamos ao festival. Vai ser divertido! Tem um monte de brinquedos e tal.

— É um festival em homenagem ao meu ex-namorado. Você não consegue entender como isso é esquisito?

— Ah, eu sei que é esquisito, mas vai ter pizza e queijo empanado. Eu iria até uma masmorra com todos os meus ex por pizza e queijo empanado.

— Acho que nossos limites são diferentes — brinquei.

Tentei abrir o livro de novo, mas ela o fechou.

— Não me leve a mal, eu adoro um bom romance, e graças a você, que me viciou neles, mas me escuta. Que tal você passar algumas horinhas sem ler sobre personagens fictícios e viver a sua *própria* vida?

Torci o nariz.

— É bem tentador, mas qual seria a graça disso?

— Que bom que você fez essa pergunta.

Kate se levantou e foi pegar sua mochila. Ela abriu o zíper, tirou duas garrafas térmicas pretas de um litro da mochila e me entregou uma.

— Não vai me dizer que isso é batida.

— Não é. Pode beber.

Tomei um gole e me encolhi toda.

— É vodca pura! Não tem mais nada aqui! — Ela riu e enfiou a mão dentro da mochila, tirando uma garrafa de limonada. — Agora podemos acrescentar alguma coisa.

Eu devia ter imaginado.

— Ou podemos ler livros sobre pessoas se embebedando.

— Hailee. Nós temos vinte e poucos anos. Daqui a pouco, depois do seu ano sabático, você vai começar o mestrado, depois vai engatar no doutorado, e vai ter filhos e tudo mais, e aí a sua vida vai ser tomada por golfadas e fraldas sujas. A gente precisa aproveitar esse momento. Você tem que encher a cara num sábado à noite com a sua amiga. Além do mais, eu nunca tiro folga aos sábados, então essa é uma ocasião única e raríssima, e meu namorado está ocupado.

— Você não tem namorado.

Ela fez beicinho e gemeu.

— Eu sei, e isso só piora as coisas. Ouvi falar que uma banda local vai tocar música country no palco principal.

— Parece que você está tentando me convencer a não ir — brinquei.

— Anda, Hailee. Este é o nosso Coachella.

— Você sabe o quanto isso é deprimente, né?

— Nós moramos em Leeks, no Wisconsin. Deprimente é nosso sobrenome. É por isso que precisamos aproveitar ao máximo todos os bons momentos. E aí? Vamos encher a cara, ir ao festival dedicado ao seu ex-melhor-namorado organizado por uma cidade cheia de lunáticos e andar no gira-gira?

Eu sorri.

— Para de fazer essa cara de cachorrinho abandonado.

— Só depois que você falar sim — choramingou ela, me cutucando com a garrafa de limonada.

— Tudo bem. Mas você vai pagar um queijo empanado para mim.

— Pago uma salsicha empanada também, se você se comportar. — Kate abriu minha garrafa térmica e misturou um pouco de limonada, então fez a mesma coisa com a dela. Ela ergueu sua garrafa e fez um brinde. — Aos nossos vinte anos e às péssimas decisões que tomamos! — declarou ela.

Tomei um longo gole da minha garrafa e fiz uma careta ao perceber que não tinha limonada suficiente ali dentro, mas paciência.

O jeito é beber.

Parecia que todos os moradores da cidade estavam no festival naquela noite, conversando, rindo e se divertindo como se aquele realmente fosse o Coachella. Eu nunca tinha visto tanta gente de Leeks no mesmo lugar, nem mesmo no festival anual da pimenta. O evento acontecia à beira do lago Michigan e o clima estava perfeito.

Eu precisava admitir que sair de casa tinha sido a decisão certa. Fiquei agradecida por Kate ter me obrigado a sair da minha zona de conforto.

— Aquilo ali são biscoitos com a cara do seu ex-melhor-namorado? — perguntou Kate em um tom impressionado enquanto nos aproximávamos da barraquinha com os produtos da minha mãe.

— São biscoitos com a cara dele, sim — respondi, pegando o celular para tirar uma foto da vitrine. — Fui eu que fiz.

— Você teve que fazer biscoitos com a cara do seu ex-melhor-namorado?

— Aham, fiquei a noite toda fazendo isso.

— A sua vida é traumática mesmo. Espero que você converse sobre isso com a sua terapeuta.

— Ela sabe de tudo. Pode acreditar — brinquei.

— Precisamos comprar um — decidiu Kate, me puxando para a fila. — É essencial.

Eu queria falar que não, mas comprar um biscoito seria uma forma de apoiar o trabalho dos meus pais, então topei. Quando chegou a nossa vez de fazer o pedido, meu pai abriu um sorriso enorme para nós duas. Ele não podia ajudar na cozinha, porque era especialista em queimar tudo, mas podia dar uma força nas vendas.

— Olá, meninas. Sejam bem-vindas! O que vocês querem? — perguntou ele.

— Duas caras do Aiden Walters, por favor e obrigada — respondeu Kate, pegando o dinheiro.

— Vocês deram sorte. Estes são os últimos. Eles venderam feito água. Acho que é isso que acontece quando são preparados pela melhor confeiteira da cidade — disse meu pai sobre mamãe, piscando para mim.

Nossa, como ele amava aquela mulher. Seria nojento se não fosse tão fofo.

Nós pegamos os biscoitos e fomos para um canto comê-los. Kate encarou o dela com um olhar fascinado.

— O que foi? — perguntei.

— Nada, não. É só que... é muito realista.

Eu ri.

— Acho que a ideia era essa.

— Sem querer ofender, Hailee, porque eu sei que ele é seu ex e tal, mas acho que o Aiden Walters é o cara mais sexy do mundo.

— É isso que as revistas dizem — concordei.

— Quer dizer, olha só para ele. Esses olhos azuis! Esse cabelo castanho cheio de ondas sedutoras.

— Você está bêbada.

— Alegrinha. — Ela riu. Não era segredo para ninguém que minha amiga era fraca para bebidas, igual a mim. Eu já sentia uma ondinha gostosa. — Mas isso não muda o fato de que estou dizendo a mais pura verdade. Nunca na vida eu quis tanto sentar num biscoito só para saber como seria sentar na cara do Aiden Walters.

— Kate! — arquejei, rindo, ao puxá-la para longe das pessoas que a escutaram, com meu braço entrelaçado ao dela. — Você é ridícula.

— Você fez isso, Hailee? — perguntou ela, seus olhos se arregalando de esperança. — Você já sentou na cara do Aiden?

Minhas bochechas coraram e balancei a cabeça.

— Eu me recuso a responder essa pergunta.

Kate abriu um sorriso malicioso e concordou com a cabeça.

— Sua safadinha. O que mais vocês fizeram? Cavalgada invertida?

— Chega de conversa.

Ela mordeu o biscoito e gemeu, dando a mordida mais orgástica da sua vida. Então fechou os olhos e balançou a mão, como se tivesse morrido e ido para o céu.

— Este é o melhor biscoito que eu já comi.

Isso me deixou feliz. Dei uma mordida no meu também. Tão gostoso quanto estava na noite anterior.

— Está delicioso — concordei.

— Não foi a primeira vez que você enfiou o Aiden na boca, né? Aposto que deve ter sido uma bocada e tanto.

— Parei com você.

Ela sorriu e tomou um gole da limonada.

— Nunca.

Nós andamos pelo festival enquanto o céu escurecia sobre nossas cabeças e se iluminava com estrelas. Quanto mais bebíamos, menos eu me preocupava em esbarrar com o Aiden. Coragem alcoólica e tal. O excesso de confiança que eu exalava era ridículo, mas eu não me importava. Eu me sentia bem. A vida funcionava de uma forma estranha às vezes, então, sempre que eu me sentia bem, dava um jeito de aproveitar.

Kate manteve o clima divertido, me enchendo de fritura, e, quando nossas garrafas ficaram vazias, ela comprou raspadinhas alcoólicas para nós. Minha privada pagaria caro por isso amanhã, seria tão ruim por cima quanto por baixo, mas eu não me importava. Estava me sentindo como uma criança outra vez.

— Não foi bom ter vindo? — questionou Kate depois de ter ganhado um tigre de pelúcia para mim em um brinquedo, mesmo estando bêbada. Ela se apoiava em mim, porque estava andando em zigue-zague, e eu me apoiava nela, porque estava fazendo a mesma coisa. — A gente nem encontrou com o... ah, merda — murmurou ela quando viramos uma esquina, e, sem olhar, eu esbarrei em alguém, derramando minha raspadinha cor-de-rosa em sua blusa.

— Ah, caramba, desculpa, eu...

Perdi as palavras quando ergui o olhar e vi quem era a pessoa à minha frente.

Não era qualquer pessoa.

Era a minha pessoa.

Correção: minha ex-pessoa.

Aiden.

Lá estava ele, bem na minha frente, olhando no fundo dos meus olhos. Aqueles olhos azuis que pareciam ser da cor das partes mais profundas do oceano. Aqueles olhos azuis que eu amava desde pequena. Aqueles olhos azuis que fizeram meu coração se partir imediatamente em mil pedacinhos.

Ele usava uma camisa branca de algodão que moldava seu corpo, ressaltando seus braços musculosos, uma camisa que agora estava manchada de rosa.

— Ah, nossa, desculpa, eu, hum... eu...

Eu tinha fantasiado um milhão de vezes sobre nosso reencontro. Eu tinha imaginado todas as possibilidades, mas, surpreendentemente, derrubar minha raspadinha alcoólica no peito dele não tinha passado pela minha cabeça.

Sem pensar, comecei a esfregar a camisa com as mãos, espalhando ainda mais a sujeira, sentindo sua barriga dura feito pedra sob o tecido.

— Desculpa mesmo, Aiden, eu não queria...

O nervosismo fez meu estômago embrulhar. Que tal outra rodada de "são gases ou é só ansiedade"?

Resposta: nenhum dos dois. Era enjoo.

Eu me afastei por um segundo para tentar dissipar a sensação que subia pelo meu corpo, mas, quando abri a boca para me desculpar, acabei vomitando nos pés de Aiden.

Ai, nossa. Eu vomitei no meu ex-melhor-namorado famoso.

Chocada, cobri a boca com uma das mãos e encarei Aiden, que estava com os olhos arregalados. Que humilhação. Tudo que eu queria era que um buraco se abrisse aos meus pés.

— Aiden... — comecei, mas minhas palavras foram interrompidas com um rosnado baixo dele.

Aham.

Isso mesmo.

Ele rosnou para mim.

Depois deu um passo para trás.

— *Não* — sussurrou ele em um tom agressivo, sua voz baixa, ríspida, controlada.

Eu o encarei e vi aqueles olhos azuis que um dia tanto amei, e eles pareciam bem diferentes. Cheios de... ódio? Era ódio que estava estampado em seu rosto?

Ele tirou os sapatos sujos de vômito e as meias, colocando-os na minha frente.

Então deu as costas para mim e foi embora descalço, me deixando parada ali, bêbada e envergonhada, e com o coração meio partido também. Eu não sabia o que esperar do nosso reencontro, mas certamente não era aquilo.

Minha ficha caiu no momento que ouvi aquela palavra saindo de sua boca.

Não.

Uma única palavra foi o suficiente para partir meu coração. Apesar de eu ter imaginado um milhão de possibilidades em minha cabeça, era óbvio que, no fundo, eu só queria uma. Eu queria que ele me abraçasse. Que me apertasse. Que dissesse que sentia minha falta. Que falasse que havia pensado em mim todos os dias dos últimos anos. Eu queria que ele ainda me desejasse da mesma forma que eu secretamente o desejava.

Não.

Que frio, que ríspido, que verdadeiro. Ele não queria nada comigo. Nada mesmo. Isso abalou meu estado de espírito.

— Cacete. Eu não sabia que o Aiden Walters era capaz de ficar irritado. O cara mais fofo do país acabou de te olhar com raiva?! — murmurou Kate, surpresa com a expressão fria e ríspida de Aiden quando fizemos contato visual.

— Acho que sim — respondi, um pouco abalada com o olhar que ele havia lançado para mim.

Calafrios percorreram minhas costas enquanto eu tentava afastar aquela sensação estranha.

— Você não me disse que o término tinha sido tão feio a ponto de ele te odiar.

— Nem eu sabia que tinha sido a ponto de ele me odiar.

— Não chora.

— Não vou chorar. — Dei de ombros, revirando os olhos.

— Então por que os seus olhos estão marejados?

Porque estou arrasada.

Sequei as lágrimas que caíam e engasguei com as palavras.

— Estou bêbada, e minha raspadinha foi para o lixo. É por isso que estou chorando.

— Hailee — disse ela, toda carinhosa. Provavelmente minha situação vergonhosa a deixou sóbria. — Você ainda ama esse cara.

— O quê? Não. Não. Faz muito tempo que a gente namorou — murmurei, voltando a andar. Fiz um gesto indicando indiferença. — É passado. Está tudo acabado. Qualquer sentimento que eu tinha por ele já passou há muito, muito tempo! — declarei. Eu me empertiguei o máximo que pude. — Estou ótima! Estou chorando de felicidade. A raspadinha nem estava tão boa assim.

Kate me observou com um olhar preocupado.

— Você está mentindo, né?

Na cara dura.

Estiquei a mão para ela.

— Posso ir para casa agora e voltar para os meus livros?

— Pode. — Ela concordou com a cabeça. — Vamos embora.

26

Hailee

— Não acredito que você vomitou nos pés do Superman — disse Henry na manhã seguinte, na recepção do hotel.

Eu estava largada na minha cadeira, de ressaca e atordoada com os acontecimentos da noite anterior. Eu nem queria ter ido àquele festival idiota.

— Eu não vomitei nos pés do Superman. Eu vomitei nos pés do Aiden Walters.

Henry franziu a testa ao se aproximar da mesinha de café que estávamos montando para os hóspedes.

— Odeio te informar, Hailee, mas os dois são a mesma pessoa. — Ele pegou uma xícara de café, colocou açúcar e leite e a trouxe para mim. — Se eu fosse você, estaria morto de vergonha.

— Não precisa me lembrar — gemi, tomando um gole de café. — Obrigada, Henry.

Ouvi um barulho no topo da escada e me empertiguei, alerta.

Henry deu uns tapinhas na minha mão.

— Não se preocupa. O Superman já saiu. Ele foi treinar na academia. Você só vai precisar encarar sua humilhação mais tarde.

Que ótimo.

— Não foi humilhação nenhuma — insisti.

— Hailee, eu te adoro. De verdade. Você é uma das melhores pessoas que conheço, mas, se tem uma coisa que não sabe fazer, é mentir.

— Você não devia estar trabalhando? — perguntei.

Ele olhou ao redor do hotel e deu de ombros.

— Não estou vendo ninguém precisando de nada.

— Você pode passar o aspirador nos corredores, se não tiver nada para fazer.

Minha dor de cabeça latejante não permitia que eu socializasse muito com ninguém. Nem mesmo com o fofo do Henry.

— Você que manda, chefinha.

Ele voltou ao trabalho quando duas mulheres entraram no hotel com suas malas. Elas pareciam ter mais ou menos a minha idade, talvez um pouco menos. Estavam rindo e sussurrando algo uma para a outra enquanto vinham na minha direção. A loura olhou para mim com um sorriso enorme.

— Olá. Tudo bem? — perguntou ela, com um leve sotaque sulista.

Dava para perceber que ela não era daqui. Nossa cidade não recebia muitos visitantes. A maioria das pessoas simplesmente continuava na estrada por mais quarenta e cinco minutos até chegar a Chicago.

Eu forcei um sorriso e tentei ignorar meu estômago embrulhado.

— Tudo bem. Como vocês estão? Posso ajudar?

— Bem, sim. Eu me chamo Marna, e esta é minha melhor amiga, Violet. Reservamos um quarto para algumas semanas. Sei que estamos um pouco adiantadas para o check-in, mas queríamos saber se podemos entrar um pouco mais cedo.

— Claro. Podem me passar suas identidades e o cartão de crédito para eu conferir a reserva, por favor?

Ela me entregou os documentos, e eu reparei em sua pulseira. Havia berloques de livros, gatos e corações.

— Ah, que bonita sua pulseira.

— Obrigada, foi presente da minha mãe. Ela me deu quando eu era pequena. Nunca a tiro do pulso — explicou ela.

Toquei o colar em meu pescoço. Meu pingente do Tom. Eu nunca o havia tirado, apesar de Aiden ter arrancado o dele tantos anos antes. Era algo que me reconfortava nos dias mais difíceis.

Mas não era hora de pensar naquilo, então, depois de afastar aquelas emoções, encontrei a reserva delas. Enquanto eu digitava seus dados, as duas ficaram conversando aos sussurros, como se eu não pudesse ouvi-las.

— Para, não vou perguntar isso — disse Violet para a amiga.

Sorri para elas.

— Vocês podem me perguntar o que quiserem.

Ela suspirou e passou as mãos pelo cabelo ruivo comprido. Então olhou ao redor, se inclinou na minha direção e, falando baixinho, sussurrou:

— É verdade que o Aiden Walters está hospedado aqui?

Eu me empertiguei, surpresa com a pergunta.

Ai, nossa.

Elas eram fãs?

Pigarreei e voltei a digitar o número do cartão.

— Não posso dar informações sobre os hóspedes.

— Isso significa que sim! — exclamou Marna, dando um tapa na perna. — Podemos ficar num quarto perto do dele? — perguntou ela.

Nem que a vaca tussa.

— Na verdade, temos um quarto ótimo para vocês neste andar, no fim do corredor. — Entreguei as chaves para elas. Toquei o sino na minha mesa, e Henry apareceu em questão de segundos. — Henry, pode levar essas moças para o quarto delas? Bem-vindas a Leeks, meninas. Espero que tenham uma ótima estadia.

Henry foi logo pegando as malas das meninas e não parou de tagarelar até chegar ao quarto delas. O Sr. Lee não estava brincando. Ter uma celebridade hospedada no hotel era muito bom para os negócios. No fim da noite, todos os quartos estavam reservados. Isso, por si só, já me deixava ansiosa. Eu duvidava que Aiden tivesse resolvido se hospedar ali na esperança de esbarrar em um monte de fãs.

Eu me lembrava de seus ataques de pânico. Não queria que as pessoas o incomodassem.

Quando terminei o expediente, saí para buscar algo muito importante e voltei ao hotel. Eu estava hesitante em falar com Aiden, mas também sabia que não podia fugir dele para sempre. E quem poderia saber? Talvez a interação que havia parecido fria e distante na noite anterior tivesse sido apenas imaginação do meu cérebro embriagado.

Fui até o quarto dele, respirei fundo e bati quatro vezes à porta.

Quando ele abriu, fiquei com a respiração presa na garganta e comecei a tossir. Eu me virei e me esforcei ao máximo para desobstruir minhas vias aéreas. Meus olhos começaram a lacrimejar conforme meu pânico aumentava. A tosse ficou mais forte, e eu não conseguia cobrir a boca porque estava segurando uma caixa. Eu estava mesmo engasgando? Ah, nossa, eu estava engasgando na frente de Aiden, enquanto ele me encarava com uma expressão impassível.

— Desculpa — falei, me forçando a engolir em seco enquanto outras tossidas escapavam. Assim que recuperei o que foi possível da minha compostura, olhei para ele e sorri. — Oi.

Se você procurasse a palavra "desconfortável" no dicionário, encontraria uma foto minha.

Aiden ficou me encarando com frieza, e um calafrio percorreu minhas costas enquanto ele não dava um pio.

Pigarreei — de novo.

— Eu queria pedir desculpas por ter vomitado em você ontem à noite. Eu não costumo ficar daquele jeito quando bebo, mas a mistura de queijo empanado com raspadinha e...

— É só isso? — interrompeu ele com rispidez.

Seus olhos estavam sérios, e sua postura tinha um ar severo, com os braços cruzados. Seu peito sempre tinha sido largo daquele jeito? De toda forma, estava na cara que eu não tinha imaginado seu comportamento distante na noite anterior, como estava torcendo para ser o caso. Ele não era o mesmo garoto fofo por quem eu tinha me apaixonado.

— Eu, bom, não, eu, hum...

— Palavras, Hailee — ordenou ele. — Use palavras, como uma adulta.

Ora.

Que grosseria.

Balancei a cabeça e estiquei a caixa para ele.

— Comprei sapatos novos pra você. Seu número ainda é quarenta e três, né? Estes devem ser bem mais baratos do que os que estraguei ontem, mas achei que era o mínimo que eu podia fazer.

— Não quero os seus sapatos.

O frio na minha barriga parecia estar lentamente se dissipando. Cheguei a caixa para mais perto dele, olhei ao redor do corredor e sussurrei:

— Aceita logo os sapatos, Aiden.

— Não quero — repetiu ele.

Ele deu um passo para trás e fez menção de fechar a porta, mas coloquei um pé na fresta para impedi-lo.

— Aiden, por favor.

— O que você quer? — perguntou ele com rispidez, seus olhos cheios de ódio.

Um ódio que pensei ter imaginado na noite anterior. Um ódio que nunca pensei que receberia dele. Um ódio que partiu meu coração.

— Eu... Eu...

— Palavras — vociferou ele, com a cara amarrada.

Sua rispidez me deixava desorientada. Nunca na vida Aiden havia sido tão grosseiro comigo, nem mesmo quando terminamos. Claro, ele tinha me mandado mensagens dizendo que estava confuso, e eu as ignorara, mas ele nunca havia sido grosseiro. Só estava magoado.

Além do mais, ele tratava todo mundo na cidade com a empolgação de um golden retriever, como se fosse o homem mais legal do mundo. Então por que me tratar tão mal depois de tantos anos? Sem contar que ele havia seguido em frente! Tinha conquistado a vida dos seus sonhos. Aquela grosseria toda era desnecessária.

As pessoas terminam, Aiden. Isso não significa que você precisa ser um escroto.

— Qual é o seu problema? — rebati. — Estou tentando ser legal.

— Você devia parar de tentar. Não está dando certo.

Semicerrei os olhos.

— Você está sendo babaca.

— Que bom. Talvez, assim, você me deixe em paz.

— Eu...

— Nós não vamos conversar.

— Para de me interromper!

— Então termina a merda do seu raciocínio! — rebateu ele, as veias se destacando em seu pescoço.

— Eu faria isso se você parasse de me interromper! Caramba! Eu vim te dar um par de sapatos, seu idiota. Não precisa me tratar desse jeito. Achei que, depois de tanto tempo, talvez nós pudéssemos ter uma relação amigável, mas...

— Não podemos.

— Para de me interromper — repeti.

Ele franziu a testa e olhou para o meu pé que bloqueava a porta. Então voltou a me encarar.

— Tira o pé daí.

— Não.

— Tira.

— Não.

— Hailee — disse ele com seriedade. Ouvir meu nome saindo de sua boca? Isso causava um novo tipo de tristeza, porque ele costumava dizê-lo com um tom tão carinhoso. — Tira. O. Pé. Daí.

Eu tirei.

Ele bateu a porta na minha cara, me deixando parada ali com o ego ferido e a caixa de sapatos nas mãos.

Comecei a ir embora, mas ele abriu a porta de novo e me chamou. Eu me virei na sua direção, na esperança de ele ter recuperado o bom senso e pedir desculpas por ter sido tão frio e desagradável comigo.

Ele veio andando devagar, e, a cada passo, meu coração batia mais e mais rápido dentro do peito. Ele chegou tão perto que cogitei a possibilidade absurda de ele se inclinar e me beijar ali mesmo. Pensei que talvez ele estivesse travando uma batalha consigo mesmo e que toda aquela grosseria tinha acontecido apenas porque ele não sabia como interagir comigo depois de tanto tempo. Que seus lábios estavam tão sedentos pelo meu gosto que ele se jogaria em mim.

Se joga em mim, Aiden.

Ele se agigantou sobre mim, semicerrando os olhos azuis e estufando o peito. Seus lábios carnudos se abriram e sussurraram:

— Vou passar uns meses na cidade e quero deixar algo bem claro, tá?

Engoli o bolo que sentia na garganta.

— Tá.

Ele chegou mais perto. Seu hálito quente roçava minha pele enquanto todos os pelos no meu corpo se eriçavam.

— Não quero nada com você. Não preciso que venha ver como eu estou só porque trabalha aqui, não preciso que compre sapatos pra mim só porque não sabe beber e não quero retomar o contato e conversar sobre os velhos tempos, Hailee. Você não é nada pra mim e eu não sou nada pra você. Nós somos desconhecidos e não estou interessado em saber nada sobre a sua vida. Fui claro?

Minha boca abriu, e tentei manter a compostura.

— Cristalino — respondi, me empertigando o máximo que pude, mas ainda me sentindo muito pequena.

Ele soltou um grunhido irritado antes de se virar e voltar para o quarto, me deixando ali para reunir o pouco de dignidade que ainda me restava.

Quando aquilo tinha acontecido? Quando o garoto mais fofo que eu conhecia havia se transformado em um homem tão frio? O restante do mundo ficaria surpreso ao ver a rispidez com que Aiden era capaz de tratar uma pessoa, a mim. Mas talvez fosse por isso que ele tinha ganhado seu Oscar. Ele realmente era um ator talentoso.

— Foi tão ruim assim? — perguntou mamãe durante o jantar na casa dos meus pais.

Recentemente, nós tínhamos começado a rever *I Love Lucy* uma vez por semana, enquanto meu pai ficava na confeitaria, cuidando da contabilidade.

— Eu vomitei nos sapatos dele e hoje ele disse que não quer nada comigo. De um jeito bem grosseiro.

— É tão difícil imaginar uma coisa dessas. O Aiden sempre foi um garoto tão bonzinho.

— Bom, parece que o garoto bonzinho tomou um chá de escrotidão.

Mamãe balançou a cabeça.

— Ele deve achar difícil falar com você. Do mesmo jeito que você não sabe como falar com ele.

— Mas eu não fui babaca!

— Sim, mas foi você quem partiu o coração dele tantos anos atrás.

— Não é como se eu quisesse magoar ele. Além do mais, isso é passado — repeti feito o robô que eu estava me tornando quando o assunto era Aiden.

— Só porque uma coisa aconteceu há muito tempo não quer dizer que todas as mágoas foram curadas, Hailee.

Fiz beicinho.

— De que lado você está?

— Do seu. Sempre do seu. — Ela riu e roubou uma das minhas batatas fritas. — Só estou dizendo que o término deve ter sido difícil pro Aiden. Não acho que ele esteja certo em se comportar desse jeito, mas consigo entender como ele se sente. Ainda mais pelo jeito como você lidou com a separação de vocês...

— Tá, podemos não reviver isso? — pedi.

Eu já tinha passado tempo demais me sentindo culpada pela maneira como havia terminado com Aiden anos atrás. Eu poderia ter feito aquilo de um jeito melhor? Sim. Eu tinha ficado arrasada por deixá-lo arrasado? É claro, mas eu era jovem, idiota e achei que aquilo seria o melhor para nós dois. Eu já tinha me sentindo péssima o suficiente nas últimas vinte e quatro horas. Não precisava me sentir ainda pior por causa de erros do passado.

— Desculpa. O que você quer que eu diga? — perguntou mamãe.

— Homens são idiotas, e a sua filha é maravilhosa.

— Homens são idiotas, e a minha filha é maravilhosa — repetiu ela.

Lealdade era o sobrenome da minha mãe.

Antes que pudéssemos continuar a conversa, meu celular tocou. O nome do Sr. Lee apareceu na tela, e atendi na mesma hora.

— Oi, Sr. Lee. O que houve?

— Hailee. Oi, tudo bem? Odeio ter que te pedir isso, ainda mais em cima da hora, mas o restaurante está lotado hoje, e a Sarah precisou ir pra casa porque estava passando mal. Você pode vir cobrir o turno dela?

— O restaurante nunca enche no domingo.

— Enche quando um vencedor do Oscar está hospedado no nosso hotel. Eu disse que o Aiden ajudaria os negócios!

Pelo menos um de nós estava se dando bem com a volta de Aiden.

— Entendi. Tá, tudo bem. Chego em quinze minutos.

Desliguei o telefone e expliquei a situação para mamãe.

Ela fez uma careta.

— Tenho a impressão de que vai ser muito difícil para você ficar longe de Aiden enquanto ele estiver hospedado no hotel.

E eu não sabia disso? Eu passava vinte e quatro horas por dia suando de nervosismo.

Quando cheguei ao restaurante, fui para trás do bar. Eu não fazia os melhores drinques do mundo e sempre ficava nervosa quando precisava cobrir o turno de alguém que trabalhava lá. O restaurante nunca esteve tão cheio. No meio da multidão estava o homem do momento, o homem que me lançava olhares fulminantes.

Parada atrás do bar, senti um aperto no peito no momento em que Aiden e eu nos entreolhamos. O sorriso dele desapareceu, e a frieza voltou quando os traços do seu rosto enrijeceram e as veias do seu pescoço se destacaram. Se o amor dependesse de sorrisos e o ódio dependesse de caras emburradas, eu era a mulher mais odiada pelo homem mais amado.

Ele piscou e olhou para o outro lado, voltando ao papel que encenava para os habitantes da cidade. Um sorriso enorme tomou seu rosto, e ele gritou:

— As bebidas são por minha conta!

Não, Aiden. Não faz isso comigo.

A multidão gritou de alegria, mas eu praticamente comecei a chorar, e então coloquei a mão na massa conforme os pedidos chegavam. Ele tinha deixado bem claro que não queria nada comigo. Mas não que queria transformar a minha vida num inferno.

Conforme as pessoas se amontoavam no bar, servi cerveja atrás de cerveja, dose atrás de dose, até que meu estômago começou a ficar embrulhado com o cheiro do álcool. Depois da noite anterior, eu passaria um bom tempo sem beber.

No fim do bar, Aiden estava sentado com Tommy Stevens, que trabalhava para o jornal da cidade. Eu tinha ouvido Tommy tagarelando sobre um roteiro que havia escrito e que queria que Aiden lesse. Aiden respondia cheio de interesse, e Tommy não parava de falar que ele seria perfeito para o papel de herói do seu filme.

Quanto mais Tommy bebia, mais íntimo parecia ficar de Aiden. Ele dava tapinhas no ombro de Aiden e empurrava de leve seu peito para enfatizar algum argumento, falando cada vez mais alto.

Depois que a maior parte da multidão voltou para casa, só sobraram Aiden e Tommy.

— Você precisa ler — falou Tommy em um tom bêbado e arrastado. — É o tipo de roteiro digno de um Oscar! — Então ele se virou para mim. Inclinando-se sobre o bar, ele estalou os dedos. — Ô, Jones! Traz mais uma.

Vi a boca de Aiden se contrair de leve, então olhei para Tommy. Com o estômago embrulhado, sorri para ele.

— Desculpa, Tommy. Acho melhor encerrar sua conta por hoje.

— O quê? A gente está só começando! Afinal, é o Sr. Hollywood que vai bancar tudo. Né, Aiden? — disse ele, batendo no peito de Aiden.

Juro que ele tinha o tocado mais na última hora do que eu em todo nosso namoro.

— Na verdade, acho que já vou embora — disse Aiden, levantando. — Parece que o bar está fechando. A maioria das pessoas já foi pra casa. Pode colocar tudo na conta do meu quarto — ordenou ele para mim.

Ele se virou para ir embora, mas Tommy não o seguiu.

— Ah, merda. Eu pago pela minha bebida — declarou Tommy.

— Desculpa, Tommy. Não posso te servir mais nada. É a regra. Mas posso chamar um táxi para te levar pra casa, se quiser.

Eu me virei para fechar a conta de Aiden no caixa, mas, antes de conseguir me afastar, Tommy se esticou por cima do bar, agarrou meu braço e me puxou na sua direção.

— Eu disse que quero outra bebida, mulher — declarou ele, bêbado, cuspindo enquanto falava. — Pelo seu tamanho, parece que você nunca se priva dos prazeres da vida, então que tal você mexer essa bunda gorda até lá e pegar outra bebida pra mim?

Um leve calafrio percorreu minhas costas. Houve uma época em que aquele comentário causaria um turbilhão de inseguranças em mim, mas eu tinha me esforçado muito ao longo dos anos para recuperar minha autoestima. As palavras de Tommy não passavam disso... de palavras. Elas só me afetariam se eu permitisse.

Num piscar de olhos, Tommy foi parar no chão. Aiden deu um soco na cara dele, derrubando-o com um golpe. Por sorte, não havia mais ninguém no bar. Caso contrário, eu tinha certeza de que as câmeras estariam disparando freneticamente, registrando o queridinho de Hollywood sendo violento.

— Mas que merda foi essa? — disparei, chocada.

Tudo tinha acontecido tão rápido.

— O que está acontecendo?

Parker, o cozinheiro, veio da cozinha. Ele olhou para mim e percebeu que eu estava abalada, depois olhou para Tommy, ainda caído no chão. Então olhou para Aiden, cujo peito subia e descia.

— Vai pra casa, Hailee — disse Parker, vindo até mim. — Eu resolvo essa bagunça e tranco tudo.

Abri a boca para falar, mas nenhuma palavra saiu.

Parker abriu um sorrisinho diplomático.

— Vai pra casa. Eu cuido do Tommy.

Concordei com a cabeça, peguei minha bolsa e fui direto para a porta.

No instante em que a brisa de outono atingiu meu rosto, comecei a soluçar, e lágrimas escorreram pelas minhas bochechas.

— Hailee, espera — chamou Aiden. — Espera.

Eu me virei e fui na direção dele.

— Qual é o seu problema? — bradei, a frustração tomando conta das minhas palavras. — O que você pensa que está fazendo, batendo nos outros daquele jeito? E por quê? Você já deixou bem claro que quer ficar longe de mim. Você literalmente bateu a porta na minha cara, e aí, do nada, quer defender a minha honra? Que merda foi aquela, Aiden?

Ele parecia mais confuso do que nunca, como se não entendesse o que havia acontecido. Ele passou uma das mãos pelo cabelo, frustrado.

— Não sei o que deu em mim. Só vi que o Tommy estava sendo um merdinha com você, e...

— E não era da sua conta. Você fez questão de dizer que não quer nada comigo.

— Eu sei, tá? Eu entendo. Nós somos desconhecidos.

— Nós não somos desconhecidos, Aiden. Nós nunca vamos ser desconhecidos. Quer dizer... Eu estou até disposta a ser sua amiga, se você quiser. — Ele bufou, enojado, e isso me fez franzir a testa. — Quando a gente terminou, não achei que você fosse me odiar.

— Quando *a gente* terminou? Não teve "a gente" naquela história.

— Eu sei a impressão que passei...

Ele abriu a boca para falar, mas nenhuma palavra saiu. Então, fechou a boca e trincou a mandíbula.

O que, Aiden? O que você ia dizer?

— Fala — insisti.

— Não.

— Fala — repeti.

— Não vale a pena.

— Claro. Pra que ter uma conversa adulta?

— Que isso quer dizer?

Semicerrei os olhos.

— Você está sendo babaca comigo desde que voltou pra cá. Se comportando feito uma criança, sendo grosseiro, e...

— *Você partiu a porra do meu coração!* — berrou ele, a dor palpável em sua voz enquanto ele jogava as mãos para o alto, derrotado. — Primeiro pessoalmente, depois por mensagem! Por que eu iria querer falar com você, Hailee? Você deixou bem claro que não me daria outra chance. Que nós tínhamos terminado. Por que eu iria querer bater papo com você, que dirá ser legal com você?

— Sei lá, talvez porque, antes de namorados, nós sempre fomos melhores amigos?

— Isso não pareceu fazer a menor diferença quando você terminou comigo. — Ele bufou, a raiva transbordando em seus olhos. — Você até disse que talvez a gente pudesse manter uma amizade, mas que era melhor não nos falarmos por um tempo. E aí eu fiquei esperando. Eu esperei você falar comigo de novo, Hailee. Um tempo passou, e mesmo assim você continuou longe. Ou se esqueceu da mensagem que me mandou?

— Aiden... — Minha voz falhou. A culpa me consumia por inteiro.

— Não quero que a gente se fale mais — disse ele. — Preciso que você seja uma estranha pra mim.

Eu odiava isso. Eu odiava tanto isso, mas também entendia. Se era disso que ele precisava, não seria justo que eu atrapalhasse seu processo de cura. Como mamãe havia dito, mágoas levam tempo para serem sanadas. Não seria certo tentar apressar Aiden quando eu mesma havia sido responsável pelo seu sofrimento. Eu respeitaria o desejo dele — mesmo que isso partisse meu coração.

— Se é isso mesmo que quer, vou ficar fora do seu caminho até você ir embora.

— Que bom.

— Ótimo.

— Esplêndido.

— Maravilhoso.

— Tudo bem.

— Fantástico pra cacete — rebati.

— Você sempre precisa ter a última palavra, né? Por que tanta infantilidade? — resmungou ele feito um velho ranzinza.

— Diz o homem que sai batendo nos outros por aí. Você é realmente muito maduro, Aiden. Nós não somos mais crianças. Não podemos socar as pessoas.

— Ele te desrespeitou.

— E que diferença isso faz pra você?

Não. É sério. Que diferença isso faz pra você?

Suas narinas se inflaram, e ele passou uma das mãos pelo cabelo enquanto andava de um lado para o outro da calçada.

— Foi só um reflexo dos velhos tempos. Chega de conversa.

Ele se virou para ir embora, mas parou no meio da rua e baixou a cabeça. Suas pernas se viraram na minha direção, e toda a raiva em seus olhos havia desaparecido. Por um instante, ele parecia sua antiga versão. O menino que eu amava. Por um instante, ele me encarou como se ainda gostasse de mim e disse:

— As pessoas fazem isso com frequência?

— O quê?

— Falam com você daquele jeito?

— É claro que não. O Tommy estava bêbado, além de ser um idiota — respondi. — Não estamos mais na escola. As pessoas não fazem questão de ficar me ofendendo.

Ele fez uma careta.

— É claro que não. Desculpa. É só que... eu não consigo pensar direito quando estou perto de você — sussurrou ele.

Seus ombros murcharam e seu corpo inteiro assumiu outra postura. Foi então que eu vi — a verdade de Aiden. Ele não me odiava. Ele não estava irritado nem amargurado, como suas palavras indicavam. Ele estava... triste.

Aiden estava profundamente triste. Eu percebi isso no instante em que aqueles olhos azuis encontraram os meus.

Como eu não tinha percebido antes? Será que estava tão imersa nos meus pensamentos que não fui capaz de notar seu sofrimento? Ele era tão bom assim em esconder sua tristeza? Há quanto tempo ele sofria em silêncio? Há quanto tempo ele estava afundado naquela dor?

Era um tipo de tristeza que ia além da nossa separação. Era um tipo de tristeza que pairava sobre toda a sua existência. Ela se infiltrava em cada fissura da sua alma, espalhando dor e angústia no seu espírito.

Eu só conseguia enxergar esse sentimento nos olhos dele porque também o sentira antes, na época em que Aiden tinha ido embora, cinco anos atrás. Os demônios da tristeza foram os mais difíceis de dispersar. Meu coração doía só de saber que Aiden estava no olho do seu próprio furacão, tomado pelo desespero, e ninguém parecia notar. Nem eu.

Mas, agora que eu tinha visto aquilo...

Meu coração doía.

— Aiden...

— Você se sente mal? — perguntou ele. — Pela forma como terminou tudo entre nós?

Sim.

Muito.

O tempo todo.

— Você já sabe a resposta — falei.

— Preciso ouvir de você.

— Não tem um dia que eu não me sinta culpada.

— Então por que fez aquilo? Por que desistiu de mim?

— Eu sabia que era o certo a fazer. Mas queria ter lidado com as coisas de outra maneira. Eu era nova e estava com medo. Só queria poder recomeçar do zero com você, Aiden. Só isso.

Eu queria que ele me deixasse fazer parte do seu mundo novamente, para ajudá-lo nessa caminhada. Eu sabia como era ter depressão. Não desejaria essa angústia nem para o meu pior inimigo. Muito menos Aiden.

— Recomeçar do zero — bufou ele, enojado com a ideia.

Ele não me dirigiu nem mais uma palavra. Seu olhar ficou cada vez mais emburrado, e ele enfiou as mãos nos bolsos da calça jeans antes de se virar e ir embora.

27
Hailee

Na manhã seguinte, eu parecia um zumbi quando cheguei ao trabalho. Nem juntando todos os cafés que Kate me servia não chegaríamos a uma quantidade suficiente de cafeína para me acordar. Eu tinha passado boa parte da noite em claro preocupada com Aiden. Pelo menos hoje seria um dia mais tranquilo. Quando Aiden saiu do quarto, manteve a cabeça baixa e me evitou completamente. Meu coração sensível se apertou enquanto eu rezava para ele olhar para mim.

Por volta de uma da tarde, Tommy apareceu no hotel. Seu olho estava roxo por causa do soco que havia levado de Aiden na noite anterior. Dava para notar que agora ele estava sóbrio. Tommy seguiu para a recepção com o rabo entre as pernas.

— Oi, Hailee — disse ele, abrindo um sorriso sem graça. Então passou a mão pelos cabelos. — Eu queria pedir desculpas por ter me comportado como um bêbado babaca ontem. Passei dos limites. Você não merecia ouvir aquela ofensa.

O pedido de desculpas era... estranho. Realmente Tommy havia sido maldoso na noite anterior, mas, verdade seja dita, ele já tinha dito coisas muito piores sobre outras pessoas ao longo dos anos. Tommy era conhecido por ser desagradável quando bebia além da conta. Para falar a verdade, ele havia pegado até leve com o comentário de ontem.

Arqueei uma sobrancelha.

— Tudo bem.

Não consegui pensar em mais nada para dizer.

Ele semicerrou os olhos.

— Então... você me perdoa?

— Não faz diferença.

Ele olhou para a janela e depois voltou a me encarar.

— Meio que faz, sim. Preciso ouvir você dizer que me perdoa.

— Por quê?

— Porque preciso que você diga com todas as letras, tá? — rebateu ele, ríspido. Uma curiosidade sobre babacas era que eles não conseguiam controlar o temperamento por muito tempo. O de Tommy já estava dando as caras. — Só fala logo, Hailee.

— Não. — Balancei a cabeça. — Você não pode obrigar ninguém a te perdoar. Não é assim que funciona.

— Para de ser dramática, tá bom? Só fala logo.

— Não.

— Deixa de ser escrota, Hailee. Fala logo! — Ele continuava olhando para a janela.

Finalmente olhei na mesma direção e avistei Aiden parado do lado de fora, com os braços cruzados. Quando ele percebeu que eu o vi, saiu do meu campo de visão.

— O Aiden mandou você fazer isso? — perguntei a Tommy.

— Ele disse que ia ler meu roteiro se eu pedisse desculpas.

Ah, Aiden.

Meu coração ainda era todinho dele.

— Tá bom, eu te perdoo — falei para Tommy.

Eu o perdoava mesmo? Não, claro que não. Eu detestava aquele homem. Mas uma mentirinha não faria mal, se isso o fizesse me deixar em paz.

Tommy foi embora com um ar confiante, e eu me sentei de volta na cadeira, revirando os olhos ao ver a cena. Olhei pela janela e vi Tommy entregar seu roteiro para Aiden. Os dois conversaram por um tempo, com Aiden assentindo para Tommy, que lhe explicava alguma coisa. Mas, no instante em que Tommy foi embora, Aiden jogou o roteiro na lata de lixo mais próxima.

Abri um sorrisinho.

Era típico de Aiden fazer algo assim.

Logo em seguida, ele entrou no hotel e voltou para o quarto. Ele não olhou na minha direção, mesmo eu desejando muito que fizesse isso. Eu queria ver seus olhos azuis de novo, tentar captar outras partes daquela alma que ele guardava para si.

Ele tinha dito que não queria que agíssemos como dois desconhecidos, mas seu comportamento não condizia com suas palavras.

— Ei, Hailee, você pode levar o serviço de quarto para o Sr. Walters? Eu fico na recepção — pediu o Sr. Lee.

Arqueei a sobrancelha.

— O quê? O senhor não pode pedir para alguém do restaurante, como sempre faz?

— A Carly era a única pessoa na escala, e ela teve que ir para casa porque estava passando mal.

Que virose era aquela entre os funcionários do hotel?

Resmunguei alguma coisa.

— O Henry não pode levar?

— Ele está lá nos fundos. Leva, por favor. Não quero que ele fique esperando.

O Sr. Lee fez um gesto com a mão, me dispensando, então, frustrada, fui fazer meu trabalho. Subi a escada com a bandeja e, segundos antes de eu bater à porta de Aiden, senti meu estômago embrulhar. Aiden abriu a porta com um sorriso, que sumiu assim que ele viu que era eu. Foi doloroso ver aquilo.

— O que você quer? — esbravejou ele.

— Nada. Foi você quem pediu serviço de quarto, então aqui está.

Ele resmungou algo inaudível.

— Tá bom.

— Quer que eu deixe na mesa?

Ele deu um passo para o lado e me deixou entrar. Eu comecei a sentir uma espécie de formigamento subir pelo meu corpo por estarmos sozinhos naquele quarto. Coloquei a bandeja em cima da mesa, tirei a tampa que cobria a refeição, um hambúrguer com batatas fritas, e servi sua cerveja em um copo gelado.

— Prontinho. Se precisar de mais alguma coisa, pode me chamar ou...

— Ketchup — interrompeu-me ele. Seu novo hábito favorito.

— Ah. Certo. Tá bom. Já volto.

Desci correndo a escada e disparei até a cozinha, então voltei com o ketchup.

— Aqui está.

— Você esqueceu a mostarda? — perguntou ele em um tom grosseiro.

— Hum... talvez tenha sido porque você não pediu mostarda?

— Pedi, sim. Eu falei ketchup e mostarda.

— Não falou, não. — Eu me empertiguei. — Você falou só ketchup. E desde quando você gosta de mostarda?

— Vamos para de fingir que você ainda me conhece?

Lá vamos nós de novo, Hailee. Não se abale.

Abri um sorriso radiante para ele.

— Vou buscar para você.

Desci a escada correndo — de novo — e voltei com a mostarda amarela.

Ele fez uma careta.

— Vocês não têm Dijon?

— Você só pode estar de brincadeira, Aiden. Pega logo a mostarda.

Empurrei o frasco na direção do peito dele.

Ele o empurrou de volta.

— Eu quero mostarda Dijon.

— Nós — *empurrão* — não temos mostarda Dijon.

— Bom, não quero isso — rosnou ele de volta, empurrando o frasco de volta para mim.

— Aiden, para.

Eu o empurrei para ele, e ele o empurrou de volta.

— Para, você.

Nenhum dos dois parou. Ficamos empurrando o frasco de um lado para o outro até Aiden acidentalmente apertá-lo e a mostarda explodir no meu rosto.

— Ahh! — gritei, soltando o frasco.

— Merda, desculpa — murmurou ele.

Ele foi correndo até o banheiro, pegou uma toalha e começou a limpar meu rosto. Arranquei a toalha da mão dele.

— Pode deixar — murmurei, limpando a mostarda.

A mostarda tinha entrado em tudo quanto é buraco. Nas minhas narinas, nos meus ouvidos, nos meus olhos.

— Tem um pouco no seu cabelo também. Deixa eu tirar. — Merda — arquejou ele. — Desculpa, desculpa.

Não sei por que, mas comecei a rir. Comecei a rir feito uma boba daquela situação toda. Havia mostarda por todo canto. No meu cabelo, dentro do meu nariz, embaixo das minhas unhas. Tive uma crise de riso, e Aiden começou a gargalhar também. Ah, quanta saudade eu senti daquela risada.

Quando foi a última vez que você riu, Aiden?

Por um instante, parecíamos nós dois de novo. Ele limpando a mostarda do meu cabelo, eu tirando a sujeira dos meus cílios. Nós rimos juntos, e minha alma pareceu estar curada. Era natural rir com ele, e foi exatamente isso que me fez desabar apenas alguns segundos depois. Minha risada histérica se transformou em um choro histérico. As lágrimas se misturavam com a mostarda enquanto escorriam pelas minhas bochechas.

— Hailee, não — pediu Aiden, sua voz falhando enquanto ele continuava parado ali, na minha frente.

Cobri a boca com as mãos e balancei a cabeça.

— Desculpa.

— Não faz isso.

— Desculpa. Eu não queria fazer essa bagunça toda, e devia ter ido logo buscar a mostarda, e...

— Não. — Ele soltou um suspiro carregado. Sua expressão ríspida havia se amenizado agora, se tornando mais gentil. Seus olhos voltaram a parecer os do garoto que um dia me amou. — Não foi isso que eu quis dizer.

— Então o que você quis dizer?

— Eu quis dizer não faz isso comigo. — Ele colocou a mão na nuca, parecendo dividido. — Não chora.

— Por que não posso chorar?

— Porque, se você chorar, eu vou querer te consolar, e não posso fazer isso... então, por favor, para. Não me faz parar de te odiar, Hailee. Passei muitos anos alimentando esse ódio por você, e não é justo você aparecer do nada e acabar com ele.

Dei um passo em sua direção.

— Aiden, eu...

— Por favor — implorou ele, esticando a mão para me afastar. — Sempre que você chega perto de mim... — Um grunhido profundo de irritação escapou de seus lábios enquanto ele balançava a cabeça. — Só fica longe, tá? E eu vou ficar longe também.

Ele foi até a porta com a intenção de abri-la para mim.

— Por que você me odeia? — perguntei com a voz trêmula.

Eu sabia que ele queria manter a distância, mas era impossível fazer isso. Fui marchando até ele e bloqueei a porta.

— Não quero falar sobre isso.

— Não. É sério. Nem fazia tanto tempo que estávamos juntos quando a gente terminou.

— Você não pode estar falando sério.

— Estou, sim. E tem mais: antes de decidirmos namorar, você falou que nossa amizade não mudaria. Você disse...

— Eu sei o que eu falei — sibilou ele, apoiando a mão na porta, logo acima da minha cabeça. Senti meu corpo esquentar quando notei a mão dele pairando sobre mim parecendo uma pedra. — Sai da frente, Hailee.

— Aiden. Por favor. A gente vai se esbarrar o tempo todo nos próximos meses. Vou entregar coisas para você. É melhor cortarmos logo o mal pela raiz.

Ele fez uma careta, sem ver graça.

— Cortarmos o mal pela raiz?

Estava na cara que eu havia dito a coisa errada. "Recomeçar do zero" e "cortar o mal pela raiz" não eram as coisas que ele mais gostava de ouvir, isso era certo.

— Seja lá qual for o seu problema comigo, vamos resolver tudo agora para que não haja mais climão entre nós quando estivermos no mesmo lugar — disse Hailee.

— Mas eu não aguento.

— Não aguenta o quê?

— Estar no mesmo lugar que você.

Senti um aperto no peito ao ouvir essas palavras. Eu o encarei com os olhos semicerrados e balancei a cabeça.

— Mas por quê?

— *Hails!* — berrou ele, jogando as mãos para o alto em sinal de derrota. — Droga, não é possível que você seja tão ingênua assim! Você acha mesmo que eu voltaria para cá e seria seu amigo? Para você, pode ser coisa do passado, só uma questão de cortar o mal pela raiz, mas aquela merda toda que aconteceu entre nós dois foi séria para mim.

— Foi séria para mim também.

Continua sendo séria. Continua sendo muito, muito séria.

— Que engraçado, porque você não pareceu ter tido nenhuma dificuldade em deixar tudo para trás.

— Isso não é justo, Aiden. Você não tem noção de como foi difícil abrir mão de você.

— Ninguém mandou você abrir mão de mim — ralhou ele.

Ah, se ele soubesse a verdade.

— Desculpa. Eu não tive a intenção de te magoar, Aiden.

— Não me pede desculpa. Eu não quero te desculpar. Só estou dizendo que conviver com você não é uma possibilidade para mim.

As lágrimas continuavam escorrendo pelas minhas bochechas. Parecia egoísmo da minha parte chorar quando havia sido eu quem partira o coração dele.

— Mas por quê? — perguntei. — A gente podia tentar reconstruir nossa amizade.

— Amizade? Você quer ser minha amiga?

— Quero, sim.

Muito, muito mais do que você imagina, Aiden.

— Não — vociferou ele, acabando com todas as minhas esperanças.

— Por quê? — questionei de novo.

Eu parecia uma criança, perguntando por que para tudo que ele dizia.

Ele apoiou as mãos na porta, me encurralando. Minhas costas estavam pressionadas contra a madeira, o nervosismo fazendo meu estômago embrulhar.

— Porque não consigo me aproximar de você sem ficar maluco. Quando estou perto de você, perco a cabeça. Não sei como me comportar. Quero te xingar e te chamar de tudo quanto é nome pelas merdas que aconteceram entre nós, e depois... — Ele suspirou e fechou os olhos, seu rosto a centímetros do meu. Sua respiração quente roçava minha pele, causando arrepios em minhas costas. — Depois quero te jogar nesta porta, arrancar suas roupas e tomar de volta tudo que um dia foi meu. Quero te abraçar, Hailee. Porra, você nem imagina o quanto eu quero te abraçar e nunca mais te soltar. Então, sinto muito. Ou eu te odeio, ou eu te amo. Não existe meio-termo para mim. E, se é assim, acho melhor eu me apegar ao ódio, porque nós já sabemos o que acontece quando eu escolho te amar.

Quando abriu os olhos, seus lábios estavam muito próximos dos meus. Se eu me inclinasse para a frente, poderia sentir seu gosto. Mais cinco centímetros e ele seria meu de novo.

Aiden colocou a mão na maçaneta e começou a girá-la.

— Sai daqui, Hailee.

Eu queria protestar. Queria implorar para que ele entendesse que nunca foi minha intenção abrir mão dele. Queria perguntar se ele estava bem.

Queria pegar sua tristeza e transferi-la para mim. Ele não merecia sentir aquilo. Ele não merecia estar tão magoado. Eu também queria abraçá-lo. Queria abraçá-lo e nunca mais o soltar, por nada nesse mundo. Em vez disso, dei um passo para o lado. Ele abriu a porta, e eu saí do quarto. Assim que ele fechou a porta na minha cara, sequei minhas lágrimas.

— Você está bem, Hailee?

Levantei o olhar e encontrei Carly parada ali, segurando uma bandeja de comida.

— Carly. Achei que você tivesse ido para casa porque tinha pegado a mesma virose da Sarah.

Ela levantou a sobrancelha.

— Como assim virose? O Sr. Lee mandou a Sarah para casa ontem por um motivo qualquer. Já eu não saí daqui. — Ela se aproximou de mim e semicerrou os olhos. — Tem mostarda na sua orelha.

— É, eu sei.

— Ah, bom, se você já sabe. Nos vemos depois, então. Preciso voltar para o restaurante.

Ela saiu correndo, e eu também, para entender o que estava acontecendo.

— Sr. Lee! — gritei.

Ele parecia mais relaxado do que nunca sentado na recepção, com os pés apoiados em cima do balcão.

— Ah, oi, Hailee. Quer voltar para o seu posto?

— O senhor me enganou!

Uma característica do Sr. Lee era que ele não sabia disfarçar. Ele mentia como um garotinho de três anos que comeu um biscoito sem permissão.

— Quem, eu? Eu nunca minto! O que eu falei? Eu não menti!

— Acabei de dar de cara com a Carly, e ela me contou que a Sarah não estava passando mal quando o senhor a mandou para casa ontem.

— Ah. — Ele se empertigou. — Essas mentiras.

— Sr. Lee!

— O quê? O quê? — Ele jogou as mãos para o alto, se rendendo. — Eu sou senhor de idade. Você não pode gritar com um senhor de idade.

— O que está acontecendo? Por que o senhor falou essas mentiras para mim?

— Avisei para ela que você era esperta. Avisei que você ia perceber.

— Perceber o quê? Quem é ela?

— A Laurie, a mãe do Aiden.

— O que ela tem a ver com isso?

O Sr. Lee acenou com uma das mãos em um gesto despreocupado.

— Você sabe como as mães são. Elas vivem se metendo na vida dos filhos. Ela queria que você e o Aiden fizessem as pazes. Que reacendessem a velha chama. E talvez isso acontecesse se vocês fossem obrigados a passar um tempo juntos. — Ele suspirou e fez uma expressão dramática, levando as mãos ao rosto. — É até meio romântico, se você parar para pensar. Mas, por outro lado, o que eu sei, não é? Sou só um senhor de idade. Vou tirar um cochilo. — Ele se levantou e começou a se afastar, mas então parou e se virou para mim. — Você fica com um brilho diferente, sabia?

— Como assim?

— Por anos, você vagou por aí sem chamar atenção. Sempre andando com a cabeça enfiada nos livros, sem deixar suas emoções transparecerem. Sei que você é feliz, mas, ao mesmo tempo, a sua aura parece apagada. Mas isso foi até ele chegar... agora seu brilho mudou. Você ficou radiante. Sabe como eu sei disso?

— Como?

— Porque eu tinha o mesmo brilho sempre que estava perto da minha falecida esposa. Não importava se eu estava feliz ou irritado com ela. Tudo que eu sentia ficava evidente quando ela estava perto de mim. Sabe por quê? Porque ela fazia eu me sentir vivo. A vida é curta. Tem tanta gente por aí que parece um zumbi. A maioria das pessoas está morta por dentro só vivendo um dia após o outro. Mas quando você encontra aquela pessoa que te faz sentir coisas *de verdade*? Quando você encontra alguém que te faz brilhar? Bom, você não a deixa ir embora. Vale a pena lutar por qualquer pessoa que faça você se sentir vivo neste mundo sombrio e solitário.

Depois do trabalho, me vi batendo à porta dos Walters. Quando Laurie atendeu, abriu o maior sorriso do mundo para mim.

— Hailee. Que surpresa maravilhosa. O que você está fazendo aqui?

— Não se faça de inocente, Laurie. Acabei de sair do trabalho, e o Sr. Lee me contou tudo.

Seu sorriso tão, tão doce vacilou um pouco conforme a culpa preenchia seus olhos castanhos. Então ela deu um passo para o lado e fez sinal para que eu entrasse.

— O Samuel está voltando de Chicago. Você quer entrar e tomar uma taça de vinho?

Quando entrei na casa, tive uma sensação muito esquisita. Andar por aquele corredor era como estar numa cápsula do tempo. Foi impossível conter meu sorriso quando vi fotos minhas e de Aiden ainda penduradas na parede da sala.

— Senta. Você prefere tinto ou branco? — perguntou Laurie da cozinha.

— Branco, por favor.

— É pra já.

Ela trouxe duas taças, me entregou uma e se sentou no sofá diante de mim.

— Imagino que você queira saber o que está acontecendo.

— Hum... pois é. Pode-se dizer que sim.

— O Aiden está tão triste.

— Você também percebeu?

Ela concordou com a cabeça.

— Fico arrasada quando vejo que meu filho se tornou uma pessoa triste e abatida nos últimos anos. Ele mudou muito. Faz muito tempo que Aiden não é mais o mesmo. Fui egoísta e pensei que, se você voltasse para a vida dele, talvez isso lhe trouxesse um pouco de luz. Então o mandei para o hotel depois que consegui convencê-lo a passar as festas de fim de ano em casa. Eu queria que ele passasse um tempo com você para se lembrar de que vocês precisam um do outro. Não existe Tom sem Jerry.

— Laurie... ele não quer saber de mim.

— Não é verdade. Eu conheço o meu filho. — Ela colocou sua taça na mesa e se esticou para tocar meu braço. — O Aiden tem andado apático. Ele se tornou uma pessoa fechada, mas, nos últimos dias, sempre que vejo vocês dois juntos, ele está com um brilho no olhar. Sim, ele pode até estar com raiva, mas isso é melhor do que a apatia que ele demonstra há anos. Ele voltou a sentir alguma coisa, e sei que já faz muito tempo que ele não se sente vivo. Há muito tempo eu não o vejo iluminado do jeito que você o deixa. Vocês foram feitos um para o outro.

— Acho que ele me odeia — confessei.

— Não existe a menor possibilidade do meu filho te odiar, Hailee Rose Jones. Você é a melhor amiga dele.

— Não sou. Tem muito tempo já...

Laurie segurou minha mão livre e a apertou.

— Você é a melhor amiga dele.

Lágrimas escorreram dos meus olhos conforme suas palavras penetravam em minha alma.

— Você acha mesmo? Depois de todo esse tempo?

— O amor que vocês sentem um pelo outro foi feito para durar pela eternidade. Agora, só preciso dar um jeito de convencê-lo a parar de ser teimoso, para vocês voltarem a conviver de novo.

— Laurie...

— Não estou dizendo para você se apaixonar por ele, Hailee, mas, se houver a chance de vocês retomarem uma amizade, não desperdice, por favor. Acho que boa parte da tristeza dele iria embora se isso acontecesse.

— Vou me esforçar. — Forcei um sorriso tenso e depois terminei meu vinho com uma golada. Eu me levantei e alisei minha roupa com as mãos. Laurie sorriu, sabendo muito bem que eu estava com os nervos à flor da pele. — Obrigada pelo vinho, Laurie.

— Você sabe que ele nunca quis ninguém além de você, né, Hailee? Você sempre foi a protagonista da vida dele. — Ela se levantou e me puxou para um abraço apertado, sussurrando no meu ouvido: — Sempre foi você.

28

Aiden

Eu estava enlouquecendo. Era oficial.

A batalha mental que estava sendo travada dentro da minha cabeça nos últimos dias sugava todas as minhas energias depois das minhas interações com Hailee. E agora, depois de vê-la emocionada, coberta de mostarda no meu quarto... *Puta merda, só me deixe amar você, Hailee Jones. Bom, não. Não me deixe amar você.*

Viu? Eu estava ficando louco. Era como se minhas emoções estivessem brincando de cabo de guerra e eu tivesse perdido o controle sobre elas. Fazia muito tempo que eu não sentia algo com tanta intensidade.

Parte de mim queria conseguir esquecer o que havia acontecido entre nós, mas tudo ainda estava bem vívido na minha cabeça, mesmo depois de todos esses anos.

Cortar o mal pela raiz? *Vá se foder, Hailee.* Na verdade, até que isso não seria tão ruim. Eu odiava ver que ela estava bonita. Aquela era a versão adulta da sua beleza de sempre. Seu cabelo estava preso em trancinhas, que batiam abaixo da sua cintura, e sua pele ainda brilhava no sol, sem um pingo de maquiagem. Ela não usava mais moletons como quando éramos adolescentes. Nada disso. Ela preferia vestidos que moldassem o corpo e calças jeans justas que destacavam sua bunda. E mesmo com aquele ódio patético ao qual eu me apegava, meus olhos ainda reparavam em tudo isso. Meu pau ainda latejava. Se pelo menos o meu pau fizesse o favor de entender que Hailee Jones estava fora de cogitação, eu já estaria feliz.

Hailee também parecia mais confiante agora, o que era novidade para mim. Ela estava mais confortável consigo mesma, e isso me dava muito tesão. Eu queria que não fosse o caso, mas vê-la feliz de verdade com seu corpo, com sua vida, me deixava orgulhoso. Mesmo que eu a odiasse.

Mesmo que eu a odiasse. Fiquei me perguntando se esse ódio seria real algum dia. Parecia improvável. Meu coração teimoso ainda batia por ela.

Tentei deixar meus sentimentos de lado quando minha mãe mandou uma mensagem pedindo para eu buscar pão para o jantar daquela noite. Ela me mandou o endereço, e, assim que cheguei, encarei a vitrine em choque.

Confeitaria da Hailee.

Porque é claro que minha mãe me mandaria ir à confeitaria dos Jones para comprar baguetes. Por que eu estava começando a desconfiar de que minha mãe tinha algum motivo para me pedir que buscasse pão? Entrei na loja e dei de cara com Penny atrás do balcão, registrando o pedido de um cliente. Ela olhou para mim quando acabou de atendê-lo e um sorriso enorme ganhou vida em seus lábios.

Um sorriso idêntico ao da filha.

— Olha só, se não é o Sr. Hollywood — disse ela, dando a volta no balcão. — Espero que tenha sobrado um abraço para mim.

Eu a envolvi em meus braços. Os abraços de Penny eram como biscoitos recém-assados em uma manhã de domingo. Eu não sabia que sentia tanta falta deles até aquele momento.

Ela se afastou e deu tapinhas nas minhas bochechas.

— Você cresceu. Tem barba e tudo agora.

Dei uma risadinha e esfreguei a barba por fazer em meu queixo.

— Preciso tirar.

— Não. Você fica bonito assim. — Ela voltou para trás do balcão e esfregou as mãos. — Sua mãe me avisou que você vinha buscar o pedido dela. Já está tudo embalado. Vou lá nos fundos buscar.

Quando ela voltou, trazia um saco de papel pardo com uma fita amarela e um adesivo com o logotipo da confeitaria.

— Quanto é? — perguntei.

Ela balançou a cabeça.

— Com o desconto para parentes e amigos, fica por conta da casa hoje.

— Penny, não posso deixar você...

— Você pode e vai deixar, rapaz — ordenou ela.

Sorri e olhei ao redor da loja.

— É bom ver que as coisas estão dando tão certo para vocês. A confeitaria está linda. Fico feliz por você e pelo Karl. Sei que passaram muito tempo sonhando com isso.

Ela olhou ao redor e abriu um sorriso todo orgulhoso.

— Não é grande coisa, mas é nosso.

— Confia em mim, é grande coisa, sim. É mais do que muita gente sonha em ter.

Ela cruzou os braços e continuou exibindo aquele seu sorriso caloroso. Eu nunca imaginei que sorrisos pudessem transmitir a sensação de estar em casa.

— Como você está, querido?

— Eu? Estou bem.

Ela inclinou a cabeça e semicerrou os olhos.

— Como você está, querido? — repetiu ela.

Eu não podia mentir de novo.

— É — disse ela, concordando com a cabeça —, dá para notar. Sabia que a sua mãe se preocupa com você? E eu também.

— Imagino que seja coisa de mãe.

— É a parte mais difícil de ser mãe. Vivemos preocupadas com nossos bebês. — Ela alternou o peso entre os pés. — Fiquei sabendo que você já cruzou com a Hailee por aí.

Senti meu corpo enrijecer ao ouvir o nome dela.

— Nós nos esbarramos algumas vezes.

— E como foi?

— Ela não te contou?

— Contou, mas cada um tem seu ponto de vista sobre uma situação. Eu queria saber o seu.

Fiz uma careta.

— Não foi o melhor dos reencontros.

— O que vocês viveram foi muito intenso. É natural que não tenha sido fácil revê-la depois de tantos anos. Detesto ver vocês brigados.

— É, bom, ela deixou bem claro no passado que não queria nada comigo, então acho melhor não termos muito contato.

— Ah, Aiden. — Penny balançou a cabeça e suspirou. — Você acha mesmo que a minha filha não queria nada com você?

— Claro que acho. Ela terminou comigo.

— Sim, mas não porque quis. A Hailee estava de mãos atadas, e o seu pai deu ótimos argumentos quando ela estava tentando lidar com algumas situações, então...

— Meu pai? — perguntei, alerta. — Como assim?

Os olhos de Penny demonstraram surpresa quando ela percebeu que eu não sabia de alguns detalhes importantes sobre o término do meu namoro com Hailee.

— Desculpa. Falei besteira. É melhor você levar o pedido da sua mãe, e...

— Penny — insisti. — Do que você está falando?

Ela olhou para as próprias mãos e engoliu em seco antes de responder:

— O seu pai pediu para ela terminar com você. A Hailee só me contou isso depois que tomou um porre no aniversário de vinte e um anos dela. Ela me fez prometer que eu não contaria para ninguém, mas acabei deixando escapar.

Meu coração despedaçado conseguiu dar algumas batidas fracas.

— Por que ele faria uma coisa dessas?

— Ele achou que os problemas da Hailee poderiam prejudicar a sua carreira. Ele achava que você estava se dedicando muito mais ao namoro do que ao trabalho, então argumentou que seria egoísmo da parte dela ficar no seu caminho. — Penny balançou a cabeça com um ar derrotado. — Nunca vi a Hailee sofrer tanto com uma decisão, Aiden. Desistir de você foi uma das coisas mais difíceis que ela já teve que fazer. Ela te amava mais do que você imagina, e...

— O meu pai fez isso? Falou para ela ficar longe de mim?

Ela franziu a testa.

— Eu não devia ter dito nada, Aiden. Eu não teria te contado se...

— Desculpa, Penny, preciso ir.

— Aiden, espera.

— Sim?

Ela suspirou e esfregou a nuca com a mão.

— A Hailee mora no apartamento em cima da confeitaria. — Ela apontou para cima. — Se você quiser esbarrar com ela de novo.

— Obrigado.

Peguei o embrulho e saí depressa da confeitaria. Eu me sentia enjoado ao repassar as palavras de Penny em minha mente sem parar.

Quando cheguei à casa dos meus pais, esmurrei a porta. Minha mãe abriu, me dando um largo sorriso.

— Oi, querido. Já vi que você buscou o pão...

— Cadê o meu pai? — eu a interrompi, passando direto por ela e seguindo para o hall.

— Na cozinha. O que aconteceu?

Não respondi e disparei pela casa. Assim que vi meu pai, bradei:

— É verdade?

Ele se virou para mim com um sorriso parecido com o da minha mãe.

— O que é verdade?

— Sobre a Hailee? Você pediu para ela terminar comigo pelo bem da minha carreira?

O sorriso desapareceu do rosto dele, e seus olhos ficaram sérios. Aquilo era a resposta que eu precisava.

Ele apertou a ponte do nariz e olhou para o chão, então me encarou de novo.

— Olha, Aiden...

Minha mãe estava paralisada de choque. Pelo visto, parecia que ela não sabia daquela merda.

— Isso não pode ser verdade, Samuel. Você não faria...

— Ele fez. — Apontei para meu pai, o homem em que eu mais confiava no mundo. O homem que havia me traído. — Conta para ela o que você fez.

Ele suspirou e cruzou os braços.

— Achei que era a coisa certa. Ela estava com um monte de problemas quando a carreira dele começou a decolar. Pensei que o namoro poderia acabar prejudicando o seu sucesso.

— Você pediu para a Hailee terminar com ele? — perguntou minha mãe, horrorizada. — Sam, ele ficou arrasado. Você viu. Como pôde fazer uma coisa dessas?

— Eu estava tentando fazer a coisa certa. Você precisa entender, Aiden. Fiz o que achei melhor, e...

— Vai se foder — vociferei, a raiva crescendo dentro de mim à medida que entendia o que realmente tinha acontecido comigo e com Hailee.

— Aiden, mais respeito. Eu continuo sendo seu pai — ordenou ele como se isso ainda significasse alguma coisa.

— Não. Você não é nada para mim.

— Calma, Aiden. Espera. Vamos acalmar os ânimos para não falarmos coisas da boca para fora — pediu minha mãe, tentando manter a paz, só que não havia mais nada a ser mantido.

Eu amava Hailee.

Eu a amava do fundo do meu coração, e meu pai tinha interferido nisso, julgado que sabia o que era melhor para mim. Depois ele me viu passar anos na fossa e não deu a mínima, porque, na vida profissional, eu estava no auge da carreira. Não importava se isso estava me matando.

Balancei a cabeça.

— Não estou falando nada da boca para fora. Não quero mais saber de você. A Hailee era tudo para mim, e por sua causa ela me abandonou. Você a obrigou a fechar aquela porta quando ela estava num momento vulnerável e escondeu isso de mim por anos!

— Aiden... — implorou ele.

— *Eu passei esse tempo todo me afogando!* — berrei, minha voz falhando. As emoções tomavam conta de mim conforme eu processava o que havia acontecido. — Passei anos me afogando, perdido e confuso, e você podia ter me puxado de volta à superfície, mas preferiu me afundar ainda mais na água.

Ele murmurou um palavrão.

Minha mãe deu um passo na minha direção, mas levantei a mão.

— Não consigo lidar com isso agora. Preciso ir.

— Aonde você vai? — perguntou ele.

Achei que ele não demoraria a descobrir a resposta, então simplesmente saí da cozinha e bati a porta com força.

Aonde eu ia?

Encontrar Hailee.

29
Aiden

Quando cheguei ao apartamento de Hailee, ela ainda não tinha voltado do trabalho. Penny já estava saindo quando apareci. Ela me deixou entrar, então fiquei sentado dentro da confeitaria, na escada que levava ao apartamento. Meus pés batiam rápido nos degraus de madeira enquanto eu esperava. Repassei na minha cabeça o que eu falaria quando ela chegasse. Eu precisava convencê-la a me dar outra oportunidade, a nos dar uma chance de verdade. Eu abriria mão de tudo, de cada centavo, de cada conquista profissional, se isso significasse que eu poderia ficar com ela para sempre.

Era só isso que eu queria — para sempre. Para sempre com ela.

Eu estava me adiantando. Por que eu já estava pensando no para sempre quando ainda nem havíamos conversado? Por que a ideia de para sempre vivia aparecendo quando o assunto era Hailee Jones?

Ela chegou com uma sacola de mercado. Ao me ver, seu olhar era de pura confusão.

— Aiden. O que você está fazendo aqui? Você não devia...

— Estou irritado com você — declarei.

Ela arqueou uma sobrancelha.

— Parece que a gente só sabe ficar irritado um com o outro ultimamente. Posso saber o que aconteceu agora?

— Por que você terminou comigo?

Ela levantou a sobrancelha.

— Achei que tínhamos decidido que deixaríamos esse assunto pra lá, e...

— Por que você terminou comigo, Hailee?

O lábio inferior dela tremeu. Hailee estava nervosa. Ela olhou para o chão, incapaz de manter o contato visual.

— Aiden...

— O meu pai falou para você terminar comigo?

Quando ela ergueu a cabeça, o choque em seu rosto foi a confirmação que eu buscava. Seus olhos estavam vidrados, e ela ficou emocionada. Esses detalhes diziam muita coisa.

— Depois daquele Dia de Ação de Graças, as coisas ficaram difíceis. A minha vida virou um caos, e seu pai achou que eu acabaria atrapalhando você com os meus problemas. Romper com você era a última coisa que eu queria fazer, mas, quando você falou que ia recusar o papel para ficar comigo, soube que precisava terminar tudo entre a gente.

— Você não precisava fazer isso.

— Precisava, sim. — Ela concordou com a cabeça. — Eu não ia deixar você estragar a sua carreira por causa dos meus problemas.

— Eu teria parado de atuar.

— E foi por isso que eu fiz o que fiz. Eu não ia impedir você de realizar seus sonhos.

Gemi e apertei a ponte do nariz.

— Estou irritado. Principalmente porque sei que, no seu lugar, eu faria a mesma coisa. Eu iria querer que você realizasse os seus sonhos. Mas você devia ter entendido que o meu sonho não era ser ator. Nunca foi e nunca será.

— O quê? Claro que esse era o seu sonho.

— Não, Hailee... meu sonho era você.

Lágrimas começaram a escorrer dos olhos dela quando ficou claro que meu maior sonho era que nós dois ficássemos juntos.

Ela abriu a boca, mas, antes que pudesse dizer mais alguma coisa, tirei a sacola das suas mãos, a joguei no chão, então a abracei e a puxei para um beijo. Eu a beijei com vontade, tentando transmitir tudo o que eu sentia por ela. Eu a beijei para pedir desculpas por todos os beijos que perdemos. Eu a beijei por tanto tempo que perdi a noção de que éramos dois seres diferentes. Eu a empurrei contra o corrimão da escada e continuei a beijá-la.

E a melhor parte? Ela retribuiu meu beijo.

Ela me beijou com a mesma intensidade, com o mesmo ardor, com o mesmo amor.

Amor. Ele estava ali. Ela não precisava colocá-lo em palavras, nem eu, mas o amor estava ali, e era forte. Não era segredo para ninguém que Hailee e eu éramos feitos um para o outro. Eu não permitiria que ficássemos separados por nem mais um segundo.

Quando vimos, nossas roupas estavam sendo arremessadas para os lados. Provei cada centímetro da pele dela contra aquela escada, e ela provou cada centímetro da minha. Meu coração estava disparado, batendo em um ritmo descompassado dentro do peito. Abri o sutiã dela com dois movimentos habilidosos e o deixei cair. Ela abriu minha calça jeans e a tirou junto com a cueca boxer, tudo de uma vez. Meu pau estava duro como pedra, pronto e a postos, esperando a oportunidade de deslizar para dentro dela.

Então foi a vez da calça dela, seguida pela calcinha. Eu me pressionei contra seu corpo, esfregando seu clitóris com meu pau completamente alerta, esperando a permissão para prosseguir. Segurei sua bunda e a levantei, apoiando-a no corrimão. Nossos olhos se encontraram e, sem dar uma palavra, ela assentiu com a cabeça. Permissão concedida.

Deslizei para dentro dela e gemi ao sentir que estava bem apertada. A forma como o corpo dela pressionava meu pau me deixou nas nuvens. Eu não queria sair dali nunca mais.

Suas mãos subiram para o meu peito.

Minhas mãos ainda percorriam seu corpo.

Eu não queria mais nada.

Eu só queria segurá-la em meus braços...

Fazer amor com Hailee ali na escada era como uma fantasia com a qual eu havia sonhado pelos últimos cinco anos. Minha mente não conseguia parar de pensar em como aquilo era gostoso. Era impossível diminuir o ritmo. Era impossível não...

— Merda — falei, fechando os olhos. — Desculpa, Hailee, não consigo me segurar. Eu vou...

— Goza agora — ordenou ela, passando os braços ao redor do meu pescoço. Ela se esfregou em mim quando nossos olhares se encontraram. — Goza para mim, Aiden, por favor — implorou ela, e, bom... *Seu desejo é uma ordem, meu tudo.*

Gozei com intensidade, rápido, o suor escorrendo pelo meu corpo enquanto eu a segurava abraçada em mim. Eu tremia, mas continuei metendo depois de alcançar meu prazer. Meu pau entrava e saía dela, porque Hailee estava gostando.

Quando cheguei ao meu limite, enfiei três dedos dentro dela. Ela gemeu, jogou a cabeça um pouco para trás, apoiando-a na parede. Com as duas mãos, ela agarrou o corrimão para se equilibrar enquanto meus dedos faziam a festa dentro dela. Meu dedão esfregava seu clitóris, e pressionei a boca contra a sua.

— Agora é a sua vez — ordenei, minha voz rouca e meus dedos fazendo sua mágica. — Goza para mim, Hailee — ordenei.

Nada era melhor do que vê-la daquele jeito. Nada era melhor do que satisfazê-la e observá-la aproveitando cada momento.

— Aiden — arquejou ela, sua voz tomada pelo desejo, pela vontade. — É aí, aí, isso, bem aí — gemeu ela, fechando os olhos.

Senti o âmago dela pressionar meus dedos quando Hailee soltou um grito alto ao chegar ao clímax. Meus dedos pulsaram junto com seu corpo enquanto ela desabava sobre mim.

Assim que ela gozou, tirei as mãos do seu corpo.

— Nossa... isso foi... — Eu estava ofegante enquanto soltava Hailee para que ela ficasse de pé. Sentei ao seu lado, tentando encontrar palavras para descrever o que eu tinha acabado de sentir. — Isso foi...

— Isso foi, hum... bom. Inesperado.

— É — suspirei. — Concordo.

— Tá, tudo bem. Preciso ir.

— Espera, o quê?

— Aquilo, isso... — Com as mãos, ela indicou o lugar onde estávamos e nós dois. — Isso foi bem intenso, e, ahn, acho que estou surtando. Preciso de um segundo para assimilar tudo, porque, bom, pois é. — Ela começou pegar suas compras no chão. — Tudo bem. A gente se fala depois. Tá? Tá. É. Tá.

— Você está entrando em pânico.

— Não estou entrando em pânico! — berrou ela. Ela fez uma pausa, então respirou fundo. — Tá, estou, mas não tem problema. Estou bem. Estou bem. Estou bem.

— Aqui, deixa eu te ajudar.

Fui tentar pegar alguma coisa, mas ela a agarrou antes que eu tivesse a oportunidade.

— Não! — disse ela, apontando o pacote de salsichas na minha direção. — Fica aí.

Por algum motivo, vê-la apontando um pacote de salsichas para mim era estranhamente engraçado, mas não ri em respeito ao ataque de pânico dela.

— Por que preciso ficar aqui?

— Porque, quando você chega perto de mim, não consigo pensar direito. E para eu conseguir assimilar o que acabou de acontecer, preciso pensar direito.

Dei uma risadinha.

— Você está sendo dramática, Jerry.

Seus olhos se arregalaram e se encheram de lágrimas.

— Não faz isso.

— O quê?

— Não me chama de Jerry.

— Por que não?

Ela engoliu em seco.

— Porque fico com vontade de chorar depois de passar tanto tempo sem ouvir esse apelido.

Isso me fez sentir um aperto no peito.

Vai devagar, coração. Faz anos que você não bate tanto.

— Não chora, por favor — pedi.

Ela forçou um sorriso.

— Tá, não vou chorar.

— Jerry — sussurrei. — Você está chorando.

Ela deu uma risadinha.

— Não vamos fingir que é estranho eu ficar emocionada. — Dei um passo em sua direção, e ela me fez parar de novo. — Por favor, Aiden. Preciso de um tempo para entender tudo isso. Só isso.

Apertei a ponte do meu nariz.

— Leve o tempo que precisar.

Eu esperei cinco anos para tê-la em meus braços de novo. Poderia esperar um pouco mais.

— Tudo bem. Bom, hum... adorei te ver. Você está ótimo, tipo, é... — Ela gesticulou com a mão para o meu corpo. — Você está ótimo. Tá, legal. Boa noite. Tchau.

As palavras de Hailee exalavam desconforto. Ela correu para o apartamento e bateu a porta.

E eu fiquei ali, completamente nu na escada da confeitaria dos Jones, como se tivesse sido atingido por um furacão de emoções. Porém, a mais forte de todas, depois daquela interação com Hailee, era alegria. Eu nem imaginava que ainda era capaz de me sentir assim.

— Puta merda — murmurou alguém.

Ergui o olhar e encontrei o pai de Hailee parado na minha frente, carregando um monte de pães.

— Ah, caralho! — gritei, esticando um braço e pegando a minha camisa na escada para cobrir minhas partes íntimas. — Oi, Karl — murmurei, provavelmente vermelho feito um pimentão.

Como se aquele dia não pudesse ficar mais esquisito.

— Já tive pesadelos que começavam assim — resmungou ele. — Pelo visto você e a Hailee se resolveram. A menos que você esteja esperando por ela pelado na escada por algum motivo?

— Não, quer dizer, é, quer dizer, eu, hum, vou me vestir e ir embora.

— Acho que é uma boa ideia. Vou desinfetar a escada depois que você for embora. — Karl seguiu para os fundos da confeitaria e, de lá, chamou meu nome. — Aiden?

— Oi?

— Se você partir o coração dela, eu acabo com você.

— Foi ela quem partiu meu coração da última vez.

— Eu sei, mas aquela garota é a minha vida. Então vou repetir. Se você partir o coração dela, acabo com você.

Justo.

— Ah, Aiden?

— Sim, senhor?

— Coloca logo sua cueca. As pessoas conseguem ver o seu saco do outro lado da vitrine.

— Claro, pode deixar. Foi bom te ver de novo, Karl — falei, esticando a mão para apertar a dele.

Ele semicerrou os olhos e balançou a cabeça.

— Não encosto na sua mão de jeito nenhum. Para falar a verdade, quero jogar água sanitária no meu cérebro e fingir que esta conversa nunca aconteceu, para eu conseguir dormir à noite.

Justo.

30

Hailee

— Você transou com o Aiden Walters na escada do seu apartamento ontem? — perguntou Kate, abismada, quando estávamos sentadas na recepção do hotel durante o intervalo dela.

Eu tinha encerrado meu turno e estava atualizando Kate sobre a loucura das últimas vinte e quatro horas.

— Eu transei com o Aiden Walters na escada do meu apartamento ontem.

— Ai, nossa. — Kate suspirou, se recostando no sofá. — Que romântico. É tipo aquela cena de *Diário de uma paixão*, quando os dois se agarram na chuva. Como se um ímã tivesse forçado vocês a se aproximarem, com o vento arrancando suas roupas fora, e aí a bisnaga dele entrou sem querer na sua rosquinha.

Arqueei uma sobrancelha.

— Você está com fome?

— Faminta, e o pedido que fiz na padaria acabou de chegar. Seria ótimo comer um pãozinho.

— Você está perdendo o foco.

— Fazer o quê, eu sou de Peixes, dou umas viajadas. Tudo bem. Continua. O que vai ser de vocês agora?

Dei de ombros.

— Ainda estou assimilando o que aconteceu e tentando entender o que isso tudo significa.

— O quê? Não, não, não. Vocês acabaram de se reconectar do jeito mais romântico do mundo. Agora não é o momento de ser racional!

— A situação não foi tão romântica como você está achando que foi.

— Hailee Rose Jones. Você transou com o Aiden numa escada depois de ele te dizer que você é o sonho da vida dele. Não venha me dizer que isso não é romântico e sexy.

— Tá, foi meio sexy quando ele me levantou e me apoiou naquele corrimão e, bom, meteu com força. E ele fez isso sem pensar duas vezes. Como se eu pesasse menos que uma pluma.

— Você estava pesando menos que uma pluma, e aposto que a parte mais importante daquele homem estava dura feito uma rocha.

— Kate!

— Só estou comentando! — Ela semicerrou os olhos. — Qual o tamanho da rocha dele?

Senti minhas bochechas esquentarem e mordi o lábio inferior.

— Não vou responder isso.

— Então quer dizer que é uma rocha bem, bem grande. — Ela sorriu. — Se você não se casar com esse homem, eu caso.

Eu me levantei e balancei a cabeça, dando uma risadinha.

— Cansei de falar com você. A gente se vê mais tarde.

— Estou torcendo para você encontrar uma baguete no caminho de volta para casa! — berrou ela.

Uma senhora chamada Joan ouviu o grito dela e falou:

— Uma baguete cairia bem agora.

— Claro que cairia, Joan — concordou Kate. — Com certeza cairia.

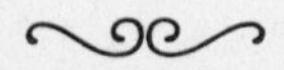

Os dias seguintes foram uma sequência cômica de erros enquanto eu tentava fugir de Aiden. Sempre que ele aparecia no hotel, eu me abaixava e me escondia. Às vezes, nos entreolhávamos, ele sorria, e eu rapidamente fechava os olhos feito uma doida paranoica. Mas ele não parecia estar bravo. Eu precisava de tempo para pensar naquela situação. Queria ter certeza de que era capaz de pensar com clareza para conseguir oferecer a Aiden o que ele queria de mim. Não seria bom começar uma conversa sobre nós dois sem estar com a cabeça no lugar.

Fiz de tudo para ficar longe dele, mas, quando o Sr. Lee veio me dizer que Aiden havia pedido para que eu levasse algumas toalhas para ele, me vi entre a cruz e a espada.

— Acho que o senhor está mentindo para mim de novo — falei para o Sr. Lee.

— Não, é sério. Preciso que você leve as toalhas para ele.

— O Henry não pode fazer isso? Sei que ele adora fazer coisas para o Aiden — insisti.

— Ele está ocupado com outra coisa. Além do mais, o Aiden pediu que você fosse. — O Sr. Lee me entregou a pilha de toalhas. — Então, se puder levá-las, eu agradeço.

Mas que droga, Sr. Lee.

O senhor não percebe que estou no meio de uma crise dos vinte quando se trata de ver o gostosão de Hollywood?

Sorri e peguei as toalhas das mãos do meu chefe. Com o estômago embrulhado de irritação e nervosismo, fui até o quarto de Aiden. No caminho, encontrei as fãs dele, que já estavam hospedadas no hotel por tempo demais, com as orelhas grudadas na porta de madeira.

Como elas conseguiam bancar uma estadia tão longa? Eu já estaria falida.

— Marna, Violet, o que vocês estão fazendo? — perguntei.

Elas se viraram para mim e riram ao me ver.

— A gente acha que o Aiden está transando.

Meu estômago ficou ainda mais embrulhado quando ouvi essas palavras.

— Ele está grunhindo e gemendo. — Marna deu uma risadinha, cobrindo a boca.

Será que Aiden estava lá dentro com outra mulher? Será que ele tinha ficado com alguém depois do que aconteceu entre nós? Senti vontade de vomitar. Mas tentei manter a compostura, me empertigando.

— Meninas, se continuarem incomodando os hóspedes, teremos que pedir que vocês saiam do hotel.

— O quê? Não. Está tudo bem. Nós já estávamos indo embora — explicou Violet. — Só achamos engraçado. E parece que a garota tem um nome igual ao seu. Ele fica falando "Hailee, Hailee, ahhh, Hailee".

Ela riu junto com a amiga, que não parava de sorrir. As duas saíram dando gargalhadas enquanto eu fiquei parada ali, me sentindo enojada.

Ele realmente estava transando com alguém com o mesmo nome que o meu?

Ele tinha alguma tara esquisita por Hailees?

Humpf. Tanto faz. Aposto que o nome dela se soletrava Haley. Ou Halee. Ou Hailey. Ou...

Que diferença fazia na minha vida como uma mulher escrevia o próprio nome? Eu não tinha nada a ver com aquilo. Se bem que não daria para esperar nada de bom de uma pessoa que se chamava Halee. Afinal de contas, quem escreve o nome assim?! Enfim. Não era da minha conta. Nada do que Aiden Walters fazia era da minha conta.

Mesmo assim, acabei me aproximando da porta dele e encostando a orelha nela para escutar. Ah, nossa, eu merecia ser demitida. Eu estava ficando louca. Mesmo assim, fiquei prestando atenção, e ouvi... nada. Não havia barulho. Nada de gemidos nem grunhidos. E, principalmente, nada da voz de outra mulher.

— Ei, Hailee, o que você está fazendo? — perguntou Henry, me pegando no flagra.

— O quê? Nada! — respondi, com um sobressalto, deixando as toalhas caírem.

Eu me apressei para pegá-las, e Henry veio me ajudar.

— Deixa eu te ajudar — ofereceu ele.

— Shhh! — chiei para silenciá-lo, torcendo para não chamar atenção de Aiden dentro do quarto.

Porém, a sorte não estava do meu lado, já que a porta se abriu e eu me deparei com um Aiden sem camisa, usando uma calça de moletom cinza. Como eu estava ajoelhada, meus olhos fizeram contato direto com suas partes baixas, e, por algum motivo desconhecido, continuei olhando naquela direção. Foco total na recompensa. Eu odiava o fato de meu corpo me trair, porque a lembrança da noite na escada voltou com tudo enquanto eu encarava a virilha de Aiden. Lembranças dele me levantando em seus braços e me agarrando. Eu nunca tinha sido levantada por um homem antes, e, por algum motivo, aquilo me deixava excitada.

Minhas pernas tremeram de prazer diante das memórias que me assolavam, e senti um calor subindo pela minha barriga.

— Ah, que ótimo, você trouxe as toalhas — disse Aiden, sorrindo lá de cima para mim.

Ergui o olhar e o fitei com a expressão mais emburrada que consegui esboçar. Com as sobrancelhas franzidas e a maior carranca do mundo, grunhi para ele quando me levantei — tentando ignorar o quanto minhas coxas ansiavam pelo seu toque.

— Deixa comigo agora, Henry. Pode ir — falei.

Ele me obedeceu e saiu apressado.

Coloquei as toalhas nas mãos de Aiden.

— Sabe, achei que você não queria que eu aparecesse no seu quarto.

— Engraçado como uma noite é capaz de mudar tudo, né? Pensei que essa seria uma boa desculpa para a gente conversar, já que você anda fugindo de mim como o diabo foge da cruz.

— Não da cruz; talvez de água benta.

Ele franziu ligeiramente a testa.

— Você está chateada pelo jeito que te tratei antes de saber dos detalhes do nosso término? Eu te devo um grande pedido de desculpas, Hails. Você não merecia aquilo, mesmo que eu não soubesse dos motivos por trás do nosso rompimento. Desculpa mesmo.

— Eu agradeço e aceito seu pedido de desculpas.

— É por isso que você está me evitando?

— Não, de jeito nenhum. Só preciso de um tempo para digerir tudo isso.

Ele semicerrou os olhos.

— Você fez um gráfico em pizza sobre o incidente na escada?

Eu bufei.

— Não!

Ele abriu um sorriso astucioso.

— Tem certeza?

— Só um, mas bem pequeno.

— Hailee...

— O quê?! É importante para mim. Preciso avaliar algumas coisas.

— Nós estamos falando de um prazo de cinco a dez dias úteis, ou...?

— Tom, não dá para você apressar meu processo de análise. — O sorriso dele se alargou. — O quê? O que foi?

— Nada... é só que... você me chamou de Tom.

Senti minhas bochechas esquentando.

— Pois é. Enfim. Se você precisar de alguma coisa, pode pedir para qualquer funcionário do hotel trazer. Não precisa pedir para mim.

Olhei lá para dentro do quarto, meio que na esperança de ver Haley. Ou Hailey. Ou Halee. *Caramba, espero que não seja uma Halee.*

Aiden arqueou a sobrancelha.

— O que você está procurando?

— Nada.

— Eu sei que você está procurando alguma coisa.

— As suas fãs estavam paradas na frente da porta. Elas falaram que ouviram você... hum... — Dei de ombros. — Você sabe. Com alguém.

Ele me encarou.

— O que "você sabe" significa?

Eu me inclinei para sussurrar.

— Você sabe... furunfando com alguém.

— Furunfando? — Ele riu. Eu queria dar um tapa no braço dele por rir. Idiota ridículo. — Eu não estava furunfando com ninguém. Elas devem ter me ouvido... hum... — Ele deu de ombros, nitidamente zombando de mim. — Você sabe. Furunfando com a minha mão.

— Ah, que nojo, Aiden. Não precisa me contar essas coisas — falei, empurrando seu braço.

— Quer saber em quem eu estava pensando?

— Não me fala.

Em mim.

Ele estava pensando em mim.

Ai, nossa.

Ele ergueu as mãos, se rendendo.

— A gente devia conversar sobre o que aconteceu — insistiu ele —, mas não vou te apressar. Quando você estiver pronta, é só trazer mais toalhas.

31

Aiden

Cinco anos.

Eu tinha perdido cinco anos de Hailee na minha vida. Eu sabia que não poderia passar mais cinco anos sem ela. A possibilidade de meu pai ter mandado Hailee terminar comigo não tinha nem de longe passado pela minha cabeça. Eu voltei à cidade cheio de rancor, determinado a evitar a mulher que partira meu coração, e acabei descobrindo que ela havia feito isso para ter certeza de que eu ia realizar meus sonhos.

Nobre Hailee.

Aquilo era típico dela. E era mais uma razão para eu sempre ter sido louco por ela. Mesmo quando era difícil, ela sempre tentava fazer a coisa certa.

Eu lhe daria espaço para entender seus sentimentos. Eu, por outro lado, estava me esforçando ao máximo para fugir dos meus. Parecia que, nos últimos cinco anos, Hailee tinha aprendido a se aceitar. Minhas partes favoritas de sua personalidade continuavam ali, só que ela parecia mais madura agora. Mais confiante. Mais... bem resolvida.

Eu invejava isso. A única coisa que eu tinha desenvolvido nos últimos cinco anos foram mais traumas. Eu não sabia nem por onde começar quando pensava neles. Para piorar a situação, minha mãe apareceu no Hotel Starlight para acrescentar mais um pouquinho de merda à minha pilha de angústias.

Assim que abri a porta e a vi, fiz uma careta.

— Escuta, mãe. Não estou pronto para falar com o meu pai, nem sobre o que aconteceu. Sei que você está acostumada a acalmar nossos ânimos, mas...

— Não vim para falar do seu pai, querido — disse ela com os olhos marejados.

No mesmo instante, fiquei preocupado.

— O que foi? Qual é o problema?

— Não é nada ruim. Bom, na verdade, depende do ponto de vista. Posso entrar?

— É claro. Entra. — Dei um passo para o lado para abrir caminho. Ela se sentou na cama e abraçou a bolsa no peito. Eu me sentei ao seu lado e coloquei uma das mãos em seu ombro, tentando reconfortá-la. — O que aconteceu, mãe?

— Mãe — repetiu ela e caiu no choro.

Ela levou as mãos ao rosto e continuou chorando. Naquele instante, fiquei em frangalhos.

— Merda, o que aconteceu? — insisti, puxando-a para um abraço.

— Olha a boca — choramingou ela, tremendo em meus braços. — Está tudo bem, de verdade. Só estou mais sensível. É bobagem. — Ela se desvencilhou do meu abraço e secou as lágrimas. — Ainda bem que não estou usando maquiagem hoje.

— Você não precisa de maquiagem.

— Mesmo assim. — Ela fungou e tentou se recompor. Então balançou a cabeça e jogou os ombros para trás. — Faz mais de duas décadas que penso neste dia, e, agora, ele chegou. — Ela enfiou a mão dentro da bolsa e tirou um envelope. — É uma carta.

— Estou vendo.

— Da sua mãe.

Arqueei a sobrancelha.

— Você escreveu uma carta para mim?

— Não. — Ela balançou a cabeça. — Da sua mãe biológica.

Senti um aperto no peito. Assim que ela colocou a carta em minhas mãos, meu estômago embrulhou.

— Entregaram hoje lá em casa. Cogitei não te entregar, e sei que isso parece horrível, mas... — Ela sorriu enquanto lágrimas se formavam em seus olhos. — Por um instante fiquei com medo, mas você merece essa carta. Então aqui está.

Eu não sabia o que dizer.

Eu não sabia o que fazer.

Nas minhas mãos, estavam as palavras da mulher que havia me entregado para adoção. Eu estaria mentindo se dissesse que não pensava nela de vez em quando. Eu estaria mentindo se dissesse que não tinha passado a vida inteira me perguntando quem ela era. Mas meus pensamentos sempre pareceram um sonho distante. Algo que jamais se realizaria. Sempre achei que eles não passariam disso — de pensamentos.

Agora, ela parecia real.

O envelope a tornava real.

— Seu pai não sabe que resolvi trazer a carta para você. Ele provavelmente tentaria me convencer a não fazer isso — explicou minha mãe.

— É, bom, ele tem o hábito de tomar decisões de merda quando se trata de mim.

Ela franziu a testa.

— Vocês dois precisam se resolver.

— Talvez.

Mas eu ainda não estava pronto para lidar com isso. Ainda estava assimilando o envelope branco em minhas mãos.

— Preciso voltar para o trabalho. Eu só queria te dar isso.

Ela se levantou da cama, e eu a acompanhei. Num instante, ela chegou até a porta e a abriu. Antes que pudesse sair, eu a puxei para um abraço e a apertei com todas as minhas forças.

— Pode me soltar quando quiser, Aiden — disse ela, dando uma risadinha.

— Não posso, não.

Nós não éramos fisicamente parecidos. A pele dela era negra, e a minha, branca. Ela era uma mulher linda, com olhos castanhos e as maçãs do rosto proeminentes. Seu cabelo era crespo, e seu sorriso era hipnotizante. Nós não éramos parecidos, mas ela era minha alma gêmea de muitas formas. Sentíamos as coisas da mesma forma. Comemorávamos e sofríamos do mesmo jeito. Tínhamos a mesma risada. Nós dois sentíamos a tristeza no fundo dos nossos corações. Laurie Walters era minha alma gêmea, e eu era a dela.

Segurei seus ombros e meu olhar encontrou o olhar dela.

— Você é minha mãe. Não importa o que aconteça, você será eternamente minha mãe.

Ela fungou um pouco enquanto as lágrimas escorriam por seu rosto.

— E você é meu filho.

Dei um beijo em sua bochecha, e ela deu um beijo na minha.

Ela me deu uns tapinhas no rosto.

— E como eu sou a sua mãe, é meu dever dizer para você ligar para o seu pai. Vocês dois precisam conversar.

— É assim que uma mãe de verdade fala. Mas tenho uma pergunta.

— Diga.

— Você é feliz com o meu pai?

O brilho de emoção que minha pergunta trouxe ao seu olhar a deixou um pouco abalada, mas ela rapidamente recuperou a compostura.

— Que pergunta esquisita.

— Que resposta esquisita.

Ela sorriu.

— Liga para o seu pai. Eu te amo, Aiden.

— Eu também te amo.

Quando ela foi embora, peguei o envelope e o encarei por um bom tempo.

Não o abri.

Eu não estava pronto para ler o que havia dentro dele.

32

Aiden

Tomei uma chuveirada rápida para acalmar meu nervosismo e, quando saí do banho, ouvi uma batida à porta. Enrolei uma toalha na cintura e peguei outra para enxugar o cabelo enquanto fui atender.

Era Hailee, segurando uma pilha de toalhas, com um sorriso bobo no rosto. Assim que me viu de toalha, suas bochechas travaram, e o rosto dela começou a corar.

— Hum... olá.

— Oi. — Olhei para as toalhas, depois para ela. — Você trouxe toalhas.

— É. Você falou que era para eu trazer toalhas quando estivesse pronta para conversar, mas, agora, parando para pensar, acho que você só estava fazendo uma piada. Deixa só eu levar isso de volta, e...

Peguei as toalhas da mão de Hailee antes que ela conseguisse sair dali.

— Obrigado.

Ela sorriu. Eu sorri também. Era bom sorrir para Hailee e receber um sorriso em resposta. Aquilo fazia com que eu me lembrasse de como costumávamos ser. Era um pequeno vislumbre de quem nós éramos.

— Você está pronta para conversar? — perguntei.

— Estou. Bom, não agora, porque estou indo para casa. Meu expediente acabou, e estou exausta.

— Posso ir com você até a sua casa? Ou te convidar para tomar alguma coisa? Ou... — *Te amar?*

Posso te amar de novo, Hailee?

Ela me lançou um olhar confuso e balançou a cabeça.

— Não.

Que ingênuo da minha parte achar que nós tínhamos deixado nossos problemas para trás.

— Certo. Tudo bem.

Ela se empertigou, colocando as mãos nos bolsos.

— Você pode me convidar para jantar.

— Ah. Agora?

— Não. Prometi para minha mãe que eu ajudaria na confeitaria hoje, mas que tal amanhã?

Hailee me dando um sinal de esperança? É claro que eu aceitaria.

— Então vamos sair para jantar.

— Mas vamos só comer — avisou ela.

— Acho que vai ser mais do que isso.

— Seria um jantar entre duas pessoas que estão cogitando retomar a amizade.

— Ou que tal... um jantar de verdade?

As bochechas dela coraram.

— Não. Aquilo que aconteceu na escada não vai se repetir.

Abri um sorrisinho ao ver que ela estava tentando lutar contra os próprios sentimentos. Eu sabia que Hailee queria ser mais do que minha amiga pela forma como tinha me beijado.

— Ainda prefiro um jantar de verdade, Hailee.

— Sem querer ofender...

— Eu vou me ofender...

— Mas eu jamais sairia para jantar com você nesse sentido.

— Estou ofendido. Por que você não sairia comigo?

— Porque, não importa o que aconteça, não podemos ficar juntos.

— Isso não faz sentido.

— O que não faz sentido?

— Você dizer que não podemos ficar juntos.

— Mas não podemos.

— Tá, claro. Mas você quer sair para jantar comigo?

— Eu adoraria curtir um bom jantar com você, como duas pessoas que estão cogitando retomar a amizade.

Eu não tinha a menor intenção de ser apenas amigo daquela mulher...

— Então você não quer nada comigo, certo? Porque o meu pai disse que isso poderia atrapalhar a minha carreira?

— Não, esse não é mais o motivo.

— Ah, é? E qual é o motivo?

— Bom, você franze o nariz de um jeito esquisito quando está muito concentrado. Reparei também que a sua risada é falsa e aguda demais nas entrevistas que vi na internet. Nenhuma piada é tão engraçada assim, Aiden. Você tem cheiro de madeira com um toque de limão. Pega leve no perfume, cara. E, sem querer ser maldosa, mas já sendo... você é feio.

Ela estava...? Estava. Ela estava tirando onda com a minha cara. A Hailee implicante estava de volta. Ah, como eu tinha sentido falta dela.

— Eu fui eleito o homem mais sexy do ano pela *People*. Acho que posso me considerar um cara bonito.

— Mas só porque a maioria das pessoas está condicionada a aceitar um padrão de beleza que a sociedade impõe. É verdade que o seu cabelo é sedoso, que você tem bíceps esculturais, um sorriso supostamente perfeito e um metro e noventa de altura. Mas isso não passa de uma beleza superficial medíocre que fomos convencidos a aceitar como sendo a coisa mais maravilhosa do mundo. A verdade é que beleza é algo muito mais profundo. — Ela cutucou a lateral da cabeça. — Bonito mesmo é ter uma mente sexy. A aparência muda com o tempo. Quero apoiar minha cabeça no ombro de um homem que tenha um cérebro sexy.

— Minha mente é sexy — falei.

A risada de Hailee era fria, mas havia um toque sedutor quando ela fez um aceno com a mão.

— O seu cérebro é tão sexy quanto um grão de feijão. Para ser sincera, você é basicamente um pau falante. Agora, diz logo, aspirante a garanhão, você topa ou não? A oferta tem prazo de validade.

Achei graça das provocações dela. Eu não sabia que sentiria tanto tesão em ouvir uma mulher me chamar de pau falante até agora. Será que eu tinha desenvolvido um fetiche por sofrer humilhação graças a Hailee? *Me chame de pau falante de novo, Hails. Acho que senti algo latejar dentro da minha calça.*

— Boa noite, Tom. — Ela se virou para ir embora.

— Boa noite, Jerry — gritei. — Tem certeza de que não quer que eu te leve em casa?

— Está falando sério? Não posso ser vista com você na cidade. As pessoas vão comentar.

— As pessoas já estão comentando. Além do mais, há muito tempo, uma garota me disse uma coisa interessante sobre essas pessoas para as quais não estamos nem aí.

— Ah, é? E o que ela disse?

— Elas que se fodam.

As maçãs do rosto dela se elevaram, e eu só tinha vontade de beijar aquelas bochechas de esquilo que sempre amei.

— É... elas que se fodam. — Hailee pareceu tímida por alguns segundos, então pigarreou. — Mesmo assim, é melhor não deixarmos muito na cara que estamos retomando nossa amizade. Você sabe como é o pessoal desta cidade. São um bando de fofoqueiros. Então é melhor que o jantar aconteça em um lugar onde ninguém nos veja. Não quero aparecer numa capa de revista com um pau falante.

Está latejando, está latejando.

Ela realmente havia despertado em mim um fetiche masoquista, e, por um segundo, cogitei responder com um "Sim, mestra", mas me contentei com:

— Tá bom, pode ser.

— Boa noite — gritou ela de volta, acenando para mim por cima do ombro, sem se virar para trás.

Por um breve momento, meu mundo estava perfeito.

— Boa noite, Hails.

33

Aiden

Aiden: Me encontra na North Heights, número 333. Fica bem na saída da cidade. Que tal umas sete da noite? Posso te buscar, para você não ir sozinha.

Hailee: Qual parte de "não posso ser vista com você em público" não ficou clara?

Aiden: Posso usar uma máscara.

Hailee: Só se for a do palhaço de *It*. Senão, posso ir de carro. Até logo.

O choque dela quando apareci às quatro e quarenta em seu apartamento com uma máscara do palhaço de *It: a coisa* foi impagável.

Quando Hailee abriu a porta, caiu na gargalhada.

— É sério isso? Por que você é assim?

— Eu só queria poder vir buscar você para o nosso jantar de amigos.

— Eu estava brincando sobre a máscara.

— Bom, é difícil captar insinuações e sarcasmo por mensagem. Então... — Fiz uma reverência e ofereci a mão para ela. — Vamos?

Ela deu um tapa na minha mão e riu.

— Vamos logo, antes que as pessoas pensem que estou tendo um caso com um palhaço qualquer.

— Você está incrível hoje, Hails.

Ela semicerrou os olhos.

— É bem esquisito ouvir um palhaço me elogiando.

— Posso te contar uma piada de palhaço?

— Acho que vou me arrepender, mas pode.

— Toc-toc.

— Quem é?

— Buuu.

— Que buuu?

— A Hailey buuunita.

Ela revirou tanto os olhos que comecei a rir. Então passou direto por mim e falou:

— Você sempre foi assim tão meloso ou isso é culpa de Hollywood?

— Pode começar a me chamar de seu docinho de coco.

Ela me encarou com um olhar inexpressivo.

— Eu te odeio tanto agora que chega a doer.

— Odeia ou ama?

Seus olhos me analisaram por um instante. Sua boca abriu, mas nenhuma palavra saiu. Então ela bateu no meu braço.

— Anda logo, seu chato. Estou com fome.

Eu a guiei até meu carro e abri a porta para ela. Hailee entrou e colocou o cinto, então fechei a porta dela antes de me acomodar ao volante. Entrei no carro, e fomos embora. Depois de um tempo, recebi permissão para tirar a máscara de palhaço assassino. Meu cabelo estava todo despenteado e suado, e eu provavelmente parecia um idiota, mas tudo valeu a pena quando vi Hailee me fitando com um sorriso bobo.

— Sabia que você é ridículo? — perguntou ela.

— Sabia.

Continuamos na estrada por mais um tempo até chegarmos a um campo aberto. O sol estava se pondo no céu, e, em uma toalha estendida na grama, estava o piquenique que eu tinha preparado para nós dois.

— Você preparou um piquenique? — perguntou ela, meio surpresa.

— Achei que a gente podia comer, conversar e depois deitar para contar estrelas.

— Droga, Aiden. — Ela balançou a cabeça. — Você sabe mesmo o que está fazendo.

Saltei do carro e abri a porta para ela. Depois fui até o porta-malas e peguei a cesta, a garrafa de champanhe geladinho e alguns cobertores, porque eu sabia que Hailee era friorenta.

Nós nos sentamos e nos acomodamos, começando a nos atualizar sobre os últimos cinco anos. Ela me contou sobre alguns de seus piores dias e alguns dos melhores. Eu odiava não ter estado presente em nenhum deles. Então ela começou a fazer perguntas sobre mim, sobre minha carreira, sobre meu sucesso estrondoso.

Ela disse que estava orgulhosa de mim, e isso me comoveu. Mesmo assim, parte de mim ainda achava que os últimos cinco anos tinham sido vazios.

— Pelo visto, seus últimos cinco anos foram bem mais fáceis e divertidos do que os meus — brincou ela, jogando uma uva na boca.

— A vida nem sempre é fácil, sabia? — comentei enquanto servia mais champanhe em sua taça.

Ela bufou.

— Aham. Deve ser muito difícil ser famoso e lindo, e ter o mundo aos seus pés.

Achei graça do sarcasmo dela.

— É sério. Eu penso demais em tudo. Quase o tempo todo. Cheguei a um ponto em que nem sei mais como ser eu mesmo.

— O que você faz quando se sente perdido?

— Essa é fácil. Pego um roteiro novo e me transformo em outra pessoa. E isso não vale só para quando estou trabalhando. Acontece todos os dias. Eu finjo ser alguém diferente. Alguém com quem as pessoas queiram conviver, alguém que as pessoas queiram conhecer, porque a minha versão verdadeira é bem mais triste do que muita gente imagina. E ninguém ia gostar de ver isso. As pessoas gostam de felicidade. Elas ficam desconfortáveis com tristeza.

Hailee me encarou e franziu a testa.

— Aiden?

— O quê?

— Isso é muito triste.

— A vida às vezes é triste.

— Mas a maioria das pessoas não saberia disso se convivesse com você, né?

Eu ri.

— Acho que não.

— Você está atuando agora? Comigo?

— Não. Baixei a guarda agora.

Ela olhou para a taça de champanhe que segurava e mordeu o lábio inferior. Todos os gestos de Hailee, por mais sutis que fossem, me fascinavam. O jeito como seus dentes roçavam seu lábio inferior me fez querer imitá-los.

— Me conta algo que está sendo difícil para você agora — pediu ela, se aconchegando nas cobertas.

— Bom — cocei o nariz —, outro dia minha mãe me entregou uma carta da minha mãe biológica.

Os olhos dela se arregalaram.

— Calma. O quê? Ai, nossa. Você está bem? O que dizia a carta?

— Não faço ideia. Ainda não li.

— Por quê? Eu sei que você sempre quis saber mais sobre ela.

— Exatamente. Então, quando eu ler a carta, tudo vai se tornar realidade, e não sei se isso vai ser bom ou ruim.

— Você está assustado com o fato de ela ter te procurado?

— Hum... não estou assustado, mas fiquei com o pé atrás pelo momento que ela escolheu para entrar em contato. Não é segredo para ninguém que sou bem-sucedido. Fico incomodado por ela só ter aparecido agora, e não antes de eu ter ficado famoso. Mas, por outro lado, quem pode saber o que aconteceu? Só vou descobrir quando ler a porcaria daquela carta. E ainda não estou pronto para isso.

— Se você quiser alguém do seu lado quando resolver ler, pode me chamar.

Semicerrei os olhos.

— Porque somos amigos de novo?

Ela riu.

— Eu preciso dizer isso com todas as letras?

— Não, mas acho que é importante para mim ouvir isso com todas as letras.

Então Hailee colocou a taça de champanhe no chão e olhou para o céu repleto de estrelas.

— Você nunca deixou de ser meu melhor amigo, Aiden. Prefiro pensar que nossos celulares só ficaram sem sinal nos últimos cinco anos.

— Eu avisei para você mudar de operadora — brinquei.

— Você me conhece. — Ela abraçou os joelhos. — Nunca sigo conselhos. E como estão as coisas com o seu pai? Já conversou com ele depois que você descobriu o que aconteceu?

Trinquei o maxilar só de ouvir a pergunta.

— Não.

— Aiden, eu sei que você está com raiva do seu pai pelo que ele fez, mas, no fundo, ele só queria o seu bem.

— Ou talvez ele só estivesse sendo muito egoísta e ganancioso. Acho que depende do ponto de vista. — Ela tentou dizer alguma outra coisa, mas eu a interrompi. — Vamos mudar de assunto?

Ela entendeu. Eu não estava pronto para falar sobre o meu pai e o que ele tinha feito.

— Tudo bem, vamos falar de outra coisa.

— Como foram os seus últimos cinco anos? — perguntei. — Como você está?

— Bom. Eu estou bem. — Ela ergueu o olhar com um sorriso discreto. — Estou ótima, na verdade.

— Me conta. Me conta o que eu perdi.

Ela deu uma risadinha.

— Cinco anos de acontecimentos? É muita informação.

— Quero saber tudo. Me conta a sua história.

Ela havia estudado psicologia na faculdade. Estava tirando um ano sabático antes de começar o mestrado. Parte de mim estava triste por não ter tido as experiências da vida universitária com ela. Outra oportunidade perdida por causa da minha carreira, mas eu estava feliz por Hailee ter se saído bem nos estudos.

— E o que você quer fazer? — perguntei.

— Quero trabalhar com terapia infantil. Você sabe que os últimos anos da escola foram difíceis para mim, né? Não quero que outras crianças se sintam excluídas. Quero ajudá-las a entender suas emoções e a enfrentar os dias mais complicados. Quando meus pais me colocaram na terapia, minha vida mudou. Agora, quero fazer a minha parte e mostrar para as crianças que alguns dos melhores dias da vida delas ainda estão por vir. É estranho pensar que, de certa forma, tudo que aconteceu comigo naquela época me colocou no caminho certo.

— A vida dá um jeito de colocar a gente no lugar exato onde deveríamos estar.

— Pois é, também acho. Mas, fora os estudos, continuo sendo a mesma garota sem graça que lê demais, malha por diversão e trabalha no hotel. Minha vida é bem simples.

— Eu daria tudo para ter uma vida mais simples. E você está feliz?

Os lábios carnudos dela sorriram.

— Estou. Tenho altos e baixos, como todo mundo, mas, no geral, estou feliz.

— Que bom. Você merece.

— Obrigada. Mesmo assim, por mais que eu esteja feliz, às vezes me sinto sozinha — confessou ela. — Na maior parte do tempo, fico bem. Passo dias muito bem. Mas aí, em certas noites ou de manhãzinha, me sinto muito solitária. Não tenho muitos amigos. Não estou reclamando, só constatando um fato. Ninguém fala sobre solidão nem que as pessoas solitárias às vezes são obrigadas a mentir para si mesmas, dizendo que não se incomodam em ficar sozinhas. Acho que nascemos para conviver com outras pessoas. Talvez não o tempo todo, mas em alguns momentos. E, quando fico sozinha demais, as coisas ficam difíceis. Eu sigo a mesma rotina todo santo dia. Acordo sozinha, vou para o trabalho sozinha, volto para casa sozinha, vou dormir sozinha. Às vezes, queria ter alguém para ficar à toa comigo.

— Por que você não sai com alguém?

— Porque essa pessoa não seria você.

Eu queria abraçá-la, mas não sabia se já tínhamos recuperado esse nível de intimidade. Eu queria absorver a tristeza dela e guardá-la dentro de mim. Queria transferir tudo que ela estava sentindo para mim.

— Sei como é... se sentir sozinho. Às vezes, acho que a minha vida é definida pela minha solidão. Vivo cercado por pessoas, mas juro que nunca me senti tão solitário quanto morando em Los Angeles. Então deixa eu me juntar a você — falei.

Ela levantou uma sobrancelha, sem entender meu comentário. Para ser sincero, eu também não tinha entendido direito.

— Como assim? — perguntou ela.

— Tipo, deixa eu te fazer companhia. — Eu me inclinei na direção dela, apoiando as mãos em seus joelhos. — Nós podemos nos sentir sozinhos juntos.

Os olhos dela foram para minhas mãos em suas pernas. Será que eu tinha forçado a barra com aquele contato? Ela estava gostando? Ela queria aquilo? Eu havia passado do limite? Encarei o ponto onde minhas mãos estavam, mas não as movi. O calor de sua pele negra macia irradiava ondas de luz para dentro de mim.

Lágrimas pingaram nas minhas mãos. Isso me fez erguer o olhar e encará-la. Elas escorriam pelas bochechas de Hailee, que rapidamente tentou secá-las. Fui obrigado a quebrar o contato visual quando ela mexeu as pernas.

— Hails, se eu estiver passando do limite, podemos...

— Não — interrompeu-me ela, balançando a cabeça. — É só que... Não existe outra pessoa no mundo com quem eu gostaria de me sentir sozinha.

Nós conversamos por mais um tempo, então nos deitamos para contar as estrelas.

Uma... duas... três...

— Quarenta e cinco. — Hailee apontou.

— Você já contou essa — exclamei.

Ela inclinou a cabeça na minha direção e torceu o nariz.

— Com certeza não contei.

— Contou, sim.

— Não contei.

— Contou!

— Você vai mesmo teimar sobre isso, Walters? Depois de cinco anos sem sinal de celular? — perguntou ela.

Eu ri e revirei os olhos, voltando a fitar o céu noturno.

— Quarenta e cinco.

34

Aiden

— Puta merda! — berrou Hailee ao sair da confeitaria na manhã seguinte ao piquenique que reuniu duas pessoas que estão cogitando retomar a amizade, que, aliás, havia sido um sucesso.

— Desculpa, eu te assustei? — perguntei.

— Nossa, Aiden. Você é doido? Quase tive um treco agora — disse ela, dando um tapa no meu peito. — O que você está fazendo aqui? Quanto tempo ficou esperando?

— Quase nada. — Mentira. Fazia quarenta e cinco minutos que eu estava ali. Eu estava parado na frente da confeitaria com um suporte de papelão protegendo dois copos de café. Café que já devia estar frio. Na outra mão, eu carregava um saco de papel pardo com dois croissants. E na minha cabeça? A máscara do palhaço de *It: a coisa*. Não quis correr o risco de fazer com que ela fosse vista comigo em público. — Eu só estava passando por aqui. Que estranho esbarrar em você. Só vim comprar meu café e croissants.

Ela me encarou com uma expressão inescrutável.

— Usando uma máscara de palhaço assassino?

— Talvez eu tivesse um pouquinho de esperança de esbarrar em você e tenha achado melhor que as pessoas não nos vissem juntos. Já que você não quer.

— Isso é muito gentil da sua parte, seu esquisito, mas preciso ir trabalhar.

— Sim, claro. Fica à vontade.

Apontei para a calçada.

Hailee começou a andar na direção do hotel, e eu a segui. Ela parou, e eu parei também.

— O que você está fazendo, Aiden?

— Andando.

— Isso eu percebi. Mas por que está me seguindo?

Dei de ombros.

— Acho que a gente está indo para o mesmo lugar.

— Eu vou para o trabalho.

— Que engraçado. Eu estava indo para o hotel. — Levantei um dos copos de café e o ofereci a ela. — Café? Você ainda bebe café com leite e calda de caramelo?

— Bebo.

Ela me encarou com os olhos semicerrados, mas aceitou o café. Ela voltou a andar, e permaneci ao seu lado. Fui cantarolando enquanto seguia para o hotel. De vez em quando, ela me lançava o olhar emburrado que adorava exibir de manhã cedo, e depois virava para a frente de novo. Seguimos assim por uns três minutos, quando então o volume dos resmungos dela aumentou e ela soltou um rosnado. Eu tinha escutado um rosnado mesmo? Hailee Jones tinha acabado de rosnar para mim?

— O que você está fazendo? E não me venha com gracinhas. Me explica por que está me seguindo! — ordenou ela.

Pigarreei.

— Bom, ontem você me contou que se sentia solitária. Falou que acorda sozinha, que vai trabalhar sozinha, que volta para casa sozinha, que vai dormir sozinha. Eu só queria estar com você em alguns desses momentos solitários. Imaginei que você não ia querer acordar comigo ao seu lado, mas, se quiser que eu esteja na sua cama de manhã, é só pedir...

— Aiden. Se concentra.

— Certo. Então, como não posso acordar com você, imaginei que poderia pelo menos ir com você para o trabalho.

Ela bufou.

— Que bobagem.

— Eu sou bobo.

— Isso é fato. — Os olhos dela foram para o saco de papel pardo na minha mão. — Tem um croissant sobrando para mim?

— Por acaso tem.

— Passa para cá.

— Mas que mandona. Sabia que alguns homens gostam desse tipo de coisa?

Sou eu. "Alguns homens" sou eu.

Ela revirou os olhos, e meu pau latejou. Nossa, aquela mulher não fazia ideia do quanto mexia comigo.

Hailee esticou a mão para receber o croissant, e eu o entreguei para ela. Na primeira mordida, ela gemeu de prazer.

Faz isso de novo, Hails.

— Você não gemeu assim quando estava comigo na escada — reclamei.

— É, bom, você não estava coberto de manteiga.

— Preciso me lembrar de levar manteiga da próxima vez que você me convidar para ir à sua casa.

Ela riu.

— Você precisa parar de achar que a gente vai repetir a dose, porque isso não vai acontecer.

— Eu posso sonhar. E, acredite em mim... Ando sonhando bastante com isso.

— Pois é. Algumas das suas fãs ouviram esses seus sonhos.

— Qual é a sensação de saber que eu estava pensando em você naquele momento?

— Eu me recuso a responder isso.

— Quer saber quanto tempo eu levei para gozar pensando em você?

As bochechas dela coraram.

— É muito ridículo ouvir um cara usando uma máscara de palhaço assassino perguntar isso.

— Cinco minutos.

— Você não devia se vangloriar disso.

— Fazer o quê? A Hailee da minha cabeça me deixa com tanto tesão que não consigo me segurar. Igual à Hailee da vida real.

— Acho que isso não passa a impressão positiva que você imagina, garanhão.

Eu ri.

— Se você me der outra chance, vou te mostrar por quanto tempo eu aguento. Aquela foi a primeira vez em muito tempo para mim. Acabei queimando a largada.

— Tenho certeza de que você se manteve ocupado com muitas mulheres em Hollywood.

— Nenhuma desde você.

Ela levantou a sobrancelha.

— Mas eu fui a primeira. Tenho certeza de que você...

— Nenhuma desde você — repeti, agora mais sério.

Ela reagiu com um sobressalto e parou no meio do caminho.

— Você jura?

Eu me posicionei na frente dela e levantei a máscara, para que nossos olhares se encontrassem.

— Juro.

— Por tudo que é mais sagrado?

Segurei a mão dela.

— Por tudo que é mais sagrado. E você? Quantos pretendentes fizeram fila na sua porta desde que eu fui embora?

No instante que a pergunta saiu da minha boca, me arrependi. A verdade era que a última coisa que eu queria era saber com quantas pessoas ela tinha ficado desde que fui embora.

Perguntas idiotas merecem respostas idiotas.

Qualquer resposta diferente de "nenhum" seria errada.

— A gente acabou de retomar nossa amizade, Tom. Não força a barra.

— Fazer o quê? — Eu me inclinei na direção de Hailee e dei uma mordida no croissant dela. — Eu gosto de forçar barras. Mas não vou mentir. Esse croissant é um dos melhores do mundo.

— Juro que meus pais fazem os melhores pães do mundo. Sei que nunca fui a Paris, mas aposto que este croissant é tão bom quanto os de lá.

Antes que eu conseguisse responder, comecei a cumprimentar e a dar atenção às pessoas que passavam por mim na calçada e falavam comigo. Quando elas foram embora sorrindo, me virei de volta para Hailee.

Ela sorriu.

— Você sempre faz isso, né? Bate papo com os outros.

— As pessoas são fascinantes.

— Você encara a gente como personagens que um dia pode vir a interpretar?

Eu ri.

— Não, mas a ideia é boa. Todo mundo é um personagem, eu acho. — Fiz um gesto indicando pessoas aleatórias na rua. — Temos figurantes. Coadjuvantes. Protagonistas. Vilões, heróis, fadas madrinhas. O mundo inteiro é um grande filme, se você parar para pensar. E boa parte das cenas foca no cotidiano, porém, às vezes, você se depara com momentos fantásticos que rendem uma ótima história. Ainda estou na dúvida se esta vai ter um final feliz ou se vai virar um apocalipse zumbi.

Ela lambeu os dedos depois de comer o último pedaço do croissant e inclinou o copo de café na minha direção.

— Estou torcendo pelos zumbis.

Ofereci meu croissant para saber se Hailee queria mais e, como ela balançou a cabeça, parti para o ataque.

— Que tipo de personagem eu sou? — perguntou ela. — Qual é a minha história?

— Você com certeza é a coveira da cidade. A esquisitona que fica espreitando nas sombras — brinquei.

Por sorte, ela entendeu que era uma brincadeira e me deu um leve empurrão.

— Babaca.

— Sou só um pouco babaca. — Tomei um gole do meu café antes de dizer: — Protagonista.

Ela bufou.

— Não sou protagonista.

— É exatamente isso que todo protagonista diz. As pessoas que acham que são protagonistas nunca realmente são. Elas quase sempre morrem na segunda cena.

— Ah, como eu queria morrer na segunda cena — suspirou ela, jogando as mãos para o alto, fazendo drama.

— É, pois é. Você é a protagonista dramática. Dá para perceber.

— Eu também sei quem você é.

— Ah, é? E qual é o meu papel?

— Você é o cara aleatório que é atropelado por um ônibus assim que pisa na rua e nunca mais aparece na história.

Eu ri e parei na beira da calçada, me esticando para a rua.

— Cuidado com as ideias que você me dá, Jones.

Pulei para o asfalto assim que vi um carro vindo na minha direção, mas, antes que ele chegasse perto demais, Hailee agarrou a manga da minha jaqueta e me puxou de volta para a calçada.

— Você ficou doido?!

— Um pouco, talvez. A quantidade certa para parecer charmoso.

— Você não é charmoso. Você é irritante. É a pessoa irritante que nunca vai embora — disse ela. — Se o país soubesse o quanto você é irritante, ninguém teria te escalado para ser o Superman.

— Eu não passo uma vibe Clark Kent? Porque isso também conta.

Ela revirou os olhos, seu hobby favorito quando se tratava de mim. O meu novo hobby favorito era observá-la.

— Não. Você parece mais o Pateta.

— Sei que você tentou me ofender, mas, para ser sincero, o filme do Pateta é um dos meus favoritos.

— Eu sei disso.

Claro que ela sabia.

Quando chegamos ao hotel, abri a porta e a segurei para que Hailee entrasse.

— Que horas você sai do trabalho? — perguntei.

— Você não vai me levar em casa.

— Claro que não. Para ser sincero, nem achei que você fosse deixar eu vir com você, mas, se por acaso eu estiver dando uma volta na rua na hora que você sair...

— Para um ator famoso ganhador do Oscar, você até que está bem ocioso.

— Estou numa fase tranquila.

— E o que você está achando dela?

— Faz tempo que eu não me sinto tão bem.

— Que bom. — Hailee sorriu. — Preciso trabalhar. Me deixa em paz.

— Tenha um bom dia, Jerry.

Abri a porta para sair do hotel, e ela arqueou uma sobrancelha.

— Espera aí. Você só veio mesmo até aqui para me fazer companhia? Não vai voltar para o seu quarto?

— Não. Tenho um treino marcado na academia daqui a pouco. Estou meio atrasado, então preciso ir.

— A academia fica do lado da confeitaria.

— É.

— Certo. Tudo bem. — Ela franziu a testa, parecendo não entender por que eu tinha acompanhado-a até o hotel para dar meia-volta e ir embora logo depois. Ela foi até a recepção e puxou uma cadeira para se sentar. — Seis e meia. Eu saio do trabalho às seis e meia.

Tentei esconder minha empolgação com aquela informação. Assenti com a cabeça.

— Então até lá.

35

Hailee

Aiden passou a semana seguinte aparecendo no meu apartamento com aquela máscara ridícula de palhaço para me levar até o trabalho, depois me acompanhava de volta para casa. Depois da primeira semana, eu o liberei do uso da máscara. Ela perdeu o sentido quando publicaram fotos dele na internet, alegando que Aiden havia surtado e que fora visto andando mascarado pela rua. No fim das contas, não era um disfarce tão bom assim.

Mas ele não pareceu se abalar com os tabloides. Seu principal objetivo ainda parecia ser... eu.

Aiden era um homem persistente. Todo dia, ele se oferecia para me acompanhar até a porta do meu apartamento, mas eu sempre recusava a oferta. Mesmo assim, ele perguntava. Eu ainda não estava pronta para recebê-lo em meu espaço de novo. Na última vez que ele tinha subido aquela escada, bem... as coisas aconteceram rápido demais. Eu não sabia se estava pronta para voltar àquela velocidade.

Agora, por causa da abertura que eu havia dado, o ator famoso mais tagarela do mundo me acompanhava na ida para o trabalho e na volta. Se Aiden tinha uma característica marcante, era o fato de que sempre encontrava motivos para falar. E falava sobre qualquer coisa. Grande parte de seus pensamentos era colocada para fora de sua cabeça — ele simplesmente verbalizava tudo. Algumas informações aleatórias que ele dava eram interessantes; outras eram apenas idiotas. No fundo, eu gostava de escutar todas.

Mas era estranho andar ao lado dele, porque nossas caminhadas viviam sendo interrompidas por pessoas que vinham bater papo com ele. Todo mundo queria ser amigo de Aiden, e, sendo o cara afetuoso que era, as novas amizades sempre acabavam sendo bem-vindas. Ele conseguia conversar com qualquer um que cruzasse seu caminho. Eu ficava me perguntando em quantas dessas interações Aiden estava sendo ele mesmo e quantas máscaras ele usava ao longo dos dias. Quantos papéis ele estava interpretando?

— Adorei conversar com você, Ruby! Boa sorte para o seu cachorro na competição! — Aiden acenou para Ruby enquanto ela se afastava com o cão.

— Até mais tarde, Aiden! — Ruby acenou para ele, sorrindo de orelha a orelha.

Era assim que a maioria das pessoas ia embora depois de falar com ele — sorrindo.

Todos que vinham conversar com Aiden ignoravam a minha presença. Mas ele fazia questão de me apresentar para todo mundo, para que eu não me sentisse excluída. Mal sabia ele que eu gostava de ser invisível. Para uma pessoa introvertida, era exaustivo ser amiga de um extrovertido. Ele fazia de tudo para me incluir, quando eu só queria ficar no meu canto, maratonando séries de TV e lendo livros, no máximo na companhia de um bichinho de estimação.

Um dia, eu queria que as pessoas entendessem que nós, introvertidos, não precisávamos falar o tempo todo. Esse era, inclusive, um dos nossos passatempos favoritos.

— Reparei uma coisa em você — falei para ele quando nos aproximávamos da confeitaria. — Hoje em dia, você fala bem mais com desconhecidos do que antigamente. Tipo, dá para perceber que você ainda detesta fazer isso, mas aprendeu a lidar melhor com essas coisas.

Ele parou na minha frente e abriu aquele sorriso hollywoodiano que fazia meu estômago dar cambalhotas de um jeito que não deveria fazer por ele.

— O que mais você reparou em mim?

Seus olhos.

Seu sorriso.

Sua risada.

A covinha que aparece na sua bochecha direita sempre que você ri e sorri demais.

A forma que suas narinas se expandem quando você fica irritado.

A forma como você anda em zigue-zague.

A forma como você me olha quando acha que não estou vendo.

A forma como você masca chiclete e faz bolas.

Muitas coisas, Aiden. Eu reparo em muitas coisas.

— Nada — menti. — Além do fato de você ser piegas.

— Fala sério, eu não sou piegas. Sou charmoso.

Bufei.

— Charmoso? É, vai nessa.

— Sou, sim. É sério, e acho que você sabe que estou te ganhando. Sou tipo um relógio.

Arqueei a sobrancelha.

— Um relógio?

— É, depois de passar um tempo comigo, você vai ver que eu sou da hora. — Ele riu muito, batendo a mão no joelho, se inclinando para a frente em uma crise de riso, feito um completo idiota. — Entendeu? Relógio? Da hora?

Revirei os olhos.

— Sim, Aiden. Eu entendi.

Ele riu tanto que aquela covinha boba, fofa e adorável apareceu. Aquele era o verdadeiro Aiden. Ele não estava interpretando um papel nem se comportando como outra pessoa naquele momento. Só estava sendo ele mesmo, na sua forma mais autêntica.

— Posso te contar um segredo? — perguntei.

— Pode.

— Senti sua falta.

— O suficiente para me convidar para ir ao seu apartamento?

— Não força a barra.

Naquela noite, quando caminhávamos pela rua, o céu estava escuro. Havia nuvens demais para que pudéssemos ver as estrelas, mas, para ser sincera, não fiquei olhando para o céu. Estava ocupada demais observando Aiden. Mas vi sua postura mudar quando ele olhou para um beco. Havia dois homens lá, discutindo, e um deles estava nitidamente embriagado, cambaleando para a frente e para trás. Seu rosto sangrava, e dava para perceber que os dois haviam tido uma briga feia. Uma briga muito injusta, já que um deles mal conseguia ficar de pé.

No instante que olhei com mais atenção, entendi por que a energia de Aiden havia mudado.

— Aquele é o...? — comecei.

— É. — Aiden suspirou, apertando a ponte do nariz. — É o Jake.

Quando estávamos chegando perto deles, vi o homem sóbrio dar um soco em Jake. Eu me assustei quando o punho dele atingiu o rosto de Jake, que caiu em cima de uma lixeira e se espatifou no chão.

— Não quero saber por que você não tem o dinheiro. A única coisa que interessa é que você está me devendo — declarou o desconhecido.

Quando ele ameaçou partir para cima de Jake de novo, Aiden saiu correndo e se enfiou no meio dos dois.

— Ei, ei, ei, calma — ordenou Aiden para o desconhecido. — Acho que você já fez estrago o suficiente.

— Pelo visto, não, porque ele continua respirando. E, a menos que você queira ficar igual a esse merdinha, acho melhor ir cuidar da porra da sua vida.

— Você nem imagina o quanto eu queria poder fazer isso, mas resolver essa situação faz parte da minha vida — disse Aiden, entre os dentes.

Jake cuspiu sangue, e, sem pensar duas vezes, corri para ver se ele estava bem.

— Hails, espera na calçada — ordenou Aiden.

— Não vou deixar ele aqui — respondi, vendo que Jake não estava em condições nem de se sentar sozinho.

Um de seus olhos estava tão inchado que nem abria, e ele mal conseguia formar uma frase inteligível.

— Hailee! — gritou Aiden.

— Aiden! — gritei de volta, sem me abalar.

Ele sabia que eu não daria o braço a torcer, então se virou para o homem à sua frente.

— Quanto ele te devia?

— Cinquenta pratas.

— Sério? — resmungou Aiden. — Você está dando uma surra em um bêbado porque ele te deve cinquenta pratas?

Ele tirou a carteira do bolso e a abriu.

Assim que viu o dinheiro de Aiden, o homem semicerrou os olhos.

— Eu falei cinquenta? Quis dizer duzentos.

— Como é que é? — Aiden arqueou a sobrancelha. — Eram cinquenta há dois segundos.

— Isso foi antes de eu perceber que o Jake sujou meus tênis de sangue.

— Eles não estariam sujos de sangue se você não tivesse esmurrado a cara dele — rebateu Aiden.

— Duzentas pratas, e paro de te encher o saco.

Aiden murmurou um comentário maldoso, mas, no fim, deu o dinheiro para o cara. O homem foi embora animado e com um sorrisinho no rosto. Aiden veio correndo até mim e Jake e me ajudou a colocá-lo mais ou menos de pé, escorado em nós dois.

— Meu Deus, Jake. Que merda você está fazendo? — murmurou Aiden, sua voz cheia de raiva.

Poucas coisas tiravam Aiden do sério, e Jake era uma delas. Principalmente naquele estado.

— É melhor levarmos ele para o hospital — sugeri. — Ele está bem machucado.

— Nada de hospital — resmungou Jake.

— Deixa de ser idiota. Você precisa ir para o hospital — explicou Aiden.

— Nada de hospital! — repetiu ele, agora sério. — Me leva para a casa do seu pai.

Aiden fez uma careta.

— Acho que ele não vai gostar disso. Você disse que ia parar de beber.

— Eu parei. Parei. Só tive uma noite ruim. Está tudo bem. Me leva para a casa do seu pai — ordenou ele, tossindo sangue.

— Podemos ir no meu carro — ofereci. — Está estacionado na esquina da confeitaria. Não é nada de mais.

— É, sim — disse Aiden, entre os dentes, mas concordou.

Ele ajudou Jake a entrar no carro, e eu dirigi até a casa dos Walters. Deitado no banco detrás, Jake murmurou:

— Eu não sabia que você estava na cidade, Aiden. Se soubesse, teria feito uma visita.

Aiden bufou.

— É. Que nem você sempre fazia quando eu era criança — rebateu ele, em um tom sarcástico.

Eu sabia exatamente como era o relacionamento de Aiden com Jake. Ou melhor, a ausência de um relacionamento. Os Walters, ou Samuel, achavam que era importante que Jake participasse da vida de Aiden. Lauren não concordava. Desde criança, Aiden achava que ter dois pais era algo especial. Até se dar conta de que Jake não era a pessoa mais consistente do mundo. No começo, Jake fazia promessas grandiosas, dizendo que levaria Aiden a jogos de beisebol, que iria às suas festas de aniversário, que pararia de beber por Aiden.

Aiden achava isso o máximo — alguém parar de beber por causa dele.

Mas Jake o decepcionava todas as vezes, sem exceção.

Quando éramos pequenos, havia dias em que eu ia à casa de Aiden e o encontrava esperando na varanda com um bastão e uma bola de beisebol, porque Jake tinha dito que eles iriam ao campo para treinar.

Ele ficava lá até o sol se pôr e seus pais o obrigarem a entrar.

Então fazia a mesma coisa em outro dia. E em mais outro. E em mais outro. Até o momento em que se deu conta de que as palavras de Jake não passavam de promessas vazias que jamais se concretizariam. Se

Aiden tinha dificuldade para confiar nas pessoas, era por causa de Jake Walters. Eu sabia que era por isso que Aiden ficou tão magoado quando descobriu que seu pai estava por trás do nosso término, há cinco anos. Samuel provavelmente era para ele aquilo que Jake nunca foi — honesto.

Estacionei o carro e ajudei Aiden a carregar Jake pelos degraus, então esperamos alguém abrir a porta.

Quando Samuel apareceu, ficou alerta ao ver o primo machucado e cheio de hematomas parado ali em sua varanda.

— Mas o que foi que aconteceu? — perguntou ele, abrindo a porta de tela.

— O que você acha que aconteceu? É o Jake. Ele fez o que sabe fazer de melhor: merda. Ele queria vir para cá, então toma.

Aiden largou Jake nos braços de seu pai e se virou para ir embora. Eu me sentia bem desconfortável, então achei melhor só acompanhá-lo.

— Aiden, espera — pediu Samuel, chamando o filho. — A gente devia conversar.

— Eu não tenho nada para conversar com você.

— Filho...

— Boa noite, Samuel — disse Aiden com frieza.

Senti a rispidez de suas palavras, e Samuel deu um passo para trás. Meu coração chegou a se partir um pouco quando vi a expressão derrotada nos olhos de Samuel. Eu queria reconfortá-lo, mas sabia que era Aiden quem merecia meu carinho naquele momento. Samuel não era minha preocupação — seu filho, sim.

Aiden e eu entramos no meu carro e fomos embora. Ficamos em silêncio pelo caminho. Eu não sabia exatamente para onde estávamos indo. Aiden continuava quieto, e suas mãos permaneciam fechadas em punhos enquanto ele encarava a janela, com uma expressão fechada. Seu pé direito batia no chão do carro de um jeito meio agressivo.

Parei o carro no acostamento, o coloquei em ponto morto e me virei para Aiden.

— Fala comigo.

— Não tenho nada para falar.

— Você não ter nada para falar para o seu pai até que é compreensível. Mas sou eu, Aiden. Você pode me contar o que for.

— Não foi assim nos últimos cinco anos — rebateu ele, ríspido. Então seus ombros murcharam, e ele soltou um palavrão baixinho. — Desculpa. Falei sem pensar.

— Talvez não tenha sido sem pensar, mas não tem problema. — Coloquei a mão em seu ombro e o virei na minha direção. — Você pode sentir raiva de mim também, Aiden. Você pode me contar o que quiser. Até as coisas difíceis, que talvez me magoem.

— Não quero te magoar. — Seus olhos azuis pareciam tão tristes. — Você é a última pessoa que eu quero magoar na vida.

— Me conta as partes difíceis que eu te ajudo com elas.

— Ver Jake naquele estado não me incomodou. Não me leve a mal, foi difícil e irritante, mas era só o Jake sendo o Jake. Ele é assim desde que me entendo por gente. Mas encarar o meu pai? O cara que não devia ser um escroto? O cara que eu passei a vida toda admirando e que acabei de descobrir que passou cinco anos mentindo na minha cara? Essa foi a pior parte. Porque, agora, é como se eu estivesse encarando um homem que nunca conheci de verdade.

— Mas você devia sentir a mesma coisa em relação a mim. Eu segui o plano do seu pai. Eu coloquei tudo em prática. Eu...

— Hailee, sei que pode ser difícil entender isto, mas passei cinco anos tentando ter raiva de você. Passei quase dois mil dias tentando te odiar. Tentei até me agarrar a esse ódio quando cheguei a Leeks, mas não adianta. Nunca vai adiantar. Sabe por que voltei para cá? Por que resolvi passar as festas de fim de ano em Leeks?

— Por quê?

— Por sua causa — confessou ele. — Eu voltei por sua causa.

— Como assim?

— Quando nós éramos mais novos, você me disse que, se um dia eu fosse para Hollywood e me sentisse perdido, era para eu voltar para você. Já faz muito tempo que me sinto assim, então... voltei.

— Para mim?

— Para você.

Meu coração pertenceria àquele homem por toda a eternidade.

— Aiden?

— O quê?

Mordi meu lábio inferior.

— Quer conhecer meu apartamento?

A postura dele mudou totalmente com aquela pergunta. Ele semicerrou os olhos enquanto um sorriso malicioso se formava em sua boca.

— Isso... é um convite para conhecer a sua casa, ou é um convite para tirarmos a roupa?

Virei a chave na ignição e dei partida no carro.

— Acho que só tem um jeito de você descobrir.

36

Hailee

— Se eu soubesse que meus traumas me renderiam um convite para o seu apartamento, teria desabafado antes — brincou Aiden quando entramos na minha casa. Ele olhou ao redor, colocou as mãos nos bolsos e assobiou. — Caramba. Este lugar é a sua cara.

Olhei para meu apartamento milimetricamente organizado. Tudo tinha uma etiqueta. Não havia nada fora do lugar, e ele estava limpíssimo. As quatro paredes da sala eram cobertas por estantes com livros, e, no meio de duas delas, havia uma televisão que quase nunca era ligada. Na verdade, parecia mais um objeto de decoração.

Havia plantas por todo canto, presentes da minha mãe, que dizia que "Todo lar precisa de plantas para dar vida ao espaço". E alguma coisa sobre aumentar o fluxo de oxigênio. Para o meu azar, ela tinha mais talento para jardinagem do que eu.

Sobre a bancada da cozinha, havia uma boleira com um dos bolos de limão da minha mãe. Toda semana, ela preparava um bolinho para mim. Isso explicava bem por que meus treinos na academia não surtiam muito efeito. Eu mantinha uma vida equilibrada entre bolos e agachamentos. Para ser sincera, esse era o melhor dos dois mundos.

— Suas plantas estão morrendo — disse Aiden enquanto tirava os sapatos e ficava à vontade. Ele foi até a cozinha, encheu um jarro e foi molhar as tais plantas. — Quando foi a última vez que você adubou elas?

Arqueei a sobrancelha.

— Desde quando você gosta tanto de plantas?

— Interpretei um personagem que era louco por plantas. Estas coitadinhas precisam de amor e cuidado. — Ele enfiou o dedo na terra e franziu a testa. — Quando foi a última vez que você as regou?

— Ahn... há uns dois meses, eu acho?

— Hailee!

— O quê? Em minha defesa, eu nem queria plantas.

— Você está acabando comigo, Hails. Você está acabando comigo. — Pelos dez minutos seguintes, Aiden ficou conversando com as minhas plantas, cantando cantigas de ninar para elas, dizendo que elas eram amadas. Tudo isso enquanto as regava. — Sinto muito por sua mãe maltratar vocês — dizia ele.

Para ser sincera, eu não sabia se aquilo estava me dando tesão ou aversão.

Então olhei para seus bíceps enquanto ele as regava, e, bom, pois é. Dava tesão.

Quando ele terminou de tirar a poeira das folhas das plantas, foi lavar as mãos parecendo todo orgulhoso.

— A sua sorte é que plantas não guardam rancor. Você vai ver como elas vão ficar felizes nos próximos dias.

Ao se aproximar da minha escrivaninha, ele parou e inclinou a cabeça. Aiden ficou fascinado ao ver o que estava preso no meu quadro de cortiça. Ingressos de todos os seus filmes. Ele olhou para mim.

— Você viu todos?

— Assisti a todos na estreia e tenho os DVDs. Sem querer me gabar, mas acho que existe uma boa chance de eu ser sua maior fã.

— Humpf. Eu não esperava sentir isso.

— Isso o quê?

— Amor.

Sorri.

— É uma emoção que pega a gente de surpresa.

— Pois é, tipo isso. — Ele esticou o braço e pegou o colar que estava pendurado ali. O que tinha o pingente de Jerry, que ele havia arrancado tantos anos antes. — Posso?

Concordei com a cabeça.

— Por favor.

Ele o colocou em seu pescoço, e juro que parte do meu coração se curou no mesmo instante.

Eu me encolhi no sofá e sorri para ele.

— Agora que você já se distraiu, quer conversar sobre o que aconteceu com o seu pai e o Jake?

Ele semicerrou os olhos.

— Achei que você tinha me convidado para furunfar.

Eu ri.

— Eu nunca disse que ia furunfar com você.

— Ah. Bom. Hum... foi legal conhecer a sua casa. É melhor eu ir...

Joguei uma almofada nele.

— Cala a boca e senta aqui agora.

Aiden riu e me obedeceu. Ao se acomodar na minha frente, ele suspirou.

— Eu sei que devia conversar com ele, só que não estou pronto. E sei que não devia ter chamado ele de Samuel. Foi babaquice minha. Às vezes me comporto feito um babaca. Aí fico repassando o momento babaquice na minha cabeça sem parar e começo a me sentir mal pelo meu pai, apesar de ele ter feito merda.

— As pessoas são complicadas. Todo mundo erra.

— Acho que não vou aguentar ouvir você defendendo meu pai hoje, Hailee.

Estiquei o braço e segurei suas mãos.

— Não estou defendendo ele, juro. Estou do seu lado, sempre. Só quis dizer que prefiro acreditar que as pessoas tentam tomar as melhores decisões possíveis para elas em certas situações. O que o seu pai me pediu que fizesse naquela época foi errado, e talvez ele saiba disso hoje.

Tenho certeza de que ele se arrepende do que fez. Mas nós não podemos aprender com nossos erros se nunca tivermos a oportunidade de mostrar que melhoramos e de pedir desculpas. Não quero que você se arrependa de nunca ter conversado com o seu pai sobre esse assunto. Não quero que você passe o resto da vida remoendo isso.

Ele parecia menos irritado.

— E se o pedido de desculpas dele não for o suficiente para que eu o perdoe?

— Bom, pelo menos vocês vão ter conversado e chegado a essa conclusão. Você não precisa fazer o que estou sugerindo. Não precisa conversar com o seu pai, mas eu te conheço, Aiden. Sei que vai passar a vida inteira remoendo isso.

Ele apertou a ponte do nariz.

— Será que é o meu ego? O que me impede de falar com o meu pai?

Dei de ombros.

— Não sei. Talvez o melhor a fazer mesmo seja não conversar com ele, mas você sempre vai se perguntar o que poderia ter acontecido se resolver não falar nada agora. Talvez não seja o seu ego. Talvez seja porque ele foi longe demais, mas acho que vale a pena tentar entender o motivo.

Ele torceu o nariz e encontrou meu olhar.

— Como você ficou tão boa nessas coisas?

— Ah, uns bons cinco anos de terapia me ajudaram.

— Você ainda faz terapia?

— Faço. Eu fiz o que estava ao meu alcance para ser feliz depois de ter sofrido bullying e tal. Ainda estou me esforçando para ser completamente feliz. Um dia de cada vez.

— O que faz você feliz, Hailee?

Sorri e abracei meus joelhos.

— Coisas bobas ou coisas importantes?

— Os dois.

— Quando vejo alguém passeando com cachorrinhos, e os cachorrinhos estão completamente descontrolados nas coleiras porque ficam empolgados com tudo. Vídeos de soldados reencontrando suas famílias. Filmes românticos. Lareiras e chocolate quente no inverno, apesar de eu só ter a lareira de mentira na televisão. Crianças rindo. A calmaria do amanhecer, antes das ruas se encherem de gente durante a manhã. Médicos que se importam de verdade com os pacientes. Minha mãe. Biscoitos de gengibre. Você.

— Eu?

Concordei com a cabeça.

— De alguma forma, você é uma coisa boba e importante, tudo ao mesmo tempo. — Ele sorriu, meio tímido, e eu queria que aquele sorriso ficasse gravado na minha mente por muito, muito tempo. Era como se sua criança interior tivesse dado as caras por um instante. — E você? O que faz você feliz?

— Você.

Eu sorri.

— Você não pode dizer que eu faço você feliz só porque eu falei que você me faz feliz.

— Eu posso dizer que você me faz feliz, sim.

— O que mais te deixa feliz?

— Você — repetiu ele.

— Eu e eu?

Calma, coração.

Ele assentiu.

— Você e você.

Aquilo era a coisa mais fofa do mundo e me fez ter uma ideia. Eu me levantei e fui até a escrivaninha para pegar um caderno e uma caneta. Então voltei para o lado de Aiden no sofá.

— O que você vai fazer? — perguntou ele.

— Uma lista nova para nós.

Comecei a escrever no caderno e mostrei para ele. Seus lábios se curvaram ao ler as palavras.

Lista suprema da felicidade de Tom & Jerry

— Apesar de eu estar honrada em ser o primeiro e o segundo item da sua lista de coisas felizes, nós vamos escrever mais coisas nela. Precisamos experimentar e acrescentar coisas nela.

Ele riu.

— Você vai me ajudar a ser feliz?

Concordei com a cabeça.

— Vou te ajudar a ser feliz.

— Jerry?

— O que, Tom?

— Estou apaixonado por você.

— Eu também estou apaixonada por você.

Isso nunca havia mudado. Isso nunca tinha desaparecido.

Passamos a hora seguinte elaborando a lista de coisas que faríamos nos próximos anos para nos ajudar a alcançar o nível supremo de felicidade.

- Saltar de paraquedas
- Aiden começar a fazer aula de desenho só por diversão
- Construir um castelo de neve
- Viajar para ver a aurora boreal
- Ter aulas de culinária
- Passar a dizer não para as pessoas
- Não se sentir culpado por dizer não
- Viajar pelo mundo sem ser para cumprir compromissos de trabalho
- Hailee ser aceita no mestrado
- Casar
- Começar uma família

Enquanto escrevíamos a lista, ficamos rindo juntos, e parecia que tínhamos dezessete anos de novo, sentados no espaço do quintal entre nossas casas, nos apaixonando um pelo outro novamente. Parecia natural ser amada por aquele homem.

— Estou um pouco irritada com você — confessei.

— Por quê?

— Porque você está ainda mais bonito do que eu lembrava.

Ele riu.

— Você está mais bonita do que quando fui embora, o que é impressionante, porque você sempre foi perfeita.

— Vai se foder.

— Só se for com você.

Minhas bochechas esquentaram.

— É sério, Aiden. Acho que, quando a gente estava na escada, tudo aconteceu tão rápido que nem tive tempo de pensar direito. Agora não consigo ficar com você de novo porque meus pensamentos não calam a boca. Não é todo dia que você pega o Superman.

— Pode ser literalmente todo dia, Hailee. Juro que isso é uma opção.

Eu ri.

— A gente não vai fazer isso.

Ele chegou mais perto de mim.

— Sabe qual é a melhor forma de se sentir confortável com alguém entre quatro paredes?

— Qual?

— Praticando.

Eu sorri.

— É mesmo?

Ele chegou mais perto e me puxou para seu colo. Sua boca roçou meu pescoço.

— Aham. Se não der certo de primeira... — Ele deslizou uma das mãos entre minhas pernas e começou a acariciar a parte interna das minhas coxas. — A gente continua tentando. Prometo que seus pensamentos vão dar uma trégua quando me deixar entrar em você de novo, e de novo, e... — Seus lábios passaram para o lóbulo da minha orelha. — De novo.

— Bom. — Meu coração disparava conforme meu desejo aumentava cada vez mais. — Quando vamos começar?

~

Pela manhã, acordei com um milhão de chamadas perdidas e com várias mensagens dos meus pais e de Kate. Aiden continuava dormindo ao meu lado enquanto alguns raios de sol entravam pela janela. Quando abri a primeira mensagem, meu coração quase saiu pela boca.

Mamãe: Não leia as matérias.

O quê?

Que matérias?

Abri as mensagens de Kate, e uma onda de lembranças me atingiu.

Kate: Essas pessoas são uns cuzões de merda. Todo mundo tinha que tomar no cu. Como foi que conseguiram aquelas fotos suas com o Aiden? Tem um espião na cidade.

Ah, não.

Entrei em um site de buscas e digitei o nome de Aiden. As primeiras matérias que apareceram mostravam o meu rosto. Do mesmo jeito que tinha acontecido cinco anos antes. As piores fotos que eu poderia imaginar, nos piores ângulos, com manchetes como "Realeza de Hollywood está namorando desconhecida de cidade pequena".

Havia fotos de Aiden andando ao meu lado, dele rindo comigo. Fotos minhas saindo do quarto de Aiden no hotel, coberta de mostarda. Até fotos da noite em que nós dois brigamos na porta do Starlight, no dia em que Tommy levou um soco.

Como tinham conseguido todas aquelas imagens? Quem na cidade estaria nos seguindo?

Comecei a me sentir enjoada ao ler os comentários sobre mim. Eu devia ter fechado a página. Não deveria deixar aquelas frases entrarem em minha mente. Mas continuei lendo. Continuei assimilando as palavras que o mundo usava para me descrever.

Baleia.

Nojenta.

Viram só o tamanho das coxas dela?

As lágrimas se acumularam nos meus olhos, mas continuei lendo os comentários sem chorar. Aiden se mexeu na cama, então me virei de costas para ele. Ele murmurou alguma coisa e depois me abraçou e me puxou para perto. Escondi o celular embaixo do travesseiro.

— Ainda não está na hora de acordar, Hails — murmurou ele contra meu pescoço.

— É... preciso chegar um pouco mais cedo no trabalho. O Sr. Lee precisa de mim.

— Ah, tudo bem. Vou levantar para te levar.

Ele fez menção de sair da cama, mas eu o impedi.

— Não precisa. Estou bem — falei, me virando para encará-lo.

Estou bem.

Estou bem.

Estou bem.

Beijei sua boca com delicadeza.

— A gente se vê depois que eu sair do trabalho. Tá? Dorme mais um pouco. Você teve uma noite bem agitada — brinquei, tentando esconder meu nervosismo.

Ele sorriu e espreguiçou os braços.

— Espero ter mais uma noite bem agitada com você hoje. Tem certeza de que não quer que eu te leve?

— Está tudo bem. Descansa. A gente se vê depois que eu sair do trabalho. É só trancar a porta quando sair.

Ele murmurou alguma coisa que eu não consegui entender, depois abraçou o travesseiro e voltou a dormir. Enquanto ele pegava no sono de novo, corri para o banheiro e tranquei a porta. Naquele momento, voltei a ser aquela garota de dezessete anos assustada, arrasada e que sofria bullying do mundo todo. Meu coração se apertava conforme as emoções tomavam conta de mim. Abafei o choro, tentando não acordar Aiden. Meu peito ardia de tanta tristeza. As pessoas continuavam repetindo as mesmas coisas horríveis que disseram anos antes. Elas ainda me chamavam de coisas cruéis.

A última coisa que eu queria era que Aiden se sentisse culpado pelo que os outros diziam. Eu vi quanto ele sofreu da última vez em que haviam me atacado na internet. Não queria que ele ficasse daquele jeito de novo.

Eu me permiti chorar por um momento, sentir o que eu estava sentindo.

Se havia uma coisa que eu tinha aprendido com meus estudos e a terapia era que todos os sentimentos eram válidos e que era melhor lidar com eles do que fingir que não existiam. Eu também tinha aprendido que chorar não era um sinal de fraqueza, mas uma forma de se expressar.

Então respirei fundo, liguei o chuveiro e tirei a roupa. Meu corpo precisava de um choque que me trouxesse de volta à realidade, que me lembrasse de que eu estava bem e segura. Naquele momento, enquanto a água corria pelo meu corpo, respirei fundo algumas vezes e me abracei. Esfreguei meus braços para cima e para baixo, me consolando. Acalmei minha mente, minha alma, meu corpo.

— Estou bem. Estou bem. Estou bem...

A água escorria por mim enquanto eu tentava controlar minha respiração. Continuei repetindo as palavras até meu corpo começar a acreditar nelas. Inalei e soltei o ar com força, afastando o pânico que tomava conta de mim. Então me vesti e fui para o trabalho.

Assim que entrei no hotel, vi Kate parada na recepção. Seus olhos marejados me encararam.

Suspirei e abri um sorriso torto.

— Está tudo bem. Não chora, Kate.

— Tá bom — choramingou ela, as lágrimas já escorrendo pelas suas bochechas.

Isso só piorou as coisas para mim, porque, quando eu via alguém que eu amava chorando, eu chorava junto. Eu não criava as regras para as minhas emoções, apenas as obedecia.

Ela veio correndo até mim e me puxou para um abraço. Ser consolada também era outra coisa que me fazia chorar com facilidade.

— Sinto muito, Hailee. Essas pessoas são um bando de idiotas.

— Está tudo bem. Estou bem.

Por dentro, continuei repetindo esse mantra.

Estou bem.

Estou bem.

Estou bem...

37

Aiden

Acordei com o som de alguém esmurrando a porta do apartamento de Hailee.

Bocejei e me espreguicei antes de me levantar da cama dela. Vesti uma camisa ao som das batidas à porta.

— Cinderela, abre a porta. É o papai — disse Karl.

Então coloquei minha calça. A última coisa que eu queria era que Karl me encontrasse pelado no apartamento da filha dele de novo. Então abri a porta e sorri para o pai de Hailee.

— Oi, Karl. A Hailee já foi para o trabalho, e...

— O que você está fazendo aqui?! — bradou ele, irrompendo no apartamento.

Nossa. Não achei que eu fosse ser cumprimentado assim.

— Ah. Bom, hum... eu e a Hailee voltamos, e...

— Eu disse para você não magoar a minha filha de novo! — vociferou ele.

Eu o encarei com os olhos semicerrados.

— É, eu sei. Mas eu não fiz isso.

Ele bufou.

— Deixa de ser mentiroso. Eu já li várias matérias hoje cedo atacando a minha filha do mesmo jeito que fizeram cinco anos atrás.

Senti um aperto no peito.

— Espera, o quê?

— Um monte de matérias atacando a aparência e o caráter dela. Juro por Deus, Aiden, você precisa dar um jeito nisso. Só eu sei como essa merda afetou a minha garotinha cinco anos atrás e me recuso a deixar que ela passe por aquilo tudo de novo. Eu me recuso a ficar ouvindo Hailee chorar até dormir todas as noites ou acordar no meio da noite porque teve pesadelos. Você não estava lá. Você foi para a Califórnia e não presenciou os piores momentos da vida dela. Fui eu que tive que acalmá-la. Fui eu que tive que ajudá-la a superar a dor de um coração partido. Ela não merece passar por isso de novo. Se você não for capaz de protegê-la dessas crueldades, então precisa se afastar dela. Ela é meu bebê, Aiden, o meu mundo, e não merece isso.

— Karl, eu não tenho a menor ideia do que você está falando.

— Procura no Google! — berrou ele, irritado. Karl se virou para ir embora, batendo o pé. — Vou atrás da minha filha.

O pânico foi crescendo no meu peito, e corri para pegar o celular. Abri o site de buscas, digitei meu nome, e fotos de Hailee surgiram na tela. Uma matéria atrás da outra alegando que sabiam tudo sobre Hailee, explicando quem ela era e fazendo comentários sobre seu corpo.

Engoli em seco ao ler as palavras que se referiam ao caráter dela. A falsa narrativa que a internet criava sobre quem ela era.

Voltei a pensar em tudo que havia acontecido cinco anos antes. Eu nem conseguia imaginar o que Hailee estava passando. A cabeça dela devia estar processando isso tudo agora, caso ela tivesse visto as matérias. O pai dela tinha razão — Hailee não merecia as coisas que o mundo dizia sobre ela.

Calcei os sapatos e vesti minha jaqueta, então fui para o Hotel Starlight para ver como Hailee estava. Meu nervosismo só crescia conforme eu me lembrava que ela quase chegou a fazer coisas muito sombrias na última vez que foi atacada. Eu não podia deixar que aquilo acontecesse de novo. Eu não podia ficar olhando Hailee sofrer toda aquela pressão só porque tinha sido vista comigo.

Quando entrei, Kate, a amiga de Hailee, estava sentada na recepção. Ela sorriu para mim. Pela emoção em seus olhos, dava para perceber que ela sabia o que tinha acontecido.

— Oi, Aiden — disse ela.

— Oi. Você sabe onde a Hailee está?

— Lá nos fundos, conversando com o pai dela.

Engoli em seco.

— Ela está bem?

— Para falar a verdade, não conseguimos conversar muito, por causa do trabalho e tudo mais.

Concordei com a cabeça e lhe agradeci. Cogitei ir atrás dela na mesma hora, mas sabia que Karl não ia gostar muito de me ver agora.

— Quando ela voltar, será que você pode pedir para ela passar no meu quarto, para a gente conversar? — pedi a Kate.

— Sim, claro. Sem problema.

— Obrigado, Kate.

— De nada. Ah, Aiden?

— Oi?

— Só tem babaca na internet. A culpa não é sua.

Franzi as sobrancelhas.

— Por que você acha que estou me culpando?

— Porque a Hailee fala muito de você. Se você é a pessoa que ela diz ser, e eu acho que é, então está se culpando.

Abri um sorriso diplomático e lhe agradeci antes de seguir para o meu quarto. Assim que entrei no quarto, tirei a jaqueta e comecei a andar de um lado para o outro. Minha assessoria me ligou, e começamos a pensar em uma forma de reverter aquela história. Eles me pediram que ficasse calmo e esperasse, que eu não falasse nada. Hailee me mandou uma mensagem e disse que iria ao meu quarto no horário de almoço.

A espera estava me matando.

Era como se, a cada segundo que passava, mais comentários surgissem na internet.

Quando Hailee finalmente apareceu no meu quarto, abri a porta e senti uma onda de emoções quando a vi na minha frente.

— Oi — sussurrou ela com um sorrisinho nos lábios.

— Oi. Entra.

Ela entrou, e eu fechei a porta.

— Escuta... — dissemos juntos.

Nós dois rimos, e ela gesticulou para mim.

— Pode falar primeiro — ofereceu ela.

— Desculpa — falei sem pensar. — Desculpa por essa merda estar acontecendo de novo. Isso tudo parece uma alucinação. Desculpa pelas babaquices maldosas que as pessoas estão falando sobre você na internet. Desculpa por tudo. Falei com a minha assessoria, e vamos bolar um plano para...

— Não — interrompeu-me ela. — Nós vamos ignorar isso tudo.

Senti um aperto no peito.

— O quê? Não. Ninguém tem o direito de falar de você daquele jeito. Sei como foi difícil para você cinco anos atrás, e o seu pai tem razão. É meu dever te proteger desse tipo de coisa. E se eu não puder fazer isso...

— Aiden. — Ela se aproximou e segurou minhas mãos. — Não é sua obrigação.

— É, sim.

— Não. Não é. Se para você for importante dar uma declaração, então fica à vontade. Mas, se estiver fazendo isso por mim, prefiro que não fale nada.

— Mas...

— Eu estou bem — declarou ela. — Foi um choque no começo? Foi. Tive que lidar com todas as minhas inseguranças da época que eu tinha dezessete anos? Sim, por um momento. Então me lembrei do quanto eu evoluí. Não sou mais aquela garota, Aiden. Não estou arrasada nem com medo do que o mundo pensa a meu respeito, porque sei quem eu sou, e tenho tanta confiança em mim que esse falatório todo não passa de um zumbido chato.

Engoli em seco.

— Só me sinto mal por todas as coisas que estão dizendo, e eu sou o único motivo para estarem fazendo isso.

Ela levou uma das mãos à minha bochecha.

— Eu escolhi você. Naquela época, me pegaram desprevenida. Eu não sabia o que esperar, mas agora já tenho experiência com a mídia e sei como tudo funciona, como as coisas se espalham. E quero deixar claro que não me importo com nada disso. Eu escolho essa vida porque escolho você. As histórias vão passar. A internet vai encontrar outra pessoa para crucificar. Vamos deixar isso tudo para lá e vamos ficar bem. Só temos que tirar nosso foco das redes sociais e viver nossas vidas. É assim que vamos vencer, e não entrando nesses joguinhos.

Engoli em seco novamente e encostei minha testa na dela.

— Mas o seu pai...

— Meu pai é um ser humano, o que significa que ele não é perfeito. Ele deixou o coração falar mais alto, por medo de ver a filha sofrendo de novo, só que esse sofrimento não existe mais. Eu sei quem sou. Eu amo a pessoa que sou. Eu amo meu corpo em todos os sentidos. Eu amo meus culotes, as dobras na minha barriga e minhas estrias. As pessoas não conseguem mais gerar novas inseguranças em mim, porque meu amor-próprio é tão forte que ofusca qualquer opinião sobre a minha pessoa. Sabe por que sou capaz de fazer isso?

— Por quê?

— Por sua causa. — Ela segurou minhas mãos e me guiou até a cama, onde me fez sentar. Ela parou na minha frente e tirou seus sapatos e suas meias. Ela acariciou as bochechas com o dorso das próprias mãos. — Você me disse que tudo isso era lindo.

Então ela passou para sua blusa e começou a abrir os botões, revelando o sutiã e a barriga. Suas mãos deslizaram por seus braços, por sua barriga, por seu peito.

Pelos seus seios lindos e fartos...

Eu poderia passar a vida inteira olhando para o corpo dela e nunca me cansar.

— Você me disse para amar minhas coxas — falou ela, tirando a calça.

Sua mão seguiu para o meio de suas pernas enquanto ela roçava de leve o tecido da calcinha. Meus olhos estavam grudados em cada movimento que ela fazia, e meu pau ficava cada vez mais duro.

— O que mais? — perguntei, sem desviar o olhar. — O que mais eu falei para você amar?

Ela abriu o sutiã, deixando-o cair no chão. Seus lindos seios se libertaram dele, e eu só conseguia pensar que queria colocar minha boca em seus mamilos e sentir cada centímetro deles. Ela segurou os seios e os massageou, intensificando ainda mais meu desejo de tomá-la imediatamente.

— Você me ensinou a amá-los e a amar...

Sua mão livre deslizou para dentro da calcinha, e, em um piscar de olhos, eu estava ao lado dela, segurando-a em meus braços enquanto minha boca aterrissava em seu pescoço. Eu a fiz andar um pouco para trás até pressioná-la contra a parede.

Uma das minhas mãos se juntou à dela dentro da calcinha. Meus dedos a massagearam com delicadeza, conforme seus olhos se dilatavam e um gemido baixo escapava de seus lábios.

Enfiei dois dedos dentro dela.

— Quanto tempo dura o seu horário de almoço? — sussurrei em seu pescoço, beijando-a, lambendo-a, chupando-a.

— Tempo suficiente — murmurou ela, pressionando o quadril contra o meu.

Gostei da resposta.

38

Hailee

Extrapolei trinta minutos do meu horário de almoço, mas, por sorte, Kate estava mais do que disposta a cobrir meu atraso. Enquanto eu me vestia depois do almoço mais divertido da minha vida, Aiden estava sentado na beira da cama, colocando a calça jeans.

Ele olhou para mim e disse:

— Posso perguntar uma coisa?

— Qualquer coisa.

— Como você fez isso? — Sua voz soava tímida e baixa enquanto ele esfregava a nuca.

— O quê?

— Como passou a se aceitar e ser feliz do jeito que você é. Dá para ver isso na sua cara. Eu invejo o quanto você é feliz, sabia? Vejo como você ama cada detalhe da sua vida. Quero me sentir assim, mas parece tão difícil.

Fui até ele e me sentei ao seu lado.

— Você precisa ser egoísta. Precisa priorizar sua felicidade acima de qualquer coisa e fazer o que estiver ao seu alcance para descobrir o que te deixa feliz. Para mim, foi ajudar as pessoas. Para você, pode ser qualquer coisa. O segredo é ignorar todo o resto. Isso inclui os seus pais e a mim. A nossa opinião não importa nessa hora. O mundo adora dar pitaco em tudo, e é por isso que temos dificuldade em ouvir nossos próprios pensamentos. Você precisa assumir o controle da sua vida e guiá-la para a direção certa, porque ninguém mais vai saber como fazer isso. Se concentre em si mesmo até que os barulhos externos se tornem apenas sussurros.

— Como faço isso?

— Pense nos momentos em que você se sentiu mais feliz. O que estava fazendo? Quais eram as coisas que você adorava fazer?

— Eu adorava desenhar. Faz tempo que não faço isso, por causa do meu trabalho, mas eu amava, e era uma coisa que eu fazia só porque gostava. A maioria das pessoas nem sabe que eu tinha esse hobby.

— Começa a desenhar mais. Depois experimenta coisas novas, experimenta coisas antigas, experimenta tudo. E aí, um dia, você vai acordar e perceber que a tristeza que sente agora não vai passar de algo distante. Aiden... — Segurei sua mão e a apertei de leve. — Você não precisa ficar triste para sempre, mas, se ficar, não vai estar sozinho com a sua tristeza. Eu vou estar ao seu lado a cada passo do caminho.

— Eu não mereço você — confessou ele.

— Sabe o que é engraçado sobre a insegurança? Ela tenta enganar a gente o tempo todo. — Eu me inclinei para a frente e lhe dei um beijo na boca de leve. — Porque a verdade é que você com certeza me merece, e eu mereço você também.

Depois da nossa conversa, peguei minhas coisas e saí do quarto de Aiden bem a tempo de me deparar com Marna e Violet, que vagavam pelo corredor como as duas jararacas que eram.

Abri um sorriso radiante para elas.

— Boa tarde, meninas.

— Oi, Hailee. Você acabou de sair do quarto do Aiden? — perguntou Violet, semicerrando os olhos.

Assenti.

— Acho que vocês já sabem a resposta. Podemos conversar um minutinho?

As duas se encararam e então responderam juntas:

— Podemos, claro.

Eu as levei para o andar de baixo e as fiz sentar no sofá da sala de leitura. Eu me sentei na mesa de centro diante delas e cruzei as pernas.

— Acho que está na hora de vocês encerrarem sua estadia no Hotel Starlight — declarei em um tom prático.

Marna arqueou a sobrancelha.

— Como é?

— Estamos fechando a sua conta. Vocês têm trinta minutos para arrumar suas coisas, mas já está na hora de irem embora.

— O quê?! — questionou Violet com um sobressalto. Ela se empertigou e fez uma careta. — Você não pode fazer isso. Nós estamos pagando.

— Sim, mas, de acordo com nossas regras, se outros hóspedes se sentirem incomodados com a presença de vocês, nós temos o direito de removê-las das instalações do estabelecimento.

— Mas nós não fizemos nada! — argumentou Marna.

Sorri e me inclinei na direção dela. Toquei em seu pulso.

— Sua pulseira é muito bonita.

Peguei meu celular e mostrei uma foto de um tabloide que eu tinha salvado naquela manhã. Na imagem que mostrava Aiden e eu também havia um braço esticado com uma pulseira com berloques. O curioso era que se parecia muito com a pulseira de Marna.

Ela ficou pálida.

— Ah, merda.

— Merda mesmo — concordei.

— Você devia ter checado as fotos antes de mandá-las! — brigou Violet com a amiga.

— Eu sei, eu sei. Foi mal. — Marna abriu um sorriso cheio de dentes para mim. — Ganhamos uma boa grana por essas fotos. E, veja pelo lado bom, pelo menos todo mundo já sabe. Sério, a gente te fez um favor.

— E, agora, vocês vão me fazer outro favor arrumando suas malas e indo embora da cidade.

Violet deu de ombros.

— Faz sentido. — As duas se levantaram, sussurraram algo entre elas, então Violet se virou para mim. — Será que a gente consegue tirar uma foto com o Aiden antes de ir embora?

— Vão embora! — gritei, fazendo-as saírem correndo feito duas baratas tontas.

Então voltei para minha vida, porque eu me recusava a deixar que o mundo roubasse mais momentos da minha felicidade.

A melhor coisa que alguém poderia fazer para ser feliz era ignorar as opiniões e os julgamentos alheios.

39

Aiden

Nas semanas seguintes, Hailee e eu estávamos mais apaixonados ainda.

Fazia muito tempo que não me sentia tão feliz, e eu sabia que era por causa da mulher sardenta que havia me aceitado de volta em sua vida. Quando não estávamos fazendo amor com nossos corpos, fazíamos amor com nossos cérebros. Conversar com Hailee era muito fácil. Sempre foi.

Meu pai e eu não nos falamos muito, tirando amenidades no Dia de Ação de Graças, e só fiz isso para agradar minha mãe. Ela não insistia para que fizéssemos as pazes, porque sabia dos estragos que as decisões dele haviam causado.

Jake veio jantar com a gente no feriado, e meu pai lhe deu dinheiro de novo. Eu nunca entendi isso. Jake também me pediu ajuda, mas, para mim, já estava mais do que claro que eu não devia nada àquele homem. Ele fez um escândalo, me chamando de estrelinha babaca e egoísta, argumentando que eu tinha dinheiro de sobra para ajudar minha família.

Eu sabia que família era algo que ia muito além da maneira como Jake se fazia presente na minha vida. Mesmo assim, não conseguia entender por que meu pai continuava dando corda para ele. Ao longo dos anos, ele havia lhe dado mais dinheiro do que deveria, e isso só servia para incentivar o comportamento de Jake. No momento que meu pai abriu a carteira no Dia de Ação de Graças, entendi que o amor podia ser tóxico. Ele vivia ajudando o primo, mas só recebia decepções como recompensa.

Sempre que ele dava dinheiro para Jake, um pedaço do coração da minha mãe parecia se partir. Ela não gostava de tocar no assunto, mas não seria difícil perceber isso se meu pai se desse ao trabalho de olhar nos olhos dela.

— Às vezes, sinto que ele é um estranho para mim — confessou ela naquele dia, depois de algumas taças de vinho. — Como se o homem com quem me casei fosse uma pessoa completamente diferente.

Dava para entender.

Meu pai também parecia uma pessoa diferente para mim.

Ele havia tentado forçar uma conversa, mas bati o pé e falei que eu o procuraria quando estivesse pronto. Eu ainda não queria falar sobre o que ele tinha feito.

Dezembro trouxe o frio, junto com o primeiro dia de neve. Quanto mais nos aproximávamos do fim do ano, mais eu remoía minha volta para Los Angeles. Como eu poderia ir embora daquela cidadezinha onde a mulher que eu amava morava? As férias de Hollywood tinham sido muito melhores do que eu imaginava. Uma parte de mim não queria voltar.

Certa tarde, meu pai começou a me ligar sem parar quando eu acompanhava Hailee de volta para casa depois do trabalho. Estávamos praticamente no meio de uma nevasca, e teria sido melhor irmos de carro. As bochechas coradas dela estavam quase congeladas e tive de abraçá-la e puxá-la para perto, tentando mantê-la aquecida.

— Acho que é uma falta de respeito você falar para o seu pai que precisava de um tempo e ele continuar insistindo — opinou Hailee.

— Bom, pois é. Meu pai nunca soube respeitar limites.

— Dizem que as pessoas que mais sentem dificuldade em respeitar limites provavelmente são as mesmas que mais se aproveitaram de você antes de eles serem estabelecidos.

Sorri e lhe dei um beijo na testa.

— Ah, isso aí, Hails. Pode bancar a terapeuta comigo. Que tesão.

— Você é ridículo, mas eu te adoro, então tudo bem.

Ela me convidou para dormir no seu apartamento, mas eu precisava trabalhar um pouco, então, depois que a deixei em casa, voltei para o

Starlight e dei de cara com meu pai parado no meio do saguão, esperando por mim.

Meu estômago ficou embrulhado ao mesmo tempo que a irritação tomava conta de mim.

— Pai. O que você está fazendo aqui?

— Liguei um monte de vezes para você.

— É. Já falei. Preciso de espaço e tempo. Ainda não estou pronto para conversar.

— Eu sei, mas... pois é. Sua mãe e eu tivemos uma briga hoje. Nós discutimos sobre o Jake. Ela está chateada porque sempre dou dinheiro para ele. Sei que é um assunto delicado, mas eu ajudo por amor. A sua mãe não enxerga isso.

— Não dá para entender o lado dela? Chegou num ponto que parece que você está incentivando os vícios dele.

— Eu sei... é só que... ele já fez muito por mim. Por nós.

— Não é porque uma pessoa fez uma coisa boa que significa que ela pode se aproveitar de você para sempre.

Ele fez uma careta.

— Eu sei. Eu sei. — Ele colocou as mãos nos bolsos. — Mas não foi só por isso que brigamos.

— Por que mais?

— A sua mãe comentou que te deu uma carta da sua mãe biológica.

Fiquei tenso.

— Deu, sim.

— O que dizia a carta? — perguntou ele, sua voz tomada de preocupação. — O que ela queria te contar?

— Sei lá. Ainda não li.

Ele apertou a ponte do nariz e assentiu.

— Não leia, Aiden.

— O quê?

— Não leia aquela carta. Nada bom vai vir disso. Você só ficaria ainda mais magoado e traumatizado, ou a sua mãe ficaria chateada e se sentindo menos sua mãe. Nada de bom pode vir daquela carta. Está me entendendo?

Não respondi. Eu não sabia o que dizer.

— Preciso trabalhar — falei para ele.

— Tá... tudo bem. Certo. Na verdade, vou dormir por aqui hoje. A sua mãe não quis que eu ficasse em casa. Se você quiser conversar mais, estou no quarto quinze. Boa noite. A gente se fala depois.

Ele seguiu para o quarto dele, me deixando parado ali, cheio de dúvidas. Apesar de precisar trabalhar, eu sabia que não conseguiria me concentrar em nada antes de ter certeza de que minha mãe estava bem, então fui falar com ela. A briga devia ter sido pior do que meu pai havia contado, se minha mãe queria que ele passasse a noite no hotel.

Quando cheguei à casa dos meus pais, minha mãe abriu a porta sorrindo para mim, mas dava para ver que estava triste. Eu entrei e a puxei para um abraço. Ela suspirou.

— Ele contou da briga?

— Contou. E do Jake.

— Não foi só sobre o Jake... — Ela suspirou e fechou os olhos. — Aiden... eu pedi o divórcio.

— O quê?

— Falei para ele que não quero mais continuar casada. A verdade é que já faz tempo que não somos felizes. Eu achava que, se terminasse meu casamento, estaria destruindo a família com a qual sempre sonhei. Mas não consigo continuar fingindo que estou feliz com ele. Ele não é o homem com quem pensei ter me casado, e tudo bem. Eu só... — Ela fechou os olhos. — Não posso continuar me contentando com pouco na esperança de que ele melhore algum dia. Eu me sinto uma péssima mãe por estar destruindo nossa família.

— Não — rebati, conduzindo-a para a sala, para que nos sentássemos no sofá. — Você sempre foi a melhor mãe do mundo. Não quero que duvide disso nem por um segundo. A sua felicidade precisa vir em primeiro lugar, mãe.

Lágrimas escorriam pelas bochechas dela.

— Obrigada. Eu precisava ouvir isso. Só fiquei com medo de você me encarar com outros olhos.

— Jamais. — Apertei sua mão. — E é por isso que sei que meu pai tem razão sobre a carta.

— Como assim?

— Ele não quer que eu leia. Falou que isso poderia deixar você triste e com dúvidas sobre a nossa relação. Então não vou ler. Não preciso saber quem é a minha mãe biológica... você é a única que realmente importa.

— Aiden. — Ela segurou minhas mãos e olhou dentro dos meus olhos. — Não se atreva a ignorar aquela carta. Preciso que você vá para o hotel e a leia. Eu jamais ficaria triste por saber que você leu o que está escrito nela. Sei do meu lugar na sua vida. Sei o quanto você me ama. Sei como somos fortes. Então, não escuta o seu pai. Me promete que você vai abrir aquela carta assim que entrar no seu quarto?

— Mãe...

— Promete, Aiden.

Suspirei, mas prometi.

Voltei direto para o hotel, peguei o carro e fui para o apartamento de Hailee. Quando ela abriu a porta, logo viu que havia algo errado.

— O que aconteceu? — perguntou ela.

— Será que você pode me fazer um favor hoje?

— Qualquer coisa. Do que você precisa?

— De alguém do meu lado enquanto leio a carta da minha mãe biológica.

Seus olhos ficaram sérios, mas ela parecia alerta ao responder:

— É claro. Estou aqui.

Eu me sentia um idiota por estar tão nervoso. Era só uma carta. Nada mais, nada menos. Mesmo assim, aquele envelope parecia carregar o peso do mundo. Era como se todas as chaves para desvendar o meu passado estivessem ali dentro.

— Está pronto? — perguntou Hailee.

Eu me sentei ao lado dela no sofá.

— Nem um pouco, mas duvido que eu me sinta pronto um dia. Então vamos lá.

Abri o envelope e desdobrei a carta, desdobrei meu passado. Infelizmente, não havia muita coisa escrita. Pelo visto, minha mãe biológica não era de falar muito — ou de escrever muito. Meus olhos passaram rápido pelos poucos parágrafos, e fiquei meio sem acreditar enquanto lia as palavras.

— O que foi? — questionou Hailee. — O que está escrito?

Entreguei a carta para ela e fiquei encarando o nada, sem saber como me sentir. Como reagir.

Hailee começou a ler em voz alta.

— *Aiden, em primeiro lugar, fico feliz em saber que seu pai manteve seu nome. Quando descobri que estava grávida de você, passei uma semana lendo um livro de nomes. Eu sabia que não ficaria com você, mas, quando vi o nome Aiden, soube que ele era seu. Significa pequeno incêndio. É a descrição perfeita para o que eu tinha feito e o que provavelmente continuo fazendo até hoje. Deixo pequenos incêndios por onde passo, e nunca os apago. Meu egoísmo torna a vida das pessoas mais difícil do que deveria ser. Então achei que seria melhor ficar longe de você. Você foi o pequeno incêndio que não permiti se alastrar demais. Você foi contido e controlado, confiado a uma família estável. E, estranhamente, essa deve ter sido a coisa mais bem-sucedida que já fiz.*

"Vi você no Oscar. Também assisti a todos os seus filmes. Bravo, Aiden. Bravo. Como sou egoísta, gosto de pensar que você tem os meus olhos, mas sei que eles são bem mais parecidos com os do seu irmão.

"E isso me leva ao próximo ponto: você tem um irmão na Califórnia.

"Ele se chama Damian Blackstone. Faz pouco tempo que ele descobriu sobre mim. Apesar de eu não ter desejo nenhum de conhecer você pessoalmente, porque sei que me encontrar só ajudaria a alastrar seu pequeno incêndio, acho justo que você saiba que tem um irmão de sangue. No verso desta carta está o endereço do trabalho dele. Você pode usar essa informação como quiser.

"Desejo o melhor para você, Aiden. Eu o chamaria de filho, mas sei que não tenho esse direito. Cuide daqueles que permaneceram ao seu lado. Eles merecem ser valorizados. Catherine."

Catherine.

O nome dela era Catherine.

— Um irmão? — questionou Hailee. — Você tem um irmão?

Um irmão chamado Damian Blackstone.

40
Hailee

Ele tinha um irmão.

Minha ficha ainda não tinha caído, e eu tinha certeza de que a de Aiden também não.

Aiden não dormiu muito. Quando acordou, nem tocou no assunto da carta. Foi direto para a academia treinar. Mandei algumas mensagens para ele ao longo do dia, mas não recebi grandes respostas. Eu o conhecia bem o suficiente para saber que ele estava remoendo aquilo tudo. Mas eu não o forçaria a falar. Às vezes, as pessoas precisavam refletir bastante sobre as coisas antes de estarem prontas para falar sobre elas.

No meu horário de almoço, mandei uma mensagem para Laurie perguntando se ela estava em casa e se poderia conversar. Fiquei aliviada quando ela respondeu me convidando para uma visita, então fui direto para lá.

— Oi, Laurie, tudo bem? — perguntei, assim que ela abriu a porta.

Ela sorriu e me deu um abraço. Eu sabia que era estranho, mas jurava que o filho dela tinha o mesmo sorriso. O tipo de sorriso que era capaz de aquecer o coração.

— Está tudo bem, querida. O Aiden leu a carta? — Fiz que sim com a cabeça. Ela suspirou. — Como ele está? Encontrou as respostas que queria?

— Não sei direito. A mãe biológica dele não pareceu interessada em conhecê-lo, mas jogou a bomba de que ele tem um irmão.

— Um irmão?

— Aham. Ele se chama Damian e mora na Califórnia. Acho que trabalha no mercado imobiliário e é bem conhecido por lá.

— O Aiden sempre quis ter um irmão. — Ela ficou com os olhos marejados, mas não chorou. — Ele está triste, né?

— Está. E confuso.

— Eu o convenci a passar alguns meses em casa porque percebi que ele estava infeliz. Eu sabia que ele não estava bem, e, nessas horas, a mente dele começa a pensar numas coisas esquisitas. E o Aiden não gosta de falar disso. A maioria das pessoas não enxerga quando ele está assim, mas sei que você percebe, Hailee. Então, pode me fazer um favor?

— Qualquer coisa.

— Quando perceber que ele está se perdendo de novo, quando perceber que ele está seguindo por esse caminho sombrio, quero que você o traga de volta. Preciso que o mantenha seguro.

Franzi as sobrancelhas.

— Sim, é claro. Mas como eu faço isso?

— Do mesmo jeito que você fez nos últimos meses... esteja presente. Fique ao lado dele. Você é o norte dele, Hailee. Se você estiver por perto, ele sempre conseguirá achar o caminho de volta.

Naquela noite, fiquei até mais tarde no hotel, esperando por Aiden. Quando ele apareceu, seus olhos estavam vermelhos, um sinal claro de que havia se entregado às emoções, mas não comentei nada.

— Ei. Você não atendeu o telefone hoje — comentei.

— É. Desculpa. Eu precisava ficar um tempo sozinho.

Fui abraçá-lo e senti cheiro de uísque quando me aproximei.

— Vamos subir — sugeri. Ele não recusou a oferta e me guiou para o seu quarto. Quando entramos, ele fechou a porta. — Você está bêbado?

— Estou.

— Você está triste.

— Estou bem.

— Você está triste — repeti.

Ele fez uma careta.

— Está tudo bem. Eu já estava indo dormir mesmo, então...

— Tá bom — falei, subindo na cama sem ser convidada.

— Não, Hails. Acho que você não entendeu. Quero ficar sozinho.

— Aham. — Assenti enquanto tirava os sapatos. — E vai ficar — concordei enquanto puxava as cobertas e entrava embaixo delas. — Sei que você vai querer ficar sozinho de vez em quando, e vou respeitar isso. Mas hoje, não, Aiden. Não depois dos dias difíceis que você teve. Então, esta noite, vamos ficar sozinhos juntos.

Dei umas batidinhas no espaço ao meu lado.

Ele suspirou, mas veio até mim. Então subiu na cama e, no instante que se acomodou, me abraçou e me puxou para perto dele. A peça perfeita do meu quebra-cabeça.

Ele encostou a testa na minha.

— Estou triste e confuso.

— Você tem todo o direito de se sentir assim.

— Não sei direito o que fazer. Será que eu devia procurar esse cara? E se eu fizer isso e me decepcionar? E se eu for conhecê-lo e ele acabar sendo igual ao Jake, ou pior? E se ele trouxer mais drama para a minha vida?

— É. Eu entendo. Mas e se for melhor do que você imagina?

Ele não respondeu, mas senti seu corpo relaxar diante dessa ideia.

— Hailee Jones?

— O quê?

— Obrigado por ficar sozinha comigo. — Ele me deu um beijo na testa e me puxou para mais perto, me envolvendo em seu abraço. — Eu precisava mesmo ficar sozinho com você.

Aiden passou os dias seguintes na minha casa, para que eu tivesse certeza de que ele estava bem. Na manhã da véspera de Natal, acordei esperando encontrá-lo ao meu lado na cama. Em vez disso, me deparei com um bilhete.

Hails, tomei uma decisão de última hora e resolvi pegar um voo para Los Angeles e conhecer meu irmão. Volto amanhã para o Natal. Te amo. Tom.

Li aquelas palavras várias vezes, sentindo meu coração disparar. Ele ia conhecer o irmão. Desejei estar naquele avião também, mas talvez ele precisasse fazer isso sozinho.

Eu me mantive ocupada, mas deixei o celular por perto para o caso de Aiden me ligar querendo ouvir que tudo daria certo.

Fui para a casa dos meus pais para ajudar mamãe e Laurie com os preparativos culinários daquela noite e do banquete do dia seguinte. Laurie havia deixado Samuel voltar para casa, mas dava para perceber que a tensão entre os dois ainda estava presente. As coisas só pioraram quando Jake apareceu para a ceia de Natal, sem ser convidado.

Laurie não o mandou embora, como nitidamente desejava fazer. Fiquei me sentindo mal por ela. Laurie não queria ter nenhum tipo de contato com aquele homem. Samuel também parecia ter chegado ao seu limite com o primo, levando-o para o quintal para conversarem.

— Hailee, leva o lixo lá para fora? Está muito cheio — pediu mamãe depois que terminei de picar os legumes.

Tirei o saco da lixeira.

Segui para o quintal para jogar o lixo fora, e, quando me aproximei das lixeiras, ouvi gritos na casa ao lado. Parei e me escondi atrás da parede da garagem dos meus pais, prestando atenção.

— Estou pouco me fodendo para isso, Jake. Você precisa ir embora. Minha esposa está dizendo que quer se separar de mim. Cansei de te bancar — disse Samuel para o primo.

Fiquei ouvindo a conversa com o coração na boca.

— Você me deve! Ou já se esqueceu do por que ainda tem uma esposa até hoje? Se a Laurie soubesse a verdade, teria largado você há anos. Só preciso de uma grana e...

— Não, Jake. Chega. Já te dei o suficiente pelo que você fez. Você não pode mais aparecer aqui pedindo dinheiro.

— Claro que posso. Se você não me der o que eu quero, vou contar o que aconteceu para a Laurie. Que você foi me visitar em Los Angeles... — ameaçou ele.

— Para, Jake.

Mas ele não parou. Quanto mais Jake falava, mais meu coração batia acelerado no peito.

— Que você estava lá para fazer um teste, mas ficou doidão e acabou perdendo a hora. Que você comeu uma mulher no meu sofá e a engravidou. Quem limpou a sua bagunça? Quem teve a ideia de mentir para que a sua esposa não descobrisse que foi chifrada? Fui eu! Você não teria a vida que tem se eu não fingisse que sou o pai do Aiden, para livrar a sua barra. Então, até eu conseguir o que quero, vou continuar aparecendo, e...

Soltei o saco de lixo, causando um estrondo.

Os dois homens ficaram quietos.

— O que foi isso? — perguntou Samuel.

Cobri a boca com as mãos e tentei fazer o mínimo de barulho possível, mas, quando Samuel e Jake vieram na minha direção e me viram, entrei em pânico.

— Hailee — disse Samuel.

— Ah, merda — murmurou Jake, passando as mãos pelo cabelo. — Será que ela ouviu alguma coisa? — perguntou ele para o primo.

— Porra, você é burro?! É claro que ela ouviu! — bradou Samuel. — Vai embora, Jake.

Jake se empertigou.

— E o meu dinheiro?

— Vai embora — vociferou Samuel.

Jake resmungou mas saiu cambaleando, me deixando sozinha com o pai de Aiden.

O pai dele.

O pai biológico dele.

Nossa.

Samuel fez uma careta e apertou a ponte do nariz.

— Hailee, eu...

— Você é pai dele. Você é o pai biológico do Aiden.

— Você não pode contar isso para ninguém — ordenou Samuel, me deixando chocada.

— O quê?

— Você não pode falar nada para o Aiden. Precisa manter isso entre a gente. Se contar para ele, vai acabar com a vida dele. Você não pode contar para ninguém o que acabou de ouvir.

Em um piscar de olhos, viajei cinco anos no tempo. Voltei a ser aquela adolescente assustada, com medo de estragar o mundo do amor da minha vida. Samuel estava me pedindo para trair Aiden de novo, só que, desta vez, eu não cairia nessa. Agora eu era mais esperta, mais sensata e tinha deixado para trás a garotinha apavorada que fui um dia.

— Não — falei.

Ele me encarou, embasbacado.

— Como é?

— Eu disse que não. Não vou esconder isso dele. Eu o amo, Samuel, e há cinco anos você me convenceu a mentir para ele alegando que, se eu o amasse de verdade, deveria negar todos os meus sentimentos para que ele pudesse ir atrás dos sonhos dele. Eu menti para ele e parti meu próprio coração ao tentar fazer o que acreditei ser o certo. Eu era só uma menina e queria que ele fosse feliz. Não vou fazer o que você está me pedindo de novo. Naquela época, achei que você estava pensando no melhor para o seu filho, mas agora vejo que só estava pensando em si mesmo. Você é um homem egoísta e cruel, e não vou esconder nada do Aiden. Assim que ele voltar, vou contar tudo.

— Eu conto para ele — prometeu Samuel. — Assim que ele chegar, vou dizer a verdade. Mas deixa isso sair da minha boca. Pelo menos me dá essa chance.

Eu não queria dar chance nenhuma para ele. Eu não queria nem chegar perto dele. Ele havia usado e abusado do filho ao longo dos anos, moldando a vida de Aiden com base em seus próprios sonhos. Ele viu o filho sofrer e chorar por ter uma relação difícil com Jake. Ele testemunhou os ataques de pânico de Aiden durante a infância, quando Jake não aparecia, só porque não queria ser visto como o vilão da história.

Ele causou traumas no filho porque era egoísta demais para contar a verdade.

Desta vez, eu não seria seu bode expiatório.

Desta vez, ele não compraria o silêncio de Jake.

— Por favor, Hailee — implorou Samuel, seus olhos se enchendo de lágrimas. — O Aiden deve ter acabado de se encontrar com o irmão, o que já vai ser bem difícil. Não quero que isso marque nossos Natais para sempre. Me dá até o dia depois do Natal. Vou contar pra ele. Meu mundo está prestes a explodir. Quero ter pelo menos a dignidade de riscar o fósforo com minhas próprias mãos.

Fiz uma cara feia, cruzei os braços e me empertiguei. Aquele homem nunca mais faria eu me sentir pequena. Mesmo assim, eu não queria que os próximos Natais fossem marcados pela revelação de que o pai de Aiden era... seu próprio pai. Seria um novo trauma a ser digerido.

— Você tem até depois de amanhã. Não vou esperar nem mais um segundo.

Ele suspirou.

— Combinado.

41

Aiden

Damian Blackstone era um nome muito mais legal do que Aiden Walters.

Não havia como negar esse fato. Eu pesquisei sobre ele na internet, para saber como ele era fisicamente, e, bom... ele se parecia comigo. Era esquisito. Catherine tinha razão — eu tinha os olhos dele.

Quando cheguei ao escritório dele, fiquei andando de um lado para o outro por um tempo. Dava para vê-lo trabalhando lá dentro. Ficar à espreita do lado de fora do prédio fazia eu me sentir um psicopata. Eu não tinha conseguido criar coragem de entrar para falar com ele. Estava nervoso demais para isso.

Então foi um choque quando vi Damian sair. Entrei em pânico quando o vi trancando a porta e o chamei.

— Damian? Você é o Damian Blackstone?

Ele se virou para me encarar. Sua expressão parecia confusa no começo, mas sua postura era empertigada e confiante.

— Sou eu mesmo. Eu conheço você?

Dei uma risada nervosa, provavelmente parecendo louco enquanto esfregava a nuca com uma das mãos.

— Não, não conhece. Bom, quer dizer... merda. — Eu estava atrapalhado com minhas próprias palavras, tornando a situação ainda mais esquisita do que precisava ser. — Para ser sincero, eu nem sabia que você existia.

— Então por que está aqui?

— Isso tudo é uma loucura, na verdade. Eu devia estar em Chicago com a minha família, ajudando com os preparativos para o Natal, mas precisava vir até aqui. Há algumas semanas, recebi uma carta de uma mulher chamada Catherine. Ela me contou sobre você, e também me contou sobre... mim. Acho que o que estou tentando dizer é que eu sou o Aiden. — Respirei fundo e soltei um suspiro pesado. — Seu irmão.

Damian piscou algumas vezes, incrédulo, então resmungou para si:

— Aquela escrota da Catherine. — Ele apertou a ponte do nariz e olhou para mim. — Então somos parentes?

— Acho que sim.

— Irmãos?

— É.

Ele pigarreou e me encarou sério. Os mesmos olhos azuis. E o mesmo nariz.

— Não sou muito bom com essas merdas... Emoções e tudo mais. Nem com ser pego de surpresa — confessou ele.

Meu coração se apertou um pouco. Dava para perceber que meu ataque-surpresa não tinha sido uma boa ideia.

— Não, claro. Eu entendo. Desculpa. É véspera de Natal também, imagino que você tenha mais o que fazer. Vou te deixar em paz.

Eu me virei para ir embora.

— Aiden.

Eu me virei de novo.

— Sim?

Ele colocou as mãos nos bolsos do casaco.

— Eu não tinha terminado.

— Ah...

Ele veio na minha direção.

— Não sou bom com emoções e essas merdas, mas tenho uma casa cheia de pessoas mais capacitadas para ajudar a gente a lidar com isso. Você tem planos para hoje?

— Bom, essa conversa era meu único plano.

— Que bom. — Ele me deu um tapinha nas costas. — Tenho três mulheres na minha casa fazendo comida suficiente para um exército, dois melhores amigos que adoram compartilhar seus sentimentos... bom, pelo menos um deles. E tenho um quarto de hóspedes reservado para você. Vamos para lá, irmão.

Irmão.

Ele não fazia ideia de que ouvir aquela palavra saindo de sua boca havia aliviado o ataque de pânico que estava crescendo em mim.

— Você sempre tem isso? — perguntou ele.

— O quê?

— Ataques de pânico?

Como ele...?

— Não esquenta — disse ele quando chegou ao seu carro. — Eu sou bom pra caralho em interpretar as pessoas. Você pode me seguir até a minha casa no seu carro.

Damian morava em uma propriedade imensa na beira da praia. Era uma mansão gigantesca, com quadras de tênis e de basquete e uma piscina enorme. O quintal tinha um jardim lindo e, apesar de o espaço ser grande, era curiosamente acolhedor. Dava para perceber que aquele era um lar de verdade, e não apenas uma casa. Havia muito amor entre aquelas paredes.

Havia carros parados na frente da garagem quando chegamos, e, quando estacionamos, ele olhou para mim.

— Você é sociável? — perguntou ele.

— Sim. Posso ser.

— Você gosta de crianças?

— Adoro.

— Que bom, porque tenho uns cinquenta milhões de pestinhas correndo por aqui, uma esposa grávida com os hormônios à flor da pele chamada Stella, que provavelmente vai chorar quando te conhecer, e nossos dois casais de melhores amigos que também têm uma coleção de filhos.

— Parece divertido.

— Ou um circo, depende do ponto de vista. Vamos. — Damian me guiou até a varanda e, quando abriu a porta da frente, duas crianças vieram correndo na direção dele. — Devagar, seus pestinhas! — berrou Damian.

— Desculpa, tio Damian! — gritou a menina.

— É, desculpa, pai! — respondeu o garoto antes de continuarem sua corrida

— Você chegou! — exclamou uma mulher linda ao se aproximar de Damian. Ela lhe deu um beijo e se virou para mim. — E trouxe um... amigo? — questionou ela, sorrindo para mim.

— Um irmão — corrigiu-a Damian. Ele apontou para mim. — Esse é o meu irmão Aiden.

— Irmão? — perguntou Stella, chocada.

— Parece que a boa e velha Catherine teve outro filho — explicou Damian. — Você sabe que ela adora um segredinho.

Os olhos de Stella se encheram de lágrimas. Ela ficou emocionada na mesma hora, cobrindo a boca com a mão.

— Ah, nossa, você tem um irmão! — exclamou ela, as lágrimas escorrendo por suas bochechas.

— Para de drama, não precisa chorar — disse Damian para a esposa.

— Não estou fazendo drama! — rebateu ela, batendo no peito dele. Então se virou para Damian e segurou o rosto dele com as duas mãos. — Você sempre quis ter um irmão.

— É — concordou ele. — Eu sei.

Ela beijou o marido e se virou para mim. Em um piscar de olhos, ela me envolveu em um abraço, me dando as boas-vindas. Então, segurou meu rosto e sorriu.

— Ele sempre quis ter um irmão.

Eu sorri.

— Eu também.

— Ah, nossa. Vocês são muito parecidos. Que loucura.

— O que é loucura? — perguntou alguém ao entrar na sala. Assim que me viu, ele quase deixou cair o copo que segurava. — Puta merda.

— O que foi? — perguntou Damian.

— O que foi?! Cara! O que o Superman está fazendo parado no meio da sua sala?! — perguntou ele. — Puta merda!

Damian levantou a sobrancelha.

— Superman?

— Cara. Você está de sacanagem com a minha cara? — O homem veio correndo até mim e começou a apertar minha mão. — Aiden Walters, né? Eu sou o Connor. Sou um grande fã do seu trabalho. Você é incrível pra caralho. Assim, não me leva a mal, gosto mais da Marvel do que da DC, mas você vai ser um Superman incrível. Estou muito empolgado com essa franquia nova, e puta merda! O que o Superman está fazendo na sua casa?! — exclamou ele, me fazendo rir daquele misto de confusão e empolgação.

— Aiden, esse é o meu melhor amigo, Connor. Connor, esse é o Aiden... pelo visto, você já sabe quem ele é — explicou Damian.

— Cacete, é claro que eu sei.

Ele me deu um tapinha nas costas como se fôssemos velhos amigos. Eu não ia mentir. Aquela recepção estava amenizando bastante as minhas preocupações.

— Ele é meu irmão — acrescentou Damian.

Os olhos de Connor se arregalaram.

— Seu irmão?

Damian assentiu.

— Aham.

— O seu irmão é o Clark Kent?

— Aparentemente, sim.

Connor gemeu e jogou as mãos para o alto.

— Por que todas as coisas maneiras só acontecem com você? Você ganhou uma mansão do seu pai, ganhou dinheiro pra caralho, e, agora, a gente descobre que o Superman é seu irmão! Inacreditável. Espera só até eu contar para a Aaliyah sobre... ah, merda. — Ele me encarou com um certo pânico no olhar. — Você precisa ir embora.

— Como é? — perguntei.

— Como assim, Connor? — questionou Stella.

— Não me leva a mal. Você é fantástico, e sou muito, muito seu fã. Mas a minha esposa, a Aaliyah... Ela é obcecada por você. Você é o passe livre dela.

— Passe livre? — perguntou Damian.

— A única celebridade com quem você tem permissão de transar caso tenha a oportunidade — explicou Stella.

— Ah. Espera. Nós temos passes livres? — perguntou Damian para a esposa.

— Não, querido, não temos. Bom, você não tem. Eu tenho — disse ela em um tom prático.

— O quê? Quem é o seu? — perguntou ele.

— O Chris Evans — responderam Connor e Stella ao mesmo tempo.

— Como você sabe disso? — perguntou Damian.

— A maioria das mulheres responde Chris Evans. Ele era o segundo na lista da Aaliyah, depois do... — Connor olhou para mim. — Sério, cara. Você precisa ir embora. Não tinha problema em você ser o passe livre dela quando eu tinha quase certeza de que a gente nunca ia se conhecer, mas, agora que nos conhecemos, você tem que ir antes que a minha esposa...

— AI, MEU DEUS! O AIDEN WALTERS ESTÁ AQUI?! — berrou uma mulher, vindo da cozinha. Seu cabelo estava preso em um coque bagunçado, e seu avental estava coberto de farinha. — AI, NOSSA. É O AIDEN WALTERS! — exclamou ela. Antes que alguém conseguisse nos apresentar, Aaliyah estava me abraçando como se fosse uma criança na manhã de Natal. — Ai, nossa, você tem cheiro de madeira e paraíso. Connor, olha! É o Superman!

— Você nem gosta da DC — murmurou ele, suspirando. — Vou precisar de mais uma dose de uísque para sobreviver a esta noite.

— Alguém disse uísque? — Um homem alto e forte entrou pela porta da frente com uma sacola cheia de garrafas. Ele pegou uma delas e a levantou. — Porque eu trouxe uísque.

Connor disparou até ele, pegou a garrafa e a abriu.

— Valeu, Jax. Minha esposa está prestes a me trocar por outro homem, então preciso afogar minhas mágoas.

Ele tomou um gole direto da garrafa.

Jax olhou ao redor, sem entender nada.

— O que eu perdi?

~

Connor, Damian e Jax me levaram para a sala especial de Damian, que era apenas um porão com uma quantidade absurda de cerveja e uma mesa de sinuca. Ficamos batendo papo, tomando drinques com uísque, que fui encarregado de preparar devido às minhas raízes no Wisconsin.

Connor e Jax eram exatamente como Damian havia descrito. Connor era o integrante alegre e simpático do grupo, enquanto Damian e Jax tinham uma personalidade mais misteriosa e soturna. Pelo visto, eu era mais parecido com Connor. Jax disse que isso era bom — eles precisavam de equilíbrio.

— Então vocês nem desconfiavam de que tinham um irmão, né? — questionou Jax. — Nem um pouquinho?

— Eu nem imaginava. Só descobri quando a Catherine me mandou a carta — respondi enquanto distribuía outra rodada de drinques.

Connor passou a mão pelo cabelo castanho escuro.

— A parte mais louca para mim é que já assisti a todos os seus filmes, considerando que minha esposa é obcecada por você, e nunca percebi como você e o Damian são tão parecidos. Chega a ser assustador, e, agora, estou com medo da minha esposa ter uma quedinha pelo Damian também.

— Faria sentido, né? Eu sou de outro mundo — respondeu Damian em um tom seco, me fazendo sorrir.

— Vocês dois são parecidos mesmo — comentou Jax.

Damian e eu nos entreolhamos e piscamos antes de dar de ombros.

— Não acho — respondemos ao mesmo tempo.

— Vocês parecem gêmeos. — Connor riu.

Foi então que uma garotinha apareceu segurando uma caixa. Ela a colocou na minha frente e acenou.

— Oi, quem é você?

— Sou o Aiden, irmão do Damian.

— Tio Damian, você tem um irmão? — exclamou ela.

— Aham. Tenho, sim.

— Eu sou a Elizabeth. Aquele é o meu pai, e minha mãe está na cozinha. — Ela apontou para Jax antes de abrir a caixa e tirar alguns produtos de maquiagem. — Agora posso te maquiar e fazer as suas unhas?

— Ah, hum, claro? — questionei, sem saber o que dizer.

— Elizabeth, o que eu te avisei sobre maquiar pessoas que você não conhece? — perguntou Jax.

— Só posso usar rímel que não seja à prova d'água e uma esponja para passar o iluminador — respondeu ela.

— Exatamente. — Ele ergueu as mãos para exibir suas unhas pintadas de rosa-choque. — Ela quer abrir um salão de beleza quando crescer. Sou a cobaia número um.

Connor exibiu suas unhas pintadas de verde fluorescente.

— Número dois.

Damian exibiu as unhas pintadas de preto.

— Número três. Encare isso como o rito de passagem da nossa fraternidade.

— Bom, então vamos lá, me deixa bonito — falei para Elizabeth.

Ela começou a me embelezar enquanto os caras me contavam sobre suas vidas. Connor e Damian trabalhavam no mercado imobiliário, mas estavam tentando convencer Jax a cuidar de uma filial da agência no sul.

— Sou encanador — argumentou Jax. — Eu não vendo banheiros. Eu desentupo eles.

Justo.

Quando minhas unhas estavam devidamente pintadas e todo mundo havia bebido o suficiente, Damian me levou para o quarto de hóspedes onde eu dormiria.

— Obrigado mais uma vez por me deixar ficar aqui.

— Claro, não tem problema. Sem contar que a Stella me mataria se descobrisse que deixei você ficar num hotel.

— Ela é ótima.

Um sorrisinho escapou dos lábios de Damian. Era o primeiro sorriso que eu via em seu rosto.

— Ela é a melhor. Me chama se precisar de alguma coisa. Meu quarto fica duas portas à frente.

— Valeu. Só tenho uma pergunta.

— O que foi?

— Por acaso você sabe onde posso encontrar a Catherine? Ela não me passou um endereço nem nada, mas pensei em visitá-la amanhã, antes de ir para o aeroporto.

Ele franziu as sobrancelhas e resmungou algo para si mesmo.

— Tem certeza de que quer fazer isso?

— Sinto que, de alguma maneira, ela faz parte da minha história e que, depois que a gente conversar, vou ser capaz de encerrar oficialmente esse capítulo da minha vida.

— É. — Ele bufou. — Faz sentido. Só Deus sabe as merdas que tive que enfrentar para chegar até aqui. Faça o que você precisar para conseguir suas respostas. Vou te passar o contato dela, e aí você liga. Mas posso dar um conselho como seu irmão mais velho?

— Manda bala.

— A forma mais generosa de descrever a Catherine é dizendo que ela é uma vaca.

— Essa é a forma mais generosa?

— Confia em mim, é. — Ele pigarreou. — Não crie expectativas. Saiba que a sua história é só sua, não das pessoas que abriram mão de você. Não importa o que aconteça, você tem o direito de ter uma vida boa. Se falar com ela for ajudar de alguma maneira, faça isso. Mas não espere que ela vá fazer parte do seu final feliz. Ela não é dessas.

Agradeci pelo conselho.

Ele coçou a cabeça.

— Nós não somos, tipo, irmãos que se abraçam, né?

— Assim, nós podemos ser se você...

— Não gosto de abraços — interrompeu-me ele.

— Ah. Bom, tudo bem.

Ele esticou a mão para mim.

— Aperto de mão?

Eu a apertei.

— Boa noite, Damian.

— Boa noite, irmão.

~

Naquela manhã, liguei para Hailee para lhe desejar um feliz Natal.

— Já estou voltando para casa — falei para ela.

— Estou te esperando — respondeu ela.

Eu tinha acordado cedo, mas dava para perceber que o restante da casa também. No andar de baixo, crianças gritavam de empolgação. O Papai Noel deve ter passado por lá. Juntei minhas coisas para ir embora, desci e entrei na sala de estar, onde dei de cara com as três famílias usando conjuntos de pijamas combinados.

— Feliz Natal! — gritaram todos ao me ver.

Connor me deu um abraço, Jax e Damian se limitaram aos seus apertos de mão, e era estranhamente normal estar em uma casa com desconhecidos que faziam com que eu me sentisse parte da família.

Era isso que eu era, afinal. Parte da família.

— Pijama maneiro — falei para Damian com um sorriso zombeteiro.

Ele usava um conjunto vermelho estampado com renas. Por algum motivo, eu duvidava que aquele fosse o tipo de roupa que ele usava normalmente.

— Não ri não que o seu dia vai chegar.

Por mais estranho que parecesse, aquilo não me incomodava.

— Conseguiu falar com a Catherine? — perguntou ele, me acompanhando até a porta.

— Consegui. Vou tomar um café com ela antes do meu voo.

— Só toma cuidado, tá?

— Pode deixar. Obrigado por me receber. Foi um prazer conhecer você e toda a sua família.

Ele abriu outro sorriso.

— A Stella não estava mentindo. Eu sempre quis ter um irmão. Você tem meu telefone agora. Me liga.

— Pode deixar. Isso vale para você também.

— Quando você voltar para Los Angeles para gravar, a gente se encontra de novo.

Ele segurou minha mão para apertá-la e me puxou para um abraço.

— Achei que você não gostasse de abraços...

— Que seja. É Natal.

Agradeci a todos pela última vez antes de entrar no meu carro e ir encontrar Catherine. Eu estava muito nervoso e não sabia direito como lidar com aquela ansiedade. Estacionei o carro e saltei. Na frente da cafeteria, estava uma mulher usando um casaco de grife e sapatos de salto com solas vermelhas. Ela olhou para mim, e meu estômago embrulhou.

— Catherine? — perguntei.

Ela piscou, e vi alguns traços meus em seu rosto.

— Aiden, sim. Olá.

Ela parecia nervosa, mas era compreensível. Eu também me sentia assim.

— Quer entrar e tomar um café?

Fiz menção de abrir a porta, mas ela me impediu.

— Na verdade, não. Eu só queria te encontrar para acabarmos logo com isso. Parecia ser algo importante para você, mas não quero te dar falsas esperanças. Pelo que eu sei, você tem uma vida boa agora. Não quero atrapalhar nada e, para ser sincera, não tenho interesse nenhum em fazer parte da sua vida.

A frieza de suas palavras machucou. Bem que Damian me avisou.

— Não, eu entendo. Não sei direito por que eu quis conhecer você.

— Para você poder olhar para mim e entender que já tem os melhores pais. Não tem problema. Pense nisso como meu presente de Natal para você.

— Obrigado.

Ela assentiu.

— Quem diria que eu e o Samuel faríamos alguém tão talentoso?

Eu pisquei.

— O quê?

— Eu disse alguma coisa errada?

— Sim. Você quis dizer Jake, não Samuel.

Ela semicerrou os olhos.

— Hum, não. Acho que sei quem é o pai do meu filho. Nunca ouvi falar desse tal de Jake.

Eu me sentia enjoado. Era como se eu tivesse levado um soco no estômago.

— Tem certeza?

Ela soltou uma risada sarcástica.

— Aham, tenho. É difícil se esquecer do cara que ferrou com o seu corpo por nove meses.

Minha cabeça estava girando, e parecia que eu ia desmaiar. Como eu não sabia o que fazer, resolvi dar um fim àquela situação.

— Foi um prazer conhecer você, Catherine, mas preciso ir.

42

Hailee

Eu estava contando as horas para que Aiden estivesse em casa. Meus pais estavam dançando pela sala dos Walters com Laurie, se acabando de rir, enquanto Samuel permaneceu sozinho em um canto na maior parte do tempo. Eu ainda não conseguia digerir o que tinha escutado na noite anterior e estava mais do que pronta para contar tudo a Aiden se Samuel não tomasse uma atitude e contasse a verdade. Aquela informação estava me consumindo por dentro.

Aiden me enviou sua localização durante a volta do aeroporto e eu fiquei com a mesma expectativa de quando era adolescente e ele voltava para casa. Corri para o quintal no instante em que vi seu carro parando na garagem e me joguei em seus braços.

— Feliz Natal — sussurrei em seu pescoço enquanto ele me abraçava.

— Feliz Natal, amor.

Ele se afastou e me beijou. Deu para sentir a tensão em seus lábios.

— O que foi? — perguntei quando nos separamos. — Qual é o problema?

— Nada. Vem. Vamos entrar.

Ele segurou minha mão, e eu o segui. No instante que ele passou pela porta e viu o pai sentado no sofá da sala, suas narinas se alargaram. Ele soltou minha mão.

— Aiden, o que foi...? — perguntei, mas ele me ignorou e foi marchando até o pai.

— É verdade? — questionou ele. A música continuou tocando, mas Laurie e meus pais pararam de dançar. — Sobre a Catherine e você?

Samuel se levantou do sofá com uma expressão chocada no rosto. Então olhou para mim.

— Você disse que não contaria.

Ah, não.

Os olhos de Aiden encontraram os meus, e a expressão de mágoa e traição que tomou seu rosto me fez sentir vontade de vomitar.

— Você sabia? — perguntou ele enquanto as lágrimas se acumulavam em seus olhos.

Balancei a cabeça e estiquei um dos braços em sua direção.

— Não, Aiden, não é o que você...

Ele afastou minha mão.

Não, não, não...

— O que está acontecendo? — perguntou Laurie.

— Agora, escuta, meu filho... — Samuel tentou se aproximar de Aiden, mas foi interrompido na mesma hora.

— Vai se foder! — sibilou Aiden para o pai, empurrando-o com força.

— Ei, ei, ei. O que está acontecendo aqui? — perguntou meu pai, se metendo no meio deles, na tentativa de apartar a confusão. — Aiden, o que está acontecendo?

— O que está acontecendo? Acho que vocês podem perguntar para ele o que está acontecendo — murmurou Aiden. Ele estava irritado e não tirou os olhos de Samuel. — Por que você não conta a verdade para todo mundo, hein? Que a imagem de certinho que você sempre passou era só fachada?

— Samuel, do que o Aiden está falando? — perguntou Laurie, se aproximando do filho.

— Eu, ele... — Samuel fechou os olhos e, quando os abriu, permaneceu quieto.

Ele não tinha coragem de falar a verdade. Ela estava entalada em sua garganta, presa em uma teia de mentiras e fingimentos. Ele era um covarde, porque ainda permanecia em silêncio. Aquele homem era incapaz de assumir o que tinha feito, mesmo quando já tinha sido desmascarado.

— Foi ele quem engravidou a Catherine anos atrás, não o Jake — contou Aiden, expondo os podres de Samuel. — Ele fez o Jake fingir que era meu pai depois que a Catherine resolveu que não queria o filho. Ele inventou essa história só para não ter que encarar você, mãe, e contar a verdade. E está fingindo ser algo que não é desde então. Foi por isso, pai? Foi por isso que você continuava ajudando o Jake? Porque tinha medo de ele contar o seu segredinho sujo se não recebesse dinheiro?

— Meu Deus — murmurou mamãe ao meu lado.

As lágrimas escorriam dos olhos de Samuel, e sua voz falhava. Ele se virou para a esposa.

— Você não entende, Laurie. Nós dois... a gente nunca se via. Nós não tínhamos uma vida íntima. Era difícil viver sozinho em Los Angeles...

— Rá! — Minha mãe riu com sarcasmo da tentativa patética de Samuel de se explicar.

— Não fiz nada de caso pensado, Laurie, juro que não. Eu só tinha ido a Los Angeles para fazer um teste e acabei... bom, foi um erro, tá? Eu fiz merda. Mas olha só o milagre que isso trouxe para as nossas vidas. — Ele pegou a mão dela e a apertou. — Foi o meu erro que nos deu um filho. Ele é o nosso bebê milagroso.

Qual era o problema daquele homem?

Laurie puxou a mão, se afastando do marido, e apontou o dedo para ele.

— Não — falou ela. — Vai embora.

Samuel balançou a cabeça.

— Não.

— Vai. Embora — sibilou Laurie, empurrando o peito dele com força. — Vai embora, vai embora, vai embora! — repetiu ela, aos gritos, com lágrimas escorrendo por suas bochechas.

A tristeza começou a transparecer em sua voz enquanto ela chorava e batia no peito de Samuel.

Meu pai precisou colocar Samuel para fora. Ele levantou o homem em prantos à força e o levou para fora da casa. Quando voltou, o restante de nós continuava parado no mesmo lugar. Laurie olhou ao redor e engasgou com o próprio choro.

— Eu estou bem — garantiu ela.

Mamãe deu um passo à frente para consolar a melhor amiga, mas Aiden já estava abraçado a ela.

— Acho melhor darmos um tempo para os dois — disse meu pai, gesticulando com a cabeça para mim e mamãe.

Eu não queria deixar os dois ali, mas sabia que era o certo a fazer. Que mãe e filho precisavam um do outro naquele momento. Mesmo assim, eu queria estar ali para Aiden da mesma forma que ele queria estar ali para a mãe.

Eu sabia que ele também precisava ser consolado.

~

Mais tarde naquela noite, vi a luz do quarto de Aiden acender. No mesmo instante, saí pela janela do meu quarto e bati na dele.

Ele me viu e suspirou, depois virou as costas para mim.

Bati de novo.

E de novo.

E de novo.

Bati na janela sem parar até que um Aiden mal-humorado surgir e abrir o vidro.

— O que você quer, Hailee? — perguntou ele, ríspido. — Preciso ficar sozinho agora.

— Não.

— Como é?

Entrei pela janela e parei na frente dele, séria.

— Eu disse que não. Você não vai ficar sozinho agora, porque essa situação toda é uma loucura. E, só para deixar claro, eu ia te contar. Descobri tudo quando você estava viajando e estava esperando você voltar para falar, mas ele disse que contaria tudo para você assim que te encontrasse. Só que você descobriu antes. Quero que você entenda que eu não fiquei escondendo esse segredo por muito tempo, Aiden. Eu não sabia.

— Entendi. De verdade, mas...

— Sem mas. Você não vai me afastar de você agora, tá? Porque, gostando ou não, você precisa de mim tanto quanto eu preciso de você, então não vou a lugar nenhum. Vou ficar bem aqui.

— Hailee...

— Pode ficar com raiva. Fica com raiva do mundo. Fica com raiva de tudo que existe. Droga, você pode até ficar com raiva de mim também, mas não pode me afastar de você, Aiden. Eu me recuso a sair daqui. A gente não vai fazer isso.

— Hailee...

— Não. Já li romances o suficiente para saber que é assim que as coisas funcionam. Neste ponto da história, a gente devia brigar e terminar, mas me recuso a fazer isso. Nada de separações quando as coisas estão começando a se ajeitar, entendeu? — Segurei as mãos dele. — Nós não vamos ter uma briga dramática e terminar por um tempinho só para voltarmos depois e sermos felizes no final. A gente já passou dessa parte, Aiden. Nós estamos felizes. Eu e você... nós estamos bem. O restante do mundo é que é uma porcaria. Então não vamos estragar o que temos por causa dos outros. Já perdi cinco anos com você por causa daquele homem. Eu me recuso a perder mais um segundo.

Ele fechou os olhos e encostou a testa na minha, me puxando para seu peito.

— Desculpa. Não sei o que estou sentindo agora.

— Seria estranho se soubesse. Mas você não precisa descobrir isso sozinho, tá? Estou aqui.

— Sinto que você não merece me aturar agora. Você passou os últimos cinco anos encarando seus problemas e evoluindo. Eu fugi dos meus. Agora, tenho que lidar com uma merda ainda maior, e não é justo pedir para você ficar esperando eu resolver a minha vida.

— Ei, para com isso. — Eu me afastei dele e segurei seu rosto, encontrando seu olhar. — Você não precisa ser perfeito para eu te amar. Não é assim que funciona. Eu não te amo só nos dias bons. Eu te amo nos dias ruins também. Fique chateado, fique arrasado, fique em frangalhos. Vou continuar aqui.

— Hailee? — sussurrou ele.

— O quê?

Seus lábios roçaram os meus, cheios de carinho.

— Você é a melhor coisa que já aconteceu na minha vida.

43

Aiden

Na manhã seguinte, fiquei um tempo sentado na varanda, tomando ar fresco, até que a porta da frente abriu e minha mãe apareceu. Fazia horas que ela estava dormindo. Dava para entender por quê.

— Oi, mãe.

Ela sorriu e veio até mim.

— Oi.

— Ontem foi uma loucura.

— Você está sendo bonzinho. — Ela riu.

Baixei a cabeça e fiz uma careta, então voltei a encará-la.

— Você já conversou com o meu pai?

Seu sorriso desapareceu, e vi a mágoa que ela se esforçava para esconder de mim. Fiquei me perguntando quantas vezes eu não tinha visto os sinais. Fiquei me perguntando quantas vezes minha mãe havia escondido sua tristeza.

— Conversei. Ele vai passar umas semanas num hotel.

Ela foi até o primeiro degrau da escada da varanda e se sentou. Entrelacei os dedos.

— Você está bem?

Ela soltou uma risada fraca.

— Defina "bem"... Mas não precisa se preocupar comigo. Vou me recuperar. Como você está?

— Eu sempre vou me preocupar com você. Você é minha mãe. — Coloquei minhas mãos em seus ombros. Eu queria que ela não apenas ouvisse, mas que também sentisse minhas palavras enquanto eu olhava em seus olhos, tão diferentes dos meus. Mas nossos corações? Eles batiam no mesmo ritmo. Porque o meu e o dela sabiam como amar. — Não existe ninguém igual a você.

— Ah, Aiden... — sussurrou ela com a voz trêmula.

As lágrimas em seus olhos finalmente começaram a rolar, e eu a puxei para um abraço.

— Minha mãe.

— Meu filho — respondeu ela, me apertando.

Eu não sabia quem precisava mais daquele abraço, ela ou eu, então ficamos entrelaçados por alguns minutos. Quando ela desmoronou, eu estava lá para ampará-la. E eu precisava que ela soubesse que eu sempre estaria ali, do seu lado, pelo resto da minha vida. Ao contrário do meu pai, eu não tinha subido em um altar e feito votos para ela, mas, no meu coração, era como se eu os tivesse feito. No instante em que minha mãe havia me escolhido como dela, eu a escolhera como minha. Dos meus primeiros passos aos últimos, eu sempre seria seu filho, sempre seria o bobo sortudo que a teria como mãe.

Quando ela conseguiu se recompor, nós nos desvencilhamos. Ela secou as lágrimas, depois colocou as mãos no colo e disse:

— Sabe qual é a pior parte?

— Qual?

— Não consigo odiar o seu pai. Eu quero, porque só Deus sabe o que aquele homem me fez passar durante esses anos, mas não consigo... porque sei o que teria acontecido se eu tivesse descoberto a verdade naquela época. Eu o teria largado. E ele sabia disso. E, se isso tivesse acontecido, se eu tivesse abandonado seu pai por ter engravidado outra mulher, eu jamais me tornaria sua mãe. Fico de coração partido só de pensar nisso, porque a melhor coisa da minha vida foi me tornar sua mãe. Eu faria tudo de novo se isso me levasse a você.

~

O Ano-Novo chegou, mas eu não conseguia entrar no clima festivo. Eu teria que ir embora de Leeks em breve, para começar a gravar, e sentia que meu mundo continuava de cabeça para baixo. Meu pai, ou Samuel, ou seja lá como eu deveria chamá-lo agora, insistia em me mandar mensagens, tentando falar comigo. Eu nem precisava dizer que ele não era mais meu empresário nem marido da minha mãe. Eu ainda estava avaliando se o dispensaria do papel de pai também. Eu não estava pronto para essa conversa. Sempre que parava para pensar nisso, acabava desviando meu foco por causa da ansiedade. Eu odiava brigas. Se fosse possível, eu preferia ignorá-lo e sumir da vida dele como se eu nunca tivesse feito parte dela.

Quanto mais eu pensava no que ele havia feito, mais irritado ficava. A quantidade de vezes que ele tinha me visto chorar por causa de Jake quando eu era pequeno. A quantidade de vezes que ele tinha me visto ficar constrangido em jantares de fim de ano por Jake estar caindo de bêbado. A quantidade de vezes que ele tinha me visto sentado na varanda com uma luva e uma bola de beisebol, esperando Jake vir me buscar, e, em vez de se oferecer para jogar bola comigo, me levava para dentro de casa, ajustava a câmera e gravava meus testes para novos papéis.

Nunca fui filho dele. Eu era sua marionete. Eu era seu ganha-pão. Eu era o sonho que ele nunca havia realizado. A pior parte era que ele sabia que eu faria qualquer coisa para deixá-lo feliz, então se aproveitava disso. Ele também se aproveitava do amor da minha mãe, sabendo que ela nunca o abandonaria, porque queria me proporcionar um lar estável.

Samuel Walters não era um homem bom. E, agora, eu sabia que o sangue dele corria em minhas veias. E isso estava mexendo com a minha cabeça, causando danos à minha saúde mental. Como era possível que um mentiroso, um golpista, tivesse o meu sangue? Parte de mim preferia ser filho de Jake, porque era mais fácil compreender como drogas e álcool prejudicavam o bom senso de uma pessoa. Mas o lado obscuro de Samuel eu não conseguia entender. Ele era motivado pela ganância? Por egoísmo?

Percebi que precisava ter aquela conversa com ele. Antes de seguir em frente com a minha vida, eu tinha de colocar um ponto final nessa história.

Eu o encontrei em um hotel em Chicago. Ele sabia que ficar em Leeks não seria uma boa ideia. Fiquei aliviado por ele ter saído da cidade. Teria sido difícil esbarrar com ele na rua.

Fomos para o restaurante do hotel e nos sentamos para tomar um café. Ele me convidou para almoçar, mas eu não queria ficar tanto tempo assim na companhia dele.

Cruzei os braços.

— Prefiro ir direto ao ponto. Eu só queria que você soubesse o que estou pensando.

— Sou todo ouvidos.

— Passei a vida inteira querendo que você fosse meu pai. Eu fazia de tudo para que você sentisse orgulho de mim, porque queria me sentir mais próximo de você. Segui a carreira de ator, mesmo depois de ela perder a graça, porque sabia o quanto isso era importante para você. Tudo que eu fazia era porque queria te deixar feliz. Fico arrasado por saber que você não faria o mesmo por mim. Sua única prioridade, todos os dias, era você mesmo.

— Você está sendo injusto, Aiden. A sua vida é maravilhosa porque eu batalhei muito para construir sua carreira. Eu era rígido porque...

— Porque você também queria fazer parte da indústria cinematográfica e me usou para isso. Não finja que só estava pensando no meu bem-estar.

— Então você está mesmo dizendo que eu sou um babaca egoísta, é isso? É assim que você me enxerga? Depois de conviver comigo por vinte e três anos?

Balancei a cabeça.

— Não tenho palavras para descrever o que penso de você. Só sei que não quero que você faça mais parte da minha vida.

Ele fez uma careta.

— Então por que veio até aqui? Por que quis conversar comigo?

— Porque eu queria olhar nos seus olhos e dizer que vou seguir o seu exemplo. Vou me colocar como prioridade a partir de agora. Queria deixar claro que a nossa relação acabou e que prefiro não manter contato. Você pode correr atrás dos seus sonhos, sejam lá quais forem. Mas não vai continuar me usando para realizá-los.

Com isso, encerrei o maior capítulo da minha vida enquanto deixava para trás o homem que me criou, o homem que me colocou no mundo. Mas fui embora com um aperto no peito.

No fim das contas, encerrar histórias nem sempre traz uma sensação boa. Às vezes, colocar um ponto-final nas coisas é bem desagradável.

44

Aiden

Desde o dia que encarei meu pai, me sentia desnorteado. Eu não sabia a quem recorrer, mas, de algum jeito, a pessoa certa apareceu no exato momento em que era mais necessária.

— Olá, irmão.

Damian Blackstone estava parado na minha varanda, todo vestido de preto.

Caramba, como Damian Blackstone havia descoberto onde eu morava?

— Damian. O que você está fazendo aqui? — perguntei, surpreso ao vê-lo ali. — Como me encontrou?

— Me chamam de coveiro. Tenho talento para desenterrar informações sobre as pessoas — respondeu ele, tirando a mala do ombro. — Você tem um quarto livre por alguns dias? — Sem pensar duas vezes, eu o puxei para um abraço. Ele resmungou. — Essa história de abraço é só no Natal.

— É, bom, eu tive uns dias de merda. Estou precisando de um abraço.

— Tudo bem. Mas só desta vez. — Ele me abraçou, e fiquei agradecido pelo gesto. Assim que me soltou, ele se empertigou. — Então, o que as pessoas fazem no Wisconsin além de morrer de frio?

— Queijo empanado? — perguntou Damian quando nos sentamos ao balcão do bar da cidade. — Vocês fritam queijo?

— Você nunca comeu queijo empanado? — perguntei, abismado. — A sua vida está prestes a mudar para sempre. E estes são os melhores da cidade. O molho ranch também é feito aqui. Confia em mim, isso faz diferença.

Damian pegou um queijo empanado e o abriu, demonstrando muita habilidade em puxar fios de queijo. Então o mergulhou no molho ranch e o jogou na boca. Ele se recostou na cadeira, parecendo impressionado.

— Caralho — gemeu ele. — Eu não sabia que vocês colocavam drogas na comida por aqui.

— O que eu posso dizer? Tem algumas coisas que nós sabemos fazer muito bem. Os Milwaukee Bucks, queijo empanado e cerveja Spotted Cow. Você não encontra essas maravilhas em nenhum outro lugar.

— Falando em maravilhas. — Ele estalou os dedos. — Vamos precisar de mais queijo empanado e mais dessa Spotted Cow, urgente. — Damian se virou para mim com um olhar mais sério depois de comer mais uns pedaços de queijo. Ele limpou as mãos e franziu as sobrancelhas ao me fitar. — Ouvi dizer que o seu pai é um babaca.

— Como você sabe disso?

— A Hailee me achou nas redes sociais e falou comigo. Ela disse que você estava precisando de um irmão, então eu vim.

Claro que ela havia feito isso.

— Ela é a melhor pessoa que eu conheço — confessei.

— Que engraçado. Ela disse a mesma coisa sobre você — falou ele. — Sinto muito sobre o seu pai. Sinceramente, não entendo por que ele se esforçaria tanto para esconder esse segredo.

— Ele sabia que perderia a melhor coisa da vida dele: minha mãe. E, depois desses anos todos, acabou perdendo mesmo, de qualquer forma.

O carma nunca falha, por mais que demore.

Odeio ele. Ele passou anos me vendo sofrer por causa do Jake e, mesmo assim, não mudou de atitude. Eu só virei ator por causa dele, porque queria que ficasse orgulhoso de mim. Passei a vida inteira desejando que ele fosse meu pai biológico. Eu achava que as semelhanças físicas que via entre nós eram coisa da minha cabeça. Me convenci de que eu era meio maluco por pensar essas coisas. Agora, quando o vejo, só consigo sentir raiva.

— Eu entendo, cara. Meu pai foi um babaca e fez joguinhos comigo, mas foi por causa disso que encontrei a Stella, então sou meio grato àquele escroto.

— Vocês são mais próximos agora?

— Não, ele bateu as botas — contou ele em um tom sério.

— Ah, merda. Desculpa. Eu não sabia.

— Como você poderia saber? A gente acabou de se conhecer.

Não demorei muito para perceber que Damian era um cara muito direto. Ele era o oposto de seu melhor amigo, Connor. Um pouco mais parecido com Jax. Aqueles três formavam um grupo esquisito, mas que parecia funcionar, de alguma maneira. Eles se completavam.

Damian tomou um gole de sua cerveja.

— Encaro a situação assim: se o velho não tivesse batido as botas, eu nunca teria conhecido a Stella, então parece uma troca justa. Um pai babaca morre, e você acaba encontrando o amor da sua vida? Eu topo.

Fiquei sentado ali, totalmente chocado com seus comentários.

Ele me encarou e soltou um suspiro pesado.

— Peguei pesado, né? A Stella sempre diz que meu senso de humor ácido vai acabar me matando. Se eu morresse, pelo menos poderia encontrar meu pai lá no andar de baixo e dizer que ele é um babaca. Meu maior arrependimento é não mandar mais pessoas à merda.

Dei uma risadinha e levantei meu copo.

— Isso aí.

— A maioria das pessoas diria que o tempo cura todas as feridas e que você deveria perdoar o seu pai. Mas quer ouvir o meu conselho?

— Diga.

— Ele que se foda. Você não deve nada a ele. Nem carinho, nem perdão, nem a sua presença na vida dele. Ele fez o que queria, agora vai ter que arcar com as consequências. Para ser pai, não basta ter o mesmo sangue que você, mas ser correto com o filho. Mesmo assim, por dentro, você pode ser grato a ele por todas as coisas que te proporcionou. Como a sua mãe.

Suspirei. Ele tinha razão. Se não fosse pelas mentiras do meu pai, eu não teria minha mãe.

Assobiei baixinho.

— Um babaca mentiroso em troca da melhor mãe do mundo?

Damian abriu um sorrisinho e jogou mais pedaços de queijo na boca.

— Parece uma troca justa.

Ele se remexeu na cadeira e continuou:

— Mas, falando sério, se tem uma coisa que aprendi com a vida é que família não é definida por laços de sangue, e sim por lealdade. Por pessoas que amam você e são sinceras mesmo nos momentos mais difíceis. Por pessoas que estão ao seu lado todos os dias e ajudam você a ser a sua melhor versão. Por um espaço em que você possa ser verdadeiro sem sentir vergonha. É você ter sonhos e pessoas que os apoiem. Dizem que o sangue fala mais alto, mas falar alto nem sempre é uma vantagem. A gente precisa de algo que restaure nossas forças e nos impulsione. De algo que seja bom para o corpo, bom para a alma. Não se contente com qualquer merda que coloque você para baixo. Só aceite o amor que faz bem, e o retribua com ainda mais afinco.

— Para um cara que diz ser durão e frio, até que você sabe fazer um bom discurso.

— Eu amoleci depois de ter filhos. Precisei me tornar um homem melhor para eles. Faz parte do pacote.

— Essas crianças têm sorte.

— Eu tenho sorte — corrigiu-me ele.

— Acho que vou gostar dessa história de ter um irmão.

— Você não é um merdinha irritante, então acho que temos futuro.

— Ainda não acredito que você veio até aqui só para me ver.

— Você faz parte da família. E é isso que famílias fazem. Cuidam uns dos outros. Então... — Ele bateu palmas uma vez e sorriu. — Quando vou conhecer essa tal moça especial?

— Ela está na casa dos pais. Pedi para eles a convidarem para ver um filme. Depois que sairmos daqui, eu queria que você me ajudasse com uma coisa, se puder.

— Qual é o plano?

45

Hailee

As noites vendo filme com meus pais eram uma das partes favoritas dos meus dias. Tirando que meu pai costumava falar durante o filme todo, fazendo perguntas sobre a história, como se mamãe e eu soubéssemos o que ia acontecer. Mamãe sempre acabava jogando pipoca nele, mandando-o ficar quieto.

— Você soube que a Laurie vai vender a casa? — perguntou mamãe quando o filme acabou.

As últimas semanas tinham sido uma loucura. Aiden teria de voltar para Los Angeles em breve, o que me deixava um pouco triste, e o mundo inteiro de Laurie havia virado de cabeça para baixo.

— Vai?

— Aham. Ela acha que está na hora. O Samuel não quis a parte dele da casa, mas ela acha que precisa de novos ares. Faz sentido. E isso me leva a outra questão. — Mamãe segurou a mão do meu pai, e os dois sorriram para mim. — Como a confeitaria cresceu bastante nos últimos anos, ganhamos mais dinheiro do que podíamos imaginar. Então resolvemos vender a nossa casa também e comprar a casa dos nossos sonhos.

— O quê?! — perguntei, chocada. — Vocês vão vender a casa?

Eu não sabia por que, mas essa notícia fez meus olhos se encherem de lágrimas. Mamãe já estava com um lenço a postos para me dar. Eu o aceitei e sequei as lágrimas. Eu havia crescido naquela casa. A única casa que eu conhecia como lar. Suas paredes, o telhado, as portas e janelas... tudo contava a história da minha vida. Havia sido naquela casa que eu tinha conhecido meu melhor amigo. Minha pessoa. Meu Aiden.

Na sala, olhei ao redor e continuei secando as lágrimas que não paravam de cair.

— Está tudo bem — disse meu pai, colocando a mão em meu joelho em um gesto reconfortante. — Pode botar tudo para fora.

— Eu só... estou feliz por vocês dois. Gostei da novidade. Este lugar tem tantas histórias nossas. Mas é estranho pensar...

Antes que conseguisse terminar meu raciocínio, ouvi o som de batidas. Eu me empertiguei no sofá.

— Vocês estão esperando alguém? — perguntei.

— Não que eu saiba... — Mamãe olhou para meu pai. — Você convidou alguém?

— Você sabe que eu não gosto de pessoas — brincou meu pai. — Mas parece que o som veio do seu quarto, Hailee.

Que estranho.

Nós três nos levantamos e fomos até o meu quarto para tentar entender o que estava acontecendo. Assim que acendi a luz, vi um desconhecido batendo na minha janela pelo lado de fora.

Fui até lá, surpresa, mas entendi por que o desconhecido parecia tão familiar quando vi seus olhos azuis. Ele abriu um sorrisinho para mim e gesticulou para que eu abrisse o vidro. Olhei para o meu pai, e ele deu de ombros.

— Abre. Eu te dou cobertura — disse meu pai, me incentivando.

Eu a abri, e o cara estendeu a mão para mim.

— Já ouvi falar muito sobre essa janela. Você deve ser a Hailee. Eu sou o Damian. O irmão do Aiden.

É claro que era. Ele era igualzinho ao Aiden. Os olhos azuis deviam ter me alertado. Um suspiro de alívio escapou dos meus lábios enquanto eu esticava o braço para apertar sua mão.

— Caramba, oi. Que prazer te conhecer... na minha janela.

Ele deu uma risadinha.

— Vim visitar o Aiden. Estou ficando aqui do lado, com ele e a mãe. Ele falou pra caralho que vocês costumavam sair pela janela dos seus quartos para se encontrarem. — Ele olhou por cima dos meus ombros e acenou com a cabeça na direção dos meus pais — Os senhores são os pais da Hailee?

— Somos — respondeu mamãe.

— Desculpa o palavreado, senhora — disse Damian. Ele se virou de novo para mim. — Enfim. Estou impressionado por vocês nunca terem quebrado a coluna pulando dessas janelas. Eu quase fiquei entalado, mas queria conhecer minha nova cunhada antes de voltar para Los Angeles.

— Ah, não. Aiden e eu não somos casados. Somos só namorados.

Damian arqueou a sobrancelha.

— Tem certeza? Porque tem um cara ajoelhado aqui do lado, torcendo para mudar isso em breve.

Ele apontou para suas costas e revelou Aiden, ajoelhado, segurando uma caixinha.

— Ai, nossa — falei.

Mais lágrimas vieram, só que agora eram de felicidade.

Damian ofereceu a mão para me ajudar a pular a janela. Ele me guiou até Aiden, que exibia o maior sorriso do mundo em seu rosto. O sorriso que era dono do meu coração.

— Oi — sussurrou ele.

— Oi — respondi, parando na sua frente.

— Eu ensaiei esse discurso muitas vezes ao longo dos anos, mas dizer as palavras pra valer é muito diferente.

Aiden soltou uma risada nervosa, e a caixinha da aliança tremeu em sua mão. A caixinha da aliança. A aliança. Era a aliança mais linda que eu já tinha visto.

Ele continuou falando enquanto minhas lágrimas continuavam rolando.

— Hailee Jones, você é a minha pessoa, o motivo para eu acreditar em destino, o motivo para eu acreditar no amor. Já interpretei muitos personagens diferentes na minha vida, mas meu melhor papel foi ter o privilégio de ser seu melhor amigo. Você é meu café pela manhã e meu uísque à noite. Você é a Jerry do meu Tom. Você é a estrela guia que me traz de volta para casa no fim de cada dia. Sei que as pessoas dizem que o amor vem com o tempo, mas a verdade é que eu já nasci apaixonado por você. Desde o momento em que o ar penetrou em meus pulmões pela primeira vez, meu coração pertence a você. Então casa comigo, Hailee. Casa com minhas partes boas e com as partes ruins também. Casa com a minha confiança e as minhas inseguranças. Casa comigo. Casa com a pessoa que eu sou por completo, com o lado bom e o lado ruim, e me dá a alegria de te amar mais e mais até que a morte nos separe. Quer casar comigo?

Eu me agachei até ficar na altura dele e sentei sobre meus joelhos ao seu lado, na grama cheia de neve. Segurei seu rosto e sorri.

— Sim.

Foi o sim mais fácil que já falei. Ser amada por Aiden era um presente. Aiden Walters era o tipo de homem que uma mulher jamais conseguiria esquecer. Eu tinha ganhado uma segunda chance para receber seu amor, seu coração, e jurei que o protegeria pelo resto da minha vida.

Eu o beijei intensamente, por um bom tempo, enquanto nossas famílias comemoravam atrás de nós. Laurie estava com uma câmera em punho e tirava fotos, enquanto meus pais faziam o mesmo. O fato de o pedido estar acontecendo no exato lugar em que eu tinha me apaixonado por ele parecia ser obra do destino.

Eu me casaria com Aiden Walters, e ele seria meu para sempre.

Ele se casaria comigo, e eu seria sua para sempre.

Até que a morte nos separe.

— A gente pode viver para sempre na parte do planejamento da festa em que ficamos provando bolos? — perguntei a Aiden, nós dois sentados diante de oito amostras diferentes de bolos de casamento.

Eu tinha de admitir que escolher o bolo estava sendo minha parte favorita do processo de planejar o grande dia.

Ele enfiou um dedo na cobertura de chocolate e o colocou na boca.

— Acho que essa é a melhor ideia que você já teve.

— Este tem creme de laranja. O bolo é branco com raspas de limão. Sem querer me gabar, mas ficou sensacional — disse mamãe ao trazer mais uma fatia para que a gente pudesse experimentar.

Fazia duas horas que estávamos sentados na Confeitaria da Hailee, provando bolos, e eu não estava reclamando de nada.

O fato de mamãe estar encarregada dos doces para a festa enquanto Laurie cuidava dos pratos elegantes me deixava muito empolgada. Era o melhor dos dois mundos. Nossas mães eram mestres no que faziam e dariam seu melhor no casamento.

Aiden e eu comemos um pedaço do bolo com creme de laranja e gememos juntos.

— Caramba — suspirou Aiden, fechando os olhos em um estado de euforia.

— É este. — Assenti, então olhei para Aiden. — Não é?

— Com certeza. Penny, não sei como você fez isso, mas estou tão feliz por ter feito. É este.

Mamãe sorriu de orelha a orelha.

— Acreditem, eu já sabia.

Aiden fitou minha mãe com cara de pidão.

— Por acaso você tem mais um pouquinho dessas amostras na cozinha, só para gente ter certeza mesmo?

— Acho que consigo arrumar mais uns pedaços para vocês.

Ela seguiu para os fundos da loja, nos deixando no paraíso dos bolos, terminando de comer todas as fatias que ainda restavam.

Enquanto comíamos, meu telefone acusou a chegada de um e-mail. Quando o abri, meus olhos se encheram de lágrimas no mesmo instante.

— O que foi? — perguntou Aiden, preocupado ao ver minha expressão.

Eu me virei para ele e engasguei com as palavras.

— Fui aceita.

— O quê?

— Fui aceita no mestrado de psicologia da Universidade Adler, em Chicago — falei enquanto meu coração disparava no peito.

— Puta merda! — exclamou Aiden, pulando da cadeira. Em questão de segundos, ele me pegou no colo e começou a me girar. Quando ele me colocou no chão, vi as lágrimas escorrendo dos olhos dele também. Porque, quando eu chorava, ele chorava. Quando eu comemorava, ele comemorava. — Você conseguiu, Jerry! — disse ele, me puxando para o melhor abraço da minha vida. — Você merece. Estou muito orgulhoso.

Mamãe voltou com mais duas fatias de bolo e fez uma pausa ao ver nossa alegria.

— O que foi?

— Hailee foi aceita no mestrado da Adler — anunciou Aiden, todo feliz.

Mamãe arregalou os olhos e deu um grito de alegria.

— Ah, nossa! Nós vamos comer a porcaria do bolo todo agora. Karl! Sai do escritório! Nós vamos comemorar!

Meu pai veio na mesma hora e, quando recebeu a notícia, também começou a pular de alegria. Quando Aiden me soltou, fui para os braços do meu pai. O primeiro homem que tinha me ensinado o que era o amor e como era ser amada.

— Nunca duvidei de você ou da sua capacidade. Estou muito orgulhoso, Cinderela — sussurrou ele, beijando minha testa. — Te amo pra sempre.

— Te amo por mais tempo ainda.

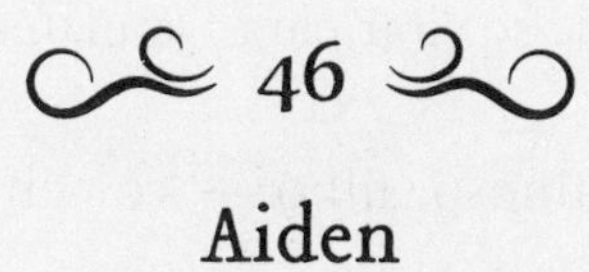

Aiden

Um ano depois

Eu não estava tendo um ataque de pânico.

Para falar a verdade, já fazia tempo que eu não tinha ataques de pânico. Desde que Hailee havia me ajudado a focar no caminho para a minha felicidade e que comecei a fazer terapia. No fim das contas, procurar ajuda podia mesmo fazer com que você tivesse uma vida mais feliz.

E a minha vida ficava mais e mais feliz a cada dia.

Eu nunca tinha me sentido tão calmo quanto naquela manhã. Era o dia do meu casamento. O dia em que eu olharia para minha melhor amiga e diria sim. Eu nunca tive tanta certeza de uma decisão na vida.

Amar Hailee era algo que eu faria pelo restante dos meus dias e seria uma honra dizer aquela palavra a ela no altar, na frente de nossas famílias e de nossos amigos.

— Você está bonito — elogiou Damian, se aproximando de mim enquanto esperávamos no quarto.

A cerimônia começaria a qualquer segundo, e meus três novos irmãos seriam meus padrinhos. Connor, Jax e Damian se tornaram parte da minha família em um piscar de olhos. Eles eram a própria definição da palavra família e me receberam de braços abertos.

Damian ajeitou minha gravata e eu sorri.

— Você também não está nada mal.

— Deve ser a genética — brincou ele e me deu um tapinha nas costas.

— Certo, Connor, Jax, o fotógrafo pediu para vocês irem para o corredor — avisou minha mãe ao entrar no quarto. Assim que nos viu, ela ficou chorosa. — Que rapazes lindos, lindos.

Connor e Jax foram tirar fotos enquanto minha mãe vinha falar comigo e com Damian. Ela ficou na ponta dos pés e deu um beijo na minha bochecha antes de se virar para Damian e beijar a dele também, segurando seu rosto.

— Você está maravilhoso, filho — comentou ela, olhando para Damian.

Damian era um cara durão. Ele não demonstrava muitas emoções, mas, naquele momento, parecia estar à beira das lágrimas.

— O que foi? — perguntou minha mãe.

Ele balançou a cabeça de leve e deixou escapar um sorrisinho.

— Nada. É só que... Você me chamou de filho.

— Sim. Porque é isso que você é para mim.

Ele pigarreou e se empertigou.

— Eu sempre quis isso.

— O quê?

Ele fungou, tentando se controlar.

— Uma mãe.

Minha mãe sorriu.

— E eu sempre quis outro filho para fazer companhia ao meu Aiden, então acho que, no fim, deu tudo certo. Daqui a pouco, vocês têm que ir tirar fotos com o Jax e o Connor lá fora, tá?

Ela deu outro beijo na bochecha de Damian antes de sair.

Sorri para o meu irmão.

Ele fez uma careta e secou as lágrimas.

— Se você contar para alguém que eu chorei, eu chuto seu saco — resmungou ele.

Joguei as mãos para o alto, me rendendo.

— Minha boca é um túmulo.

Ele me deu mais um tapinha nas costas antes de sair do quarto para tirar fotos com Connor e Jax, me deixando sozinho com meus pensamentos.

Parei na frente do espelho, alisando meu terno, pensando que eu estava prestes a encarar o momento mais importante da minha vida até então.

— Você está bonito — disse alguém às minhas costas.

Eu me virei e encontrei Karl parado atrás de mim, em seu terno.

— Você também.

— Fazer o quê? Sou um coroa enxuto. — Ele se aproximou de mim e esfregou o nariz com o dedão. — Está nervoso?

— Nem um pouco. Eu me sinto pronto.

Ele sorriu.

— Eu senti a mesma coisa no dia do meu casamento com a Penny. Pronto. Quando você sabe que está se casando com a pessoa certa, a calma toma conta de tudo. — Ele olhou no relógio. — Preciso encontrar a Hailee para levá-la até o altar, mas queria dar um pulo aqui para dizer que seria impossível pensar em um homem melhor para se casar com a minha filha. Eu vejo como você a ama, e isso só me faz te amar mais. É uma honra ser seu sogro, mas, se você quiser, fique à vontade para me chamar de pai.

Eu estava prestes a cair no choro, igual a Damian. Quem imaginaria que um coração era capaz de sentir ainda mais felicidade a cada segundo?

Karl me deu um tapinha no ombro e me puxou para um abraço apertado.

— Te amo pra sempre, filho.

Eu tinha passado a vida inteira ouvindo Karl falar isso para Hailee. Engasguei com as palavras, mas consegui dizê-las.

— Te amo por mais tempo ainda — respondi.

Hailee

Tive o casamento dos meus sonhos com o homem dos meus sonhos. Não existia uma forma melhor de celebrar o amor que Aiden e eu sentíamos um pelo outro. Foi uma noite cheia de amor, com risadas, alegria. Era muito bom e empolgante ver todos ao redor testemunharem meu final feliz. Eu nunca tinha me sentido tão amada quanto naquela noite.

Tínhamos champanhe à vontade durante a festa toda, deixando todos risonhos enquanto cantávamos e dançávamos pela madrugada. O Sr. Lee trouxe um convidado, seu filho Lin. Lin tinha sessenta e poucos anos e estava cogitando se mudar para Leeks, Wisconsin, para assumir o negócio do pai. Ele era um homem simpático e gentil, e foi impossível não reparar que havia passado a noite inteira elogiando Laurie.

Quando Aiden e eu estávamos dançando uma música lenta, apontei para Lin e Laurie, que também estavam na pista de dança.

— O que você acha? — perguntei.

Ele olhou para a mãe e levantou a sobrancelha.

— Ele está dando em cima da minha mãe? — perguntou Aiden, alerta. — Vou acabar com essa história agora.

Antes que ele conseguisse me soltar, eu o apertei.

— Não vai, não. Olha direito. Ela parece feliz.

Aiden resmungou.

— É, parece. Mas, se as mãos dele descerem mais um pouco, vou lá arrancar elas fora.

O filho superprotetor entrava em ação.

— Você é ridículo.

— E você se casou comigo mesmo assim — brincou ele, me dando um beijo no nariz. — Ei, quer fazer uma coisa comigo? Vamos sair daqui?

Semicerrei os olhos.

— Do nosso casamento?

Ele concordou com a cabeça.

— Aposto que ninguém ia perceber. Todo mundo está bêbado de champanhe. Além do mais, quero te levar em um lugar. Acho que vai ser legal. Só diz que sim, vai?

Olhei ao redor, respirei fundo e dei de ombros.

— Tá.

Aonde quer que ele fosse, eu o seguiria.

Ele pegou minha mão e nós saímos de fininho pela porta dos fundos, sem ninguém perceber. Então andamos pelas ruas de Leeks, sob o céu perfeito e sem nuvens. Era uma noite linda e o clima estava mais do que perfeito para um passeio em um terno caro e um vestido de noiva belíssimo.

Quando chegamos ao nosso destino, não havia sorriso que expressasse o tamanho da minha felicidade.

Nós estávamos no espaço entre as duas casas onde crescemos.

Havia placas de vende-se na frente de ambas, e nossos pais já tinham tirado praticamente tudo lá de dentro.

— Em pouco tempo, outras pessoas vão criar memórias nessas casas, mas achei que podíamos aproveitar uma última noite contando estrelas — explicou Aiden enquanto me levava para o espaço entre nossas janelas.

O amor que eu sentia por aquele homem era infinito.

Nós nos deitamos entre as árvores e eu me aconcheguei em seu corpo. Ele me apertou e beijou meu queixo, depois apontou para o céu.

— Uma... duas... três...

Epílogo

Hailee

Três anos depois

— Kennedy e Aaliyah, precisamos da opinião de vocês duas. A Stella e a Hailee não contam, porque elas não vão ser imparciais.

Aiden pulou do toco de árvore em que estava sentado e veio até o quintal da frente, onde nós, mulheres, estávamos curtindo com as crianças. As três me davam dicas sobre gravidez, já que a cegonha logo nos faria uma visita.

Damian seguiu o irmão, vindo na nossa direção.

Os dois pararam lado a lado, Aiden se agigantando alguns centímetros sobre Damian. Eles cruzaram os braços ao mesmo tempo e remexeram o nariz ao mesmo tempo. Seus olhos azuis combinavam com a cor do mar ao amanhecer, e eles pigarrearam em harmonia. Era inegável que os dois eram irmãos. Não havia dúvidas disso. Stella e eu adorávamos descobrir as manias que os dois compartilhavam; era um dos nossos passatempos favoritos.

— Passamos a manhã toda discutindo isso e precisamos da opinião de vocês — explicou Damian.

Kennedy ergueu a sobrancelha.

— Sobre o quê?

— Quem é mais bonito, eu ou o Damian? — perguntou Aiden.

— Isso não é justo, o Aiden era o passe livre da Aaliyah — argumentou Damian. — Você já sabe quem ela vai escolher. Não é uma análise objetiva.

Aaliyah franziu a testa.

— Sabe de uma coisa... quanto mais tempo passamos juntos, mais piegas ele se torna, e agora que sinto que ele é meu irmão caçula, a ideia é meio... — Ela estremeceu de nojo.

Sorri.

— É por isso que dizem para nunca conhecermos nossos ídolos. Acaba sempre sendo decepcionante.

— Então você está dizendo que eu sou o irmão mais bonito? — perguntou Damian, arqueando a sobrancelha.

— Na verdade, vocês dois são igualmente horrorosos — comentou Kennedy.

— É, parece até que Deus pegou um pincel, molhou na tinta e, em vez de fazer uma obra-prima, desenhou dois bonecos de palito e disse "é, dá pro gasto" — acrescentou Aaliyah.

— Exatamente! Ele estava com preguiça quando criou vocês dois — concordou Kennedy.

Aiden fez beicinho.

— Jax e Connor, suas esposas são más.

— Não faça perguntas idiotas se você não quer ouvir respostas implicantes — berrou Jax enquanto ele e Connor permaneciam sentados com suas varas de pescar aos fundos do terreno.

Nós estávamos no lago Michigan, comemorando o feriado do Dia da Independência.

Fazia um tempo que planejávamos nossa casa dos sonhos em Leeks. Quando dei a ideia de construirmos a casa, Aiden ficou muito empolgado. Seu contrato estipulava que ele ainda precisava terminar o último filme do Superman, mas depois poderia voltar a morar em Leeks por tempo integral comigo e com o bebê que estava a caminho.

Todos os filmes foram um sucesso, o que não era surpresa nenhuma. Aiden era fantástico em tudo o que fazia. Mas atuar não era sua paixão, nunca havia sido. Quando tirou o pai de sua vida, ele passou a sentir que podia abrir mão daquele sonho que nunca fora seu de verdade.

Ele estava fazendo faculdade. Ainda não sabia exatamente o que queria fazer, o que queria ser, mas eu adorava a alegria que isso lhe trazia — as possibilidades. O mundo devia achar que ele era maluco por desistir de uma carreira tão bem-sucedida como ator, mas esse nunca tinha sido o sonho dele. Era o sonho de Samuel. Dava para ver a felicidade nos olhos de Aiden quando ele falava sobre as possibilidades do novo futuro que construíamos do zero.

Assim que anoiteceu, meus pais e Laurie vieram para nosso churrasco. Mais tarde, Kate e Henry apareceram também. Até o Sr. Lee veio fazer uma boquinha e assistir aos fogos no lago, além de trazer o filho, Lin, que tinha acabado de se mudar para a cidade. Ele parecia fazer Laurie rir mais do que nunca. Meu coração que tinha um fraco por romances estava torcendo muito para um amor desabrochar entre os dois. Laurie merecia um final feliz, e a forma como Lin a fazia sorrir me dava esperanças de que ele proporcionaria isso a ela.

Aiden e eu vivíamos cercados de amor, e tudo parecia ir bem. Eu mal podia esperar para que nossos filhos estivessem correndo com os primos ao redor do lago quando eles viessem nos visitar nos verões. Damian dizia que só viria quando estivesse quente, porque só gente maluca enfrentava os invernos do Wisconsin. Justo.

Nós demos sorte de o pessoal da obra ter deixado que organizássemos uma festinha no meio da construção da nossa casa dos sonhos, mas não havia nada igual a assistir aos fogos sobre o lago.

A casa não estava nem perto de ficar pronta. Só tínhamos os alicerces prontos. A estrutura estava no lugar, e agora era hora de preenchê-la. Ainda precisávamos instalar o isolamento térmico, assim como as paredes, o telhado e os tijolos. Eu não estava preocupada com o tempo que isso tudo levaria. Aiden e eu tínhamos uma base sólida. Todo o restante se encaixaria no momento certo.

Quando os fogos começaram, todo mundo foi assistir às explosões coloridas perto da água. Menos Aiden e eu.

Ele pegou minha mão e me guiou para nossa casa. Ele me levou para o espaço que um dia seria nossa sala de estar, onde criaríamos um milhão de memórias com nossos filhos. Deitamos no chão e olhamos para o céu, já que nenhum telhado bloqueava a vista. Conforme o céu era tomado por explosões de cores, meu coração explodia de felicidade de um jeito que nunca imaginei ser possível.

Aiden segurou minha mão.

— Olha as estrelas, Hails — sussurrou ele, apontando para o céu.

Virei a cabeça para ele e sorri. Meu Tom. Meu amor. Meu melhor amigo no mundo.

— Sim — falei, me aconchegando em seu corpo, sentindo seu calor, sentindo seu amor. — Olha as estrelas.

Aiden

Quatro anos depois

— Papai! Olha! É a vez da mamãe! — disse DJ, apontando para o palco.

DJ era abreviação de Damian Júnior — batizado em homenagem ao irmão que surgiu na minha vida e que me mostrou o que significava ser parte de uma família.

Eu achava injusto ter perdido tantos anos sem Damian na minha vida, mas ele dizia que teríamos o restante de nossa existência para implicarmos um com o outro, e isso parecia promissor.

— É, lá vai ela! — exclamei, apontando para o palco com a mão esquerda enquanto segurava a bebê Luna nos braços.

Ela só tinha quatro meses e dormia profundamente, apesar de todo o barulho no auditório. Olhei para os bancos ao nosso redor, ocupados pela nossa família. Damian, Connor, Jax e toda a turma tinham vindo comemorar com a gente. Além de Kate, o Sr. Lee, minha mãe e os pais de Hailee. Nós éramos um grupo animado, e os maiores fãs de Hailee.

— Doutora Hailee Jones-Walters — anunciou o orador.

Nossas três fileiras começaram a gritar a plenos pulmões enquanto Hailee atravessava o palco para receber seu diploma de doutorado. Após anos e anos de muito trabalho, ela era oficialmente doutora em psicologia.

O sorriso em seu rosto ao pegar o diploma dizia tudo. Quando ela se virou para nós, ergueu o papel no ar e abriu um sorriso de orelha a orelha.

— ETA — articulei para ela, sem emitir som.

— ETA também — articulou ela de volta.

Meus olhos ficaram marejados enquanto eu observava o amor da minha vida. Mesmo quando nossas estrelas não se alinhavam, nós criávamos nossa própria galáxia, nosso próprio final feliz. Hailee Jones era uma pessoa fascinante. Ela era a companheira perfeita, a mãe perfeita, a amiga perfeita. Acima de tudo, agora ela era uma doutora que salvaria a vida de muita gente — da mesma forma que tinha salvado a minha.

Eu tinha certeza de que a minha vida não seria tão maravilhosa sem aquela mulher forte ao meu lado. Ela estava lá quando eu tinha me formado em ilustração e animação. No fim das contas, eu ainda queria trabalhar com entretenimento, mas não como ator. Eu havia retomado meu amor por desenhar, e isso abrira um leque de possibilidades. Hailee era a pessoa que mais me apoiava quando o assunto era minha redescoberta. Ela era a estrela mais brilhante da minha vida. Ela era minha estrela guia, que sempre me ajudava a voltar para casa.

Ela encontrava sucesso em tudo que fazia na vida. Seus objetivos sempre eram alcançados, porque desistir nunca era uma opção. Ela era o meu coração, a minha alma, a minha melhor amiga. Eu tinha um orgulho sem fim de todo o seu sucesso. Vê-la brilhar era um presente e o maior privilégio do mundo.

E, nossa, como ela brilhava.

Este livro foi composto na tipografia ITC Galliard
Pro, em corpo 11/16, e impresso em
papel off-white no Sistema Cameron da
Divisão Gráfica da Distribuidora Record.